KB018655

일러두기
1. 이 책의 표기와 맞춤법은 국립국어원 표준국어대사전의 원칙에 따랐다.
2. 비록 원문에 실린 한자일지라도 일반적인 한자는 한글로, 꼭 필요한 한자는 한글과 한자를 병기하였다. 한자 사용에 익숙지 않은 분들을 위해서이다.

문학관으로 가는 길에서 시를 읽다

초판 1쇄 발행 | 2024년 3월 5일

지은이 하상일
발행인 한명선

책임편집 김수경
제작총괄 박미실
디자인 모리스

주소 서울시 종로구 평창길 329(우편번호 03003)
문의전화 02-394-1037(편집) 02-394-1047(마케팅)
팩스 02-394-1029
전자우편 saeum2go@hanmail.net
블로그 blog.naver.com/saeumpub
페이스북 facebook.com/saeumbooks
인스타그램 instagram.com/saeumbooks

발행처 (주)새움출판사
출판등록 1998년 8월 28일(제10-1633호)

ⓒ 하상일, 2024
ISBN 979-11-7080-042-2 03810

문학관으로

가는

길에서

시를 읽다

하상일 지음

새흠

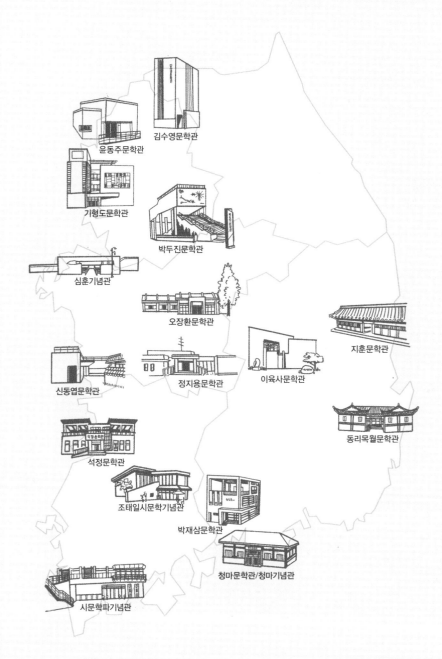

김수영문학관

윤동주문학관

기형도문학관

박두진문학관

심훈기념관

오장환문학관

지훈문학관

신동엽문학관

정지용문학관

이육사문학관

동리목월문학관

석정문학관

조태일시문학기념관

박재삼문학관

청마문학관/청마기념관

시문학파기념관

전라권

충청권

서울 · 경기권

뚜벅뚜벅 걷자, 문학 속으로 역사 속으로

시인에게 장소는 그들의 시와 삶을 이해하는 가장 중요한 의미를 지닌다. 특히 시인이 태어나고 자란 고향은 시가 형성되고 성장하는 원체험적 장소로, 시인들의 초기 시는 대부분 이러한 고향을 내면화하고 있다. 유년과 청년 시절을 보낸 고향에서의 경험과 그 시절을 함께한 여러 문인들과의 교류는, 한 사람의 시인에게 시란 무엇이고 시인은 어떻게 살아가야 하는가에 대한 근본적인 성찰의 시간을 갖게 한다. 그래서 시인은 고향을 떠나 살아도 결국 다시 고향으로 돌아가는 운명을 짊어진 존재가 아닐까.

이런 점에서 한국문학사의 주요 시인들을 기리는 문학관이 그들의 고향에 자리를 잡은 것은 너무도 당연한 결과다. 〈문학관으로 가는 길에서 시를 읽다〉라고 이 책의 제목을 정한 것도, 시인의 고향을 찾아가는 여정에서 그들의 시와 삶을 들여다보는 새로운 길을 만나기 위해서이다.

문학관은 주요 시인들의 역사와 자료를 일목요연하게 정리하고 있는 우수한 문화콘텐츠이다. 문학관 내부의 전시물들은 시인의 인생과 교우관계, 가족사 등 시와 삶의 연관 속에서 그들의 시 세계를 새롭게 읽어 낼 수 있는 중요한 자료가 된다. 따라서 필자는 전국의 시문학관을 찾아 나서는 길 위에서, 시인의 고향과 장소가 문학관과 만나 그들의 시 세계를 어떻게 정리하고 보존하고 있는지를 살펴보는 데 주력하고자 했다.

문학관 기행에 뜻을 두고 전국의 시문학관을 탐방하여 글을 쓰는 데 만 4년의 시간이 필요했다. 문학관이 들어선 위치가 아직 우리의 교통망에서 벗어난 외진 곳이 많아서 발품을 팔아 움직이는 일이 결코 쉽지 않았다. 게다가 지난 몇 년간 코로나19라는 악재가 전국을 휩쓸고 지나감에 따라 문학관 개관이 들쭉날쭉한 탓에 방문 일정을 계획하고 실행하는 일도 순조롭지 않았다.

먼저 경상권, 전라권, 충청권, 서울·경기권으로 크게 나누고 각 지역의 문학관을 집중적으로 살펴보는 효율적인 동선을 계획하였다. 그리고 문학 관련 세미나와 학술행사 등으로 해당 지역을 방문하는 일이 있을 때를 잘 활용하여 4년이라는 오랜 여정을 무척 힘들었지만 보람 있게 마무리할 수 있었다. 그 과정에서 문학관을 지키고 있거나 관련된 일을 하는 많은 문인의 도움을 받았다.

문학관을 중심으로 한국 현대 시문학의 장소성을 역사적이고 전기적으로 정리해 보겠다는 필자의 생각을 무조건 지지해 주시고 도와주신 모든 분들께 이 자리를 빌어 고맙다는 말씀을 드린다. 필자가 좀 더 부지런한 성격이었다면 문학관과 관련하여 더 많은 분을 만나고 그분들의 기억과 경험을 더욱 실증적으로 정리했으면 좋았을 텐데 하는 아쉬움이 남는다. 이러한 마음을 잘 다지고 새겨 아직 가보지 못한 시문학관에 대한 정리와, 후속 작업으로 진행하고 싶은 전국의 소설 문학관 기행을 하는 데 의미 있는 방향으로 삼고자 한다.

처음 이 책을 집필하려고 계획했을 때는 전국의 시문학관 모두를 다루겠다고 생각했었다. 계간 시 전문지 《신생》에서 연재의 형식으로 귀한 지면을 허락해 줘서 가능한 일이었다. 4년의 기간 동안 총 16회로 연재를 하다 보니 시시각각으로 달라지는 시문학의 흐름에 민감해야 할 잡지의 역동성에 다소 누가 되지는 않는지 염려스러운 마음이 커졌다. 그래서 16회로 연재를 서둘러 마감하기로 한 탓에 처음 계획했던 대로 모든 시문학관을 다 담아 내지는 못해 아쉬움이 남는다.

특히 지리적 여건 탓에 강원권의 박인환문학관, 김동명문학관은 다음 기회로 미루게 되었다. 만해 한용운의 시를 이해하기 위해서는 강원도 인제에 위치한 만해마을을 비롯한 강원권 지역에 대한 답사가 필수적인데, 이 또한 서울의 심우장, 경기도 광주의 만해문학관과 함께 추후 답사하여 보완할 계획임을 밝혀 둔다.

덧붙여 몇몇 문학관의 경우 글을 쓰기 위한 답사를 했음에도 불구하고 이 책에 포함시키지 않은 경우도 있다. 대표적으로 미당시문학기념관은 서정주의 문학사적 공과에 대한 논란을 필자로서는 무겁게 받아들여 좀 더 숙고의 시간이 필요하다고 판단하여 유보하였다.

문학을 공부하며 학생들과 공유하며 살아온 지 20여 년이 훌쩍 넘었다. 언젠가부터 문학이 사람과 사람을 이어주는 따뜻한 만남이 되지 못하고 오히려 사람과 사람을 멀리하는 모순된 길로 가고 있다는 생각이 들 때가 많다. 세상과의 소통에 대한 진지한 고민과 성찰이 없다면 과연 문학은 지금 무엇을 위해 존재한다고 말할 수 있을까.

비평가로서의 글쓰기 방식에 대한 회의감이 점점 더 거세게 밀려오는 이유도 바로 이러한 고민에서 비롯된 깊은 자괴감 때문임을 솔직히 고백하지 않을 수 없다. 어떻게든 세상과 만나고 소통하는 글쓰기를 해야 한다는 마음 때문에 평론가로 살아온 지난 여정을 냉정하게 돌아보게 될 때가 많다. 편하게 말해 힘 좀 빼고 거들먹거리는 지적 허위도 걷어 내면서 학생들과 즐겁고 흥미롭게 문학적 대화를 나누는 방법에 대한 고민이 점점 깊어져 가는 게 사실이다.

첫 번째 연구년을 떠났던 2014년 중국 상하이에서 1년 동안 살면서 일기처럼 썼던 글을 모아 『상하이 노스탤지어』라는 인문 여행서를 출간했던 경험이 앞으로의 비평적 글쓰기에서 의미 있는 방향성이 될지도 모른다는 생각을 했다. 대학에서 인문학은 점점 더 무너져 가고 문학 관련 학과의 존폐 위기를 시시때때로 걱정해야만 하는 현실이 더더욱 가속화 되고 있는 실정이다. 좋아하는 사람들과 함께 여행을 떠나 즐거운 대화를 나누는 행복한 시간처럼, 비록 문학을 전공하지는 않았더라도 늘 문학을 가까이하고 목말라하는 사람들과 작은 소통을 하듯이, 그렇게 문학은 조금 더 세상 밖으로 나가 사람들 곁에 다가서는 노력을 해야 하지 않을까. 문학관과 시 혹은 시인을 연결 짓고, 태어나고 자란 장소와 시를 묶어 보고, 시인들의 삶과 가치를 일상과 역사에 빗대어 살펴보고자 했던 필자의 생각은 바로 이러한 마음을 조금이라도 세상과 공유하고 싶은 소박한 바람에서였다.

귀한 지면을 오랫동안 열어 주신 계간 시 전문지 《신생》에 고마움을 전한다. 그리고 가끔 필자의 문학관 기행에 동행해 주고 사진을 비롯한 여러 정보를 제공해 준, 문학을 하며 만난 여러 지인들께도 특별히 감사의 마음을 전한다. 전국 곳곳에 16곳의 문학관으로 남아 주신 시인들의 아름다운 삶과 시가 있었기에 가능한 일이었다. 앞으로 이 책이 문학관을 방문하는 모든 분에게 문학관이 그저 스쳐 지나는 장소가 아닌 잠시 머물러 사색하고 성찰하는 데 조금이나마 도움을 주는 역할을 한다면 참 좋겠다.

그동안 필자의 문학 공부는 항상 문학과 역사의 중간쯤 어디에 있을 때가 많았던 듯하다. 그래서인지 책 안에서만 머무르지 않고 시와 시인의 장소를 찾아다니는 일이 가장 즐거운 시간이었다. 이런

문학관으로 가는 길에서 시를 읽다

필자의 공부 길에 가끔 동행해 준 어린 친구가 있었는데, 그 친구가 자라서 이제는 역사를 전공하는 대학생이 되었다. 함께 국내 곳곳을 탐방하고 몇 차례 백두산을 비롯해 윤동주의 흔적을 찾아 중국을 오가면서 보고 느꼈던 경험이 우리의 역사를 깊이 있게 들여다보는 시야를 만들어 주지 않았나 싶어 대견하고 고마울 따름이다. 앞으로 아들 경빈이가 문학과 역사를 함께 이야기하고 국내를 넘어 동아시아의 역사를 진지하게 토론하는 말벗이요 길벗이 되어 주기를 진심으로 바란다. 이제는 혼자가 아닌 길, 다시 뚜벅뚜벅 걷자, 문학 속으로, 역사 속으로.

하상일

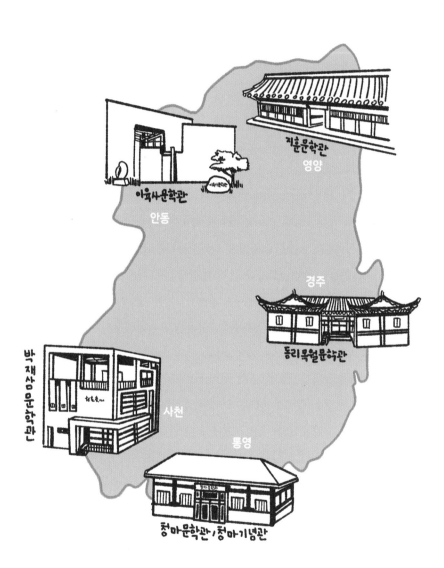

조훈문학관
영양

이육사문학관
안동

경주

동리목월문학관

박재삼문학관

사천

통영

청마문학관/청마기념관

경상권

원촌 들판에서 바라본 이육사문학관 전경

백마 타고 오는 초인을
기다리는 절정의 시학

이육사와 안동 _〈이육사문학관〉

이육사의 고향은 경상북도 안동시 도산면 원촌遠村으로, 지금은 이웃마을 천사川沙와 합쳐져 원천遠川으로 불리는 곳이다. 안동 시내를 벗어나 도산서원 입구 주차장을 지나 언덕 하나를 넘으면 성리학의 본고장답게 퇴계종택을 비롯한 고택들이 자연과 더불어 아름다운 풍광을 드러낸다.

첨단 문명의 이기 속에서 경쟁하듯 살아온 도시인들이 잠시 옛것의 아름다움을 만난 흥취에 젖어 드는 길을 따라가노라면 어느새 오른편으로 너른 들판을 만나게 되는데, 이곳이 바로 이육사가 태어나 유년 시절을 보낸 원촌마을이다. 원촌의 원래 이름은 마계촌馬繫村, 즉 말을 맨 곳이라 해서 '말맨데'로 불렸는데, 이후 말맨데가 '먼먼데'로 바뀌면서 한자 표기인 원원대遠遠臺로 변했다가 지금의 원촌이 되었다고 한다. 이육사가 발표한 첫 번째 시 「말」과 그의 대표시 「광야」에서 '백마 타고 오는 초인'의 상상력은 아마도 이곳 원촌의 너른 벌판에서 자연과 더불어 뛰어놀던 유년 시절의 기억에서 비롯된 것은 아니었을까.

이육사문학관은 원촌의 너른 들판을 바라보고 뒤로는 푸른 산자락의 품속에 감싸 안긴 듯한 곳에 자리 잡고 있다. 문학관 바로 옆으로 이육사의 고향집을 복원한 '육우당六友堂'이 있어서, 현대식 건물인 문학관과 어우러져 이육사의 삶과 문학이 걸어온 오래된 시간

이육사문학관에서 바라본 원촌마을 풍경

을 함께 느낄 수 있게 한다.

육우당은 이육사의 여섯 형제를 지칭하는 '육우六友'에서 따온 이름으로, 처음 이육사문학관을 지었을 때는 문학관 바로 뒤편 너른 마당에 옛 정취를 느낄 수 있도록 소담하게 자리하고 있었다. 그런데 문학관을 재개관하면서 그 자리에 생활관을 짓다 보니 불가피하게 문학관 옆자리로 옮겨 놓은 것으로 보인다.

필자의 기억 속에 남아 있는 그때의 육우당은 낡고 오래된 고향집의 옛 모습을 조금이나마 살려 보려고 애쓴 흔적이 엿보였는데, 지금의 육우당은 너무 세련된 전원주택 같이 느껴져서 낡고 오래된 옛 모습의 흔적마저 사라져 버린 것이 못내 아쉬움으로 다가오지 않을 수 없다.

복원된 육우당 전경

육우당에서 바라본 이육사문학관과 생활관

백마 타고 오는 초인을 기다리는 절정의 시학

한학漢學의 전통과 일본 유학 시절

이육사는 어린 시절 고향에서 조부로부터 한학을 공부하며 자랐다. 그가 남긴 수필 「전조기剪爪記」와 「연인기戀印記」 그리고 「은하수銀河水」 등에는 형제들과 더불어 한학을 공부하던 유년 시절 이육사의 모습이 잘 묘사되어 있다. 그가 신식교육 기관에 처음으로 들어간 것은 퇴계 가문에서 운영하여 뒷날 정식으로 공립학교 인가를 받은 보문의숙으로, 뒷날 도산공립보통학교로 명칭이 바뀌었다. 당시 보문의숙의 숙장이 육사의 조부 이중직이었다고 하니, 조부에게서 받은 한학의 전통 연장선상에서 신식교육이 이루어졌던 것으로 보인다.

이러한 교육적 바탕은 도산공립보통학교를 졸업한 이후 대구(현 남산동 662번지)로 이주하여 서화가로 유명했던 석재 서병오에게서 그림을 배우는 것으로 이어지기도 했다. 이처럼 이육사는 시서화에 두루 능통했을 뿐만 아니라 일본 경찰 조사에서 자신의 종교를 유학이라고 밝힌 데서 알 수 있듯이, 그의 시세계의 근본적 바탕은 조부로부터 받은 한학적 전통의 영향에서 비롯된 성리학적 토대에 있었다고 할 수 있다. 또한 이러한 한학적 전통은 식민지 모순이라는 시대 상황에 맞서 저항적 실천의 자세를 갖게 함으로써 사회주의 독립운동으로 나아가는 중요한 발판이 되기도 했다.

이육사는 만 17세에 경북 영천 출신 안일양과 결혼하면서 장인이 학무위원으로 있었던 백학학원을 다녔고, 졸업 이후 일본 유학길에 오르기 전까지 이 학교에서 학생들을 가르치기도 했다. 이곳에서 그는 대구경북 지역 독립운동의 주요 인물인 백기만, 조재만 등을 만났고, 이후 백기만의 소개로 첫 중국행을 함께했던 이정기와도 만나게 되었다. 백학학원에서의 교원 생활을 그만둔 이육사는 1924년 4월부터 1925년 1월까지 9개월 정도 일본 동경의 '킨죠우錦城고등예비학교'를 다녔다. 이육사의 생애에서 일본 유학 시절의 가장 중요한 의미는 아나키스트 모임인 흑우회의 회원으로 활동했었다는 사실이다.

흑우회는 흑도회가 사회주의 계열과 아나키즘 계열로 분리되면서 후자의 조직을 정비하여 만들어진 단체인데, 여기에 이육사가 아나키스트 시인 이경순 등과 함께 회원 명단에 이름을 올렸던 것이다. 이육사가 일본으로 건너간 시기와 당시 아나키즘 조직의 결성은 여러 정황상 상당히 밀접한 관련성이 있을 것으로 추정된다. 다만 이에 대한 실증적 기록을 노동운동가 김태엽의 증언 외에는 확인할 길이 없어서, 현재로서는 정확한 사실 여부를 확정하기는 어려운 측면이 있다.

관동대지진 발발로 인해 이육사의 일본 유학은 채 1년도 채워지지 못했다. 대지진 발생 이후 일본 경찰은 조선인들이 폭동을 일으킨다는 헛소문을 유포했고, 자경단이라는 조직까지 만들어 수많은 조선인들을 학살하는 등 당시 일본에서 유학생들이 자유롭게 활동하거나 공부할 수 있는 상황이 아니었다.

게다가 이러한 일본인들의 폭력에 맞서 의열단원 김지섭이 일본왕궁 입구에 폭탄을 던지며 항거했고, 아나키스트 박열이 일본 경찰에 검거되는 등 당시 일본 내에서 조선인들의 투쟁이 활발하게 전개됨에 따라, 조선인들에 대한 탄압이 더욱 절정으로 치달았던 사정도 이

백마 타고 오는 초인을 기다리는 절정의 시학

육사의 유학 생활을 가로막는 커다란 장애가 되었던 것으로 보인다.

결국 이육사는 일본유학을 중단하고 귀국을 선택할 수밖에 없었고, 이후에는 일본에서의 사상적 경험을 바탕으로 대구를 중심으로 본격적인 독립운동을 전개하는 실천적 활동가의 모습으로 살아갔다.

이육사의 중국행과 독립운동의 실천

이육사와 중국의 관계는 그의 삶과 문학을 이해하는 데 있어서 가장 중요한 열쇠가 된다고 해도 과언이 아니다. 그는 일본 유학에서 돌아온 이후 건강 악화로 인한 요양 등으로 가장하여 중국의 여러 곳을 오가면서 대부분의 시절을 보냈는데, 이러한 그의 중국행이 독립운동을 위한 은밀한 활동이었음은 여러 경로를 통해 이미 확인된 바있다. 뿐만 아니라 중국문학 번역, 중국의 정치사회에 대한 시사평론, 중국문학에 대한 논평 등 당시 이육사의 중국에 대한 소양은 아주 남달랐던 것으로 보인다.

그렇다면 이육사에게 당시 중국은 역사적으로든 문학적으로든 어떤 중요한 의미를 지녔던 것일까. 이육사의 중국행이 독립운동과 밀접한 연관이 있음은 분명한 사실이지만, 이러한 그의 실천에는 중국의 정세와 중국문학에 대한 이해를 바탕으로 동아시아를 올바르게 인식하고자 했던 국제주의적 시각이 전제되어 있었음을 특별히 주목할 필요가 있다. 이는 그동안 이육사에 대한 논의가 민족주의 담론으로만 지나치게 편향되었던 데 대한 비판의 의미를 지닌 깃으로,

일본과 중국을 오가면서 형성되었던 동아시아적 시각으로 이육사의 사상과 문학을 새롭게 이해할 필요가 있다.

이육사의 중국행은 모두 다섯 번으로 정리할 수 있다. 첫 번째는 1925년 1월 일본에서 귀국하여 이정기와 함께 북경으로 갔다가 이듬해 1926년 봄에 돌아왔고, 두 번째는 1926년 7월 북경으로 건너가 9월에 중국대학에 입학하여 7개월간 다니다가(혹은 2년 중퇴) 이듬해 1927년 여름에 귀국했다. 세 번째는 1931년 1월 '대구격문사건'으로 체포되었다가 3월에 석방된 후 8월에 만주로 가서 3개월간 머물다 연말에 귀국했고, 네 번째는 1932년 조선일보사를 퇴사하고 4~5월경에 심양으로 갔다가 7~8월경 북경과 천진을 오가며 머물렀고, 9월에 북경에서 남경으로 이동하여 10월에 조선혁명군사정치간부학교(이하 군사간부학교)에 1기생으로 입교하여 1933년 4월 졸업하고 5월에 상해로 이동했다가 7월에 서울로 들어왔다. 다섯 번째는 1943년 4월 중경 및 연안으로 갈 계획으로 북경에 갔다가 7월 모친과 맏형의 소상小祥에 참여하러 귀국했는데, 늦가을 무렵 일본 경찰에 검거되어 중국으로 압송 북경 주재 일본 헌병대 감옥에 구금되었다가 이듬해 1944년 1월 16일 순국했다.

이육사는 중국대학을 중퇴하고 1927년 여름 귀국한 직후인 10월 조선은행 대구지점 폭발 사건인 '장진홍 의거'에 연루되어 투옥되었디기 풀려있다. 이후 중국으로 ⏤ 부대를 확장하여 사회주의 독립운동의 실천을 구체화해 나가는 일에 본격적으로 뛰어들었다. 사회주

백마 타고 오는 초인을 기다리는 절정의 시학

이육사가 마지막으로 수감되었던 베이징 감옥을 재현한 전시 공간

의 사상을 무장하는 조직적인 준비 과정으로 중국 유학을 결심했던 것으로 추정되는데, 1926년 여름 북경의 중국대학에 입학하면서 그 결실을 이루었던 것이다. 그런데 중국에서 이러한 사실을 실증할 만한 명확한 자료를 찾아볼 수 없어 여러 가지 논란이 거듭되어 왔다. 가족을 비롯한 여러 지인들이 이육사가 중국대학이 아니라 북경대학에 다녔을 거라고 직접적으로 증언하고 있어서 이러한 가능성을 완전히 배제하기는 어려운 측면이 있는 것이다.

이육사는 대학 시절 당시의 모습을 「계절의 오행」이란 산문에 남겼는데, 이 글 속에 등장하는 Y교수가 북경대학의 마유조 교수로 추정된다는 연구 결과도 있고, 당시 중국대학과 북경대학이 자금성 주변의 아주 가까운 곳에 위치했었다는 사실로 미루어 이육사가 북경대학을 다녔다는 그동안의 증언을 부정할 만한 명확한 근거도 부족하다.

물론 이육사가 다닌 대학의 실체에 대한 확인은 그의 중국행이 지닌 의미를 이해하는 데 있어서 크게 중요한 문제는 아닐지도 모른다. 더욱 중요한 문제는 당시 그의 중국행이 사회주의 사상의 심화와 중국 내 독립운동 조직과의 결속 및 연대를 모색하는 실천적 차원에서 이루어졌다는 사실의 확인에 있다. 특히 이러한 과정이 이육사를 실천적 혁명의 길로 이끌었던 윤세주와의 운명적 만남과 의열단에서 세운 군사간부학교 입교 등으로 이어졌음을 주목할 필요가 있다. 일본 유학 시절 영향을 받은 아나키즘사상에 기초한 저항적 투사로서의 이육사의 독립운동은 바로 이러한 중국에서의 활동으로 이어졌다고 볼 수 있는 것이다.

이육사와 윤세주

'장진홍의거'에 연루되어 1년 7개월간의 옥고를 치르고 감옥에서 풀려난 이육사는, 이후 중외일보 대구지국 기자로 근무하면서 '대구이육사'라는 필명으로 「대구사회단체개관」을 발표하는 등 대구 지역을 중심으로 활발한 사회 활동을 전개해 나갔다. 1931년 대구 거리에 일본을 배척하는 격문이 유포된 '불온격문사건'에 또다시 연루되어 경찰에 체포되었다가 불기소처분으로 풀려나기도 했고, 같은 해 8월에 《조선일보》로 직장을 옮겨 이듬해 3월 퇴사하기 전까지 「대구의 자랑 약령시의 유래」, 「대구 장 연구회 창립보고서」, 「신진작가 장혁주 군 방문기」 등의 산문을 발표하기도 했다.

백마 타고 오는 초인을 기다리는 절정의 시학

이처럼 이육사는 일제의 탄압과 감시에도 아랑곳하지 않고 대구를 중심으로 반일 저항운동을 지속적으로 전개해 나갔다. 그리고 그는 국내에서의 활동이 지닌 한계를 절감하여 세 번째로 중국행을 결심하고 1932년 봉천(현재 심양)을 거쳐 천진으로 갔는데, 그곳에서 그는 자신의 독립운동에 있어서 이정표와 같은 역할을 한 운명의 친구 윤세주를 만나게 되었던 것이다.

윤세주는 경남 밀양 출신으로, 3·1운동에 참여했다가 중국으로 망명하여 신흥무관학교를 다녔고, 1919년 11월 길림에서 의열단 결성에 참여했다. 1920년 국내로 잠입했다가 일경에 체포되어 옥고를 치르고 1927년 출옥한 이후 신간회 밀양지회에서 활약하다가 이육사가 봉천으로 갔던 무렵인 1931년에 그곳으로 가서 다시 의열단에 합류했다. 윤세주는 이육사의 독립운동에 가장 큰 영향을 끼친 동지였다고 평가할 수 있는데, 이육사에게 남경 근처 탕산에 위치한 군사간부학교에 자신과 함께 입교할 것을 권유했던 인물이기도 하다.

그때 봄비 잘 오기로 유명한 남경의 여관살이란 쓸쓸하기 짝이 없는 것이라 나는 도서관을 가지 않으면 고책사古冊肆나 고동점古董店에 드나드는 것으로 일을 삼았다. 그래서 그곳서 얻은 것이 비취 인장 한 개였다. 그다지 크지도 않았건만 거기다가 모시칠월장毛詩七月章 한 편을 새겼으니, 상당히 섬세하면서도 자획이 매우 아담스럽고 해서 일견 명장의 수법임을 알 수 있었다. 나는 얼마나 그것이 사랑스럽든지 밤에 잘 때도 그것을 손에 들고 자기도 했고 그 뒤 어느 지방을 여행할 때

도 꼭 그것만은 몸에 지니고 다녔다. (중략)

그 뒤 나는 상해를 떠나 조선으로 돌아오게 되었고, 언제 다시 만날 런지도 모르는 길이라 그곳의 몇몇 문우들과 특별히 친한 관계있는 몇 사람이 모여 그야말로 최후의 만찬을 같이하게 되었는데, 그중 S에 게는 나로부터 무엇이나 기념품을 주고와야 할 처지였다. 금품을 준다 해도 받지도 않으려니와 진정을 고백하면 그때 나에겐 금품의 여유란 별로 없었고 꼭 목숨 이외에 사랑하는 물품이래야만 예의에 어그러지지 않을 경우이라, 나는 하는 수 없이 그 귀여운 비취인 한 면에다 "증 S·一九三三·九·一〇·육사陸史"라고 새겨서 내 평생에 잊지 못할 하루를 기념하고 이 땅으로 돌아왔다.

—「연인기戀印記」

남경 소재 군사간부학교를 졸업하고 상해를 거쳐 귀국했던 이육사가 "꼭 목숨 이외에 사랑하는 물품"을 주면서 작별해야 했던 사람은 바로 "S", 즉 석정石井으로 불렸던 윤세주였다. 이육사가 그의 시 「청포도」에서 "청포를 입고 찾아온다고 했"던 "내가 바라는 손님"은 아마도 윤세주를 떠올려 썼던 것이 아니었을까 조심스레 짐작해 본다.

군사간부학교를 졸업하고 혼자만 귀국한 이육사는 "지금 S는 어디 있는지 십 년이 가깝도록 소식조차 없"다는 안타까움으로 그에 대한 그리움을 가슴속 깊이 토로했다. 하지만 "청포도가 익어가는 시절" 고향 원촌에 "전설"처럼 열매가 "주절이 주절이 열리고/ 먼데 하늘이 꿈꾸려 알알이 들어와 박"히면, "내 그를 맞아 이 포도를 따 먹으면/ 두 손은 함뿍 적셔도 좋으련"(「청포도」)이라고 했던 시인의 소망은 끝끝내 이루어지지 못했다. 윤세주는 중국 태항산에서 일본군과 맞서 결전을 벌이다 총에 맞아 사망하고 말았기 때문이다.

오래전 필자는 중국 내 항일운동의 격전지인 그곳 태항산에 간 적이 있다. 붉은 황토로 뒤덮인 적막한 산자락 아래 허허벌판에서 휘몰아치는 흙바람이 당장이라도 전쟁이 일어날 것 같은 긴장감으로 뒤덮인 곳이었다. 그곳에는 중국 팔로군과 함께 일본군과 맞서 싸우다 전사한 소설가 김사량과 김학철의 추모비가 세워져 있는데, 아마도 그 어디쯤에 윤세주의 유해도 땅속 깊이 잠들어 있었을 거라는 사실을 그때는 미처 몰랐었다. 그 광야를 생각하며 "백마 타고 오는 초인"을 기다린 이육사의 마음 또한 윤세주와 관련이 있을 것으로 생각하니 명치끝 깊숙한 곳에서부터 아픔이 밀려오는 듯하다. 그의 시처럼 "천고의 뒤"(「광야」)에 두 사람이 꼭 다시 만나 목숨과도 같은 인연을 계속해서 이어 가기를 간절히 염원할 따름이다.

조선혁명군사정치간부학교 졸업과 '절정'의 시대의식

조선혁명군사정치간부학교는 의열단이 운영한 군사간부학교로서 정식 명칭이 '중국국민정부 군사위원회 간부훈련반 제6대'였다. 1932년 10월부터 1935년 9월에 이르는 3년여 동안 1기생 26명, 2기생 55명, 3기생 44명 등 130여 명에 이르는 '청년 투사'를 양성했다. 교육 내용은 크게 정치, 군사, 실습과목으로 구성되어 있었고, 당시 이 학교의

지도 그룹은 황포군관학교를 이수하면서 이미 공산주의 혁명 논리를 직접적으로 수용하고 있었으므로 교육 내용은 공산주의 색채를 강하게 드러냈으며, 항일 투쟁에 필요한 특무공작에 관한 내용도 교육에 포함되어 있었다.

이육사는 1933년 4월 20일 군사간부학교 졸업 이후 국내로 들어와 국내의 노동자, 농민에 대해 혁명의식을 고취하는 것과, 군사간부학교 2기생을 모집하는 두 가지 역할을 수행하고자 했다. 귀국 직후부터 1936년까지 '이활李活'이라는 필명으로 시사 논평 8편을 발표했던 것은 바로 이러한 역할을 실천하기 위한 과정이었던 것으로 볼 수 있다.

이러한 이육사의 결심은 군사간부학교 졸업 무렵 의열단 단장 김원봉과의 대화에서 도회지의 노동자층을 파고들어서 공산주의를 선전하여 노동자를 의식적으로 지도 교양하겠다고 자신의 활동 목표를 직접적으로 밝힌 데서 확인할 수 있다. 이육사가 군사간부학교 졸업 기념으로 공연한 「지하실」의 줄거리를 통해서도 이러한 사실은 확인된다.

이 연극을 통해 그가 궁극적으로 말하고자 했던 것은 '조선혁명의 성공'이었다. 그는 도시의 지하실을 배경으로 1930년대 이후 노동자, 농민들의 대중적 투쟁과 도시 공장을 중심으로 한 파업투쟁의 확산 등을 보여 주고자 했는데, 이러한 계급투쟁의 성공이 토지를 국유화하고 평등 분배를 실현하는 공산주의 혁명으로 이어질 수 있다고 확신했던 것이다. 이처럼 군사간부학교 졸업 이후 이육사의 사상은 공산주의 계급혁명에 기초한 사회주의 실현이라는 상당히 급

백마 타고 오는 초인을 기다리는 절정의 시학

진주의적 노선으로 나아갔던 것으로 보인다.

이육사는 애초부터 국민당 세력을 등에 업은 김원봉과는 사상적으로 일정한 거리를 두고 있었다. 일제 말에 이르러서는 국민당의 실정에 대한 반감으로 중국 관련 시사 논평을 더 이상 발표하지 않았다는 사실도 이와 무관하지 않은 듯하다. 이때부터 이육사는 시인으로서의 진면목을 발휘하기 시작했으니, 그의 생애에서 중요한 전환점이 되었던 일제 말의 상황을 우리나라 시문학사의 측면에서도 아주 중요하게 들여다볼 필요가 있다.

1937년 발발한 중일전쟁이 사실상 일본의 승리로 기울어지면서 당시 대부분의 지식인들과 문인들은 일본의 패권을 인정하고 식민주의에 협력해야 한다는 논리를 합리화하기에 급급했다. 일본에 협력하는 것이 조선 민족이 더 나은 삶을 보장받는 길이 될 수 있다는 식민주의의 내적 논리를 내면화하기 시작했던 것이다. 즉 식민지내내 조선인으로 살아온 탓에 받을 수밖에 없었던 차별과 억압을 해소하기 위해서 이제 남은 것은 일본인이 되는 방법밖에 없다는 내선일체의 논리와, 유럽 중심의 세계사적 질서를 넘어서기 위해서는 일본을 중심으로 한 대동아공영권을 형성할 필요가 있다는 제국주의 논리에 대부분 설득당하고 말았던 것이다.

이러한 동아시아의 현실을 이육사는 그의 시 「절정」에서 "서릿발 칼날진 그 위"와 "한발 제겨디딜 곳조차 없다."라는 절박한 상황으로 표현했다.

매운 계절의 채찍에 갈겨
마침내 북방으로 휩쓸려오다

하늘도 그만 지쳐 끝난 고원
서릿발 칼날진 그 위에 서다

어데다 무릎을 꿇어야 하나?
한발 제겨디딜 곳조차 없다

이러매 눈감아 생각해 볼밖에
겨울은 강철로 된 무지갠가 보다.

-「절정」 전문

　그래서일까 이육사는 1943년 1월 어느 눈 오는 아침 친구 신석초를 찾아가서 "가까운 날에 난 북경에 가려네."라고 말했다고 한다. "한참 정세가 험난하고 위급해지고 있는 판국에 그가 북경행을 한다는 것은 무언가 중대한 일이 있다는 것을 직감케 하고 있었다."라는 신석초의 증언에서 알 수 있듯이, 당시 이육사는 '절정'의 막다른 상황에서 독립운동을 타개해 나갈 막중한 임무를 갖고 마지막 중국행을 결심했던 것으로 보인다. 그는 북경을 거쳐 중경으로 가서 어느 요인을 모시고 연안으로 갈 예정이고, 귀국할 때는 무기를 들여올 것이라고 암시했다고 한다.

이육사문학관 앞의 동상과 「절정」 시비

비슷한 무렵 김태준과 김사량이 연안(태항산)으로 갔고, 김원봉은 중경으로 갔다는 점을 염두에 둔다면, 이육사의 마지막 중국행은 일제 말 동아시아의 지형 변화와 아주 밀접한 관련이 있었을 것으로 미루어 짐작된다. 즉 국민당 세력의 중경과 공산당 거점인 연안을 연결 지으려는 데 그의 주된 목적이 있었지 않았을까 추정해 볼 수 있다. 아마도 이육사는 이러한 국공합작이 아니고서는 "한발 제겨디딜 곳조차 없"는 일제 말의 위기를 극복하는 것이 사실상 불가능하다는 절박한 현실인식을 그의 시 속에 담아 내고자 했음에 틀림없다.

비평가 이육사와 시인 이육사

이육사는 한시, 시조를 포함하여 43편의 시를 남겼다. 그런데 첫 작품 「말」이 1930년에 발표된 것을 제외하고는 대부분 1930년대 중후반에 발표된 것들이다. 이육사의 대표시로 알려진 「청포도」, 「절정」, 「광야」, 「꽃」 등의 작품이 1939년 이후 일제 말의 엄혹한 현실과 겹쳐 있으니, 일제 말의 상황 속에서 이육사의 시세계를 집중적으로 논의해야 할 필요성도 바로 이러한 창작 시기와 연관시켜 이해할 때 중요한 의미를 갖는다.

까마득한 날에
하늘이 처음 열리고
어데 닭 우는 소리 들렸으랴

모든 산맥들이
바다를 연모해 휘달릴 때도
차마 이곳을 범하든 못 하였으리라

끊임없는 광음을
부지런한 계절이 피어선 지고
큰 강물이 비로소 길을 열었다

백마 타고 오는 초인을 기다리는 절정의 시학

지금 눈 나리고

매화향기 홀로 아득하니

내 여기 가난한 노래의 씨를 뿌려라

다시 천고의 뒤에

백마 타고 오는 초인이 있어

이 광야에서 목 놓아 부르게 하리라

-「광야」전문

이육사가 마지막으로 중국으로 떠난 것이 1943년 4월이었고, 모친과 맏형 이원기의 소상小喪에 참여하기 위해 잠시 귀국한 것이 그해 7월이었다. 3개월 남짓 중국에 머물다 돌아온 그는, 언제나 그랬듯이 일본 경찰의 감시와 통제를 피하지 못하고 또 붙잡혀 투옥되었다.

그런데 이육사가 독립운동에서 차지하는 비중이 너무나 컸던 때문이었는지 당시 일본 경찰은 그를 조선의 감옥에 두지 않고 중국 북경 소재 일본 헌병대 감옥으로 이송해 갔다. 그리고 이육사는 그곳에서 일본 경찰의 모진 고문을 견디지 못하고 만 40세의 아까운 나이에 순국하고 말았다.

당시 북경에 있었던 동지이자 친척인 이병희가 그의 시신을 거두어 화장하고 동생 이원창에게 유해를 인계했고, 미아리 공동묘지에 안장되었다가 1960년 지금의 장소인 고향 마을 원촌 뒷산으로 이장되었다. 그리고 해방 이후 문학평론가인 동생 이원조에 의해 이육사가 남긴 유작 「광야」와 「꽃」 두 편이 발표되었고, 그 이듬해 역시 이원조에 의해 미발표시 「나의 뮤즈」, 「해후」가 추가된 『육사시집』이 유고로 출판되었다.

우리가 이육사라는 시인을 생각할 때마다 그 이름과 함께 언제나 같이 떠오르는 시가 바로 「광야」이다. 이 시는 그가 마지막으로 일본 경찰에 체포되어 북경으로 압송되는 도중에 차 안에서 썼던 작품으로 전해지는데, 이육사의 생애에서 마지막으로 전하고 싶었던 유언을 담은 시가 아니었을까 생각하면 더욱 가슴이 저려온다. 죽음의 순간을 직감한 시인이 진정으로 외치고 싶었던 마지막 절규가 이 시 속에 고스란히 담겨 있는 것이다.

광활한 중국대륙을 뚫고 지나가면서 한 인간의 운명과 역사의 시간이 마주하는 신화적이면서도 미래지향적인 '광야'의 모습을 떠올렸던 시인의 상상력은 한국 근대시의 수준이 비로소 어떤 경지에 이르렀음을 말해주는 것이기도 하다. 그 광야에서 시인은 여전히 "눈 나리는" 혹독한 현실을 직시하면서도 "가난한 노래의 씨를 뿌"리는 희망을 결코 놓치지 않으려 했다. 이러한 그의 간절한 희망은 "다시 천고의 뒤에/ 백마 타고 오는 초인"이 반드시 찾아올 것을 확신했기 때문에 가능한 일이었다. 이육사가 떠난 그 이듬해 1945년, 그가 그토록 간절히 기다렸던 "백마 타고 오는 초인"은 상상이 아닌 현실로 우리 곁에 찾아왔다. 그는 민족의 운명을 예감하는 선지자로서 자신의 죽음 앞에서도 다가올 광복을 예감했고, "까마득한 날"에서부터 "천고의 뒤"에 이르는 역사의 유장한 흐름 속에서 미래에 대한 희망을 잃지 말 것을 간곡히 당부하며 우리 곁을 떠났던 것이다.

이육사와 대구 그리고 〈264작은문학관〉

이육사는 안동에서 태어났지만 16살에 대구로 이사하여 일본과 중국을 오가는 시간을 제외하면 대부분의 시절을 대구에서 보냈다. 그의 본명 이원록李源祿보다 이육사李陸史가 더욱 익숙한 것도 장진홍의 조선은행 대구지점 폭탄투척사건에 그의 형제들이 연루되어 대구형무소에 복역했을 당시 수인번호 264를 많은 사람들이 기억하고 있기 때문이다.

또한 관동대지진으로 일본에서 귀국한 이육사가 조양회관을 중심으로 사회 활동을 전개했고, 중외일보, 조선일보의 대구 주재 기자 생활을 한 것도 이육사와 대구의 각별한 인연을 말해 준다. 이처럼 1937년 가족들이 서울로 이사를 가기 전까지 젊은 시절 대부분을 보낸 곳이 바로 대구였다. 그가 처음 살았던 것으로 추정되는 북성로 어느 골목 끝에 또 하나의 이육사문학관이 들어선 이유도 바로 여기에 있을 것이다.

〈264작은문학관〉은 경북대 국문과 박현수 교수가 사재를 출연하여, 식민지 시기 일본 헌병대장의 집이었다고 알려진 낡고 오래된 적산가옥을 전면적으로 개조하여 세운 곳이다. 이곳에는 그동안 이육사 연구에 남다른 열정을 쏟았던 그가 소장하고 있던 이육사 관련 자료를 전시하는 것은 물론이거니와, 고향 안동의 이육사문학관과

대구 북성로에 있는 <264작은문학관>

함께 이육사의 삶과 문학을 일반인들에게 더욱 가까이 알리는 소중한 공간으로 가꾸어 가려는 마음이 오롯이 담겨 있다. 이육사 연구에 각별한 뜻을 가진 학자가 한 일이라고는 하지만, 한 개인이 이런 일을 감당한다는 것은 감히 엄두를 낼 수 없을 정도의 강한 소명의식이 아니고서는 불가능한 일이다.

그런데 필자가 방문했을 당시 대구의 <264작은문학관>은 경제적인 이유로 인해 잠정적으로 문을 닫은 상태여서 정말 안타까운 일이 아닐 수 없었다. 지역 공공기관이나 단체 등에서 문학관을 지키려는 한 개인의 소중한 뜻조차 함께 해주지 않은 탓에, 문학관을 운영하는 경제적 어려움을 더 이상 감당할 수 없어 문학관 문을 닫을 수밖

백마 타고 오는 초인을 기다리는 절정의 시학

에 없었다는 것이다.

이러한 사실을 언론 보도를 통해 접하고서도 도무지 믿어지지 않아 무더운 여름의 한가운데 대구의 〈264작은문학관〉을 찾아갔었던 것인데, 아니나 다를까 문학관의 문은 실제로 굳게 닫혀 있었다. 문학관으로 가는 길 여기저기에는 이육사의 독립운동과 관련된 현장이 곳곳에 흔적을 남기고 있었지만, 그것을 기념하는 표식만 몇 군데 세워져 있을 뿐 지나가는 어느 누구도 관심을 기울일 만한 의미 있는 곳으로 보존되어 있지는 않았다. 대구를 대표하는 시인 이상화와 국채보상운동을 이끌었던 서상돈의 고택이 인근에 잘 보존되어 있는 것이 그나마 다행이라는 생각이 들었다.

지금 우리의 문화행정이 무엇을 어떻게 기억하고 정리하고 있는지를 또 한 번 냉정하게 묻지 않을 수 없다. 식민지 시대의 아픈 역사와 독립운동의 기억을 정리하고 보존한다는 것은 결코 과거의 일이 아니라 오히려 미래를 향해 나아가는 일이라는 사실을 반드시 기억해야 한다. 미래 세대들에게 식민지 저항 시인 이육사는 지금 그 이름조차 점점 희미해져 가고 있다는 사실에 더 이상 침묵해서는 안 된다.

〈264작은문학관〉의 굳게 닫힌 문은 이러한 우리의 부끄러운 모습을 그대로 보여 주는 것이어서, 문학을 공부하고 가르치는 한 사람으로서 더욱 무거운 책임감을 느끼지 않을 수 없다. 이육사문학관을 비롯하여 전국에 여러 문학관이 세워진 뜻을 문학인들뿐만 아니라 여러 관계자들이 다시 한번 깊이 되새겨 주기를 간곡히 부탁드린다.

통영시 정량동에 있는 청마문학관 전경

남쪽 먼 포구의
생명의 시인을 찾아서

유치환과 통영·거제 _〈청마문학관〉과〈청마기념관〉

정말 시인이 날 만한 곳이더라

시인 정지용이 "청마의 고향에 들러보니 정말 시인이 날 만한 곳이더라"고 했다는, 유치환을 비롯하여 김상옥, 김춘수 등의 시인과 박경리, 김용익 등의 소설가, 그리고 세계적인 음악가 윤이상과 강렬한 색채의 화가 전혁림의 고향인 통영으로 들어서면, 모든 사람들은 복잡한 일상 속에서 까마득히 잊고 지냈던 문학과 예술의 흥취에 절로 젖어 들기 마련이다. 지금은 우리나라 최대의 관광지 가운데 한 곳이 되어 언제나 사람들로 붐비는 곳이 되었지만, 통영의 상징 강구안에서 아득히 먼 바다를 바라보는 느낌은 잠시나마 세속의 일들을 내려놓고 자신을 돌아보는 평온함을 안겨 준다. 유치환이 자신의 출생에 대한 내력을 시로 형상화한 「출생기出生記」에서 "남쪽 먼 포구의 백성의 순탄한 마음"이라고 표현했던 것도 바로 이곳에서 얻은 작은 위안을 말했던 것은 아니었을까.

동양의 나폴리로까지 격찬 되는 통영은 부산경남 지역은 물론이거니와 한국을 대표하는 문학인과 예술인들이 태어나고 자라난 곳이라는 점에서 예항藝港으로 불린다. 통영의 옛 중심 강구안 주변과 통제영이 있었던 세병관을 중심으로 유치환, 김상옥, 박경리의 작품무대가 펼쳐지고, 서호시장 안쪽으로는 윤이상기념관이 있으며, 통영대교를 지나 미륵도로 들어가면 김춘수유품전시관과 박경리기념관, 그리고 전혁림미술관까지 있으니 통영은 지나는 곳곳마다 문학과 예술의 자취가 펼쳐진 아름다운 예술의 도시인 것이다.

남쪽 먼 포구의 생명의 시인을 찾아서

통영 서피랑 언덕에서 바라본 강구안

　이처럼 걸출한 문화예술인들인이 해방 전부터 한곳에 모여 있었
으니 해방 이후 통영이 문화의 르네상스를 열었던 것은 너무도 당연
한 결과일 수밖에 없다. 유치환을 중심으로 이들이 결성한 〈통영문
화협회〉는 한글강습회, 농촌계몽운동, 연극 공연 등 다양한 문화 활
동을 전개하면서 지역을 넘어서 우리나라 최고의 문화 중심지로 통
영의 명성을 굳건하게 세웠다고 해도 과언이 아닐 듯하다.

청마의 고향을 둘러싼 시시비비

청마 유치환이 있어서 통영의 문화예술이 르네상스를 열어 간 것은 분명 사실이지만, 청마의 출생지는 통영이 아니라 인근 거제 둔덕이다. 물론 유치환이 태어난 곳의 당시 주소가 '경남 통영군 둔덕면 방하리'였으므로, 유치환의 기억 속 통영과 거제는 명확하게 구분되는 경계를 지닌 곳도 아닐 듯하다. 거제에 〈청마기념관〉이 있고 통영에 〈청마문학관〉이 있어 양쪽을 찾는 사람들이 유치환의 문학과 인생을 두루 이해하도록 하면 그만일 것을, 굳이 청마의 고향을 두고 거제가 맞니 통영이 맞니 시시비비를 가리려고 목숨 걸고 달려들 이유는 없지 않을까.

유치환은 1908년 현재 지명으로 경남 거제시 둔덕면 방하리에서 태어났다. 만 두 살 되던 해에 지금의 통영으로 이주하여 열다섯 살이던 1922년 일본으로 유학하기까지 통영에서 살았다. 생전에 그는 「출생기」의 해설에서 "내가 난 때는 1908년 즉 한일합방이 이루어진 전전해로서 갈팡질팡 시달리던 국가 민족의 운명이 마침내 결정적으로 거꾸러지기 시작하던 때요, 난 곳은 노도처럼 밀려 닿던 왜의 세력을 가장 먼저 느낄 수 있었던 한반도의 남쪽 끝머리에 있는 바닷가 통영이었습니다."라고 했다.

그런데 그의 가형 유치진의 증언에 의하면, "결국 한일합방 되던 해에 아버지는 가솔을 이끌고 꿈에 그리던 바닷가 통영읍으로 이사를 한 것이다. 나는 다섯 살이었고 청마는 두 살 때였다."라고 되어 있어 혼란은 가중되었다. 앞에서 언급한 대로 사실 따지고 보면 통영군 둔덕면에서 통영군 통영읍으로 이사한 것이니 두 형제의 기억에 심각한 오류나 충돌이 있는 것도 아닌 듯하다. 게다가 두 살배기

거제 둔덕 청마기념관 뒤뜰에 복원해놓은 청마 유치환 생가

거제 둔덕에 있는 청마기념관 전경

였던 유치환의 기억 속에 거제 둔덕이 선명하게 남아 있을 리가 없는 데다, 통영에서 자란 각별한 기억을 가슴에 묻고 살아온 데서 통영을 고향으로 생각한들 그걸 탓할 이유도 없을 것이다.

검정 포대기 같은 까마귀 울음소리 고을에 떠나지 않고
밤이면 부엉이 괴괴히 울어
남쪽 먼 포구의 백성의 순탄한 마음에도
상서롭지 못한 세대의 어둔 바람이 불어오던
융희隆熙 2년!

그래도 계절만은 천년을 다채多彩하여
지붕에 박넌출 남풍에 자라고
푸른 하늘엔 석류꽃 피 뱉은 듯 피어
나를 잉태한 어머니는
짐짓 어진 생각만을 다듬어 지니셨고
젊은 의원인 아버지는
밤마다 사랑에서 저릉저릉 글 읽으셨다

왕고못댁 제삿날밤 열 나흘 새벽 달빛을 밟고
유월이가 이고 온 제삿밥을 먹고 나서
희미한 등잔불 장지 안에
번문욕례煩文辱禮 사대주의의 욕된 후예로 세상에 떨어졌나니

신월新月같이 슬픈 제 족속의 태반胎盤을 보고

네 스스로 고고呱呱의 곡성을 지른 것이 아니련만

명이나 길라 하여 할머니는 돌메라 이름 지었다오

–「출생기」 전문

유치환의 아버지는 한의학을 독학하여 통영에서 한약방을 운영
하는 "젊은 의원"이었다. 일설에는 유치환의 외할아버지가 통영에서
한약방을 경영하고 있었는데, 그의 도움으로 한의학에 대한 지식과
경험을 쌓은 아버지가 한약방을 차린 것이라고 한다. 그의 아버지는
성격이 매우 엄하고 곧은 사람이어서 한 번 결심한 것은 절대 굽히
지 않고 남에게 어떤 신세도 지지 않으려 하는 강직한 성품이었다.

반면 그의 어머니는 자상하고 이해심 많은 분으로 기독교 신앙이
아주 두터운 분이었는데, 유치환은 이런 어머니의 성품에 대해 "언
제나 너그럽고 이해심 많고 빳빳한 살림살이 속에서도 푸지고 말마
다가 '유머러스'에 풍족한 성품은, 가령 동랑東郞이나 내가 얼마간의
문학적인 자질을 누리고 있다면 그것은 다분히 어머니에게서 물려
받은 것에 틀림없을 것"이라고 말하기도 했다.

유치환의 초기시가 보여준 남성적 의지와 연시에서 느낄 수 있는
여성적 감수성은 모두 부모로부터 물려받은 양면성의 시적 자질이
아닌가 생각된다.

통영에서의 유년 시절과 일본 동경 유학 시절의 문학 체험

유치환은 통영으로 이사 온 이후 유년 시절 대부분을 외가에서 보냈다. 세 살 터울인 아우 유치상이 태어나자 동생에 대한 시샘이 너무 유달라서 '각씨 오매'라 부르던 먼 친척뻘 되는 할머니에게 업혀 자란 데다(이때의 할머니에 대한 기억을 「석류꽃 그늘에 와서」라는 시에 담았다), 일고여덟 살 무렵에는 외할아버지가 차린 서당에서 한문을 공부했다.

그가 신식 학교에 처음으로 들어간 것은 1918년 11살 때로 통영의 여황산 아래 통영초등학교 1학년에 입학했다. 통영초등학교는 1908년 진남공립보통학교로 설립되어 이듬해 1909년 세병관에서 개교식을 거행했다. 그 이후 용남공립보통학교 등으로 개칭되었다가 유치환이 입학했던 해에는 통영공립보통학교로 불리었다.

통영 출신의 문화예술인들 대부분이 이 학교 출신이니 그 역사와 자부심이 보통은 아닐 듯싶다. 통영초등학교 교가의 작사를 유치환이 하고 작곡은 윤이상이 한 것을 지금의 어린 학생들이 얼마나 자랑스럽게 여길지는 몰라도, 통영초등학교에서 시작된 이들의 교류와 우정이 우리나라 문화예술의 새로운 중흥을 열었다는 역사적 사실만큼은 반드시 기억할 필요가 있을 것이다.

통영초등학교 4학년을 졸업하자마자 유치환은 그의 형 유치진이 다니고 있었던 일본의 부잔豊山 중학교에 입학했다. 그의 나이 열네 살이 되던 1922년 기미독립만세운동의 영향으로 민족적 각성이 크게 일어나고 전국적으로 향학열이 뜨거웠던 때라 당시 일본 동경에는 고향에서 온 유학생만 해도 60~70여 명에 이르렀다고 한다.

부잔중학교는 현재 니혼대학 부속 중학교로 당시 그의 형 유치진이 3학년에 재학 중이어서 형제가 함께 의좋은 유학 시절을 보냈다고 한다. 아마도 그 무렵부터 유치환은 문학에 관한 관심을 갖기 시작했던 것으로 보인다.

그 많은 학생들이 지망하는 것은 거개가 법학 아니면 문학이었으며, 더군다나 제대로 학자금을 마련할 수 없는 축들은 거의가 문학 내지 다른 부문의 예술로 쏠리는 현상이었으니, 그러한 경향은 그 당시 식민지 민족의 환경으로서는 치솟는 젊은 뜻을 촉구하고 충족시킬 수 있는 길이라곤 오직 그러한 길밖에는 허용되지 않았던 때문인지 모릅니다. 그러므로 그 중에서도 가장 연소한 나는 많은 선배격인 문학청년들 속에 있게 되었으며, 더구나 내향적인 성격의 소년인 데다가 엎쏠려 잠차질 데 없는 외로운 타국인지라 학교 외의 시간은 자연 독서, 그중에서도 문학서적을 탐독할 수밖에 없이 마련이던 것입니다.

인용문에서처럼 일본 유학 시절 유치환은 비로소 문학에 눈을 떠 형 유치진과 더불어 문학청년으로서의 모습을 갖추어 가기 시작했던 때이다. 당시 그가 탐독했던 도쿠도 미로카德富盧花의 『자연과 인생』에서 보여 주는 범신론적인 자연관, 다카무라 고타로高村光太郎의 남성적인 생명력, 하기하라 사쿠타로萩原朔太朗의 「허망의 정의」, 「절망의 도주」 등의 산문시에서 보여 주는 니체적 사유, 쿠사노 신페이 草野心平, 다케우치竹內데루요 등의 아나키즘 성향은 청마의 시세계에 영향을 준 것은 부인할 수 없다. 이러한 문학적 영향으로 유치환은 1923년 동생 유치상과 함께 형 유치진이 주도했던 〈토성회土聲會〉에 시를 발표하기도 했다. 그때의 일에 대해 유치진은 "토성회는 나의 고향의 우인友人과 선배로서 조직된 문학청년의 모임이었"는데, "치환은 그때 중학 2, 3학년의 소년이었으나 상당한 시재詩才를 보이고 있었다."고 기억했다.

청마 유치환과 부산에서의 인연

유치환의 일본 유학 시절은 그리 오랜 시간 지속되지는 못했다. 유치환이 4학년이 되었을 때 형 유치진이 릿쿄대학으로 진학하게 되고, 아버지의 사업 실패까지 겹치면서 경제적인 이유로 유학을 포기해야만 했기 때문이다. 그 결과 그는 귀국하여 부산의 동래고등보통학교(지금의 동래고등학교) 4학년 2학기로 편입했다.

이때부터 유치환과 부산의 인연은 아주 각별하게 시작되었고, 훗날 부산의 여러 문인들과 교류하면서 스스로 원했든 원하지 않았든 간에 부산 문단의 초석을 닦는 데 상당한 역할을 했다고 할 수 있다. 불의의 교통사고로 갑자기 타계한 장소 역시 부산 좌천동이었으니, 그에게 있어서 부산은 험난했던 자신의 삶을 마감하고 정리하는 아주 특별한 장소로서의 의미를 지녔으리라 짐작해 본다.

남쪽 먼 포구의 생명의 시인을 찾아서

동래고등보통학교 1년 후배인 소설가 김정한은 그에 대해 학생 시절에는 직접적인 교류가 없었지만 유치환의 『제9시집』 축사를 한 것을 계기로 "문학 동지로서이기보다 인간으로 더 가까워졌다."고 하면서, "청마는 세상이 다 알듯이 강직한 성격이었지만, 반면 후배를 사랑하는 정은 여간 도탑지 않았다."라고 그를 추억하기도 했다.

동래고보를 졸업하고 유치환은 연희전문에 입학하지만, 기독교 중심의 분위기에 적응하지 못하고 다시 일본 동경으로 갔다. 그곳에서 그는 장차 살아갈 직업에 대한 고민으로 사진학원에 적을 두고 사진 기술을 익혔는데, 이때의 배움으로 그는 뒷날 통영 유약국 2층에다 사진관을 차려 생업을 삼기도 했다.

이 무렵 그는 통영의 문우들과 『소제부掃除夫』 1집을 발간했는데, 여기에 그의 초기 시 26편이 수록되어 있다. 유치환의 초기 시가 지닌 특징인 관념적 어투와 직설적인 진술 그리고 산과 바다와 같은 자연의 원형성에 기댄 근원적 고독과 같은 조금은 서투른 습작기 청년의 내면이 고스란히 담겨 있다.

끝닿는 지핵地核의

울혈鬱血의 터져 울은 지곡地殼의 융기隆起

지상에 대한 반역

〈무한〉의 모독

그는 움직이지 않는다

소리하지 않는다

우르러 천성天聲을 들으며 굽어서 인세人世를 바라며

때때로 습래襲來하는 폭풍우 속에 꼿꼿이 서서

그의 둔중鈍重한 등은 천공天空을 향하야

우주의 활기를 마시며

저 무변대無邊大한 천체를 꿈꾸며

아 하늘과 땅 사이에 태연이 주저앉은 거구—

저 거구의 외롬은

끝닿는 땅의 밑바닥의 외롬이라

창궁蒼穹의 저쪽에서 오는 외롬이라

–「산」 전문

　유치환이 통영에서 사진관을 접고 다시 부산으로 온 것은 1934년이었다. 부산 초량에 집을 얻어 중앙동 입구 지금의 중부경찰서 옆에 있던 화신연쇄점 사진부에 취직을 한 것이다. 아마도 이때 부산으로의 이주는 초량에서 유치원 교사로 근무하게 된 아내 권재순의 사정도 고려했기 때문일 것이다. 유치환은 부산으로 온 이후 그어느 때보다 활발하게 창작활동을 이어 나갔다.

　이 무렵 일본 도쿄로 가는 시인 이상을 만난 경험을 들려주는 유치환의 기억도 참으로 흥미롭다. 이상이 1937년 3월 일본 도쿄에서 객사했음을 염두에 둘 때, 그가 고국을 떠나면서 마지막으로 만난 시인이 유치환이었다는 사실이 어쩌면 우연일지도 모르지만 그저

거제 청마기념관 내부

그렇게만 생각하기에는 예사롭지 않은 느낌을 지울 수 없기 때문이다. "눈이라기보다 버꿈한 안와眼窩, 커다랗게 웃는 웃음이 웃음이라기보다 무섭기까지 한 까마귀의 화신 같은 역설적인 그 모습으로서 손에 든 것 하나 없이 표연히 부산 초량의 나의 우거에 나타나 단둘이 술을 마시고 역전의 한 여관에서 취하여 같이 하룻밤을 자고는 다음 아침 연락선으로 일본으로 떠나보낸 그 길이 이상의 마지막 길이 되고 말았던 것"이라는 유치환의 기억 속으로 들어가 그들이 마지막으로 나누었을 대화가 어떤 것이었을지 몹시 궁금해질 따름이다.

유치환은 화신을 1년 만에 그만두고 1937년 다시 통영으로 돌아가 통영협성상업학교의 교사로 취직했다. 교육자로서의 유치환의 인생은 바로 이때부터 시작된 것인데, 당시 이 학교에 근무했던 시인 정진업과의 인연이 계기가 되었던 것으로 보인다.

시동인지 《생리生理》를 부산에서 간행한 것도 이 무렵인데, 그가 동경 유학 시절 탐독했던 일본 시인 하기하라 사쿠타로의 《생리生理》와 무관하지 않은 것으로 보인다. 1집에 그는 「심야」, 「창공」 두 편의 시를 발표했는데, 아마도 이때부터 그의 시가 모더니즘을 벗어나 생명 탐구 쪽으로 시세계의 변화를 보이기 시작한 것이 아닐까 생각된다.

김소운의 주선으로 화가 구본웅이 발행인으로 있는 청색지사에서 첫 시집 『청마시초青馬詩鈔』를 발간한 것도 1939년이다. 당시로서는 보기 드문 고급 양장의 호화판 시집으로, 『소제부』를 발간한 1930년 이후부터 1939년까지 쓴 55편의 작품을 3부로 나누어 실었다.

북만주 생활과 친일 논란

일제 말 1940년 극심한 탄압의 시절을 피해 유치환은 가족들과 함께 북만주 빈강성 연수현 유신구 2호로 이주를 하여 농장을 경영하다 광복 직전인 1945년 6월에 다시 고국으로 돌아왔다. 만주 생활 5년은 극한의 공간이 주는 절대 고독의 허무와 아들의 죽음에서 비롯된 고통을 경험하게 됨으로써 인간의 생명과 죽음에 대한 본질적인 사유에 집착하는 그의 시세계로의 결정적인 변화를 가져왔다. 또한 그의 만주행을 둘러싼 여러 가지 의혹들로 인해 친일 논란까지 불러옴으로써 유치환의 삶에 있어서 가장 문제적인 시기가 되지 않을 수 없다. 그의 시 「광야에 와서」에는 이러한 그의 내면이 잘 형상화되어 있다.

흥안령 가까운 북변의

이 광막한 벌판 끝에 와서

죽어도 뉘우치지 않으려는 마음 위에

오늘은 이레째 암수暗愁의 비 내리고

내 망난이에 본받아

화톳장을 뒤치고

담배를 눌러 꺼도

마음은 속으로 끝없이 울리노니

아아 이는 다시 나를 과실함이러뇨

이미 온갖은 저버리고

사람도 나도 접어주지 않으려는 이 자학의 길에

내 열 번 패망의 인생을 버려도 좋으련만

아아 이 회오悔惡의 앓음을 어디메 호읍號泣할 곳 없어

말없이 자리를 일어나와 문을 열고 서면

나의 탈주할 사념의 하늘도 보이지 않고

정거장도 이백 리 밖

암담한 진창에 갇힌 철벽 같은 절망의 광야!

  –「광야에 와서」 전문

유치환이 북만주로 떠난 1940년은 일제의 군국주의 팽창이 극에 달했던 참혹한 시기였다. 중일전쟁(1937년) 이후 일제가 대동아공영권을 내세워 영미연합군을 상대로 태평양전쟁을 일으킨 것이 바로 이듬해 1941년이었다. 내선일체를 명목으로 한반도를 병참기지화하고 창씨개명, 신사참배 등을 강요하여 민족 문화 말살을 획책했으며, 강제 징용, 학병 동원 등을 실시하여 우리의 청년들을 전쟁터나 광산 등으로 내몰았던 때였다. 당시 유치환의 주변에는 아나키스트와 독립운동가들이 많아서 일제의 감시와 통제를 심하게 받았는데, 이러한 상황을 피하고자 형 유치진의 처가 소유의 농장과 정미소를 관리하는 일을 맡아 북만주로 떠났다는 것이 그의 만주 행에 대한 일반적인 견해였다.

이러한 그동안의 견해를 전면적으로 부정하고 유치환이 북만주로 떠나기 직전 조선총독부 기관지『경성일보』에서 발간한『1940년 조선인명록』에 이름을 올렸다는 사실에 근거해, 그의 북만주 행은 지사적 선택이 아니라 가족의 끈을 활용한 개인적 도주로 보는 시각도 있어 크게 논란이 된다. 특히 유치환이 만주 체류 당시 만주제국협화회 일을 맡아, 일제의 수탈로 혹독한 시절을 보냈던 여느 농민들과 달리 전시 체제 동원의 선무 공작 활동을 앞서 했다는 사실이 부각되었다. 게다가 1945년 해방되기 2개월 전 그가 서둘러 귀국한 것 역시 만주국의 패배를 직감하고 인민재판과 같은 곤경을 피해서 만주를 빠져나온 것이었다고 한다.

이 무렵 그가 쓴 시 가운데「전야」,「북두성」은 시집에 수록되지 않

남쪽 먼 포구의 생명의 시인을 찾아서

은 작품인데, 이 또한 스스로의 친일 행위에 대한 부끄러움을 두려워
한 자의식 때문이라는 것이다. 그가 《만선일보》에 발표한 「대동아전
쟁과 문필가의 각오」, 만주 개척과 민족 협화의 일제의 만주국 정책
에 동조하는 「들녘」, 「수」 등의 작품과 함께 살펴볼 때, 일제 말 유치
환의 북만주 행은 친일적 행위의 결과가 명백하다는 입장이다.

유치환이 끝끝내 자신과 가족들의 창씨개명을 반대했다든지, 이
승만 정권 시절부터 권력에 부화뇌동하지 않고 직언을 서슴지 않았
다는 뒷날의 증언을 염두에 둘 때, 그의 북만주 행과 친일 행적에 대
한 논란은 필자로서도 상당히 의아하게 여겨지는 부분이 아닐 수
없다. 우리 근대 문인 가운데 친일 행위로부터 명명백백하게 자유로
운 사람이 거의 없다는 사실을 감안하더라도, 유치환의 북만주 행
은 그의 인생과 시세계에 있어서 아주 큰 오점을 남긴 것임에 틀림
없다는 생각을 지울 수는 없을 듯하다.

다시 통영으로

1945년 6월 유치환은 다시 가족들 모두를 데리고 통영으로 귀환했
다. 해방의 감격 속에서 그는 통영 지역 문화예술인들과 함께 앞서
언급한 〈통영문화협회〉를 만들었고, 10월부터는 통영여자중학교 교
사로 부임하여 교육자로서의 인생을 다시 시작했다. 유치원 교사였던
부인 권재순은 문화유치원(현재 통영 충무교회 내 유치원)을 인수하여
운영하였는데, 유치환의 가족들은 유치원 사택에서 거주했다고 한다.

통영 중앙우체국 앞에 있는 유치환의 시 「행복」

현재 이곳에서부터 통영 중앙우체국이 있는 길까지를 '청마 유치환 거리'로 부르는데, 유치환의 죽음 이후 엄청난 화제를 불러일으켰던 시조시인 이영도와의 사랑이 아마도 이 길 어디쯤에서 이루어진 것이 아닐까 싶다. 평생 수천수만 통의 편지를 빨간 우체통에 넣으면서 유치환은 무슨 생각을 했었을지, 그리고 우체통에서 채 50미터도 떨어지지 않은 곳에 머물면서 우체국 소인이 찍힌 편지를 거의 매일 받았을 이영도의 마음은 어땠을지, 이 두 사람의 관계가 세속적으로 불러온 파장은 일단 접어 두고 잠시 그들의 사랑이 지닌 정신적 깊이를 따라가 보고 싶은 마음이 드는 것은 결코 나만의 생각은 아

남쪽 먼 포구의 생명의 시인을 찾아서

닐 것이다.

청마 유치환과 김춘수의 만남도 아주 각별하다. 두 사람의 첫 만남은 유치환의 결혼식 때 화동이 바로 김춘수였다는 뜻밖의 일로 시작되었다. 유치원 보모로 있었던 부인 권재순이 가르쳤던 7살의 어린아이가 김춘수였고, 결혼 당시 유치환은 21살의 청년이었다. 두 번째 만남은 김춘수가 일제 말 징용을 피해 마산 처가에서 은둔해 있다가 광복을 맞이하여 고향 통영으로 돌아와 북만주에서 돌아온 선배 시인 유치환을 직접 찾아갔을 때였다. 이후 유치환이 〈통영문화협회〉를 조직했을 때 총무를 맡아 실질적으로 일을 도왔던 사람이 김춘수였으니, 통영에서의 둘의 만남과 어울림을 두고 "춘수가 참 언제 이렇게 됐노, 세월도 빠르지."라고 했다는 청마 부인 권재순의 말이 잠시 웃음 짓게 한다.

유치환과 윤이상의 인연도 통영 시절 청마의 중요한 발자취다. 〈통영문화협회〉를 조직한 것이 유치환이긴 했지만 실질적으로 일을 주도한 사람은 윤이상이었다는 점에서 더욱 그러하다. 윤이상의 계획과 열정, 청마의 오불관언의 태도가 맞아떨어진 것이 통영을 문화예술의 도시로 만든 동력이 되었던 것이다.

이들의 오랜 우정이 남긴 흔적들은 부산경남 지역의 여러 곳에 남아 있는데, 특히 앞에서 언급한 통영초등학교 교가를 비롯하여 통영 지역 상당수의 학교는 물론이거니와 부산고등학교의 교가에도

강구안 골목에 있는 <윤이상과 자전거>

두 사람의 이름이 함께 올라 있다. 윤이상이 부산고등학교 재직 당시 유치환의 글을 받아 작곡한 것으로, 현재 부산고등학교 정문 앞에 비석으로 새겨져 있기도 하다.

이처럼 청마 유치환은 통영과 부산을 오가면서 지역의 문화예술인들과 깊은 교류를 나누었다. 사실 그의 교우관계는 활발한 편은 아니었는데, 부산 화신에서 만났던 조벽암과 간간이 서울 나들이에서 만났던 김소운, 정지용, 이상 정도를 거명하고 있을 뿐이다. 하지만 <통영문화협회>를 통해 맺은 인연들과는 그 누구보다도 각별한 사이였다는 점에서, 현재 통영에서 <윤이상국제음악제>와 <청마문학상 시상식> 등의 행사를 함께 열고 있는 뜻이 더욱 감동적으로 다가온다. 또한 이 두 사람과 특별한 인연을 맺은 김춘수의 시 「통영

남쪽 먼 포구의 생명의 시인을 찾아서

읍」에서도 유치환과 윤이상을 나란히 이야기하고 있어서 관심 있게
읽어 볼 만하다.

도깨비불을 보았다.

긴 꼬리를 단

가도리 모양을 하고 있었다.

비석고개

낮에도 사람들의 발걸음이 뜨음했다.

시구문에는 유약국이 살았다.

그 집 둘째가 청마 유치환

행이불언行而不言이라

밤을 새워 말술을 푸디

산군처럼 그는 말이 없고

서느렇던 이마,

해저 터널 너머

해펑이로 가는 신작로 그 어디 길섶

푸르스름 패랭이꽃

그리고 윤이상,

각혈한 그의 핏자국이 한참까지

지워지지 않았다.

늘 보는 바다

바다가 그 날은 왜 그랬을까

뺨부비며 나를 달래고

또 달래고 했다.

을유년 처서

조금 전의 어느 날.

　－김춘수, 「통영읍」 전문

해방 이후의 청마 유치환

해방 이후 좌우익의 혼란 속에서 김동리의 주도로 1946년 〈조선청년문학가협회〉가 창립되었다. 유치환은 김달진과 함께 부회장으로 선출되었다가 이듬해 1947년에는 제2대 회장이 되었다. 주로 3~40대의 젊은 문인들을 주축으로 결성되었는데, 좌익 진영에 직접적으로 가담하지 않은 문인들과 통영, 마산, 진주, 대구 등 지역의 문인들이 중심이 되었다. 이들이 추구한 문학적 노선은 특정한 이념에 예속되지 않고 자유민주주의라는 보편성에 기초한 민족주의 문학을 지향하는 것이었다.

하지만 실상은 임화가 주도했던 〈조선문학가동맹〉의 좌익진영 문인들에 대한 반발이 크게 작용한 것이란 점에서, 해방 이후 한국문학의 양극화 현상을 조장하는 결과가 되고 말았다는 한계는 부정할 수 없을 듯하다. 그리고 한국전쟁이 발발했을 때 그는 부산으로 피난하여 〈문총구국대〉를 조직하고 〈종군자가단〉에 지원하였는데, 그때의 경험을 토대로 1951년 종군 시집 『보병과 더불어』를 발간하기

　　　　　　　　　　　남쪽 먼 포구의 생명의 시인을 찾아서

도 했다.

이 무렵 유치환은 고향 통영으로 돌아와 통영여자고등학교 교사 발령을 받은 것으로 되어 있다. 그리고 1952년에는 경남 함양 안의 출신인 아나키스트 하기락의 주선으로 안의중학교 교장으로 부임했다. 이후 1954년 경북대학교 문리대 전임강사, 1955년 경주고등학교 교장, 1961년 경주여자고등학교 교장, 1962년 대구여자고등학교 교장, 1963년 경남여자고등학교 교장, 1965년 남여자상업고등학교 교장 등 시인 유치환과 함께 교육자 유치환의 인생을 줄곧 이어 나갔다.

또한 이 시기에는 〈한국시인협회〉의 창립과 더불어 초대 회장을 맡으면서 문단 발전의 초석을 닦는 일에 적극적으로 나서기도 했다. 문예지 《현대시》를 발간한 것을 시작으로 앤솔로지 『시와시론』을 발간하기도 하는 등 활발한 활동을 보였지만, 1958년 제정된 제1회 시협상을 회장인 자신이 받은 것은 아무리 생각해도 이해할 수 없는 처사임을 지적해 두지 않을 수 없다.

청마 유치환의 60년 생애를 따라가는 일은 상당히 벅차고 힘겨운 일이다. 그가 터를 이루고 살았던 장소가 거제-통영-평양-부산-만주-통영-경주-대구-부산 등으로 이어지면서 한곳에 오래 정착하지 못한 유랑의 세월을 살아온 탓도 있겠지만, 매 순간 그곳의 사람들과 교류하면서 정열적으로 남긴 문학적 흔적들의 양이 너무도 방대하기 때문에 그것을 모두 기록으로 담아 정리한다는 것이 말처럼 쉽지 않다.

이러한 복잡한 삶의 여정을 거치면서 그가 마지막 5년을 보낸 곳은 바로 부산이었다. 1963년 대구여고 교장을 사임하고 부산 경남여고 교장으로 부임하여 1967년까지, 그는 부산에서 교육자로 문인으로 남다른 삶을 실천적으로 보여 주었다. 청마의 부산 행은 이주홍과 김정한 두 소설가가 이끌었던 부산 문단에도 적잖은 영향을 주었다. 자신의 의사와는 무관하게 〈부산문인협회〉 회장 등을 맡게 되면서 이를 다소 못마땅하게 여겨 처음에는 부산 문단과 일정한 거리를 두었던 적도 있는 듯하다.

그가 경북대학교 교수직을 그만두고 고등학교 교장으로 자리를 옮긴 것이 대학 강의를 하는 학자적 풍모를 감당하기 어려운 데 이유가 있었다는 사실을 미루어 생각한다면, 그는 오로지 시인으로서의 삶을 살아가기를 내내 갈망했지 않았을까 생각된다. 마찬가지로 시대의 여러 정황상 어쩔 수 없이 여러 감투를 쓰기는 했지만, 말년에 이르러 자신을 삶을 뒤돌아보면서 처음으로 돌아가 시인으로서 생을 마감하고 싶은 강한 바람을 갖고 있었던 것은 아니었을까. 그가 생전에 박노석에게 보낸 편지에는 이러한 그의 심정이 고스란히 전해진다.

어쩌면 벌써 나는 인생에 피로하였는지도 모른다.

그래서 이제는 어디나 안이한 구멍을 찾고 있는지도 모른다.

왜 그러냐 하면 여러 벗들의 호의로운 격려가 차라리 귀치않고 번거롭기만 하니까. 결국은 이대로 그나마 언제는 시 한 줄도 더 못 쓰고, 실상 본래는 가장 하찮은 것으로서 그 하찮은 대로 죽어 갈는지도 모

남쪽 먼 포구의 생명의 시인을 찾아서

르겠다. 앞으로 이대로 여기 고향 구석에서 있으런다.

늘 삶과 죽음의 문제에 유난히 몰두했던 생명 탐구의 시인 유치환의 죽음은 불현듯 찾아왔다. 그의 마지막 날 모습은, 그가 그토록 싫어했던 문단의 감투 일로 중앙동과 남포동 사이 어느 선술집에서 있었던 예총 모임을 나와 후배 소설가 윤정규의 안내로 남포동파출소 앞에서 택시를 타고 간 것이라고 한다. 그런데 왜 그가 좌천동 지금의 봉생병원 앞에서 교통사고로 유명을 달리해야 했는지에 대해서는 어느 누구도 알 수가 없다. 현재 그의 죽음이 있었던 자리에 세워진 시비 「바위」만이 침묵으로 무엇을 말하고 있는 듯하다.

아마도 그는 "내 죽으면 한 개 바위가 되리라"던 결심 그대로 "아예 애련에 물들지 않고/ 희노에 움직이지 않고/ 비와 바람에 깎이는 대로" 그렇게 영원히 살아가고 싶었는지도 모를 일이다. 남쪽 먼 포구의 시인은 그렇게 우리 곁을 떠나면서 "꿈꾸어도 노래하지 않고/ 두 쪽으로 깨뜨려져도/ 소리하지 않는 바위"처럼 살아갈 것을 강렬하게 말하고 싶었던 것은 아니었을까.

지훈문학관 전경

역사와 현실 앞에서
전통과 순수를 노래한 민족시인

조지훈과 영양 _ 〈지훈문학관〉

영양 주실 마을과 한학의 전통

조지훈의 고향은 경상북도 영양군 일월면 주곡동으로 해방 직후 서울에 거처를 마련하기 전까지 그는 이곳에서 여러 곳을 오가면서 시인으로서의 꿈을 키워 나갔다. 주실마을로 불리는 이곳은 고풍스러운 기와집들이 자연과 더불어 예스러운 아름다움을 한껏 보여 주는데, 경주의 양동마을이나 안동의 하회마을처럼 규모는 크지 않지만 한양 조씨 집성촌으로 오랜 전통을 이어 온 남다른 기품을 갖춘 마을의 모습을 간직하고 있다.

구한말 문명개화의 거센 바람 속에서 오로지 '현대적'인 것에 열광했던 한국현대시문학사의 흐름과는 전혀 다른, 유가적 전통에 바탕을 둔 동양적 풍경을 떠올리게 하는 조지훈의 시는 바로 이곳 주실마을의 모습을 그대로 빼닮은 듯하다. 문득 한 사람이 태어나고 살아온 자리를 유심히 들여다보면 그 사람의 정신과 행동이 어디에서 비롯된 것인지를 알 수 있다는 옛 어른들의 말이 실감으로 다가옴을 느낄 수 있었다.

1930년대 중반 카프 해산 이후 조지훈의 시는 서구 모더니즘의 세계가 지닌 감각적 기교와 이미지에 대한 동경이 두드러졌던 당대 시단의 유행과는 달리 시의 본질과 정신에 대한 내적 통찰을 더욱 중요하게 생각했다. 형식과 기교를 중심으로 시의 구조와 언어가 지닌 미학을 중시하는 시poem가 아니라, 시가 생성되고 창조되기 이전의 세계 안에서 탐구되는 정신적인 세계로서의 시poetry를 더욱 중요시

역사와 현실 앞에서 전통과 순수를 노래한 민족시인

조지훈의 생가 '호은종택'

했던 것이다.

이러한 조지훈의 시관은 어린 시절 주실마을에서 성장하면서 정
규 학교를 다니지 않아 일본식 교육을 거의 접하지 않았다는 사실
과도 밀접한 관련이 있다. 즉 당시 일본을 통해서 유입된 서구적 교
양이나 미학의 영향을 직접적으로 받지 않았다는 것은, 그의 시 정
신이 서구적인 감각의 세계보다는 동양적인 전통 미학의 정서에 토
대를 두게 된 결정적인 이유가 되었다고 할 수 있는 것이다. 이처럼
조지훈의 시와 정신은 그의 고향 주실 마을의 정신사적 풍경과 조
부로부터 배운 한학의 전통으로부터 받은 영향이 가장 근본적인 바
탕이 되었음에 틀림없다.

조지훈은 "본명은 조동탁趙東卓 나이는 갓 스물 신유辛酉 1월 11일부터 경북 영양군 주곡리가 나의 고향이 되었습니다."라고 자신의 약력을 밝혔다. 그의 출생일을 '1920년 12월 3일'이라고 기록하고 있는 것이 대부분인데, 이는 음력 생일을 따르는 당시의 일반적인 관례에서 비롯된 것이다. 하지만 그의 고향 주실 마을은 유가적 가풍에도 불구하고 일찍부터 음력이 아닌 양력설을 지냈다는 사실을 염두에 둘 때, 음력 1920년 12월 3일을 양력으로 환산하면 1921년 신유년 1월 11일이 되어 조지훈 스스로가 직접 밝힌 생년월일과 일치한다.

조지훈의 생가는 한양 조씨들이 대를 이루어 살았던 '호은종택壺隱宗宅'인데, 그의 집안은 당시 영남 북부 유림 사회를 이끌었던 명문가 가운데 한 곳이었다. 그의 증조부는 구한말 의병대장으로 항일운동을 하다가 경술국치 소식에 스스로 목숨을 끊었던 강직한 선비였고, 조부 역시 학문과 덕망이 인근에 자자했던 지조 있는 선비로 한국전쟁으로 온 마을이 유린 되자 의리를 지켜 자결을 선택했을 정도로 현실과 타협하지 않는 기개 있는 유생의 집안이었다.

이러한 가문의 혈통을 이어 받은 조지훈의 아버지 조헌영 역시 와세다대학 영문학부 유학 시절 동경유학생 학우회장을 지내면서 애국지사 박열이 옥중에 있을 때 사모관대를 들여보내 그의 활동을 지원했을 정도로 민족의식이 투철했던 인물이었다. 당시 조지훈은 어린 나이임에도 불구하고 이러한 아버지의 곁에서 민족을 위한 학문과 실천이 어떤 정신에 바탕을 두어야 하는지를 놈소 배웠다고

역사와 현실 앞에서 전통과 순수를 노래한 민족시인

조지훈이 유년 시절을 보낸 '방우산장'

할 수 있는데, 서대문감옥에서 옥사한 김동삼의 유해를 심우장尋牛莊
으로 옮겨 장례를 치른 만해 한용운을 돕는 일에 함께 하기도 했다.
조지훈이 자신의 평생을 좌우한 스승으로 만해 한용운을 특별히 기
렸던 이유도 바로 이러한 일들로부터 배우고 깨달은 정신과 태도를
평생 가슴속에 간직하고 살았기 때문이다.

이처럼 조지훈은 유가적 전통에 바탕을 둔 강인한 민족의식을 지
닌 명문가에서 태어나, 증조부와 조부 그리고 아버지로부터 학문은
물론이거니와 역사와 시대에 맞서는 실천적 삶의 자세와 태도를 몸
소 체득하면서 성장했다. 영양보통학교를 몇 년 다니기는 했으나 유
년 시절 대부분을 정규 교육 기관이 아닌 인근의 몇몇 가문에서 연

합하여 세운 '월록서당月麓書堂'에서 한학을 공부하며 자랐다.

호은종택 바로 뒤편에 있는 '방우산장放牛山莊'은 그가 실제로 자란 집인데, 이곳에서 서당을 오가며 배운 한학의 전통은 조지훈의 민족의식과 고전적 인문주의의 뿌리가 되었다고 할 수 있다. 특히 월록서당은 정규 교육기관은 아니었지만 선진 학문을 수용하는 데에도 결코 편협하지 않아서, 조지훈은 이곳에서 한학 외에 조선어, 역사 등과 함께 서양의 신식 학문도 두루 접하고 익힐 수 있었다.

이러한 월록서당의 개방적 태도는 조지훈의 민족의식이 보수적 유림의 세계에만 머무르지 않고 현실과 사회로 한 걸음 더 나아가는 균형추 역할을 했다고 볼 수 있다. 게다가 조지훈은 이곳에서 조씨 문중의 내방가사와 영남지방의 가사를 수집해 탐독하기도 했는데, 이러한 가사문학에 대한 관심은 그의 시적 감수성을 키우는 남다른 계기가 되지 않았을까 싶다.

《문장》등단과 정지용의 영향

습작기 조지훈의 시는 동요와 동화의 세계로부터 시작되었는데, 이러한 그의 문학적 출발은 그보다 세 살 많은 형 세림 조동진의 영향이 절대적이었다. 일찍부터 문학적 재능을 보였던 세림은 방정환의 《어린이》에 감화를 받아 동요, 동시 등을 썼고, 14세의 어린 나이에 마을 소년들을 모아 〈소년회〉를 조직하여 문집 『꽃탑』을 만드는 등 조숙한 문학 천재의 모습을 보였다. 조지훈은 바로 이러한 형의 뒤를 따라다니며 동요와 동시를 발표하면서 문학적으로 성장했는데, 형과 함께 상경하여 오일도가 운영하던 〈시원사〉에 머물면서 시인으로서의 꿈을 펼치고자 했지만 일제 말의 혹독한 현실에 절망하여 낙향할 수밖에 없었던 좌절을 겪기도 했다.

또한 얼마 후 그의 문학적 스승이자 친구이면서 동지였던 형 조동진이 병으로 갑자기 세상을 떠남에 따라 더욱 깊은 상실감과 절망감에 빠져 살아갔는데, 습작기 조지훈의 시가 퇴폐적이고 음울한 세기말적 허무주의에 경도되었던 이유는 이러한 개인적인 아픔과 시대적인 절망에서 비롯된 당연한 결과였을 것으로 짐작된다. 「부시浮屍」와 같은 시는 이 무렵 조지훈의 내면에 가득했던 절망을 그대로 보여 주는 작품이 아닐 수 없다.

고오이 자라다.
질식窒息하다.

슬픈 가슴 화미華美로운 타성惰性.

옥 같다 부서진 쪽빛 질곡桎梏에
뜬 구름 하나 둘이 고운 만가輓歌라.

기울었다 하이얀 조각달조차
야윈 요카낭의 근골筋骨아 울어라.

작은 수족관 삼각의 파창破窓.

맑은 성性 살아오다 가는 호들기
길이 회한 없이 고오이 눈 감다.
　－「부시」 전문

"부시"는 물 위에 떠오른 시체로 배를 뒤집고 떠오른 죽은 물고기를 형상화한 것이다. "옥 같다 부서진 쪽빛 질곡에/ 뜬 구름 하나 둘이 고운 만가라"에서도 선명하게 드러나듯이, 물고기의 죽음을 통해 서구적 탐미주의가 보여준 그로테스크함과 세기말적 허무주의를 상징적으로 감각화 되어 있는 것이다.

　이러한 그의 음산하고 우울한 습작기 시의 모습이 전통 미학의 정신적 깊이를 추구하는 방향으로 변화된 것은 1939년 《문장》 4월호에 추천된 「고풍의상古風衣裳」이 출발점이 된다. 그가 등단을 위해 《문장》에 보낸 시에는 추천작 「고풍의상」 외에 「부시」와 같이 죽음의 세계를 상징적으로 형상화한 탐미적이고 세기말적인 서구 모더니즘 계열의 작품도 있었지만, 추천 심사를 맡은 정지용은 이러한 조지훈 시의 여러 이질적인 경향 가운데 서구적 미학에 탐닉한 경향보다는 전통적 시정신의 깊이를 보여 준 동양적 미학을 더욱 주목함으로써 「고풍의상」, 「승무」, 「봉황수」 등의 시를 추천했던 것이다.

　이러한 정지용의 선택은 조지훈의 시가 데카당스적 허무주의라는 서구적 미학을 과감하게 버리고 전통적인 미학에 바탕을 둔 절제된 순수 서정시의 세계로 나아가는 데 결정적인 역할을 했다고 할 수 있다.

> 조군의 회고적 에스프리는 애초에 명승고적에서 날조한 것이 아닙니다. 차라리 고유한 푸른 하늘 바탕이나 고매한 자기 살결에 무시로 거래去來하는 일말운하一抹雲霞와 같이 자연과 인공의 극치일까 합니다. 가다가 명경지수에 세우細雨와 같이 뿌리며 내려앉는 비애에 artist 조지훈은 한 마리 백로처럼 도사립니다. 시에 있어서 깃과 죽지를 고를 줄 아는 것도 천성의 기품이 아닐 수 없으니 시단에 하나 신고전을 소개하며 …… 뿌라보우
>
> ─정지용, 「시선후詩選後」

조지훈의 시가 "회고적 에스프리"에 본질이 있고, 이러한 시세계는 "자연과 인공의 극치"이며 "천성의 기품"을 지닌 "신고전"이라고 극찬한 정지용의 추천사는, 그 자체로 조지훈 시의 핵심을 관통하는 것일 뿐만 아니라 이후 그의 시가 나아가야 할 방향을 제시한 이정표가 되었다고 해도 과언이 아니다. 여기에서 "회고적 에스프리"라는 말은 서구적 미학에 대한 탐닉과 동양적 전통 미학의 서정성이 혼재된 습작기 조지훈 시의 양가적 긴장tension을 전통 지향적 서정성의 세계로 이끌어 내는 정지용의 탁월한 시적 감각이 발견해 낸 세계이다. 정지용의《문장》추천과 함께 조지훈은 비로소 전통과 순수를 노래하는 시인이 되었다고 할 수 있는 것이다.

이처럼 《문장》에 발표된 조지훈의 시가 전통미학의 정수를 보여주는 탁월한 감각을 지니고 있었으므로, 〈청록파〉의 지기 박목월은 그 무렵 경주를 방문했던 조지훈과의 첫 만남을 "밤물결처럼 치렁치렁 장발을 날리며, 경주 역두驛頭에서 내게로 걸어 나오던 지훈은 틀림없이 수수한 흰 두루마기를 입고 있었다."라고 기억했다.

하지만 실제로 두 사람이 일주일 남짓 경주에서 같이 지내는 동안 석굴암에서 찍은 사진을 보면, 당시 조지훈은 흰 두루마기가 아닌 희끄무레한 양복을 입고 있어서 박목월의 기억은 분명한 착오로 판명된다. 이에 대해 박목월은 "흰 두루마기를 입은 그의 모습만이 내게는 실감을 자아내는 것이었다."라고 어설픈 변명을 하면서, 당시 《문장》에 발표된 조지훈의 시가 보여준 전통 지향적 서정성의 세계가 그의 의식 속에 강렬하게 내면화되어 있었음을 고백하기도 했다.

박목월이 그러했던 것처럼 지금 우리에게도 조지훈의 시는 언제나 장자적인 풍모와 선비적인 인상과 한국적인 정서로 오래도록 기억되고 있음을 생각할 때, 박목월의 잘못된 기억은 그저 단순한 착각으로만 돌릴 수 없는 의미심장한 착안은 아닐까 싶기도 하다.

혜화전문, 월정사, 그리고 경주

정규 교육을 받지 않은 조지훈은 와세다대학 통신강의록으로 독학을 하여 혜화전문에 입학했다. 이 무렵 그는 서울의 문청들과 함께 《백지》 동인 활동을 한 것을 제외하고는 특별한 이력을 남기지 않았

역사와 현실 앞에서 전통과 순수를 노래한 민족시인

다. 하지만《문장》추천 이후 조지훈의 시가 서구적 미학을 뒤로 하고 고전적 심미주의 세계에 집중했다는 점에서, 이 시기의 활동은 습작기 조지훈 시의 정신과 특징을 이해하는 데 있어서 중요한 의미를 지닌 것으로 생각된다.

고향 주실 마을에서 한학의 전통 아래 성장한 조지훈에게 혜화전문에서의 학업과《백지》활동은 서구적 세계에 매혹되는 직접적인 계기가 되었을 것으로 짐작되는데, 특히 혜화전문에서의 불교와의 만남은 유학적 전통 속에 살아왔던 그의 삶과 시가 역사적이고 사회적인 실천으로 나아가는 정신사적 배경이 되었다고 할 수 있다.

즉 식민지 시대를 살아가는 민족 청년으로서 고전주의와 전통주의에만 매몰될 수 없었던 시대적 갈등과 고뇌를 불교와의 만남을 통해 근본적인 해결점을 찾고자 했던 것이다. 당시 조지훈이 자신의 인생에 있어서 정신적 지주와 같은 역할을 했던 만해 한용운을 만나기 위해 심우장을 자주 찾아갔던 이유도 바로 이러한 현실적 문제에 대한 가르침을 구하기 위해서였다.

또한 그가 혜화전문을 졸업하고 오대산 월정사 불교강원의 외전 강사로 가게 된 것 역시 불교적 세계를 통해 현실의 아픔과 내면의 고뇌를 해소하는 근원적 세계에 도달하고자 했기 때문이다. 식민지 시대를 살아가는 진정한 시인으로서의 모습을 찾고자 했던 문학청년의 간절한 염원을 담은 선택이었다고 할 수 있는 것이다.

이러한 조지훈의 현실적 고뇌는 일제 말 제국주의 억압이 점점 더 가속화되고 급기야 1941년에는 자신이 시인으로 등단했던 《문장》의 폐간 소식마저 접하면서 더욱 골이 깊어졌다. 매일같이 술로 보내는 날이 많아져 건강 악화로 쓰러지는 상황을 초래했고, 결국 부친에 의해 이끌려 월정사에서 서울로 다시 돌아오게 되는 지경에까지 이르렀다. 그리고 이듬해 1942년에는 이전부터 관여했던 조선어학회의 『큰사전』편찬 일을 돕다 회원들의 검거로 시골로 도피하는 등 문학을 중심에 두고 살아가면서도 식민과 제국의 폭력에 맞서는 민족주의자로서의 실천적 활동에도 헌신하는 진정성 있는 삶의 모습을 두루 보였다.

하지만 역사와 현실은 더더욱 가혹한 시절로 접어들어, 조지훈이 다시 서울로 돌아왔을 때는 일제의 정책에 부응하는 황도문학皇道文學이 활개를 치는 참으로 부끄럽고 고통스러운 시간을 마주해야만 했다. 조지훈이 박목월을 만나기 위해 경주로 갔던 때가 바로 이 무렵이었다. 당시 그는 경주로 가는 기차 안에서 시 한 편을 써서 박목월에게 주었는데, 역사와 현실에 절망한 한 젊은 시인의 내면이 어떠했는지를 상징적으로 보여 주는 작품이 아닐 수 없다. 조지훈의 「완화삼」은 이러한 배경 하에 창작되었고, 이에 대한 화답으로 박목월이 조지훈에게 보낸 시가 바로 「나그네」였다.

차운 산 바위 우에

하늘은 멀어

산새가 구슬피

역사와 현실 앞에서 전통과 순수를 노래한 민족시인

울음 운다

구름 흘러가는
물길은 칠백리

나그네 긴 소매
꽃잎에 젖어
술 익는 강마을의
저녁 노을이여

이 밤 자면 저 마을에
꽃은 지리라

다정하고 한 많음도
병인양하여
달빛 아래 고요히
흔들리며 가노니 ……
　　－「완화삼玩花衫－목월에게」 전문

《문장》 폐간과 친일문학에 절망한 조지훈이 현실과는 더욱 괴리
된 탈속적 세계로 나아가고 있음을 그대로 보여 주는 시이다. 영양
주실 마을의 유림적 전통에서 체현된 비분강개의 현실인식은 여전

했지만, 이러한 비판이 시적으로 형상화되는 데 있어서는 철저하게 현실과 거리를 두는 순수한 세계로 깊숙이 들어가고 있었던 것이다. 아마도 이러한 정치성의 배제와 순수성에의 집착은 좌파든 우파든 이데올로기를 앞세운 시인들이 일제 말에 이르러 친일의 길로 들어섬으로써 가장 정치적인 인간으로 변절해 가는 것에 대한 실망 때문이었을 것이다.

특히 해방 이후 계급주의 문학이 표방한 과도한 정치성이 결국에는 친일을 합리화하는 명분으로 타락해 버린 모습에서 받은 충격과 실망이 결정적인 원인이 되었을 것으로 여겨진다. 따라서 조지훈의 시는 역사 앞에 선 시인의 정신과 자세를 올곧게 지키면서도, 그것을 표현하는 방식에 있어서는 철저하게 문학적인 태도를 고수하는 순수성의 세계를 자신의 문학적 신념으로 정립해 나갔던 것이다.

이처럼 그에게 전통과 순수의 세계는 정치와 역사에 그대로 편승한 문학이 지닌 비순수성에 대한 비판이었다. 즉 조지훈의 시에서 순수는 목적과 이념을 앞세운 정치시에 대한 반발로 문학 그 자체의 본질에 충실하려는 시대적 고뇌와 성찰의 결과였다고 할 수 있는 것이다. 이런 점에서 역사와 현실에 깊이 절망한 조지훈이 박목월을 만나러 가는 방황의 길에서 푸른 줄이 든 원고지에 훌륭한 글씨로 써서 전했던 「완화삼」의 세계는, 일제 말의 역사와 현실 앞에서 시인이 진정 무엇을 아파하고 노래해야 하는지를 상징적으로 담은 자기 고백적 시가 아니었을까 싶다. 이에 대한 화답으로 박목월이 남긴 시 「나그네」의 세계 역시 참혹한 현실의 상황을 의도적으로 배제한

역사와 현실 앞에서 전통과 순수를 노래한 민족시인

채 강물과 구름이 유유히 흘러가는 자연 속에서 술 익는 마을과 저녁놀의 풍경을 통해 인간 본연의 정감의 세계를 희구하는 유토피아적 지향성을 노래한 작품이었다. 역사와 현실의 모순 앞에서 일상적 세계의 구체적 진실로부터 멀리 달아나 당위적 세계의 추상적 진실을 노래할 수밖에 없었던 어두운 시대의 아픔이 두 젊은 시인의 내면에 공통적으로 각인되어 있었던 것이다.

〈청년문학가협회〉 결성과『청록집』발간 그리고 종군문인단

일제 말 제국주의 폭력과 계급주의 문학의 변절 등으로 표면화된 정치사회적 모순 속에서 해방을 맞은 조지훈은, 민족문학의 순수성을 지켜내는 일에 열정을 쏟기로 하고 유치환, 김동리, 박두진, 박목월, 서정주, 조연현 등과 함께 〈청년문학가협회〉를 결성했다.

　이는 해방 직후 시단의 모습이 "모든 감정과 지혜와 심혼의 해방과 그 흥분"(『해방기념시집』서문)에 휩싸여 있었던 데 대한 분명한 성찰을 토대로 정치에의 예속을 넘어서는 새로운 문학적 질서를 모색하기 위한 것이었다. 그리고 이러한 새로운 질서의 모색은 격동의 정치현실 한가운데에서 갈등하고 대립하는 사상적 독단과 정치적 편견에 휩쓸리지 않는 상상적이고 심미적인 문학적 순수성을 지켜내는 데서 성취될 수 있다고 보았다.

　물론 이러한 문학적 순수성의 강조는 당시 좌파 계급주의 문학을 지나치게 의식한 전략적인 태도임을 전적으로 부정할 수는 없을 듯하다. 당시 조지훈은 해방 시단의 폐단이 "사상이 완전히 혈액화血液化되고 생활화되지 못하고 미감美感과 사상思想이 물에 기름 탄 것처럼 유리되고 있었"던 데 있었음을 강하게 비판했다. 즉 "뼈다귀만 앙상한 개념적 사상에 격에 맞지 않는 서툰 옷을 입히고 케케묵은 감탄사를 연발하여 공감 이전에 비웃음을 사고 혹은 일편의 정서도 없는 얇은 지성을 가장한" 시들이 해방 이후에도 여전히 시단의 중심을 형성하는 것을 더 이상 지켜만 보고 있을 수는 없었던 것이다. 따라서 조지훈은 민족시가 나아가야 할 길은 오로지 순수시에 대한 지향이어야 한다는 단호한 입장을 견지했다. 해방 이후에도 여전히 문학의 계급성과 정치성을 추동하고 있는 좌파 이데올로기의 충동에서 벗어나 시의 본질과 근본정신을 다시 세우고자 했던 것이다.

이러한 시운동의 본질이 바로 그가 강력하게 주장한 '순수성'에 있었는데, 이는 모든 사상과 이념을 폭넓게 수용하면서도 그것이 정치에의 예속을 넘어서 미학적 형상화의 과정을 제대로 거쳐 예술적으로 승화된 것이 되어야 한다는 데 핵심이 있었다.

시가 시로서 가진 바 그 본질의 가치와 사명을 몰각하고 시의 일부인 자요, 오히려 그 부수성인 공리성을 추출 확대함으로써 시의 전체를 삼고 자신의 문학적 창조와 개성의 무력을 엄폐하고 정치에의 예속, 정당과의 야합의 당위를 부르짖는 수다한 시인은 기실 시인이 아니므로 민족문학의 한 지류는커녕 정치 부동세력 밑으로 추방될 성질의 것이다. 시는 시로서 저 자신과 민족과 인류에 기여할 것이니 시는 모

역사와 현실 앞에서 전통과 순수를 노래한 민족시인

든 사회현상의 가치로 더불어 홀로 설 수 있는 개성을 고수할 것이므로 정치건 무엇이건 시의 개성을 굴복시키려는 유파가 있을 때만은 진실한 시는 언제나 순수시로서 그 정통성을 유지하는 것이다.

그러므로, 나는 정치적 두 조류로써 곧 민족문학의 두 조류로 삼는 것은 부인한다. 순수한 시정신을 지키는 이만이 시로써 설 것이요, 건실한 민족정신을 지키는 이만이 민족시를 이룰 것이니 시를 정치에 파는 경향시와 민족의 해체를 목표로 하는 양두구육羊頭狗肉의 민족시인 계급시의 결탁은 도리어 시 및 민족시의 한 이단이 아닐수 없다.

–「순수시의 지향–민족시를 위하여」

해방 이후 좌파 기성 문인들에 의한 시와 정치의 결합에 맞서 문학의 순수성을 주장했던 문학청년의 도전적인 글이 아닐 수 없다. 20대 후반의 목소리라고는 믿기 어려울 정도로 그의 순수성에 대한 논리는 아주 강하고 당당한 어조로 일관하고 있다.

당시 이러한 그의 문제의식은 정치적 모더니즘의 기수로서 시단의 중심을 형성했던 김기림에 대한 직접적인 반발이면서, 자신을 포함한 〈청록파〉 시인들의 스승이었던 정지용의 현실적 변모에 대한 안타까움을 토로한 것이기도 했다. 즉 『백록담』에서 보여준 정지용의 자연과 생명에 대한 고결한 시 정신이 정치와 역사의 혼탁한 세계로 흘러가 버림으로써 그 순수성과 미학성을 잃어버린 것에 대한 비판의 의미를 포함하고 있었던 것이다.

이런 점에서 조지훈을 비롯한 〈청록파〉 시인들이 『청록집』 발간을 통해 진정으로 말하고자 했던 시적 의미는, 해방 이후 시단을 주도했던 모더니즘의 정치성이 좌파 이데올로기의 각축장으로 혼탁해진 것에 대한 반발과 저항의 의미를 담고 있지 않았을까 싶다. 해방 직후 격동하는 문단 상황 속에서《문장》을 통해 등단한 세 시인의 만남이, 당시 우리 시단의 중심을 형성했던 정치적 모더니즘과 일정한 거리를 둔 채 탈속적 자연의 세계를 통해 민족 정서와 전통 미학을 노래하는 데 집중했다는 사실은 그 자체로 의미심장하다.

『청록집』의 세계가 있어 우리의 전통 서정은 식민과 해방, 전쟁과 분단의 소용돌이 속에서도 그 명맥을 유지하며 지금에까지 이를 수 있었다고 말한다면 지나친 평가가 되는 것일까. 정지용 시의 감각적 세계가 발견한 세 시인의 공통적인 시세계가, 정작 정지용 스스로는 저버리고 말았던 전통 미학의 순수성을 끝끝내 계승하고 지켜낸 데서,『청록집』은 한국현대시문학사의 독자적인 한 페이지를 열어 낼 수 있었다고 평가할 수 있을 것이다.

엎친 데 덮치는 것이 인생이라는 것을 너무 냉혹하게 가르쳐 주듯, 정치적으로든 문학적으로든 극심한 혼란을 겪어야만 했던 해방 정국을 채 수습할 겨를도 없이 우리 사회는 한국전쟁이라는 더 큰 시련과 상처에 직면해야만 했다. 이때 조지훈은 〈문총구국대〉를 조직하여 치열한 전장을 종군하며 선무활동과 시 쓰기를 병행했다.

이러한 종군 활동은 조지훈의 시가 휴머니즘과 자유에 대한 강렬한 열망으로 나아가는 계기가 되었는데, 특히 치열한 전쟁의 현상에서 이데올로기에 대한 증오를 인간에 대한 근본적 사랑으로 전환시키는 휴머니티 지향성을 두드러지게 보여 주었다. 「다부원에서」, 「전선의 서」, 「여기 괴뢰군 전사가 쓰러져 있다」, 「풍류병영」 등의 시가 바로 그러한 작품들인데, 이러한 그의 시적 변모는 정치적 이데올로기를 넘어서 순수시를 갈망했던 조지훈의 시세계가 더욱 굳건한 토대를 형성하는 기회가 되었다고 할 수 있다.

이는 한국전쟁을 겪는 동안 자신의 가족사에 닥친 불행과도 직접적으로 연관되어 있는데, 전쟁의 와중에 어머니가 돌아가시고 아버지는 행방불명이 되었으며, 조부가 자결을 하고 아우와 매부마저 죽는 감당할 수 없는 상처와 고통을 짊어져야만 했던 것이다. 이 모든 시련의 원인을 이데올로기의 대립 탓으로만 돌릴 수 없음을 그 자신 누구보다도 잘 알고 있었지만, 당시 시인에게 이러한 직접적인 충격들은 도저히 이성적으로는 극복할 수 없는 커다란 상흔을 남기는 일이 되지 않을 수 없었다.

역사와 현실에 대한 비판과 한국문화사 탐구

1948년 고려대학교 문과대학 교수로 부임한 조지훈은 1952년 개인 시집으로는 첫 번째인 『풀잎 단장』을 발간하고, 이듬해 1953년에는 시론집 『시의 원리』를, 1956년에는 『조지훈 시선』을 발간하는 등 시인이면서 학자로서의 자신의 활동을 이어 갔다. 그런데 1959년 시집 『역사 앞에서』를 발간한 이후부터는 시인으로서의 활동보다는 대학

교수 사회의 목소리를 대변하는 실천적 지식인으로서, 역사와 현실을 향한 비판적 논객으로서의 사명과 역할에 더욱 헌신하는 삶을 살았다. 이러한 그의 문제의식과 실천적 활동은 고향 영양에서부터 형성된 선비정신에 뿌리를 둔 것으로, 모순된 역사와 현실에 맞서 목숨을 던지는 일마저 서슴지 않았던 증조부와 조부 등의 강인한 결기를 이어받은 것이라고 할 수 있다.

> 만신滿身에 피를 입어 높은 언덕에
> 내 홀로 무슨 노래를 부른다
> 언제나 찬란히 티어 올 새로운 하늘을 위해
> 패자의 영광이여 내게 있으라.
>
> 나조차 뜻 모를 나의 노래를
> 허공에 못박힌 듯 서서 부른다.
> 오기 전 기다리고 온 뒤에도 기다릴
> 영원한 나의 보람이여
>
> 묘막渺漠한 우주에 고요히 울려 가는 설움이 되라.
> ─「역사 앞에서」 전문

"만신에 피를 입"은 화자가 스스로에게 "고요히 울려 가는 설움이 되라"고 말하는 아이러니의 시정신은, 역사와 현실의 모순 앞에서

역사와 현실 앞에서 전통과 순수를 노래한 민족시인

비판적 지식인으로 살아갈 것을 다짐하는 조지훈 자신에 대한 선언적 명령의 의미를 담고 있다.

시인 스스로가 "주로 내가 겪은 바 시대와 사회에 대한 절실한 감회를 솟는 그대로 읊은 소박한 시편"이라고 이 무렵 자신이 발표한 시들에 대해 직접적으로 그 의미를 밝히고 있듯이, "우리 시대가 두 번 다시 이런 슬픈 역사 앞에 서지 않게 되기를 비는 마음"을 담은 역사적이고 사회적인 목소리를 드러내는 데 주력했던 것이다.

이러한 조지훈의 시정신은 민족문화의 옹호와 민주주의 구현이라는 시대의식에 바탕을 둔 것으로, 1960년을 전후로 그가 시인이 아닌 논객으로서의 삶에 더욱 충실하게 되는 결정적 근거가 되기도 했다. 이 가운데 「지조론」은 지사와 논객으로서 조지훈의 정신과 자세를 오롯이 대변하는 글로, 역사와 현실 앞에서 지식인이 갖추어야 할 올바른 삶의 자세와 태도를 일깨워 주는 대표적인 논설이다.

지조란 것은 순일純—한 정신을 지키기 위한 불타는 신념이요, 눈물겨운 정성이며, 냉철한 확집確執이요, 고귀한 투쟁이기까지 하다. 지조가 교양인의 위의威儀를 위하여 얼마나 값지고 그것이 국민의 교화에 미치는 힘이 얼마나 크며, 따라서 지조를 지키기 위한 괴로움이 얼마나 가혹한가를 헤아리는 사람들은 한 나라의 지도자를 평가하는 기준으로서 먼저 그 지조의 강도를 살피려 한다. 지조가 없는 지도자는 믿을 수가 없고 믿을 수 없는 지도자는 따를 수가 없기 때문이다. 자기의 명리만을 위하여 그 동지와 지지자와 추종자를 일조—朝에 함정에 빠뜨리고 달아나는 지조 없는 지도자의 무절제와 배신 앞에 우리는 얼마나 많이 실망하였는가.

지조를 지킨다는 것이 참으로 어려운 일임을 아는 까닭에 우리는 지조 있는 지도자를 존경하고 그 곤고困苦를 이해할 뿐 아니라 안심하고 그를 믿을 수도 있는 것이다. 이와 같이 생각하는 자이기 때문에 지조 없는 지도자, 배신하는 변절자들을 개탄하고 연민하며 그와 같은 변절의 위기의 직전에 있는 인사들에게 경성警醒이 있기를 바라는 마음이 간절하다.

－「지조론志操論」

'변절자를 위하여'라는 부제를 달고 있는 이 글은 자유당 말기 3·15 부정 선거를 앞두고 부정과 부패가 만연했던 사회에 경종을 울리고자 했던 강한 비판의식을 담고 있다. 시시때때로 권력에 야합하는 정치인들을 비롯한 소위 지도층 인사들의 변절을 목도하면서 지조 있는 선비정신이 그 어느 때보다 절실하다는, 그래서 사이비 지도자들과 위장된 지사들의 허위성과 이중성이 아닌 지조 있는 지도자의 역사의식과 비판의식을 존경하고 따라야 한다는 통렬한 직언을 서슴지 않았던 것이다. 또한 현실에 부화뇌동하는 지식인과 곡학아세의 학문적 태도가 횡행하고 있는 상아탑의 타락을 냉정하게 비판함으로써, 시대의 정의를 외면하고 진정한 민주주의를 부정하는 변절자들이 호가호위하는 지식인 사회의 자기모순을 맹렬하게 개탄하기도 했다.

이러한 교양인으로서의 선비정신은 조지훈의 학문이 문학에만 국한되지 않고 한국문화사 전반으로 확대되는 중요한 기반이 되기도 했다. 즉 혜화전문에서 불교사상과 노장철학 그리고 서양학문까지 두루 섭렵했던 조지훈은 편협함을 거부하는 열린 태도로 한국문화를 주체적으로 이해하는 새로운 문제의식을 가지고 있었다.

해방 전후 〈조선어학회〉 일에 관여한 것이나 『중등국어 교본』과 『국사교본』 편찬에 참여하는 등 국학에 대한 지속적인 관심을 기울인 것은, 좌파 계급주의에 맞서 민족문화건설을 주장했던 해방 이후 그의 사상적·학문적 지향으로부터 이미 형성된 것이었다고 할 수 있는 것이다.

따라서 그는 자신이 재직하고 있던 고려대학교에 〈민족문화연구소〉를 설립하여 후학들과 함께 문학, 역사, 철학 등을 아우르는 한국문화사의 체계적 정리 작업에 몰두했다. 이러한 그의 노력은 『조지훈전집 제6권－한국민족운동사』, 『조지훈전집 제7권－한국문화사서설』, 『조지훈전집 제8권－한국학연구』 등으로 체계화되었고, 『한국문화사대계』 전6권에 잘 정리되어 이후 한국문화사 연구의 가장 중요한 길잡이가 되는 초석을 닦았다.

이처럼 조지훈은 문학, 종교, 철학, 역사, 민속 등 다양한 분야에 걸쳐 한국학의 새로운 가능성을 탐색하는 민족주의자로서의 면모를 유감없이 발휘했다. 지천명의 나이에도 이르지 못한 짧은 생애에도 불구하고 학자와 시인으로서 그가 남긴 저술은 어느 누구도 쉽게 따라가기 어려운 깊이와 넓이를 지녔다. "서양과 동양, 한국과 세

주실 마을 입구 공원에 있는 조지훈 시비

계, 원시와 현대, 육체와 정신의 합리적인 조화를 통해 바람직한 새
로운 한국문화, 한국사상의 정립을 시도해 보려한 지성인이었다."는
평가는 조지훈이 아니고서는 결코 적임자를 찾을 수 없는 한국지
성사의 한 정점을 뚜렷이 보여 주는 것임에 틀림없다.

〈지훈문학관〉과 주실 마을을 나오면서

주실 마을의 호은종택과 방우산장을 둘러보고 나오는 초입에 세워
진 〈지훈문학관〉은 전국의 여느 문학관과 달리 전통 기와집으로 지
어져 있어 너무두 고풍스럽고 아름답다. 조지훈의 시도 그러하거니와
주실 마을의 정경과도 조화로운 문학관으로 들어서는 순간 전통 서

역사와 현실 앞에서 전통과 순수를 노래한 민족시인

정 미학의 훈향薰香이 절로 몸에 배어듦을 느낄 수 있을 것이다.

마치 옛 시절의 기억을 떠올리듯 대문을 열고 마당으로 들어서면 기와로 둘러싸인 맑은 하늘 아래 기품 있는 문학관의 모습을 만나게 된다. 규모는 크지 않지만 전국의 문학관 가운데 시인의 시세계와 가장 잘 어울리는 간결하고 우아한 전통의 멋을 자랑하고 있는 듯하다.

문학관으로 들어서면 여느 곳과 마찬가지로 시인의 흉상이 자리 잡고 있고, 비록 지천명에도 이르지 못한 짧은 생애였음에도 불구하고 학자로서 시인으로서 논객으로서 그가 남긴 방대한 유산들이 빼곡히 전시되어 있다. 인간으로 태어나 어떻게 살다가 죽어야 하는지를 새삼 다시 깨닫게 하는 장엄함이 깃들어 있는 듯하다. 조지훈의 마지막 시집 『여운餘韻』에서 "영원히 얼굴은 보이지 않는/ 탑"은 곧 시인 자신의 모습을 상징적으로 형상화한 것은 아닐까 하는 생각이 문득 스쳐 지나갔다.

조지훈은 자신의 죽음을 미리 알기라도 했던 듯 시집 『여운』을 묶으면서 그가 걸어온 시의 여정을 정리해 놓았다. 자연 관조와 동양적 서정의 세계, 불교사상에 바탕을 둔 선禪적 미학, 그리고 한국전쟁과 4월혁명이라는 격동의 역사 한 가운데에서 현실에 대한 비판의식을 담은 시 등을 모두 한곳에 모아 두었던 것이다.

그리고 생의 마지막 즈음에 이르러 다시 자연과 인생을 관조하는 통합적 성찰의 세계에 바탕을 둔 전통 서정의 미학으로 되돌아왔음을 알 수 있는데, 『여운』에 수록된 「설조雪朝」, 「추일단장秋日斷章」 등의 시에서 그의 시의 본령을 재발견하게 되는 것이다.

　문학관을 나와 주실 마을 입구로 다시 돌아나가는 길에 울창한 나무로 둘러싸인 오래된 숲을 만날 수 있다. 전국에서 가장 아름다운 숲으로 선정되기도 한 곳이라는데, 마을 입구를 흐르는 실개천의 청아한 물소리를 들으며 추억을 더듬듯 징검다리를 건너면 공원으로 들어서게 된다.

　그곳에는 중고등학교 교과서에서 조지훈을 소개할 때마다 사진으로 함께했던 조지훈 시비가 있는데, "빛을 찾아 가는 길의 나의 노래는/ 슬픈 구름 걸어가는 바람이 되라."고 노래한 그의 시 「빛을 찾아 가는 길」이 새겨져 있다. 역사와 현실 앞에서 전통과 순수를 노래했던 시인의 마음이 물소리 바람 소리와 함께 가슴 한가운데로 스며드는 순간을 경험하게 하는 듯했다.

　어쩌면 그의 시를 따라 묵묵히 걸어가다 보면 여전히 어둡고 혼탁한 시대의 한가운데를 살아가는 지금의 우리들은 '빛을 찾아 가는 길'을 비로소 발견할 수 있지 않을까 하는 생각이 문득 들었다. 〈지훈문학관〉을 찾아온 모든 사람들이 주실 마을을 나오면서 이곳 숲을 지나 조지훈의 시비 앞에서 잠시 멈추도록 한 뜻이 참으로 의미심장하게 다가왔다.

　조지훈의 시는 이렇게 물소리 바람소리 나뭇잎 스치는 소리와 함께 영원히 우리 곁에 머무르고 싶었을지도 모르겠다.

　　　　　역사와 현실 앞에서 전통과 순수를 노래한 민족시인

사슴이랑 이리 함께 산길을 가며
바위 틈에 어리우는 물을 마시면

살아 있는 즐거움의 저 언덕에서
아련히 풀피리도 들려오누나.

해바라기 닮아가는 내 눈동자는
자운紫雲 피어나는 청동의 향로

동해 동녘 바다에 해 떠오는 아침에
북받치는 설움을 하소하리라.

돌부리 가시밭에 다친 발길이
아물어 꽃잎에 스치는 날은

푸나무에 열리는 과일을 따며
춤과 노래도 가꾸어 보자

빛을 찾아 가는 길의 나의 노래는
슬픈 구름 걷어가는 바람이 되라.
　　　　　　－「빛을 찾아 가는 길」 전문

불국사 맞은편에 위치한 동리목월문학관 전경

북에는 소월
남에는 목월

박목월과 경주 _〈동리목월문학관〉

천년고도 경주

천년고도 경주는 과거와 현재가 공존하는 신비로운 도시다. 경주 톨게이트를 들어서는 순간부터 도로 양쪽으로 즐비하게 늘어선 기와집들을 보는 것만으로도 이 도시의 오랜 역사와 문화에 대한 경외감을 갖기에 충분하다. 게다가 차창 밖으로 만삭의 여인네가 따뜻한 햇살 아래 풀밭에 누워 있는 모습을 보는 듯한 무덤들을 마주하면, 생명을 품에 안은 부드러운 곡선이 주는 상상력이 사각형의 세상에 길들여져 온 사람들에게 세속의 것들을 잠시 내려놓게 한다.

도저한 죽음의 자리를 바라보면서 새로운 생명을 떠올리다니, 이토록 지극한 아이러니 속에서 경주는 지칠 대로 지친 일상을 떠나 휴식과 위안으로 새로운 시간을 맞이하는 겸허함을 안겨 준다. 겨울 들판의 차가운 무덤가에 핀 꽃들조차 아름답게 느낄 수 있는 이유도 바로 이 때문이리라.

경주로 들어서자마자 차를 왼쪽으로 돌려 동국대학교 경주캠퍼스 방향으로 향한다. 시외터미널을 지나 경주를 가로지르는 형산강을 건너는 다리에서 다시 왼편으로 들어서면 경주 외곽으로 빠지는 길이다. 경주시 건천읍 모량리, 경주에서 유년과 청년 시절을 보낸 박목월의 삶과 시를 따라 가는 여정의 첫 목적지이다.

대부분의 사람들이 박목월을 경주 출신으로 알고 있지만, 사실 그기 태어난 곳은 경남 고성이다.(그의 시 「고성에서」에는 "고성은/ 나의 탄생지/ 육십여년만에 돌아와서/ 낯선/ 이층다방에서/ 차 한잔을 들고/ 돌아

북에는 소월 남에는 목월

왔다."라는 싯귀가 있다.) 하지만 태어난 지 여섯 달도 채 안 되어 어머니의 품에 안겨 경주로 왔다고 하니, 그의 고향을 경주라고 한들 크게 틀린 말은 아닐 듯하다. 한 사람의 기억 속에 오래된 풍경이 있어야 진정한 고향이라고 할 수 있다면, 박목월에게 고향은 고성이 아닌 경주라고 하는 편이 오히려 설득력을 가질 듯하다. 그의 초기 시가 경주에서의 삶과 기억들 그리고 풍경들을 고스란히 담아 내고 있다는 점에서도, 경주는 박목월의 문학이 비로소 시작된 원체험 공간으로서 고향의 의미를 오롯이 지니고 있다고 할 수 있다.

박목월의 아버지는 대구농업고등학교를 졸업한 인텔리로 경주수리조합의 이사로 있었다. 그리고 할아버지는 마을에서 손꼽힐 정도로 농사를 크게 지었는데, 자식을 대구로 유학시켰다는 데서 짐작할 수 있듯이 무엇보다도 교육에 남다른 열정을 지닌 개화의식의 소유자였다.

수리조합의 이사로서 늘 바깥 일에 분주했던 아버지와 손주 사랑이 남달랐지만 상당히 엄격했던 할아버지 밑에서 성장한 박목월은, 어린 시절 그런 아버지와 할아버지를 몹시 어려워하고 무서워했다고 한다. 이 때문에 어머니의 품을 더 많이 찾는 아이로 자랐고, 자연스럽게 어머니의 신앙인 기독교 정신을 몸소 배우고 따르며 성장했다. 그의 시가 기독교 신앙에 깊이 뿌리내린 이유도 어린 시절 어머니로부터 받은 절대적 영향 때문이다.

그가 살았던 모량리 입구에 지금은 모량초등학교가 있지만, 당시에는 학교가 없어서 박목월은 집에서 한참을 걸어 읍내에 있는 긴천

초등학교를 다녔다. 현재는 마을 바로 옆으로 경부고속도로가 지나가고, KTX 경주역이 맞은편 쪽에 들어서서 옛 모습을 전혀 찾아볼 수 없지만, 아마도 유년 시절의 박목월은 모량에서 건천으로 통학하면서 경주로 흐르는 형산강 물줄기인 건천을 바라보며 "강나루 건너서 밀밭 길을/ 구름에 달 가듯이 가는"(「나그네」) 시인의 꿈을 키우지 않았을까 짐작해 본다.

건천읍 모량리에서의 유년 시절

그동안 박목월의 출생지라고 알려졌던 건천읍 모량리는 작은 도랑을 끼고 구불구불 이어진 아주 구석진 마을이다. 차가 지나가는 도로라기보다는 마을의 집 마당 여기저기를 헤집고 깊숙이 들어서면, 옛집을 복원하면서 옹기종기 모인 집과 길을 정비하고 확장했을 너른 주차장이 펼쳐진다. 그리고 주차장 앞으로 생각보다 꽤 큰 생가가 복원되어 있는데, 유년 시절 그가 살았던 토담집이며 마당이며 사랑채며 장독대까지 잘 꾸며 놓았다.

하지만 입구에서부터 어딘가 모르게 인위적인 냄새가 나는 것은 혼자만의 생각은 아닐 것이다. 생가복원사업이 진행되기 전 이곳에는 그의 생가터임을 알리는 현판만 있었을 뿐 유년 시절의 토담집은 이미 온데간데없이 사라진 뒤였다고 한다. "목월 선생 생가인 줄 알았다면 집을 헐어 버리지 않았을 거"라는 당시 생가터에 살았던 마을 주민의 말을 굳이 떠올리지 않더라도, 한국문학사의 중요한 시인

건천읍 모량리에 복원된 박목월 생가 터에 지어진 옛집의 모습

들의 삶과 역사를 보존하고 정리하는 일에 무지했던 우리의 문화적 인식 수준을 이제 와서 탓해 본들 무슨 소용이 있겠는가.

지금은 월성군月城郡이지만/ 그때는 상주군尙州郡이었다./ 경상북도 경주군/ 서면 모량리에/ 쩅쩅한/ 햇빛과/ 향기로운 바람./ 으뜸 산기슭에/ 오두막 삼간三間/ 어머니와 살았다./ 사립문 옆에는/ 대추나무,/ 울 밖에는 옹당 벌샘/ 그때만 해도/ 어머니는 파랗게 젊으시고/ 초가지붕에 올린 박은/ 달덩이만큼 컸다./ 서리 온 지붕에는/ 빨간 고추/ 반쯤은 하얀 목화./ 행복이 무엇인지/ 나는 몰랐다./ 알 리도 없는 어린 그 때는/ 눈 오는 밤이면/ 처마에 종이 초롱/ 돌방아를 찧는 밤에는/ 웅성거리는 사람 소리./ 밤참은 찬밥에/ 서거서걱 무김치./ 나는/ 모량리에서 어린날을 보냈다./ 경상북도 경주군/ 서면 모량리/ 코뚜레도 꿰지 않는/ 부륵쇠/ 굴레 없이 자라난/ 부륵 송아지.

–「부륵쇠」 전문

박목월이 모량리 고향 마을을 처음으로 떠나 지낸 것은 15살 무렵 대구에 있는 계성중학에 진학하면서이다. 기독교의 영향 아래에서 성장했던 그가 미션계 학교인 계성중학에 진학한 것은 아주 자연스러운 일이었다. 그는 계성중학 시절 동시를 써서 어린이문학 잡지에 투고하면서 문청文靑으로서의 꿈을 펼치기 시작했는데, 처음 그의 동시가 잡지에 수록된 것은 《어린이》에 발표한 「통딱딱 통딱딱」이었다.

경주 황성공원에 있는 박목월 노래비. 국민 동요로 불렸던 <얼룩 송아지> 노랫말이
박목월의 동시라는 사실을 아는 사람은 많지 않을 것 같다.

    당시 그의 동시를 뽑은 사람은 이 잡지 편집자였던 윤석중이었는
데, 그때의 인연으로 박영종(그는 동시를 쓸 때는 박영종이란 본명을 사
용했다)과 윤석중은 남다른 교류를 이어갔다. 이후 박목월은 1933년
6월 《신가정》에 「제비맞이」가 당선되면서 본격적으로 동시인으로서
의 삶을 시작했다.

    그때 그의 나이 겨우 18살에 불과했으니 문학을 사랑했던 소년의
마음은 어떠했을까. 모량리를 나와 경주 황성공원 여기저기에서 만
난 요즘 또래 아이들을 바라보고 있자니 좀처럼 감이 오지 않는다.
황성공원에 있는 국민동요 「얼룩 송아지」 노래비만이 그 시절 시인

의 마음을 떠올리게 할 뿐이다. 박목월의 시가 동심의 소박한 정서와 향토적인 아름다움에 뿌리 내린 자연친화적 서정성을 지니게 된 것은, 이처럼 그가 시보다 먼저 동시를 쓴 데 이유가 있지 않았을까. 윤석중과 박목월의 인연은 박목월이 동경에 잠시 유학을 했을 때에도 이어졌는데, 당시 윤석중은 자신의 집을 하숙으로 내놓을 정도로 박목월을 각별하게 생각했다고 한다. 그리고 유학 도중 잠시 귀국했다가 일본으로 돌아가는 길에도 경주에 들렀는데, 박목월의 집에서 하룻밤을 묵으며 동요에 대한 이야기로 밤을 지새웠다고 하니 그 인연은 아주 남달랐던 것 같다.

이처럼 박목월의 문학과 인생에 있어서 경주 시절에 맺은 인연은 윤석중 외에도 참 많다. 그 가운데 김동리, 조지훈과의 만남은 특별히 기억할 필요가 있다.

김동리와의 만남

1935년 계성중학을 졸업한 박목월은 고향 경주로 내려와 동부금융조합(지금 농협의 전신) 서기로 취직했다. 그 무렵 박목월은 동향의 선배이자 친구인 김동리를 만나게 된다. 동요 시인으로 이미 문인으로서의 삶을 살아가고는 있었지만, 당시 경주에는 자신의 문학적 열정을 함께 나눌 사람이라곤 없었으니 그에게 김동리는 문학적 구원의 대상이 아닐 수 없었을 것이다.

김동리는 박목월보다 세 살 위였고, 계성중학을 2학년까지 다니

김동리와 박목월이 경주 시절을 함께 보낸 성건동에 있는 김동리 생가 터

다가 서울 경신학교로 전학을 갔으니 선배가 되는 셈이기도 했다. 당시 김동리는 서울 생활을 접고 경주로 내려와 있었는데, 그의 형인 김범부의 지인이 운영하던 무열각이라는 곳에서 경주의 몇몇 문학청년들과 잦은 교류를 가졌다고 한다. 그 무렵 김동리는 《중앙일보》 신춘문예에 「화랑의 후예」로 등단하여 소설가로서의 첫 출발을 이미 알린 때였다. 대구에서 학교를 졸업하고 돌아온 박목월은 모량리에서 경주 시내로 출퇴근을 했는데, 길이 너무 멀어 경주읍 성건동에 하숙을 정하면서 자연스럽게 당시 근처에 살았던 김동리와의 교류가 깊어졌다. 김동리는 이듬해 신춘문예에서도 《동아일보》에 「산화山火」가 당선되었으니, 그의 재능에 이끌려 주변의 문학청년들이 모여드는 것은 너무도 당연했다. 집에서 나와 혼자 지내던 박목월에

게 김동리와의 만남은 동시를 쓰는 데 머무르지 않고 시인으로서의 꿈을 키워 나가는 중요한 디딤돌이 되었을 것이다.

하지만 김동리와의 문학적 인연은 그리 오래 가지는 못했다. 그가 형 김범부가 있는 서울과 해인사를 자주 오고 가더니, 결국에는 불교와 인연이 깊은 형의 영향으로 경남 사천에 있는 다솔사로 들어가 경주와는 더 이상 인연을 맺지 않았기 때문이다. 이때의 심정을 박목월은 시와 산문으로 남겨 두었는데, "누구를 사모하는 까닭도 없이 은은히 흔들리는 강나룻배처럼 나는 하루도 감정이 잠잘 날이 없었다."면서, 그때의 심정을 "처절하게 외로왔다"라는 말로 표현했다.

그의 시 「강나룻배」는 김동리가 떠난 후 자신의 마음을 고스란히 담은 작품이다. "안타까운/ 마음은// 가만히 흔들리는/ 강 나룻배// 까닭없이/ 시시로/ 안타까운/ 마음은// 가만히 흔들리는/ 강 나룻배"

《문장》추천과 정지용의 영향

김동리가 떠난 경주를 홀로 지키면서 동요 시인이 아닌 시인으로서의 꿈을 키운 박목월의 마음을 크게 움직인 것은 1939년 2월에 창간된 《문장》이었다. 소설은 이태준, 시조는 이병기가 선자選者로 참여하여 신인추천제를 실시한 이 잡지의 시 추천자는 박목월이 가장 존경했던 시인 정지용이었다. 그동안 갈고 닦은 시를 투고해서 하루빨리 추천 질자를 밟고 싶긴 했지만, 선뜻 그렇게 할 수 없었던 것은 동요 시인으로서 이미 활동을 하고 있다는 점과 혹시라도 아동문학을 저

버린 것으로 윤석중이 생각할까 걱정한 것 때문이었다. 훗날 윤석중은 이러한 박목월의 마음을 두고 "동요를 쓰다가 갑자기 시를 쓴다는 것이 겸연쩍었던 모양이다. 그토록 그는 순진했고 선배를 어려워했다."라고 회고하기도 했다.

《문장》 창간 이후 3호에 첫 추천작이 실렸는데, 조지훈의 「고풍의 상古風衣裳」과 김종한의 「귀로歸路」였다. 그 역시 박영종이란 동요 시인으로서의 이름 대신 목월木月이라는 필명으로 시를 응모하여 같은 해 9월호에 「길처럼」, 「그것은 연륜이다」 두 작품을 추천받았다. 목월이란 이름은 당시 그가 좋아했던 변영로의 호 수주樹洲에서 나무 수樹자를 나무 목木으로 바꾸고, 김소월金素月의 이름에서 달 월月을 그대로 따서 붙여 만든 것이었다고 한다.

이때 같은 지면에 박두진의 시 「낙엽송」도 실렸으니, 카프 해체 이후 한국현대시문학사의 큰 줄기를 형성했던 청록파 세 사람이 비로소 한자리에 모인 셈이었다. 당시 박목월의 시를 뽑은 정지용은 그의 시가 지닌 강점과 약점을 두루 지적하는 날카로운 평으로 그의 출발을 축하해 주었다.

등을 서로 대고 돌아앉아 눈물 없이 울고 싶은 리리스트를 처음 만나 뵈입니다 그려. 어쩌자고 이 험악한 세상에 애련측측哀憐惻惻한 리리시즘을 타고나셨습니까! 모름지기 시인은 강해야 합니다. 조롱 안에서도 쪼그리고 견딜 만한 그러한 자처럼 강해야 하지요. 다음에는 내가 당신을 몽둥이로 후려갈기리다. 당신이 얼마나 강한지를 보기 위하여, 얼마나 약한지를 추대하기 위하여!

박목월의 시인으로서의 타고난 기질을 오로지 그의 시만으로 정확히 읽어 낸 정지용의 평가는, 그의 시가 지닌 시작과 끝을 온전히 함축하고 있어 놀라울 따름이다. 박목월의 시가 식민과 분단의 세월을 살아오는 동안 긍정적 평가와 부정적 시각 속에서 요동칠 수밖에 없었던 것도 바로 "애련측측의 리리시즘" 때문이 아니었을까. 정지용의 말대로, 그의 시가 조금만 강했더라도 모진 역사의 바람에 쉽게 휘둘리지 않는 시인으로서의 풍모를 강건하게 유지했을 것이다.

박목월은 1939년 12월에 「산그늘」이, 이듬해 9월에는 「가을 어스름」과 첫 번째 추천작 「그것은 연륜이다」를 개작한 「연륜」으로 《문장》 추천을 완료했다. 이때 그의 시를 추천하면서 정지용이 남긴 말은 두고두고 박목월의 시를 따라다니는 명문장이 되었다.

"북에 김소월이 있었거니 남에 박목월이가 날 만하다. 소월의 툭툭 불거지는 삭주 구성조朔州 龜城調는 지금 읽어도 좋더니 목월이 못지않아 아기자기 섬세한 맛이 좋다. (중략) 요적 수사謠的 修辭만 다분히 정리하고 나면 목월의 시가 바로 조선시다."라는 정지용의 평가는, 훗날 그의 시를 평한 어느 평론가도 넘기 어려운 박목월 시의 정수를 말해 주고 있음에 틀림없다.

당대 최고의 시인 정지용이 《문장》을 통해 배출한 시인은 박목월

북에는 소월 남에는 목월

을 비롯하여 조지훈, 박두진, 김종한, 이한직 등 1930년대 이후 우리 시단을 대표하는 상당수가 있다. 하지만 이들이 시로 맺은 사제지간의 인연은 해방 이후 좌파와 우파로 갈라진 역사의 상처 속에서 엇갈리고 만다. 해방 이후 좌익 진영의 〈문학가동맹〉에 맞서 민족 진영의 문인들이 〈조선문필가협회〉와 〈조선청년문학가협회〉를 결성했을 때, 당시 박목월을 비롯한 청록파 시인 세 사람은 모두 김동리가 주도했던 청년문학가협회에 이름을 올린다.

이때 정지용은 우파 민족주의자들과는 거리를 두고 좌익 진영의 문학 활동을 했고, 월북을 하여 남쪽 문인들과는 이념적으로든 문학적으로든 결별의 길을 걸어갔다는 점에서, 정지용과 박목월의 인연은 분단의 역사 속에서 서로 다른 운명을 짊어지지 않을 수 없었다. 스승에 대한 존경과 예의로 『청록집』 발간 당시 서문을 부탁했던 세 시인의 마음을 정지용이 단호하게 거절했던 이유도 바로 이런 사정 때문이었을 것이다. 정지용은 뒷날 『청록집』을 받고서 곤혹스러운 표정을 지으며 "내가 호랑이 새끼를 길렀어. 호랑이 새끼를 길렀단 말이야."라고 탄식했다고 하니, 해방이 곧 혼란이 되어 버린 우리 역사의 상처와 모순이 정지용과 청록파 시인들의 안타까운 인연에 고스란히 묻어 있는 듯하다.

건천역에서 만난 조지훈, 그리고 『청록집』

1940년 창씨개명, 조선어 폐지, 《조선일보》《동아일보》 강제 폐간 등

박목월과 조지훈이 처음으로 만났던
경주시 건천역

에 이어 이듬해에는 문예지 《인문평론》과 《문장》마저 폐간되면서 일
제 말 가혹한 식민 통치가 이어지고 있었다. 그럼에도 불구하고 훗날
을 기약하며 시 쓰기를 게을리하지 않았던 박목월은, 완성된 시를
항아리에 넣어 마루 밑에 묻어 둘 정도로 시와의 외로운 인연을 이
어 가고 있었다.

그즈음 1942년 3월 그는 서울에서 온 한 통의 편지를 받았는데,
그 발신자는 바로 조지훈이었다. 당시 박목월은 다니던 금융조합을
그만두고 경주를 떠나 동경으로 유학을 갔다가 그곳 생활에 흥미를
느끼지 못하고 이내 돌아온 뒤였다. 《문장》으로 같이 등단을 하여
서로의 시에 강한 이끌림을 갖고는 있었지만, 그때까지 직접 만난 적
은 단 한 번도 없는 생면부지였다.

원고지 넉 장으로 이루어진 조지훈의 편지에는, 그가 있는 경주로

바람도 쐴 겸 내려오고 싶다는 내용이 적혀 있었다. 당시 조지훈은 강원도 월정사에 머물다가 태평양전쟁이 일어난 이후 병을 얻어 서울로 돌아와 조선어학회 사전 편찬 일을 하고 있을 때였다. 그런 조지훈이 경주로 오고 싶다는 소식을 전했으니 박목월은 얼마나 기쁘고 설레었을까. 단숨에 써 내려갔을 그의 답장에는 참으로 외로웠던 시인의 떨리는 목소리가 그대로 드러난다. "경주박물관에는 지금 노오란 산수유꽃이 한창입니다. 늘 외롭게 가서 보곤 하던 싸늘한 옥적玉笛을 마음속 그리던 임과 함께 볼 수 있는 감격을 지금부터 기다리겠습니다." 한국현대시문학사에서 청록파 세 시인의 만남은 이렇게 조지훈이 박목월에게 보낸 편지로부터 시작되었다.

지금은 동해남부선 열차가 하루에 단 몇 차례밖에 지나가지 않는 건천역, '박목월'이라는 깃대를 들고 기다리던 경주의 시인과 "검은 장발을 젖힌 허우대가 큼직한"서울에서 내려온 시인은, 보자마자 백년지기가 되어 보름 남짓 경주를 돌아다니면서 못다 한 이야기를 이어 나갔다. 그때까지도 경주의 시골뜨기 문인이었던 박목월에게 조지훈이 들려 주는 서울 문단 소식은 아주 특별했을 것이다.

석굴암으로 불국사로 경주 곳곳을 함께 다니면서 그들은 무슨 이야기를 나누었을까. 그 각별한 우정이 시작된 건천역은 지금은 오가는 사람을 만나는 것조차 힘든 조용한 간이역이 되었으니 역 주변을 둘러보는 마음이 참으로 쓸쓸하다. 건천역에서 조지훈을 서울로 떠나보낸 후 박목월이 느꼈을 허허로움이 이런 느낌이 아니었을까.

지금 보문호 입구에 있는 목월공원(박목월의 시비가 있는 것 외에는 이

곳이 왜 목월공원이라 불리는지를 전혀 알 수 없다.)의 시비가 그때의 심정을 대신해 주는 듯 차가운 겨울 호숫바람을 맞으며 외롭게 서 있다.

목월공원 주변 산책길을 따라 걸어가면서 잔잔한 겨울 호수를 바라보았다. 당시 조지훈이 박목월에게 보여 주었던 「완화삼」의 "구름 흘러가는/ 물길 칠백리"는 어디에서 시작되는 것일까. 경북 영양 출신인 조지훈의 시에서 "물길 칠백리"가 박목월에게 와서는 "남도 삼백리"(「나그네」)가 된 것은 또 왜일까. "술 익는 강마을 저녁 놀"(「완화삼玩花衫」)과 "술익는 마을마다 타는 저녁놀"(「나그네」)을 함께 노래한 두 시인의 문학적 우정이 보문호의 잔잔한 물길 위에 흐르는 강물처럼 새겨져 있는 듯했다.

서울로 돌아간 이후 조선어학회 사건을 피해 다시 월정사로 가는 길에 조지훈은 경주의 박목월에게 또 한 통의 편지를 보냈다. 그 편지 속에도 어김없이 시 한 편이 있었는데, 그 시가 바로 「낙화」이다. "묻혀서 사는 이의/ 고운 마음을// 아는 이 있을까/ 저어하노니// 꽃이 지는 아침은/ 울고 싶어라."고 노래했던 조지훈의 마음이 누구를 향했는지를 짐작하는 일은 그리 어렵지 않다.

시인은 시로 마음을 전하는 사람이라고 했던가. 박목월은 한 편의 시로 조지훈에게 답을 전했다. 그 시가 바로 박목월을 대표하는 작품인 「나그네」이다. 세월이 한참 흐른 후 박목월은 그날의 일을 회상하며 또 한 편의 시를 썼다. 아마도 그때 서울에서 내려오는 조지훈을 기다렸던 건천역 앞에는 모과나무가 향기롭게 자라고 있었나 보다.

여전히 있군./ 그 나무는. 청록집의 내 작품을/ 쓸 무렵의 모과수木瓜樹./ 지훈을 기다렸다./ 저 나무 아래서./ 서울서 내려오는 낯선 시우詩友를// 이십년의 세월이/ 어제같구나./ 모과수는 여전한 그 모습./ 늙어서 나만이 이 나무 아래서/ 오늘은 구름을 쳐다보는가.// 덧없는 세월이여./ 어제같건만, 젊음은 갔았고/ 머리는 반백./ 반평생 경영이 시구 두어줄./ 너를 노래하여 싹튼 〈박목월〉도/ 이제 수피樹皮가 굳어졌는데……// 그 나무 아래서/ 모과수의 묵중한 인종忍從을 배울가부다./ 함께 나란히/ 벗들도 늙고, 환한 이마에/ 주름이 잡혔는데// 늙어서 오히려 태연한 좌정坐定/ 잎새는 바람에 맡겨버리고/ 스스로 열리는 열매를 거둠하고/ 때가 이르면/ 환한 눈을 감으려니.// 여전히 있군./ 그 나무는 박물관 처마에서/ 두어자국 뜰로 나와./ 산수유와 나란히 어깨를 겨누고./ 비스듬히 이마를 하늘에 기댄채/ 빛나는 궁창穹蒼을/ 억만년의 세월을 자랄듯한 미소로.

– 「모과수유감木瓜樹有感」 전문

또 한 명의 청록파 시인 박두진과 박목월의 만남은 《문장》 추천 이후 6~7년이 흐른 뒤였다. 박목월은 그의 첫인상을 마치 학과 같았다고 기억했는데, 『청록집』은 당시 출판사에 근무하고 있었던 그로부터 발의된 것이었다. 당시 《문장》으로 등단한 젊은 시인들 가운데 박남수는 북쪽에 있었고, 김종한은 타계한 이후였으며, 이한직은 시

세계가 조금은 다른 곳에 있었으므로, 자연스럽게 박두진, 박목월, 조지훈 세 사람의 시집이 성사되었다. 각각 15편씩 모두 45편의 시를 싣기로 하고, 시가 짧고 순수한 면이 강했던 박목월의 시가 맨 앞으로, 작품의 길이뿐만 아니라 무게감에 있어서도 남달랐던 박두진의 시가 맨 뒤로, 그리고 조지훈의 시를 중간에 배치하였다.

1946년 6월 『청록집』은 그렇게 세상에 나오게 되었다. 초판 3천 부, 가격은 25원, 표지에는 푸른 사슴이, 속표지에는 촛불을 밝힌 기도하는 여인의 모습이 인쇄되어 있다. 하지만 앞서 언급한 대로 시집 출간 당시 좌익 진영의 『청록집』에 대한 평가는 아주 냉담하였다. 그들의 시적 스승 정지용과 다른 길을 걷기 시작한 것도 바로 이 무렵부터이다.

이들 시에 대한 비판의 요지는, 시가 현실을 노래해야 한다면 그것은 일상적 현실을 왜곡하는 것이 되어서는 안 된다는 단호한 입장이었다. 일제 말의 암흑 속에서 이토록 자연을 유유자적하며 관조하는 시를 어떻게 쓸 수 있느냐는 것이었다. 반면 시는 일상적 현실의 가혹함을 넘어서는 당위적 진실을 노래할 수도 있어야 한다는 또 다른 관점이 뒷날 청록파 시인들을 옹호하기도 했다.

어느 쪽 견해에 손을 들어주든지 간에, 식민과 분단이라는 외적 현실이 시와 시인들을 서로 등 돌리게 만든 사실만큼은 아무리 비판해도 지나치지 않다. 그런 면에서 청년문학가협회로 모인 세 시인의 행보를 멀리서 바라보았을 스승 정지용의 마음은 어떠했을까. 그가 북으로 가지 않았더라면 다시 이들과의 만남을 이어 갈 수 있었을까. 박목월의 문학을 정리해 놓은 동리목월문학관으로 가는 내내 북으로 떠난 정지용의 모습을 떠올리지 않을 수 없었다.

〈동리목월문학관〉과 경주를 노래한 시들

〈동리목월문학관〉은 경주 토함산 아래 불국사 주차장 맞은편에 위치하고 있다. 경주를 대표하는 김동리와 박목월의 문학과 삶을 한자리에 정리한 곳으로, 문학관 입구에 들어서면 왼편이 동리문학관, 오른편이 목월문학관이다. 식민지 청년 시절 경주에서 맺은 두 사람의 인연이 오랜 세월을 지나 죽은 뒤에도 나란히 서로를 바라보고 있으니 그 인연이 참으로 각별하다고 하지 않을 수 없다.

경주를 대표하는 소설가와 시인으로서 그들이 경주를 모티프로 쓴 작품들은 아주 많다. 김동리의 초기작이 무속과 종교 그리고 화랑과 같은 경주의 역사와 문화에 탐닉한 것은, 당시 그가 살았던 경주시 성건동 일대가 무당집과 점집들이 많았던 데 영향을 받았을 것이다. 또한 「불국사」, 「구황룡」, 「청운교」, 「토함산」, 「왕릉」 등 경주를 노래한 시들을 무수히 써 내려간 박목월의 흔적은 경주 시내 곳곳에서 찾아볼 수 있다.

그만큼 두 사람에게 경주는 자신들 문학의 발원지라고 할 만큼 특별한 장소로 내면화되었고, 경주에서 함께 보낸 문학청년 시절의 모습은 〈동리목월문학관〉에 고스란히 남겨져 있다.

〈목월문학관〉으로 들어서면 한국문학사에서 백석과 더불어 출중한 인물을 자랑하는 박목월의 흉상이 방문객들을 맞이한다. 여느 문학관과 마찬가지로 시인의 삶과 문학이 시대별로 정리되어 있는 전시실에는 생전에 그가 남긴 시집과 잡지들, 교류했던 문인들, 그리고 육필 원고들이 가지런하게 정리되어 있다.

이 가운데 그가 경주에서 보낸 삶을 유심히 들여다보려는 필자의 눈길이 오래 머물렀던 것은 박목월이 남긴 경주에 관한 시들에 대한 소개였다. 그의 경주 시편들은 군더더기 하나 없는 절제된 시어로 천년의 역사를 감각적인 이미지로 그려 낸 솜씨가 탁월했는데, 김소월과 정지용을 겹쳐 놓은 듯한 착각에 빠지게 한다.

날가지에 오붓한
진달래꽃을

구황룡 산길에
금실아지랑이

—풀섶아래 꿈꾸는 옹달샘
—화류농장 안쪽에 호장저고리
—새색씨 속눈썹에 어리는 이슬

날가지에 오붓한

북에는 소월 남에는 목월

꿈이 피면

구황룡 산길에
은실아지랑이
−「구황룡九黄龍」 전문

토속적 리리시즘과 근대적 이미지즘이 이렇게 조화를 이룬 시가
또 있을까. 박목월과 조지훈이 경주에서 만났던 것처럼, 김소월과 정
지용이 경주에서 만나 함께 시를 노래했다면 아마도 이런 시가 나오
지 않았을까. 두 시인을 마음속 깊이 사숙하면서 경주의 역사와 문
화를 찾아 다녔을 박목월의 발걸음은 결코 우연이 아니었다. 그에게
경주는 시가 태어나는 장소였으며, 시를 통해 보여 주고자 했던 진
정한 역사와 문화의 풍경이었다.

유년과 청년 시절 경주에서 보낸 시간이 없었더라면, 과연 박목월
이라는 시인이 세상에 나올 수 있었을까. 시간이 날 때마다 불국사
경내를 걷고 토함산을 오르고 안압지와 첨성대 주변을 산책하면서
오로지 시만을 생각했을 그 마음이 온전히 전해진다. 〈목월문학관〉
에 남겨진 박목월의 흔적들이 그의 시를 향한 그리움을 조금이나마
채워 주면 좋으련만, 어딜 가더라도 문학관은 박물관으로서의 모습
을 크게 벗어나지 못하니 안타까울 따름이다. 그가 남긴 육필 원고
들을 가만히 들여다보면서 잠시 그의 손길을 따라가 보는 외에는 달
리 그를 추억할 방법이 없다. 시와 시인은 우리에게 그렇게 기억되고

또 그렇게 잊혀 가는 것이다.

경주를 나오며

어느 봄날 박목월은 경주의 교촌마을을 거닐면서 이렇게 시를 썼다. "여기는 경주/신라천년……/ 타는 노을// 아지랑이 아른대는/ 머언 길을/ 봄 하로 더딘날/ 꿈을 따라 가며는// 석탑 한 채 돌아서/ 향교 문하나/ 단청이 낡은대로/ 닫혀 있었다"(「춘일春日」) 지금은 그가 노래한 향교만이 간신히 그때 그 시절의 경주를 지키고 있을 뿐이다.

경주는 식민지와 해방을 거치면서 좌익과 우익으로 갈라진 혼란 속에서 한국현대문학사의 한 페이지를 장식하는 두 문인 김동리와 박목월이 처음으로 만났던 장소였고, 그들이 남긴 작품이 천년이라는 경주의 역사를 계속해서 이어 나간 명품들로 남아 있음을 아는 사람은 과연 몇이나 될까? 경주 시민들의 휴식처인 황성공원의 풀숲 가운데 두 사람을 기리는 비석이 알 듯 모를 듯 세워져 있고, 성건동 일대에서 두 사람이 의기투합하며 문학청년 시절을 함께 보낸 것을 알 만한 사람이 또 몇이나 될까?

경주의 두 문인을 기려 〈동리목월문학관〉을 세운 뜻은 높이 평가할 만하지만, 그들의 문학과 삶을 기억하는 장소와 사람과 작품에 대한 문화콘텐츠를 정리하고 보존하는 일은 시급히 개선되어야 할 과제가 아닐 수 없다. 각 지역마다 그곳에서 태어나고 자란 문인

경주의 옛 모습을 복원해 놓은 교촌마을 전경

을 기리는 문학관이 우후죽순 들어서고 있지만, 대부분의 문학관이 연보를 정리하고 그가 남긴 유물들을 전시하는 차원에 머물러 있어 아쉬움이 큰 것이 사실이다.

　문학관이 들어선 가장 큰 이유가 되는 고향의 의미와 시인의 삶을 엮어서 그들의 문학적 여정을 따라가 보려는 이 글의 시작도 바로 이러한 안타까움과 아쉬움을 조금이라도 해소할 방법을 찾을 수는 없을까 하는 생각에서 비롯되었다. 처음부터 길이었던 곳은 없고, 그곳을 걸어가야만 비로소 길이 만들어진다고 누군가 말했던가. 유년과 청년 시절 그는 경주에서 무수히 많은 길을 걷고 또 걸었을 것이다. 아마도 그의 시는 그 길 위에서 그렇게 내게로 새롭게 다가올지도 모른다.

朴在森 문학관

PARKJAESAM LITERARY MUSEUM

박재삼문학관 전경

천년의 바람 맞으며
고향 바다에서 시를 쓰다

박재삼과 삼천포 _ 〈박재삼문학관〉

사라진 삼천포의 영원히 살아 있는 시인

박재삼은 남해 바닷가 아름다운 항구 도시 삼천포의 시인이다. '잘 가다가 삼천포로 빠진다'고 할 때의 그곳, 기차를 타고 가다 잠시 졸 거나 차를 몰고 가다 종종 갈림길에서 길을 잘못 들면 진주로 가야 할 것을 삼천포로 가게 된다고 괜한 불평을 듣기 일쑤였던 그곳이 바로 그의 고향이다. 어떤 일을 하거나 말을 할 때 핵심을 벗어나 논 점이 흐려지는 상황에서 핀잔을 들을 때 종종 비유되는 그곳, 이처 럼 직접적인 잘못을 한 것도 없는데 지나가는 사람들의 원망을 고 스란히 들어야만 했던 억울한 사정 때문인지 이제 '삼천포'라는 지 명은 사라지고 없다. 1995년 지방자치선거를 앞두고 실시된 행정구 역 개편으로 사천군과 통합되어 삼천포는 지금의 사천시로 불리게 되었다.

하지만 박재삼을 '사천'의 시인이라고 부르는 것은 어딘가 모르게 어색하고 어울리지 않는다. 비록 삼천포는 사라지고 없지만, 박재삼 은 여전히 삼천포 앞바다를 지키면서 영원히 살아 있는 시인으로 남아 있기 때문이다. 그에게 삼천포가 없었다면 진정 시인으로서의 삶을 살아갈 수 있었을까 하는 생각에 잠겨 시인의 고향 팔포 앞바 다를 아득하게 바라보았다. 오늘도 그는 삼천포 앞바다의 잔잔한 물 결처럼 시를 쓰고 있을지도 모른다는 생각이 문득 스쳐 지났다. 아 마도 그를 만나러 오는 많은 사람들에게 천년의 바람이 깃든 가난 한 시인의 꿈을 들려 주고 싶은 마음만큼은 그 어느 곳에서든 온전

천년의 바람 맞으며 고향 바다에서 시를 쓰다

노산공원에서 바라본 사천시 팔포항

히 간직하고 있을 것이다.

　그런데 삼천포의 시인이라고 불리는 박재삼이 실제 태어난 곳은 삼천포가 아니라 일본 동경이었다. 1936년 4살 때 가족들이 모두 일본에서 귀국하여 어머니의 고향인 삼천포에 정착하면서부터 그의 고향 역시 자연스럽게 삼천포가 된 것이다. 식민지 시기 일본으로 건너갔던 많은 사람이 그러했듯, 그의 부모님 역시 생계를 위해 일본으로 떠났지만 지독한 가난을 벗어나지 못한 채 결국 빈손으로 고향으로 돌아왔다. 그로 인해 그의 집안 식구들은 어떤 험한 일도 마다하지 않고 생계를 꾸려갈 수밖에 없었는데, 아버지는 삼천포 앞바다에서 지게 노동을 했고, 어머니는 멀리 진주 장터까지 가서 생선 행상을 하는 신산한 삶을 이어가야만 했다.

그러므로 부모세대로부터 물려받은 가난을 평생 짊어지고 살아갈 수밖에 없었던 박재삼의 삶과 문학은, 가난으로 시작하여 가난으로 끝을 맺은 '가난의 시학'이라고 불러도 무방할 것이다. 그의 시가 설화적 소재를 주로 차용하면서 '흥부'를 제재로 한 작품들을 유독 많이 썼던 이유도 바로 이러한 가난의 세월을 온몸으로 견디며 살아온 때문이 아니었을까. 하지만 그는 가슴속 깊이 천명처럼 새겨진 가난한 삶을 살아가면서도 결코 자신의 운명을 탓하거나 외면한 적은 없었던 듯하다. 오히려 물질은 늘 가난해도 마음만큼은 결코 가난하게 살지 않으려 했던 '흥부'의 표상에서 알 수 있듯이, 가난으로 빚어 낸 순수하고 아름다운 서정시의 세계를 열어 내고자 하는 데 평생 시의 열정을 바쳤음을 기억해야 할 것이다.

　골목골목이 바다를 향해 머리칼 같은 달빛을 빗어내고 있었다. 아니, 달이 바로 얼기빗이었었다. 흥부의 사립문을 통하여서 골목을 빠져서 꿈꾸는 숨결들이 바다로 간다. 그 정도로 알거라.

　사람이 죽으면 물이 되고 안개가 되고 비가 되고 바다에나 가는 것이 아닌것가. 우리의 골목 속의 사는 일 중에는 눈물 흘리는 일이 그야말로 많고도 옳은 일쯤 되리라. 그 눈물 흘리는 일을 저승같이 잊어버린 한밤중. 참말로 참말로 우리의 가난한 숨소리는 달이 하는 빗질에 빗어져, 눈물 고인 한 바다의 반짝임이다

　－「가난의 골목에서는」 전문

"흥부의 사립문을 통하여서 골목을 빠져서 꿈꾸는 숨결들이 바다로" 가는 과정은, 박재삼의 시가 창작되는 마음의 길을 흥부의 가난한 마음에 빗대어 감각적으로 표현한 것이다. 삼천포 앞바다가 훤히 내려다보이는 작은 어촌 마을 좁디좁은 골목 어딘가에서 "흥부의 사립문" 같은 가난한 집 문을 열고 나와 하루 종일 바다와 함께 놀고 일하고 꿈을 꾸었던 유년 시절 박재삼의 모습이 고스란히 전해져 오는 듯하다.

"사람이 죽으면 물이 되고 안개가 되고 비가 되고 바다에나 가는 것"처럼, 그에게 바다는 삶과 죽음이 공존하는 근원적 장소로서의 의미를 지니고 있었다. 그래서 그 바다를 바라보는 자신의 "가난한 숨소리"야말로 "참말로 참말로" 시의 원형적 비밀로 내면화되지 않을 수 없었던 것이다. 그가 처음부터 시인이 될 수밖에 없는 운명을 타고난 것이 사실이라면, 그것은 가난한 유년 시절과 그 슬픔의 세월을 위로하는 바다가 있어서 비로소 그 운명을 헤쳐 나갈 수 있었기 때문이 아니었을까. "눈물고인 한 바다의 반짝임"을 바라보듯, 이곳을 지나가는 사람들 모두가 잠시 삼천포 바닷가의 아름다운 윤슬에 마음을 빼앗기는 것은 결코 우연이 아닐 것이다.

박재삼과 김상옥

누구보다도 총명하고 배움에 대한 열정이 강했던 소년 박재삼. 하지만 지독한 가난으로 배움의 길마저 가로막히기 일쑤였으니 이보다

더한 천형이 또 어디 있을까. 지게꾼 아버지와 생선 행상 어머니의 벌 이로는 간신히 생계를 이어 나가기도 벅찬 것이 엄연한 현실이었으므로, 아무리 뛰어난 머리와 재능을 지니고 있다손 치더라도 그가 상급 학교에 진학한다는 것은 처음부터 불가능한 일이었다. 집 근처 여관에서 일을 했던 형과 큰누이도 초등학교만 졸업했고 막내 누이는 겨우 중등학교를 졸업했을 정도이니, 지독한 가난이란 말 외에는 달리 표현할 길이 없을 듯하다. 결국 박재삼은 입학금 3천 원을 마련할 수 없어서 초등학교 졸업 이후 바로 중학교 진학을 하지 못했다. 신문 배달과 삼천포여자중학교의 사환 일을 하면서 창문 너머로 동급생들의 영어 시간에 귀를 쫑긋 기울였던 그 마음을 떠올리는 것만으로도 안쓰러울 따름이다.

그는 1957년 시 「춘향이 마음」으로 〈현대문학사〉에서 제정한 신인문학상을 받고 라디오에 출연한 적이 있는데, "그 무렵 나는 종소리도 영어 단어도 슬프기만 했어요. 넓은 운동장의 저녁 햇볕도 슬펐어요. 그 슬픔 때문에 시를 쓰게 됐던가 봐요."라고 말했으니, 당시 그가 겪었을 마음의 상처를 짐작조차 하기 어렵다.

하지만 이토록 지독한 가난도 결국 하늘이 내려준 운명이었다고 말한다면 지나친 비약일까. 이 무렵 그는 삼천포여중 국어 교사로 재직하고 있었던 시조시인 김상옥을 만나면서 시인으로서의 꿈을 키우게 되었으니, 가난으로 인한 상처와 고통이 시인으로서의 운명을 만나게 하는 아주 특별한 통과의례는 아니었을까. 게다가 사환 일을 하면서도 누구보다 열심히 공부하는 모습을 지켜본 삼천포여

천년의 바람 맞으며 고향 바다에서 시를 쓰다

삼천포중학 시절의 박재삼(뒷줄 가운데)

중 교장의 도움으로, 열다섯 살이라는 뒤늦은 나이지만 삼천포중학교 병설 야간중학교에 입학할 수도 있었다.

그곳에서 그는 김상옥의 시조 「초적」을 공책에 베껴 쓰고 애송하면서 자신의 삶을 진정으로 위로해 주는 시를 가슴속 깊이 간직하기 시작했고, 이듬해에는 교내에서 발간하는 신문 《삼중三中》 창간호에 동요 「강아지」와 시조 「해인사」를 발표하는 등 어느새 시인으로서의 꿈은 점점 크게 영글어 가고 있었다. 삼천포 바닷가 후미진 골목길에서 외로운 유년 시절을 보낸 박재삼은, 시를 읽고 쓰면서 지난날 가난으로 굴곡졌던, 그래서 몸과 마음에 온통 상처뿐인 삶의 흔적을 내적으로 승화하는 세계를 발견하게 된 것이다.

야간중학교에서도 뛰어난 성적을 거두어 삼천포중학교 장학생으로 전학을 한 이후부터 시인으로서 그의 재기와 열정은 일취월장 더욱 성숙해 갔다. 잡지 『중학생』에 시 「원두막」이 이형기, 송영택 등 진주에서 학교를 다녔던 문청들의 작품과 같이 실렸고, 전국 최고의 예술축전 가운데 하나였던 영남예술제(지금의 개천예술제) 백일장에서 시조 「촉석루」로 수상하기도 했다. 뿐만 아니라 당시 진주농림학교에 다니던 김재섭, 김동일과 함께 동인지 『군상』을 발간하기도 했으니, 비록 늦깎이 중학생에 불과했지만 진주를 중심으로 활동하는 청년 문사들에게는 이미 시인으로서의 면모를 유감없이 발휘할 때였다.

그 시절 박재삼은 이들과 함께 진주 지역을 중심으로 문청 활동을 활발하게 하면서 중학교를 마쳤고 삼천포고등학교에 입학했다. 고등학교를 졸업하면서 그는 모윤숙의 추천으로 시조 「강물에서」를 발표하여 정식 시인으로서의 첫 출발을 조용히 알리기 시작했다. 이때도 그는 고등학교를 수석으로 졸업했음에도 불구하고, 또다시 학비를 마련할 수 없어서 대학 진학을 포기하는 아픔을 겪어야만 했다.

이러한 사정을 안타깝게 여긴 김상옥은 시를 향한 그의 열정이 식지 않도록 〈현대문학사〉에 취직하도록 도와주었는데, 입사 이후 그는 《현대문학》 창간 일을 하는 등 선배 문인들과 가까이 지내면서 문학 현장을 일찍 경험하는 소중한 기회를 누릴 수 있었다. 앞서도 그랬듯이 가난이 그의 공부를 조금 더디게는 했을지언정 결코 포기하도록 만들지는 못했으므로, 1955년 그는 남들보다 한참 늦은 스물

셋의 나이에 고려대 국문학과에 입학할 수 있었다.

이때부터 그는 『현대문학』에 유치환의 추천으로 시조 「섭리」가, 서정주의 추천으로 「정적」이 실려 등단 절차를 마무리하고 정식으로 시인으로서의 활동을 시작했다. 이처럼 박재삼에게 가난은 거부할 수 없는 운명이었던 것은 사실이지만, 이러한 운명으로 인해 시를 가까이하고 문학을 사랑하게 되었으니 그 또한 아주 특별한 운명이 아닐 수 없다. 박재삼과 김상옥, 이 두 사람은 그렇게 운명으로 이어진 아름다운 사제지간이었다.

노산공원과 박재삼문학관

박재삼문학관은 삼천포 팔포 앞바다가 내려다보이는 노산공원에 위치하고 있다. 아마 박재삼의 유년 시절에는 공원으로 불리지도 않았을 작은 언덕 정도가 아니었을까 싶은데, 가족들 모두가 일터로 나가고 홀로 빈집을 지키며 하루를 보내기 일쑤였던 그에게 이곳은 가슴속 응어리진 슬픔과 외로움을 달래 주었던 친구와 같은 장소였을 것이다.

평생 동안 그는 이곳에서 내려다본 팔포 앞바다를 벗어나지 않으면서 고향에 대한 추억을 시의 근원으로 삼았다. 아마도 삼천포 앞바다가 훤히 내려다보이는 이곳 언덕에서 보냈던 유년 시절의 기억으로부터 한 발짝도 벗어나지 않으려 했던 완고한 마음 때문이었으리라.

고등학교 문학 교과서에 실려 박재삼을 대표하는 시로 잘 알려진

박재삼문학관 집필실

「울음이 타는 가을 강」을 새긴 작은 시비를 지나 돌계단을 따라 언덕을 오르면, 탁 트인 잔디 마당과 〈호연재浩然齋〉를 옆에 둔 〈박재삼문학관〉이 보인다. 〈호연재〉는 조선 영조 때 개인이 만든 서당으로, 이곳의 인재들이 모여 시문을 짓고 학문을 닦던 곳이라고 한다. 지금의 삼천포초등학교 전신으로, 식민지 시대에 일제가 불온사상의 온상이라고 강제 철거를 한 것을 2008년에 복원한 것이다.

현대식 건물의 〈박재삼문학관〉과 전통 기와를 올린 〈호연재〉가 마당을 사이에 두고 기억자로 서 있는 모습에서, 시대를 뛰어넘어 문학을 사랑하고 배움의 길을 중요하게 여겨온 이곳 사람들의 마음이 조화롭게 전해져 옴을 느낄 수 있었다.

문학관으로 들어서면 시인의 흉상과 벽면을 가득 채운 사진들이 가장 먼저 방문객들을 맞이한다. "진실로 진실로 몰라 묻노니 별을 무슨 모양이라 하겠는가, 또한 사람을 무슨 형체라 하겠는가."라고 쓴 그의 글귀가 잠시 그 의미를 되새기게 한다. 사물과 관념에 형체

천년의 바람 맞으며 고향 바다에서 시를 쓰다

와 의미를 부여하는 것이 시인의 역할이라면, 그는 평생 세상의 모든 것들에 형체와 의미를 담아 내는 언어의 정수를 찾아내는 데 몰두했음에 틀림없다.

무심히 바라보는 별을 단순히 별 모양이라고 표현하는 데 그친다면, 그리고 사랑을 그저 말로 형언할 수 없다는 식의 추상적인 개념으로만 남겨 둔다면, 그것은 결코 시인의 내밀한 감각과 정서일 수는 없다는 데서 박재삼의 시선이 지닌 아주 특별한 언어의식을 발견하게 된다. 이러한 시적 인식은 생경한 이론으로부터 배운 것이라기보다는 오로지 그의 삶이 가르쳐 준 것으로, 그가 경험한 세상과 사물의 모습을 단 한 번도 관념적 추상의 상태로 남겨 두지 않았던 그의 시세계를 그대로 떠올리게 한다.

언제나 그에게 별과 바다의 세계는 자연 그 이상의 삶의 구체성을 지닌 장소로 의미화되었고, 사랑과 죽음이라는 추상적 관념도 경험적 세계를 통해 구체화된 아름다우면서도 고통스러운 일상의 한 모습으로 형상화되었던 것이다. 이러한 사물과 대상을 응시하는 구체적인 인식의 과정은, 그가 시인이 되는 데 있어서 무엇보다도 소중한 경험으로 내면화되었다고 할 수 있다.

박재삼과 사람들

문학관 내부에서 가장 눈길을 끄는 것은 생전에 박재삼 시인과 특별한 인연을 맺었던 사람들의 글을 소개한 전시이다. 스승 김상옥과의 만남 이외에도 박목월, 서정주, 김동리를 비롯한 문인들 그리고 조남철, 조훈현과 같은 바둑기사 등과의 만남이 벽면 한가운데 사진과 함께 잘 정리되어 있다. 한국전쟁 이후 〈후반기동인〉을 중심으로 실존주의에 토대를 둔 현실 비판적 모더니즘 경향의 시가 주조를 이룬 것과는 달리, 우리 시의 전통성과 토속적 가락에 기대어 서정성의 계보를 이어 갔던 박재삼의 시는 김소월과 김영랑을 지나 청록파에 이르는 전통적 서정주의 시의 계보를 이어 갔다고 할 수 있다. 또한 재래의 풍속과 신화 그리고 '춘향', '흥부' 등 고전소설의 원형적 인물에 기댄 그의 시적 경향은 서정주의 초기 시와도 맥을 같이하는 시사적 흐름을 지녔다.

이런 점에서 그는 박목월, 서정주 등과 아주 가까운 시적 거리를 유지하였고, 〈현대문학사〉에 입사하면서부터는 김동리와도 깊은 인연을 맺을 수 있었다. 또한 1964년 〈현대문학사〉를 그만두고 《문학춘추》 창간과 함께 〈삼중당〉에 잠시 근무하다가 1965년부터 월간 《바둑》의 편집장으로도 일한 적이 있는데, 그때의 인연으로 바둑 관전평을 쓰고 바둑 관련 책을 내기도 하면서 당대 최고의 바둑 기사 조남철, 조훈현과도 자연스럽게 어울리는 계기가 되었을 것이다.

가족들과 친구들이 기억하는 박재삼의 모습에는 시인이기 이전에 그저 평범한 인간으로서의 따뜻하고 아름다운 그의 풍모가 고스란히 전해진다. 평소 소설을 쓰고 싶어 했지만, 탈고되지 않은 전실만을 읊조리다 결국 단 한 편의 소설도 쓰지 못한 그에게서 "시인으로서의 천재성을 유지해야만 한다는 하늘의 뜻"을 읽어 내는 고향 절친 이정기, 박재삼과의 만남을 "인정에 더 끌리는 만남"이라고 하면서, 40여 년간 바라본 박재삼은 "사람 좋은 사람"이었고, "고향에 대한 애정을 가장 곱고 깊게 가르쳐 준" 선배였다고 추억하는 고향 후배 최송량, "앞으로 백 년의 세월이 지나도 그처럼 고향을 사랑하고 그리워하며 애태우신 시인은 나타나지 않을 것이라고" 말한 시인 민영, 이들 모두가 회상하는 박재삼 시인의 모습에는 고향과 사람과 시를 무척이나 사랑했던, 가난하지만 행복했던 한 시인의 삶이 지금도 우리 곁에 머무르고 있음을 느끼게 한다.

특히 생전에 "아버지의 깊고 깊은 바다를 보지 못했"음을 안타까워하는 아들 박상하의 글은, 시인에게 가족이 어떤 의미를 지녔었는지를 깊이 생각하게 하는 한 편의 시와 같은 울림을 전해 준다.

아버지는 누구나 인정하듯이 '삼천포 촌사람'으로 속정 깊은 양반이었다. 그리고 욕심이 없었다. 크게 화낼 줄도 몰랐다. 세상에 알려진 대로 정이 넘치는 분이셨지만 당사자 앞에서 속내를 드러내는 일은 잘 못하셨다. 허공에 대고 "에이!" 하고 고함 한 번 지르는 게 가장 화날 때의 표현 방법이었다. 관심과 애정도 그렇게 가슴으로만 묻고 평생을 살아오신 아버지였다. 타인에 대한 정서도 그랬거니와 아버지의 가족에 대한 정서, 그리고 표현도 마찬가지였기에 어린 우리들은 아버지의 깊고 깊은 바다를 보지 못했던 것이다. 이제까지 보여 주셨던 사랑의 표현 그 이면에 몇 곱질 더 깊은 사랑을 풀지 못하고 꼭꼭 묻어 둔 채 그냥 그렇게 아버지는 가셨다.

『춘향이 마음』과 『천년의 바람』

박재삼은 1962년 첫 시집 『춘향이 마음』을 시작으로 1996년 마지막 시집 『다시 그리움으로』까지 모두 15권의 시집을 출간했다. 수필집도 1977년 『슬퍼서 아름다운 이야기』부터 1994년 『아름다운 현재의 다른 이름』까지 10권을 남겼으니, 생전에 그는 늘 시를 쓰거나 수필을 쓰며 바쁘게 살았음을 알 수 있다.

이처럼 그가 시인으로서의 활동과 더불어 수필가로서의 삶도 게을리 할 수 없었던 것은, 안정적인 직장 생활을 하지 못한 탓에 원고료를 받아 가난한 생계를 꾸려가야 했던 것이 가장 큰 이유였을 것이다. 또한 여느 시인들에 비해 많은 시를 남겼던 것도, 그에게 시는 곧 생활이었던 현실적인 사정을 외면하고 이해하려 해서는 안 될 것이다. 그렇다고 해서 그의 시의 양적 측면이 질적 수준을 간과하거나 놓쳤던 적은 결코 없었다는 점에서, 그의 삶에 가난이 없었더라면 아마도 우리 시문학사에 아름다운 서정시인 한 사람은 오래도록 기억되지 못했을지도 모르는 일이다.

진주 장터 생어물전에는
바닷밑이 깔리는 해다진 이스름을,

울엄매의 장사 끝에 남은 고기 몇 마리의

빛 발하는 눈깔들이 속절없이

은전만큼 손 안 닿는 한이던가

울엄매야 울엄매.

별밭은 또 그리 멀리

우리 오누이의 머리 맞댄 골방 안 되어

손 시리게 떨던가 손 시리게 떨던가.

진주 남강 맑다 해도

오명 가명

신새벽이나 밤빛에 보는 것을,

울엄매의 마음은 어떠했을꼬,

달빛 같은 옹기전의 옹기들같이

말없이 글썽이고 반짝이던 것인가.

－「추억에서」 전문

첫 시집 『춘향이 마음』에 수록된 이 시는 궁핍한 삶의 기억을 추억하는 박재삼 시의 근원적 모티프를 잘 보여 주는 작품이다. 1983년에 유년 시절의 기억과 고향에서의 추억 그리고 가족사의 상처와 고통을 68편의 연작으로 묶어 출간한 일곱 번째 시집 『추억에서』의 마지막 시로 재수록하기도 한 이 작품은, 박재삼 시인이 평생 가슴속에서 되뇌던 시의 언어가 어디에서 비롯되었는지를 감각적으로 형상화하고 있다.

삼천포 바닷가에서 생선 바구니를 이고 백 리가 넘는 진주 장터에까지 가서 팔아야만 생계를 이어 갈 수 있었던 가난한 어머니의 모습이, "장사 끝에 남은 고기 몇 마리의/ 빛 발하는 눈깔들"과 "은전만큼 손 안 닿는 한"의 비유적 구조 안에 응어리져 있다. 게다가 "진주 남강 맑다 해도/ 오명 가명/ 신새벽이나 밤빛에 보는 것"에서, 생선을 다 팔지 못해 돌아오지 못하는 어머니의 안타까운 사연을 담아 내고 있어서, "말없이 글썽이고 반짝이던" 어머니의 한스러움이 극적인 긴장감을 더해 준다.

이처럼 박재삼은 첫 시집에서부터 삼천포 앞바다에서 보낸 유년 시절의 아픔을 가슴 깊이 끌어안는 근원적 그리움을 담아 냄으로써, '추억'하는 것의 아름다움과 슬픔을 역설적으로 형상화하는 시적 긴장을 절절하게 보여 주었다. 그에게 있어서 추억의 형식은 과거의 회상이나 재현에 머물러 있는 것이 아니라, 과거와 현재 그리고 미래를 이어 주는 역사적 현재로서의 시간의식을 보여 준다는 점에서 특별한 의미를 지닌다. 그의 시가 바다와 바람으로 표상된 자연의 원형을 중요한 시의 제재로 삼는 이유도 바로 이 때문이다.

즉 그의 시는 하루가 다르게 급변하는 세상의 모습을 바라보면서, 진정 변하지 않는 세계의 본질을 부여잡고 싶은 간절함을 노래하고자 했던 것이다. 삼천포 고향 앞바다에서 세찬 바람을 맞으면서도, 그것을 "천 년 전에 하던 장난"이라고 말할 수 있는 시인이 박재삼이 아니고는 또 어디에 있을까 하는 생각이 들지 않을 수 없다.

> 천년 전에 하던 장난을
> 바람은 아직도 하고 있다.
> 소나무 가지에 쉴새 없이 와서는
> 간지러움을 주고 있는 걸 보아라
> 아, 보아라 보아라
> 아직도 천년 전의 되풀이다.
>
> 그러므로 지치지 말 일이다.
> 사람아 사람아
> 이상한 것에까지 눈을 돌리고
> 탐을 내는 사람아.
> ─「천년의 바람」 전문

　자본과 문명의 속도에 길들여져 가는 인간의 마음으로는 계절의 반복과 자연의 순환이 지닌 우주적 신비로움에 전적으로 순응하며 살아가기란 쉽지 않은 일이다. 그래서 이러한 단조로운 일상의 되풀이에 대부분의 사람들은 염증을 내거나 지치기 마련이어서, "이상한 것에까지 눈을 돌리고/ 탐을 내는" 숨길 수 없는 인간의 욕망을 드러내고 마는 것이다. 하지만 "천년 전에 하던 장난을" "아직도 하고 있"는 "바람"의 마음을 내면으로 끌어안지 않고서야, "소나무 가지에 쉴새 없이 와서는/ 간지러움을 주고 있는" "바람"의 비밀을 풀어내지 않고서야, "아직도 천년 전의 되풀이"를 거듭하고 있는 "바람"의 깊은 뜻을 어찌 알 수 있겠는가. 세상의 변화를 무조건 외면한 채 고루한 전통을 답습하는 것만이 능사는 아니라 할지라도, 근본도 알 수 없는 유행의 물결에 편승해 형식과 기교에만 탐닉하는 것은 더더욱 시가 경계해야 할 모습이 아닐 수 없다.

이런 점에서 열다섯 권의 시집을 내는 동안 고집스러우리만치 시의 변화와는 거리가 먼 일관된 서정성의 세계를 보여 준 박재삼의 시세계는 "천년 전의 장난"과 같은 영속성을 지닌다는 점에서 의미심장하다. 그에게 서정은 시가 태어나는 근원적 모태와 같은 것이므로, 세월의 흐름에 따라 너무도 많이 달라져 버린 고향의 변화에도 불구하고 여전히 변하지 않은 고향의 모습을 추억하고자 하는 시선을 잃지 않으려 했다.

누군가 서정시는 뒤를 돌아보는 상상력의 산물이라고 했음을 떠올린다면, 그의 시는 이러한 '뒤'를 내면으로 응시하는 통찰 속에서 서정시의 본질에 바탕을 둔 영원한 시간의식을 형상화한 절창을 보여 주었다고 할 수 있다.

어쩌면 첫 시집 『춘향이 마음』에서부터 세 번째 시집 『천년의 바람』에 이르는 동안 그의 시는 사실상 멈추어 버렸는지도 모르겠다. 그만큼 그의 시세계는 이 세 권의 시집에서 보여 준 바람과 바다로 표상된 이미지와 주제를 끊임없이 되풀이하고 변주해 온 것이다. 이별과 사랑의 전통적 정한으로부터 가난한 삶에 대한 연민 그리고

바다와 바람의 상징성에 바탕을 둔 서정적 이미지에 이르기까지, 그의 시의 애상적 정조와 주제 의식은 "천년의 바람"처럼 오늘도 삼천포 앞바다를 지키며 찾아오는 이들의 발걸음을 잠시 멈추게 하는 것이다.

박재삼거리를 걸으며

노산공원과 박재삼문학관이 있는 언덕 아래에는 '박재삼거리'가 조성되어 있다. 지방자치단체마다 그 지역의 문화인물을 소개하고 알리는 데 앞장서는 마음이야 굳이 탓할 이유는 없겠지만, 문인과 예술가의 이름을 걸고 거리를 조성하고 기념관을 짓는 뜻에 진정으로 문화를 생각하는 마음이 얼마나 있는지는 진지하게 묻고 싶다. 여기저기 누구누구 거리라고 조성되어 있는 곳을 가 보면, 거리의 상점들 간판을 교체하거나 벽화를 그리는 등 외관을 조성한 것 외에는 특정한 예술가의 이름을 기념해야 할 이유를 찾을 수가 없는 곳이 대부분이다.

문인과 예술가의 이름으로 거리를 만든다는 것은 그곳을 지나가는 사람들에게 잠시라도 문학과 예술을 향유할 수 있는 의미 있는 콘텐츠를 제공하는 것이 되어야 함은 당연하다. 하지만 이름만 거창할 뿐 보여 주기식으로 펼쳐진 전시행정의 형식적인 태도와 상업적인 속셈이 의심되는 문화행정의 난맥상으로 차마 누구누구 거리라고 부르는 것조차 부끄러울 따름이다.

박재삼문학관을 관람하고 다시 계단을 따라 내려왔을 때 마주한 거리의 모습은 '박재삼거리'라는 이름이 무색할 정도로 아무것도 볼거리가 없고 그의 문학에 대한 어떤 느낌도 가질 수 없어 무척이나 실망하지 않을 수 없었다. 그저 도로명을 알리는 표지판이나 방향을 알리는 안내판과 같은 정도의 기능 외에는, 그래서 이곳 어디쯤이 박재삼과 관련이 있다는 단순한 정보를 알려 주는 것 외에는 사실상 아무런 역할을 하지 못하고 있었다. 그나마 이런 안내판을 세운 것만 해도 어디냐라고 항변한다면 더 이상 할 말은 없지만, 평생을 삼천포 앞바다와 노산공원 아래 골목골목을 추억하고 노래한 시인의 마음을 진정으로 생각한다면, 이름만 걸어 놓은 이런 식의 행정적 발상은 반드시 시정되어야 하지 않느냐 라고 되묻지 않을 수 없다.

박재삼문학관에 재현되어 있는 시인의 집필실

해방된 다음에

노산 언덕에 가서

눈아래 무역회사 자리

홀로 삼천포중학교 입학식을 보았다.

기부금 삼천 원이 없어서

그 학교에 못 간 나는

여기에 쫓겨 오듯 와서

빛나는 모표와 모자와 새 교복을

눈물 속에서 보았다.

그러나 지 먼 바다

섬 가에 부딪히는 물보라를
또는 하늘하늘 뜬 작은 배가
햇빛 속에서 길을 내며 가는 것을
눈여겨 뚫어지게 보았다.

학교에 가는 대신
이 눈물범벅을 씻고
세상을 멋지게 훌륭하게
헤쳐 가리라 다짐했다.

그것이 오늘토록 밀려서
내 주위에 너무 많은 것에 지쳐
이제는 내가 어디에 있는지
그것만 어렴풋이 배웠다.

─「추억에서·31」 전문

어느 시인은 가난이야 한낱 남루에 지나지 않는다고 애써 위로했
지만, 노산공원에 올라 "기부금 삼천 원이 없어서" 다닐 수 없었던
중학교의 입학식을 지켜보는 시인의 마음은 어떠했을까. 그럼에도
불구하고 "빛나는 모표와 모자와 새 교복" 대신에 "섬 가에 부딪히
는 물보라"와 "하늘하늘 뜬 작은 배"를 바라보았던 그 마음을 이렇게
생각해야 하는 것일까.

"학교 가는 대신/ 이 눈물범벅을 썼고/ 세상을 멋지게 훌륭하게/ 헤쳐 가리라 다짐했다"는 시인의 말은, 학생들에게 그저 지난 시절을 아름답게 회상하려는 시인의 허세로밖에 들리지 않는 것은 아닐까.

박재삼거리를 걸어 나오면서 평생 가난을 짊어지고 살면서도 문학이라는 꿈을 잃지 않았던 시인의 마음 깊은 곳이 새삼 궁금했다. '박재삼거리'의 끝 어느 후미진 골목에서 삼천포 앞바다의 짠 내 나는 바람 맞으며 걸어오는 시인의 모습이 저 멀리 보이는 듯했다.

그의 말처럼 "이제는 내가 어디에 있는지/ 그것만 어렴풋이 배"울 수 있다면, 그의 시를 따라가는 이 길에서 참으로 행복한 웃음을 지을 수 있을 것 같았다. "오히려 물정物情 없는 나이로도/ 십리 밖 칼 끝 세상을/ 짚어 짚어 앓았더니라"(「추억에서」)던 그의 깊이를 아직도 따라가지 못하는 내 모습이 한없이 부끄러웠다.

어쩌면 그의 시는 끊임없이 '가난'의 의미를 되풀이하며 부자인 척 살아가는 세상을 향해 조용히 꾸짖고 있는지도 모르겠다.

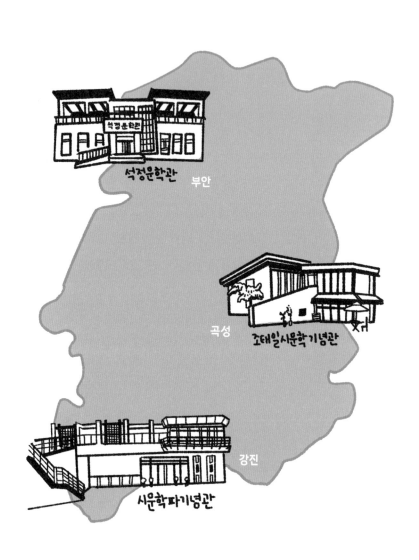

석정문학관

부안

곡성   조태일시문학기념관

서

강진

시문학파기념관

전라권

시문학파기념관
석정문학관
조태일시문학기념관

시문학파기념관 외부 전경

찬란한 슬픔의 봄을
기다리는 남도의 시인

김영랑과 강진 _ 〈시문학파기념관〉

남도답사 일번지 강진의 〈영랑생가〉

미술사학자 유홍준의 『나의 문화유산답사기』는 전라남도 강진과 해남을 기점으로 시작되는데, 그는 이곳을 일컬어 '남도답사 일번지'라고 명명했다. 그때까지만 해도 문학기행이나 답사에 이만큼의 인문학적 소양을 담아 낸 책을 만난다는 게 쉽지 않은 일이었으므로, 역사적 장소와 문화의 흔적을 함께 걸으면서 보고 읽고 쓴다는 것의 흥취를 새롭게 발견하게 했던 이 책은 입소문을 타고 베스트셀러에 올랐다.

당시 많은 사람들이 한 손에 이 책을 들고 우리 국토 여기저기를 답사했던 경험을 갖고 있거나, 그렇게 남도를 답사하는 여행자들의 모습을 곳곳에서 만났던 기억들을 한 번쯤은 갖고 있을 것이다. 필자 역시 대학 초년생이던 어느 여름 어릴 적 친구들과 함께 이곳 강진을 지나 해남의 윤선도 고택, 광주의 망월동 묘역 등 전라남도 곳곳을 여행했었다. 이제 막 청춘의 길에 들어서 문학을 공부하겠다고 결심했던 학생으로서 역사와 사회에 대해 진지하게 고민하며 힘겨워 했던 통과의례의 시간 그 어디쯤이었을 것이다.

그래서인지 그때 처음으로 찾았던 〈영랑생가〉에서의 기억이 지금까지도 아주 또렷하게 남아 있다. 식민과 해방 그리고 한국전쟁으로 이어진 역사의 소용돌이 속에서 자신만의 순수 서정시의 길을 당당히 걸어간 김영랑의 자취는 이제 막 문학의 길에 들어선 청년이 감당하기에는 벅찬 무게로 다가왔지만, 잠시나마 휴식과 위안을 주는 소담스러운 풍경으로부터 적지 않은 위로를 받았던 듯하다.

찬란한 슬픔의 봄을 기다리는 남도의 시인

영랑 생가 전경

 "모란이 뚝뚝 떨어져 버린 날"이라고 했던 그의 시처럼 크고 붉은 모란꽃이 마당 곳곳에 떨어져 있었던 기억이 새록새록 난다. "봄을 여읜 설움"이 무엇인지 그때는 정확히 알지 못했지만, 막연한 슬픔과 설움 속에서 "나는 아직 기다리고 있을테요 찬란한 슬픔의 봄을" 노래했던 김영랑의 시에서 가슴 속에 막연한 희망을 품고 다시 길을 떠났던 것으로 기억된다. 그 후로 봄은 내게 언제나 절망과 상처의 순간 끝에 간신히 매달린 기다림의 시간으로 남겨져 있었지 않았나 싶다.

 30년의 세월이 지나 다시 찾은 〈영랑생가〉의 모습은 흘러간 시간의 깊이만큼이나 너무도 많이 변해 있었다. "북산 기슭에 대숲으로 둘러싸여 멀리 남쪽으로는 바다가 한눈에 들어오고, 가까이는 시내를 굽어볼 수 있는 곳"이라고 했던 그 모습은 온데간데없었다.

영랑의 옛집을 찾아가는 오래된 골목만이라도 그대로 남아 있었으면 좋으련만, 강진고속버스터미널과 연결된 큰 도로와 관공서들이 들어서 있고, 〈영랑생가〉 옆으로는 〈시문학파기념관〉이 자리하고 있어서 어딘가 모르게 이제는 기억하고 추억하는 장소가 아닌 기념하는 장소가 된 것 같은 아쉬움을 숨길 수가 없었다. 다만 〈영랑생가〉로 들어서자마자 마주한 너른 마당과 본채 그리고 나무와 장독대 등은 30년 전의 그 모습을 그대로 지키고 있는 듯해서 그나마 작은 위안을 삼을 수 있었다.

오래전 처음 만났던 〈영랑생가〉의 느낌도 그러했는데, 다소 인공적인 냄새는 어찌할 수 없지만 여느 유명인들의 생가가 주는 위압감이 아닌 시골 할머니 집에 온 듯한 일상적 풍경을 마주할 수 있어서 편안하게 마음을 열어주었다. 장독대 어디쯤에서 머릿수건을 쓰고 반질반질 독을 닦고 계실 늙은 촌부의 모습과, 봄이면 붉게 물든 모란꽃 핀 나무 아래에서 "마당 앞/ 맑은 새암을 들여다본다"(「마당 앞 맑은 새암을」)던 젊은 시인의 모습을 절로 상상하게 하는 곳이었다. 마당 곳곳에 시가 넘쳐나고 있어 더욱 따뜻하게 다가왔다. 장독대를 비롯한 일상의 곳곳에 둥글둥글 반질반질 돌 위에 새겨진 소박한 시들이 거창한 시비가 아니어서 오히려 더욱 시인의 집답게 느껴졌다.

역사와 시대의 위세를 등에 업고 그럴듯한 무엇으로 가장하여 시를 호령하던 여느 시인들의 모습과는 달리, 시인에게 시는 그저 고향 마을의 소담한 집 뜰과 같이 마음 한가운데 잔잔한 울림을 주는 소박한 일상의 풍경과 같은 것이 아니었을까. 김영랑의 시는 지금도 우리에게 그렇게 고향의 따뜻한 풍경에서 들려오는 바람 소리처럼 기억되고 남아 있는 것이다.

김영랑과 사람들 – 휘문의숙과 청산학원

김영랑은 1903년 전라남도 강진읍 남성리에서 대지주의 아들로 태어나 비교적 풍족한 생활을 하며 자랐다. "영랑 시를 논의할 때 그의 주위인 남방 다도해변의 자연과 기후에 감사치 않을 수 없다"라고 했던 정지용의 말처럼, 김영랑의 삶과 문학은 고향 강진과는 떼려야 뗄 수 없는 절대적 영향 속에 있다. 그때나 지금이나 서울 중심으로 형성되기는 마찬가지였던 문단 사정에는 기웃거리지 않은 채 오로지 고향의 토속적 정서와 음률에 기대어 전통적이면서도 민족적인 서정시의 진수를 보여 주었던 것이다. 김영랑의 시는 고향 마을에서 바라본 일상의 모습과 자연의 풍경을 조화롭게 형상화하는 데 집중했다. 또한 성악을 전공하려 했을 정도로 음악에 남다른 소양을 가지고 있었으므로, 모더니즘의 회화적 이미지에 압도되었던 1930년대 중반 이후 우리 시단에 음악적 리듬을 중심으로 하는 전통적인 시세계를 열어 나갔다는 점에서 아주 특별한 의미가 있다.

'북의 소월, 남의 영랑'이라는 말이 자연스럽게 회자되어 왔을 만큼, 김영랑의 시는 소월 이후 끊어졌던 민족적 율격을 이어갔다고 해도 과언이 아닌 것이다. 그래서 그의 시를 읽으면 향토색 짙은 고향의 풍경과 함께 저절로 음악적 리듬을 타게 되는 특별한 시적 경험을 하게 된다.

김영랑은 강진고등보통학교를 졸업한 이후 결혼을 종용하던 아버지에게 반기를 들고 서울로 올라가 기독교청년학관에서 1년간 영어 공부를 마친 후 휘문의숙에 입학했다. 당시 휘문의숙에는 홍사용, 박종화, 안석주, 정지용, 이태준 등 이후 한국문학의 중심에서 그 이름을 드높였던 쟁쟁한 인물들이 있었다. 아마도 휘문의숙에서 선후배로 만났던 이들과의 교류는 그의 문학이 고향으로부터 한 발짝 더 나아가게 되는 중요한 계기가 되었을 것이다.

김영랑은 17살이던 1919년 3·1운동에 가담했다가 검거되어 대구형무소에서 6개월간 복역했다. 그리고 출옥 이후 친구들과 함께 금강산 여행을 하고 돌아와서 곧바로 일본 동경에 있는 청산학원으로 유학길에 올랐다. 그곳에서 그는 아나키스트 박열과 잠시 한집에서 살았고, 평생의 친구인 박용철과도 운명적으로 만났다. 그때 박용철은 청산학원 중등부 수학과에 다니고 있었는데, 수리에 뛰어났던 그를 문학의 길로 이끈 사람이 바로 김영랑이었다.

처음 유학길에 올랐을 때 김영랑은 평소 특별한 관심을 가졌던 음악을 전공하겠다고 결심했었지만 아버지의 반대로 결국 그 뜻을 접고 영문학과로 변경했는데, 이때부터 그는 셸리, 키츠, 워즈워드, 예

찬란한 슬픔의 봄을 기다리는 남도의 시인

이츠 등 영시를 공부하면서 본격적으로 시인으로의 길을 준비했다고 할 수 있다.

하지만 김영랑의 유학 시절은 그리 오래가지 못했는데, 1923년 관동대지진이 발생하여 학업을 중단할 수밖에 없어 결국 고향으로 돌아와 지금의 영랑생가 어느 골방에서 독학으로 시 창작과 공부에 매진했던 것이다. 이때 김현구를 비롯한 고향 친구들과 함께 〈청구靑丘〉 동인을 결성하여 강진을 중심으로 한 향토 문학의 첫 자리를 열기도 했다. 김현구는 김영랑의 가까운 친척이기도 했는데, 이들이 강진에서 시와 더불어 보냈던 시간들이 무르익어 1930년대 우리 시문학사의 큰 자리인 《시문학》이 창간되는 디딤돌이 되었던 것이다.

박용철과 《시문학》

우리 시문학사에서 김영랑을 말하면 동시에 떠오르는 사람이 바로 박용철이다. 시인이자 평론가인 박용철은 〈영랑생가〉가 있었던 강진에서 그리 멀지 않은 송정리라는 곳에서 살았는데, 김영랑이 일본 청산학원에 유학을 가기 전까지는 전혀 모르고 지내다 일본에서 동향이라는 이유 하나만으로도 평생의 지기가 되었다.

서울 중심의 문단 풍토와 카프 중심으로 전개되었던 당시 문학계의 사정을 고려할 때, 강진에 머물렀던 이 두 무명 시인의 의기투합이 1930년대 이후 우리 시문학사의 한 페이지를 새롭게 열어 나갈 것이라고 예견했던 사람이 과연 얼마나 있었을까. 일본 유학을 중단하고 돌아온 두 문학청년이 서로 주고받은 편지 속에는 그 어떤 시인들보다도 시를 향한 열정이 넘쳐났고, 카프를 비롯한 서울 중심의 문학 풍토를 벗어나 문학 본연의 순수성을 추구하는 동인지의 창간을 진지하게 모색하기에 이르렀다.

그 결과 동년배 시인으로 정지용을 높이 평가한 박용철의 의견에 따라 세 시인이 중심이 되어 한국근대시사의 한 획을 그었다고 평가할 수 있는 《시문학》이 1930년 비로소 탄생했다. 창간호 편집후기에서 박용철이 말한 대로 《시문학》은 '민족 언어의 완성'이라는 과제를 무엇보다도 중요시했다. 〈시문학파기념관〉에 소개된 시문학파의 의의를 옮겨 보면, 시문학파의 탄생은 카프 계열의 프로문학과 감상적 낭만주의에서 벗어나 정치성과 사상성을 배제한 순수 서정시의 세계를 지향하는 모태와 같은 역할을 했다고 평가하고 있다.

1920년대 이데올로기 중심의 시대를 넘어서 시의 자율성을 중요시한 점과 시적 기교와 전통적인 음률에 바탕을 둔 언어의 조탁을 추구한 점은 1920년대 시가 지닌 한계를 뛰어넘어 새로운 시의 미학적 경지를 열어냈다고 할 수 있는 것이다.

이러한 시문학파의 이론적 토대를 정립한 시론가이면서 직접 순수 서정시를 발표하기도 했던 시인이 박용철이다. 그리고 박용철에 의해 제시된 1930년대 서정시의 정신과 방법을 시 창작의 과정에서 가장 충실하게 구현한 시인이 바로 김영랑이었다. 이처럼 박용철과 김영랑은 개인적으로든 문학사적으로든 늘 한자리에 있었을 뿐만

찬란한 슬픔의 봄을 기다리는 남도의 시인

아니라, 1930년대 우리 시단의 변화를 선도하는 큰길을 함께 걸어갔다는 점에서 운명적 공동체였다고 해도 과언이 아니다.

자연의 아름다움에 깃든 동양적 혹은 한국적 정서의 세계, 토속어의 수용과 언어의 조탁을 통한 민족어의 아름다움을 노래한 이들의 시는, 프로시의 과도한 정치성과 모더니즘의 실험적 언어의식을 넘어서는 한국적 리리시즘의 전통을 새롭게 발견함으로써 전통과 현대의 조화를 일구어 낸 서정시의 한 정점을 보여 주었다고 할 수 있다.

김영랑, 박용철 외에 정지용, 김구현, 신석정, 변영로, 정인보, 이하윤, 허보 등 시문학파의 시세계는, 서정주, 오장환 등의 생명파 시인들과 박목월, 박두진, 조지훈 등의 청록파 시인들에게까지 그 정신을 면면히 이어줌으로써 한국근대시문학사의 역사적 사건이 되었음에 틀림없다.

『영랑시집』과 『영랑시선』

김영랑은 《시문학》과 《문학》 두 매체에만 「모란이 피기까지는」을 비롯해 37편의 시를 발표했다. 《문학》 역시 박용철이 만든 잡지였다는 점에서 당연한 결과였지만, 《문예월간》, 《극예술》 등도 박용철이 만든 잡지였는데 여기에는 한 편도 발표하지 않았다. 이러한 사정은 《시문학》 창간 이후 한 곳에 집중하지 않고 3~4호 정도에 머무르는 여러 잡지 발간에 관여한 박용철의 태도를 김영랑이 다소 못마땅하게 여겼기 때문이다. 특히 김영랑은 해외문학파의 문학적 입장에 대해서는 상당히 비판적이었는데, 박용철이 이들과 연합하여 《문예월간》을 간행한 점은 아주 불편하게 생각했던 것이다.

> 벗의 이형(異兄)과 『문예월간』을 시작하여 그 첫호가 나왔을 제 나는 벗을 어쩌나 공격하였던고. 2,3호 이렇게 나올 때마다 실로 내 공격 때문에 벗은 딱한 듯하였었다. 순종과 양심으로 시작한 『시문학』 바로 뒤에 영합과 타협이 보이는 편집 방침, 세상을 모르는 내가 벗을 공격하였음도 지당한 일이었다. 그 다음에 나온 『문학』은 그래도 깨끗하고 당차지 않았던가. 지금 생각해 보아도 『문예월간』은 문예지로서 2류 이하의 편집밖에 더 될 게 없다. 벗이 시조를 쓰시던 버릇과 『문예월간』을 하던 것을 나는 참으로 좋이 여기지 않았었다.
> –「인간 박용철」

김영랑에게 "벗"은 당연히 박용철이다. 《시문학》 창간 이후 박용철의 행보 가운데 《문예월간》 편집에 직접 관여한 것과 시조 창작을 한 것에 대해 "영합과 타협"이라는 말을 거침없이 쓸 정도로 아주 강하게 비판했다. 하지만 "나는 참으로 좋이 여기지 않았었다"라는 김영랑의 말은 역설적으로 박용철을 향한 대단한 애정을 표현한 것으로 볼 수도 있다. 누구보다도 자신의 시를 사랑했던 사람이 박용철임을 잘 알고 있었으므로, 그 역시 박용철이 삶과 문학이 가야 할 길과 가지 말아야 할 길에 대해 직언을 서슴지 않았던 것이다.

실제로 박용철은 김영랑의 시에 절대적인 지지를 보냈다. 고향 강진에 머무르면서 중앙 시단과는 일정하게 거리를 두고 있었던 김영랑의 시를 서울 문단에 적극적으로 소개하고 알리는 데 누구보다도 앞장섰던 장본인이 박용철이었다. 김영랑의 시를 대부분 외우고 있었을 뿐만 아니라 서울과 고향을 오가는 여정 속에 늘 그의 시를 갖고 다녔을 정도였다고 하니 둘 사이의 인연은 참으로 각별했다는 말로도 턱없이 모자라지 않을 수 없다.

그래서 박용철은 김영랑이 발표한 시가 50여 편에 이르자 직접 시집 발간에 나섰다. 시문학사를 통해 박용철이 만든 시집이 두 권 있는데 정지용 시집과 김영랑 시집이다. 그 순서는 영랑이 먼저고 지용이 다음으로 기획되었다고 하는데, 영랑이 강진에 머무르고 있어서 제작 과정이 더디게 진행된 탓에 실제로는 『정지용시집』이 먼저 나오고 『영랑시집』이 그 다음으로 나왔다.

1935년 발간된 『영랑시집』은 해방 이후 1949년에 발간된 『영랑시선』으로 이어지는데, 『영랑시선』은 서정주에 의해 만들어졌다는 점에서 김영랑과 서정주의 관계도 주목해서 볼 필요가 있다. 사실 두 사람은 나이가 열 살이나 차이가 났으므로 서정주는 김영랑을 문단의 선배로서 극진히 대했고, 김영랑 역시 한참 후배인 서정주를 친동생을 대하듯 살뜰히 아꼈다고 한다.

이들의 만남은 1930년대 서정주가 『시인부락』을 준비하는 가운데 박용철의 집에 찾아갔을 때 때마침 음악회를 보기 위해 박용철의 집에 들렀던 김영랑과 우연히 첫인사를 나눈 데서 시작되었다. 물론 서정주는 『시문학』에 발표된 김영랑의 시를 읽었던 터라 그의 존재를 이미 알고 있었는데, 그의 시가 보여 준 섬세한 여성성의 세계와는 어울리지 않게 겉으로 드러난 인상은 "운동선수 되기에 충분한 육신을 가진 장부"의 모습이었다고 회고했다.

해방 이후 김영랑이 서정주에게 한 말 가운데 가장 주목할 만한 것은 "왕관은 니가 써라, 내가 줄테니……"라는 것인데, 당시 오장환과 정지용의 모더니티 지향성과 이를 추종하는 시단의 흐름에 대해 내심 불만을 가졌던 김영랑의 속마음이 은연중에 노출된 것으로 이해된다. 이들의 시세계와는 일정하게 거리를 두고 설화적 세계의 전통성에 바탕을 두고 시를 쓰는 당시 서정주의 시에 대한 깊은 신뢰를 보냈던 것으로 볼 수 있다. 그래서 그는 서정주에게 자신의 시선집을 묶는 역할을 부탁했고 발문까지 써줄 것을 요구했다.

이때 서정주는 김영랑의 시가 "독기獨氣"를 지니고 있다고 평가했는데, 여기에서 '독기'는 "같은 슬픔을 노래 부르면서도, 그 슬픔을 딱한 데 떨어뜨리지 않는 싱그러운 음색의 기름지고 생생한 기운을 말하는 것"이다. 이러한 시적 특질은 김영랑이 좋아했던 명창 이중선李中仙의 소리에 '독기'가 있다고 말한 것을 끌어온 것인데, 영랑의 고향 강진과 지척에 있는 해남의 시인 윤선도의 시에서도 발견할 수 있듯이 "남방의 동백 잎에 비춰 흐르는 햇빛과 같은 빛 밝음과 싱싱함이 근간에 있다."는 것이다. 아마도 김영랑의 시 가운데 가장 빛나는 구절인 '찬란한 슬픔의 봄'은 바로 이러한 독기의 세계를 보여 주

시문학파기념관 앞에 있는 시문학 동인 소개 조형물

는 시적 순간이 아닐까 싶다.

시와 음악 그리고 서정시의 본질

앞서 언급한 『나의 문화유산 답사기』에서 유홍준은 김영랑의 시와 정지용의 시를 비교하면서, "이상하게도 음악성을 내세운 김영랑의 시는 멋진 노래로 작곡된 것이 없는 반면에 정지용의 회화적 정경은 「고향」, 「향수」처럼 멋들어진 노래로 만들어졌다."는 사실을 의아하게 받아들였다. 그리고 그 이유가 하이네와 김소월의 시가 그러한 것처럼, "시어 자체가 운율을 지니고 있기 때문에 음악적으로 요리할 폭

시문학파 동인들의 대표시를 소개한 내부 전시실

이 그만큼 좁아져버린 것", "김영랑 시의 운율성은 그야말로 향토적인
것인데 작곡하는 노래형식이 향토적인 것이 아니라 서양음악이라는
이질적인 문법으로 접근했기 때문"이라고 했다.

　그러므로 "만약에 서양음악의 7음계에 기본을 두는 것이 아니라
우리 음악의 5음계에 근거한 노래로 만든다 치면 성공할 수 있는 것
은 정지용의 시가 아니라 김영랑의 시일 것"이라고 말했다. 유홍준의
평가는 1930년대 회화적 이미지즘의 세계와 다른 지점에서 전통적
음악성을 강조한 김영랑의 시를 정지용의 시와 비교하여 아주 적확
하게 그 특징을 설명하고 있다. 낭송을 하면서 읽어내려 갈 때 김영
랑 시는 참다운 묘미를 느낄 수 있는 작품이 대부분인데, 어딘가 모

　　　　　　　찬란한 슬픔의 봄을 기다리는 남도의 시인

르게 우리가 배워 왔던 서양음악과는 어긋나는 불일치에서 오는 어색함을 느끼게 되는 것은 바로 이러한 이유 때문이다.

　김영랑은 한국적 정서를 형상화하는 데서 실현되는 압축의 미학을 가장 중요한 시의 본령으로 삼았다는 점에서, 이러한 압축의 방식은 언어의 토속성과 전통적 율격의 조화를 통해 구현되는 순수 서정시의 세계를 지향하는 데서 구체화되었다고 평가할 수 있는 것이다.

　돌담에 속삭이는 햇발같이

　풀 아래 웃음 짓는 샘물같이

　내 마음 고요히 고운 봄길 위에

　오늘 하루 하늘을 우러르고 싶다

　새악시 볼에 떠 오는 부끄럼같이

　시의 가슴을 살포시 젖는 물결같이

　보드레한 에메랄드 얇게 흐르는

　실비단 하늘을 바라보고 싶다

　　－「돌담에 속삭이는 햇발같이」 전문

　내 마음의 어딘 듯 한편에 끝없는

　강물이 흐르네

　돋쳐 오르는 아침날빛이 빤질한

은결을 도도네

가슴엔 듯 눈엔 듯 또 핏줄엔 듯

마음이 도른도른 숨어 있는 곳

내 마음의 어딘 듯 한편에 끝없는

강물이 흐르네

　　–「끝없는 강물」 전문

　언어의 형식면에서 볼 때 시는 소리의 연속이요 소리의 구조, 즉 소리의 모형화가 리듬이라고 할 수 있다. 그리고 이 리듬은 시에 질서를 부여하는 것으로, 통일성과 연속성과 동일성의 감각을 준다. 이러한 시의 리듬을 시적 형식과 질서로 가장 잘 수용하고 있는 시인이 바로 김영랑이다.

　위의 시에서 보듯이 율격적 동일성, 특정한 음의 반복, 시어 자체가 지닌 독특한 음색 등 김영랑의 시에서 음악은 시를 구성하는 가장 중요한 자질이면서 기교이고 전략이라고 할 수 있다. 이러한 그의 시적 경향이 당시 유행한 모더니즘 시풍에 대한 대항적 성격을 지닌 것이라고 평가되기는 하지만, 굳이 이러한 이미지와 형식을 의식하지 않더라도 현실과 세계에 대한 역사의식을 배제한 그의 시에서 서정시의 본질을 발견하는 것은 그리 어려운 일이 아니다.

　생활과 시의 세계가 엄격히 분리된 자리에서 시의 순수성을 지켜 내고자 했던 그의 완고한 고집은, 식민지 시대 고통의 시간을 의도적으로 배제함으로써 아름다운 순간의 세계에 집중하는 서정시의

　　　　　찬란한 슬픔의 봄을 기다리는 남도의 시인

시간의식과 본질적 세계를 표상하는 데 있었다. 이에 대해 박용철은 "그의 시에는 세계의 정치경제를 변혁하려는 류의 야심은 추호도 없다. 그러나 '너 참 아름답다 거기 멈춰라'고 부르짖은 한순간을 표현하기 위하야 그 감동을 언어로 변형시키기 위하야 그는 사신적^{捨身的} 노력을 한다."라고 평하기도 했다.

이처럼 김영랑의 시는 '아름다움'의 순간을 압축적으로 노래하는 서정시의 본질에 온몸을 던짐으로써, 역사와 현실 앞에서 단호했던 그의 삶과 달리 시는 어두운 현실로부터 비껴서 아름다운 음률의 세계를 노래하고자 했던 것이다. 위의 시에서 "햇발"과 "샘물", "봄길"과 "물결" 그리고 "강물" 등의 상징은 암울한 역사와 거리를 둔 순수한 서정의 세계를 표상하고자 했던 시인의 간곡한 바람을 담고 있는 것임에 틀림없다.

박용철의 죽음과 일제 말 민족적 저항의 길

1938년 무한 삼진의 함락으로 중일전쟁이 사실상 일본의 승리로 기울어지면서 식민과 제국의 폭력은 점점 더 노골적인 양상을 드러냈다. 일본의 패권을 인정하고 식민주의에 협력하는 것이 우리 민족이 더 나은 삶을 보장받는 길이 될 수 있다는 친일의 내적 논리가 형성되기 시작한 것도 바로 이 무렵이다.

즉 식민지 내내 조선인으로 살아온 탓에 받았던 차별과 억압을 해소하기 위해서는 스스로 일본인이 되는 방법밖에 없다는 내선일체의 불가피성과, 아시아를 점령한 유럽중심주의의 세계사적 질서를 넘어서기 위해서는 일본을 중심으로 한 대동아공영권을 형성할 필요가 있다는 논리가 식민지 지식인의 내면을 설득하기에 충분한 근거로 작용했던 것이다.

이러한 일제 말의 현실 앞에서 김영랑의 시는 역사와 현실을 배제한 채 순수한 세계만을 담아 내고자 했던 시적 열망을 급격히 변화시키지 않을 수 없었다. 더군다나 이때 그의 운명적 동지인 박용철의 죽음까지 겹치면서, 김영랑에게 문학은 본질적 의미를 끊임없이 의심하고 훼손하지 않으면 안 되는 안타까운 대상으로 다가올 수밖에 없었다. 초기 시세계에서 보여 주었던 전통적 리듬에 의지한 섬세한 감각보다는 현실의 암울함과 인간의 죽음으로 인한 혼돈을 드러내는 작품이 두드러졌던 이유도 바로 여기에 있다.

그리고 이러한 변화는 역사와 현실을 향한 풍자와 비판으로서의 상징성을 구현하는 데 집중되었고, "내 집 성은 김씨로 창씨했소."라며 창씨개명을 거부했으며, 신사참배에도 단호한 태도를 보이는 민족적 저항의 모습을 지조 있게 드러냈다. 「거문고」, 「독을 차고」 등의 시는 바로 이때 김영랑의 시세계를 잘 보여 주는 것으로, 《시문학》 창간 무렵 그의 시세계로부터 상당히 많은 변화의 모습을 드러냈음을 알 수 있다.

내 가슴에 독을 찬 지 오래로다

아직 아무도 해한 일 없는 새로 뽑은 독

찬란한 슬픔의 봄을 기다리는 남도의 시인

벗은 그 무서운 독 그만 훑어 버리라 한다
나는 그 독이 선뜻 벗도 해할지 모른다 위협하고

독 안 차고 살아도 머지않아 너 나 마주 가 버리면
억만 세대가 그 뒤로 잠자코 흘러가고
나중에 땅덩이 모지라져 모래알이 될 것임을
'허무한듸!' 독은 차서 무엇 하느냐고?

아! 내 세상에 태어났음을 원망 않고 보낸
어느 하루가 있었던가 '허무한듸!' 허나
앞뒤로 덤비는 이리 승냥이 바야흐로 내 마음을 노리매
내 산 채 짐승의 밥이 되어 찢기우고 할퀴우라 내맡긴 신세임을

나는 독을 차고 선선히 가리라
막음날 내 외로운 혼 건지기 위하여
　–「독을 차고」 전문

　1939년 11월 《문장》에 발표한 이 시는 "앞뒤로 덤비는 이리 승냥이
바야흐로 내 마음을 노리"는 시대와 정면으로 맞서는 화자의 결연
한 의지를 담은 작품이다. 박용철의 죽음과 일제 말의 현실 앞에서
어떻게 살아가는 것이 참다운 가치일까를 고민하지 않을 수 없었던
김영랑의 변화된 시의식이 "나는 독을 차고 선선히 가리라/ 막음날

내 외로운 혼 건지기 위하여"에서 아주 선명하게 부각된다.

여기에서 "독"은 모순된 역사와 현실 속에서 자신의 순수함을 지키기 위한 최소한의 방어이며 공격적 수단이라는 양가성을 지닌다. 이 무렵 김영랑은 일제의 수탈에 신음하는 농민들의 고통을 지켜보면서 자신이 소유한 농지 일부를 소작인들에게 나누어 주거나 헐값에 팔기도 하는 등 지주로 살았던 지난 삶을 성찰하는 올곧은 실천을 하기도 했다.

이러한 김영랑의 후기 시의 변화를 김준오는 '비가적 세계'의 확장이라고 해석했는데, 이는 "세계의 거대함과 자아의 나약함 사이에 빚어지는 불균형을 확대하는" 것으로, "이러한 비가적 양식 속에서 빼앗긴 것에 대한 슬픔과 그리고 무엇보다 가진 것을 빼앗기지 않고 지키려는 고통이 영랑의 후기시의 공식"으로 이해할 수 있다. 이러한 시정신의 변화는 앞에서 서정주가 언급한 "독기"에 내재된 민족적 저항의 길로 이어진다고 볼 수 있다.

〈시문학파기념관〉과 한국현대시사

김영랑의 고향 강진은 〈시문학파〉가 탄생한 곳이란 점에서 한국현대시사에서 상당히 중요한 장소성을 지니고 있다. 김영랑과 박용철을 중심으로 형성된 강진의 향토 문학이 정지용의 서울 문단과 어우러지면서 1930년대 카프 해산 이후 우리 시문학의 새로운 방향성을 제시했던 것이다. 그리고 이러한 방향성은 〈생명파〉, 〈청록파〉 등으로 이

찬란한 슬픔의 봄을 기다리는 남도의 시인

어지면서 이데올로기를 넘어서 순수 서정시의 세계로 나아가는 디딤돌이 되었다고 평가할 수 있다.

이런 점에서 〈영랑생가〉 바로 옆에 '김영랑문학관'이 아닌 〈시문학파기념관〉이 들어선 것은 그 자체로 의미가 있다고 생각된다. 앞서 보았듯이 김영랑 혼자만으로는 시문학파의 의의를 설명할 수 없고, 김영랑을 말하고자 하면 곧바로 박용철을 함께 떠올리게 되며, 정지용, 김현구, 신석정 등이 활동했던 《시문학》을 언급하지 않을 수 없으니, 김영랑은 혼자 있을 때보다 이들과 더불어 함께할 때 더욱 빛을 발한다고 할 수 있는 것이다. 따라서 〈영랑생가〉와 〈시문학파기념관〉이 나란히 서로를 기대고 있는 모습은 여느 곳의 문학관과는 달리 그 자체로 특색 있는 한 장면이 아닐 수 없다.

남도답사 일번지 강진의 시인 김영랑의 생가와 〈시문학파기념관〉을 둘러보고 다산초당으로 향했다. 고향과 유배라는 전혀 다른 장소성을 지녔을 뿐만 아니라 그들이 살았던 시대도 상당한 시간의 격차를 갖고 있지만, 어쩌면 두 사람의 시대정신과 문학정신은 같은 방향을 향하지 않았을까 하는 생각이 문득 스쳐 지나갔다.

식민과 제국의 시대 창씨개명을 거부하면서 민족적 저항의 세계를 지켰던 김영랑의 삶과 문학은 한국전쟁의 소용돌이는 이겨 내지 못하고 결국 생을 다하고 말았다. 그의 죽음을 향해 많은 이들이 조사를 남겨 슬픔을 토로했는데, 그 가운데 『영랑시선』을 묶기도 했던 서정주는 그의 타계 소식에 더욱 애절한 마음을 담아 「곡哭 영랑 선생」으로 추도사를 남기기도 했다.

영랑 선생, 선생의 후배 서정주는 삼가 여기 엎드리어 곡하옵니다. 후생이 유죄함을 굽어 살피옵시오. 이 통곡과 이 호흡 여기 있음이 오히려 민망하옵니다.

선생님, 이 민족과 이 국토를 어찌하고 가시었습니까. 저 호남 강진 해변의 춘창春蒼한 대밭, 남은 유가족, 벗들과 후배 다 어찌하고 가시었습니까…… 선생님, 이 겨레를 대표하는 한 개의 민족정서의 이름으로서 불리어지던 당신을 이렇게 보내드리기는 너무도 절통하옵니다. 앞으로 오랜 세월을 두고두고 그 훈향薰香을 맡아야 할 당신을 환장한 동족반도배의 난리 속에 보내드리다니!

명심 하오리다. 영랑 선생. 뒷일은 우리들에게 맡기시고 거기 당신이 이미 이승에서 마련하신 청명 속에 계시옵소서. 길이 끊이지 않고 밝혀질 당신의 후생들의 배례拜禮와 그 꽃다발을 받으시옵소서.

-「곡哭 영랑 선생」

한국전쟁의 한가운데 남북 간의 치열한 공방전이 펼쳐졌던 1950년 9월 27일, 날아든 유탄의 파편으로 중상을 입고 다음날 김영랑은 타계했다. 그의 유해는 남산 기슭에 잠시 묻혀 있다가 휴전 이후 오상순, 박종화, 이헌구, 김광섭 등 동료 문인들의 주선으로 망우리공동묘지로 이장되었고, 지금은 경기도 용인의 천주교공원에 묻혀 있는 그의 부인 곁으로 옮겨졌다.

찬란한 슬픔의 봄을 기다리는 남도의 시인

서정주의 곡哭에서 안타깝게 부르고 있듯이 "한 개의 민족정서의 이름으로서 불리어지던 당신"의 죽음은 시문학파라는 한국현대시문학사의 한 페이지를 덮는 크나큰 손실이 아닐 수 없었다. 그의 영원한 지기 박용철은 이미 오래전에 먼저 떠난 뒤였고, 정지용마저 북으로 가버린 탓에 시문학파가 남긴 문학적 유산을 계승하는 것은 오로지 남은 자들의 몫이었다. 아마도 서정주가 "길이 끊이지 않고 밝혀질 당신의 후생들의 배례와 그 꽃다발을 받으시옵소서."라고 했던 것은 이와 같은 마음을 간곡히 전하고자 했기 때문이 아니었을까.

찬란한 봄을 기다리던 남도의 시인 김영랑은 그곳에 이르러서야 진정으로 "청명淸明"의 시간을 맘껏 누리지 않았을까. 생전에 그는 "날마다 외롭다 가고말사람/ 그래도 뫼아래 비碑돌 세우리/ '외롭건 내곁에 쉬시다가라/ 한 되는 한마디 삭이실난가"(「묘비명」)라고 스스로 묘비명을 남겼는데, 죽어서야 비로소 그 외로움 다 내려놓고 맑고 깨끗한 세상의 아름다운 음악 소리를 들으며 영원한 삶을 살아가고 있지 않을까 생각해 본다.

석정문학관 전경

자연과 인간과 역사의
유토피아를 노래한 목가 시인

신석정과 부안 _ 〈석정문학관〉

전라북도 부안의 시적 전통

김기림이 "현대문명의 세련된 시안詩眼"을 지닌 시인으로 평가한 정지용의 시세계와 비교하여 "현대문명의 잡답(잡담)을 멀리 피한 곳에 한 개의 '유토피아'를 음모陰謀하는 목가시인"으로 칭송한 이가 있다. "목신牧神이 조는 듯한 세계를 조금도 과장하지 아니한 소박한 '리듬'"과 독창적인 '이미지'를 지닌 그의 시세계는, "조음噪音 난조亂調에 찬 현대문명의 매연을 모르는 '다비테'의 행복한 고향에 피폐한 현대인의 영혼을 위하여 한 개의 안식소를 준비하려 하고 있"는데, 이러한 목가적 서정은 "현대문명에 대한 간접적인 비판"의 의미를 내포하고 있다는 것이다.

당시 김기림이 월탄 박종화, 안서 김억의 시를 다시 본 즐거움을 토로하는 글에서 덧붙여 이토록 칭찬을 아끼지 않았던 시인은 바로 전라북도 부안의 시인 신석정이다. 1924년 18살의 나이에 '소적'이라는 필명으로 《조선일보》에 「기우는 해」를 발표했으니 등단한 지는 이미 오래되었지만, 첫 시집 『촛불』이 나오기 훨씬 전이었으니 거의 신인이나 다름없을 때였다.

김영랑, 박용철, 정지용과 함께 〈시문학〉 동인 활동을 한 것이 1931년부터였고, 장만영, 서정주 등과도 문학적 교유관계를 갖고 있었으니, 아마도 김기림이 신석정의 시를 높이 평가했던 그 무렵은 청년 시인으로서 시저 열정이 가장 고조되었던 시기가 아니었을까 싶다.

김기림의 명명으로부터 평생 '목가 시인'으로 불렸던 신석정은

자연과 인간과 역사의 유토피아를 노래한 목가 시인

부안 신석정 고택 전경

1907년 전라북도 부안에서 가업인 한약방을 운영하면서 한학을 공부했던 아버지 신기온과 어머니 이윤옥의 차남으로 태어났다. 이처럼 한학을 공부한 아버지와 할아버지의 영향으로 유년 시절부터 당시唐詩를 읽으며 자란 신석정은, 조선시대 한시와 시조로 명성을 날렸던 기생 매창梅窓의 시적 전통이 흐르는 고향 부안의 정서 속에서 자연스럽게 시심을 키워 나갔다.

부안의 〈석정문학관〉과 〈신석정고택〉 맞은편에 자리 잡은 서림공원은 신석정의 시와 문학이 탄생한 장소 가운데 한 곳이라고 할 수 있는데, 이곳에 신석정이 번역시집을 내는 등 많은 영향을 받은 매창시비도 있어 울창한 숲과 한데 어우러진 부안의 시적 전통을 자연과 더불어 온전히 느낄 수 있게 한다.

이처럼 부안에서 보낸 유년 시절은 신석정의 시가 태어나고 자라난 원형적 의미를 지니고 있는데, 이때를 추억하는 시인의 마음 안에서 문학 소년의 풋풋한 감수성이 그대로 전해져 옴을 느낄 수 있다.

꿈 많은 소년이었다.

항상 우리 고을 주변에 알맞게 자리잡고 있는 나지막한 구릉의 잔디밭이 아니면, 산 언저리 백화등이 칭칭 감고 올라간 바위 밑을 찾아가서는 어슴어슴 황혼이 먼 바다를 걸어올 때까지, 오랑캐 꽃빛섬이나 저녁 노을 붉게 타는 수평선을 덧없이 바라보면서 아득한 꿈을 멀리 띄워 보내고 망연자실하는 것이 내 소년 시절을 거의 차지하던 일과였다. 이렇게 지내오는 동안 키타하라 하쿠슈北原白秋의『우사기노템뽀』와 나쓰메 소세끼夏目漱石의 단편을 거쳐서 투르게니에프의『사냥꾼일기』에 맛을 붙이게 되고, 하이네의『서정소곡』에 군침을 흘리는 문학 소년이 되었다.

－「나의 문학적 자서전」

1918년 부안보통학교에 입학한 신석정은 6학년 때 일본 제국주의에 맞서 동맹휴학을 주도할 정도로 애국심이 뛰어났다. 일본인 선생들이 조선인 학생들을 부당하게 대하는 행동에 가난한 식민지 백성으로서의 슬픔과 분노를 참지 못해 일으킨 일이었는데, 이로 인해그는 무기정학을 당했고 그 결과 동기생들보다 늦은 1923년에 가신히 졸업을 하는 고초를 겪어야만 했다. 이러한 신석정의 역사의식은

자연과 인간과 역사의 유토피아를 노래한 목가 시인

문학적 감수성과 자연스럽게 어우러지면서 그의 시세계를 이루는 근원적인 바탕이 되었다고 할 수 있다.

불교에서 문학으로, '중앙불교전문강원' 시절

유년 시절 할아버지와 아버지로부터 한학을 배운 신석정은 노장철학을 비롯한 동양 사상에 큰 관심을 갖고 있었는데, 이를 심화하는 방향으로 불교 철학을 공부하겠다고 결심한 후 서울로 올라가 동대문 밖 대원암大圓庵에 있던 '중앙불교전문강원'에 들어갔다. 여기에서 그는 만해 한용운과 더불어 당시 불교계에서 가장 추앙받았던 교종敎宗의 거두이자 석학이었던 석전石顚 박한영 선사를 만나게 되었다.

신석정의 삶과 인격 형성에 만해와 석전 두 스님의 영향은 아주 컸지만, 실제로 그는 불교라는 종교 자체에 대해서는 크게 매력을 느끼지 못하고 문학 서적 탐독에 더욱 열을 올렸다. 이 때문에 선암사의 승려 출신으로 시조를 썼던 조종현과 가까이 지냈고, 문학에 뜻을 둔 승려들을 규합하여 『원선圓線』이라는 프린트 회람지를 만들기도 했다.

김영랑과 박용철이 만들었던 《시문학》 3호에 「선물」을 발표하였던 때도 바로 이 무렵이었다. 시가 게재된 이후 박용철의 편지를 받고 그의 집을 찾아갔는데, 거기에서 정지용을 처음으로 만나기도 했다. 이후 신석정은 〈시문학〉 동인들과 자주 어울렸고, 자신의 시를 높이 평가한 김기림의 집에도 드나들면서 본격적으로 시인으로서의 삶을 시작했다고 할 수 있다.

해가 바뀌었다. 만주사변이 터지고 세상은 뒤숭숭하기 시작했다. 기신론의 종강을 마치고 나니 한영 스님은 친히 나를 불러 앞에 앉혀 놓고,
"신 군도 이젠 기신론을 끝냈으니 신심이 나는가?"
"저는 불교를 학문(철학)으로 배운 것이지, 종교로 배운 것이 아닙니다."
"신심이 안 나다니 신 군은 헛것을 배웠구먼……"
태연하게 하시는 말씀인데도 그렇게 명랑한 얼굴은 아니었다. 학문에 신념을 갖는 것과 신심을 내는 것과는 확실히 거리가 있는 문제일 것이라고는 생각했지만, 불쑥 하고 난 대답으로 스승의 마음을 흐리게 한 것만은 오늘에 이르도록 죄스러움기 짝이 없다. 금강산으로 입산 수도의 길을 떠나자는 동료들의 간곡한 청을 물리치고 나는 귀향을 서둘렀다. 몇 마지기 안 되는 전답이지만 그 악랄한 지주의 착취 대상으로 젊은 아내를 그대로 맡겨 두기가 너무 가슴 아팠을 뿐만 아니라, 서울 생활을 더 지탱해낼 도리가 없었던 데도 그 원인이 컸다.
─「못다 부른 목가」

불교를 공부하러 '중앙불교전문강원'에 들어갔다가 스승 박한영으로부터 불교 경전 중에서 어렵기로 유명한 『대승기신론』 강의를 마치고 난 뒤의 대화를 기억하여 쓴 글이다. 당시 한용운, 이광수, 주요한, 최서해 등과 문학적 인연을 맺고 다닐 만큼 이미 문학적으로 기울어버린 마음 탓이 컸겠지만, 처음부터 신석정에게 불교는 종교

자연과 인간과 역사의 유토피아를 노래한 목가 시인

라기보다는 학문의 대상이었지 않았을까 싶다.

만주사변으로 더욱 혼란스러운 시절이었고, 어머니의 타계 소식마저 전해져 그의 고향행은 불가피한 선택이 되지 않을 수 없었다. 다만 서울에서 지내는 동안 사상적으로 불교의 세계에 심취했고, 시문학 동인으로 활동하면서 본격적으로 문학에 입문했던 경험은, 고향 부안에서 신석정의 시와 정신을 더욱 단단하게 하는 결정적 토대가 되었음에 틀림없다.

비록 가난한 삶을 살지언정 가족들과 더불어 자연 속에서 노동하면서 문학적 신심을 지켜 나가고자 했던 고향에서의 시간은, 신석정의 시가 서서히 자신만의 세계를 형성해가는 중요한 원동력이 되었다. 소작농의 힘겨운 살림살이에도 귀향한 지 3년 만에 초가삼간을 지어 '청구원靑丘園'이라 이름 붙였다. 마당 가득 은행나무, 벽오동나무, 감나무 등 자연으로 둘러싸인 '청구원'에서의 삶은 그의 첫 시집 『촛불』에 고스란히 남겨져 있다. 소박한 자연의 세계와 그 속에 깃든 인간의 겸허함을 내면화하는 데서, 신석정의 시는 '자연과 인간과 역사의 유토피아를 노래한 목가 시인'이라는 평가에 걸맞은 가장 아름다운 세계를 더욱 깊이 있게 일구어 나갈 수 있었다.

청구원과 첫 시집 『촛불』

신석정의 '청구원' 시절은 작품 발표는 물론이거니와 인근의 문학청년들과의 교류를 활발하게 이어간 때이기도 했다. 황해도에서 갓 중학교를 졸업한 장만영과 고창에서 중학교를 다니던 서정주가 청구원으로 찾아왔던 때도 바로 이 무렵이었다. 특히 장만영이 살았던 황해도 백천을 직접 방문하는 등 그와의 인연은 아주 각별했던 터라 뒷날 동서지간으로 특별한 인연을 계속해서 이어 갔다.

또한 이때 신석정은 서울 문단과의 교류도 비교적 활발했는데, 《동광》, 《신인문학》, 《조광》, 《신동아》, 《시원》 등의 잡지에 많은 시를 발표하면서 정지용, 김기림, 김광균 등과도 아주 가까이 연락하며 지냈다. 신석정이 자신의 문학적 스승으로 모신 가람 이병기와의 만남도 이 무렵의 일인데, 당시 이병기 선생이 시조시인 조운과 자주 '청구원'을 찾아왔었다고 한다.

해방 이후 신석정이 '조선문학가동맹'에 참여했던 것과 한국전쟁 이후 전북대학교에서 강의를 했던 것도 바로 이병기와의 특별한 인연에서 비롯된 것이었다. 전남 영광에 살았던 조운 역시 신석정에게 보낸 편지 속에 "예서 부안읍이 북으로 백 오십리/ 모르던 전날에는 천 오백리만 여겼더니/ 이제는 시오리 남짓 되나마나 합니다."라고 시조를 헌사 했을 정도로 아주 각별한 인연이었음을 알 수 있다.

이러한 '청구원'에서의 열정적인 문학 활동과 교류는 첫 시집 『촛불』로 결실을 이루었다. 당시 문단에서는 성대한 출판기념회를 열어 주었는데, 이 자리에는 이병기, 김기림, 김억 등 평소의 지기知己들은 물론이거니와 이육사, 신석초, 임화 등 처음 만난 문인들까지 30여 명이 모여 축하해 주었다.

자연과 인간과 역사의 유토피아를 노래한 목가 시인

이들과의 만남에 대해 신석정은 "그 뜨거웠던 악수는 지금도 내 체온의 한구석에 남아 있는 것만 같다."라고 적어 두어, 자신의 첫 시집 발간을 계기로 만났던 시인들과의 추억을 평생 가슴속에 묻어 두고 시를 써 왔음을 조심스럽게 고백했다.

저 재를 넘어가는 저녁 해의 엷은 광선들이 섭섭해 합니다/ 어머니 아직 촛불을 켜지 말으셔요/ 그리고 나의 작은 명상冥想의 새 새끼들이/ 지금도 저 푸른 하늘에서 날고 있지 않습니까?/ 이윽고 하늘이 능금林檎처럼 붉어질 때/ 그 새 새끼들은 어둠과 함께 돌아온다 합니다/ 언덕에서는 우리의 어린 양들이 낡은 녹색 침대에 누워서/ 남은 햇볕을 즐기느라고 돌아오지 않고/ 조용한 호수 위에는 인제야 저녁 안개가 자욱이 나려오기 시작하였습니다/ 그러나 어머니 아직 촛불을 켤 때가 아닙니다/ 늙은 산의 고요히 명상하는 얼굴이 멀어가지 않고/ 머언 숲에서는 밤이 끌고 오는 그 검은 치맛자락이/ 발길에 스치는 발자국 소리도 들려오지 않습니다/ 멀리 있는 기인 둑을 거처서 들려오던 물결소리도 차츰차츰 멀어갑니다/ 그것은 늦은 가을부터 우리 전원을 방문하는 까마귀들이/ 바람을 데리고 멀리 가버린 까닭이겠습니다/ 시방 어머니의 등에서는 어머니의 콧노래 섞인/ 자장가를 듣고 싶어 하는 애기의 잠덧이 있습니다 /어머니 아직 촛불을 켜지 말으셔요/ 인제야 저 숲 너머 하늘에 작은 별이 하나 나오지 않았습니까?

–「아직 촛불을 켤 때가 아닙니다」 전문

『촛불』에 수록된 작품으로 「그 먼 나라를 알으십니까」와 함께 신석정의 시 가운데 가장 많이 알려진 작품이다. 시와 시인, 또는 시와 시대를 결부 지어 시를 해석하는 데서 발생하는 오류를 가급적 피해서 말해 본다면, 이 시는 신석정 시정신의 근원인 노장철학에 기댄 유토피아적 세계에 대한 갈망을 상징적으로 형상화한 것으로 볼 수 있다.

자연과 인간의 진정한 통합을 열망한 유토피아 지향성이 '무릉도원'의 세계를 연상하게 한다는 점에서, "재를 넘어가는 저녁 해", "푸른 하늘", "조용한 호수 위"에 풍경처럼 놓인 "새", "능금", "어린 양" 등은 그 자체로 자연과 인간의 조화로운 정경을 떠올리게 하는 유토피아적 지향성에 다름 아닌 것이다. 결국 화자가 어머니에게 간곡히 말하는 "아직 촛불을 켜지 말으셔요"라는 당부는 어떠한 불의와 유혹에도 아름다운 자연의 모습만큼은 훼손시켜서는 안 된다는, 문명적 상징인 '촛불'을 켜지 말아야 한다는 자기 다짐의 성격을 강하게 드러내는 것으로 이해될 수 있다.

하지만 이러한 이상적 세계에 대한 동경은 당시의 역사적 상황과도 통합될 때 진정한 유토피아의 세계를 실현시킬 수 있다는 사실을 신석정 스스로 절대 간과하지는 않았을 것이다. 즉 신석정에게 유토피아는 자연과 인간뿐만 아니라 역사까지도 포괄하는 궁극적 세계를 향한 열망을 의미한다고 할 수 있다. 일상적 세계의 진실을 외면한 채 당위적 세계의 진실만을 쫓는 것은 자칫 시대와 현실을

자연과 인간과 역사의 유토피아를 노래한 목가 시인

외면하는 초월적 도피의 가능성이 될 수도 있다는 점에서 진정한 의미에서 유토피아의 세계를 형상화한 것이라고 볼 수는 없다고 보았던 것이다.

따라서 아마도 신석정은 이러한 시대적 괴리와 모순 앞에서 절망하는 화자의 심경을 "아직 촛불을 켤 때가 아닙니다"라는 아이러니적 진술로 간절하게 표현하지 않았을까 싶다. 시인이 진정으로 염원하는 세계는 어두운 시대의 고통과 상처를 어루만지고 치유하는, 그래서 어둠의 세계에 밝은 희망의 불씨가 되는 작은 '촛불'이 켜지기를 간절히 기다리는 소망을 역설적으로 담은 것으로 해석할 수 있는 것이다.

첫 시집 『촛불』에 수록된 시 대부분이 1930년대 중후반 일본의 군국주의가 강화되었던 가혹한 시절에 창작된 것이었음을 생각할 때, 시와 시대 혹은 시인과 시대를 결부 짓는 정치적 해석을 무조건 오류로 치부해 버리는 것은 결코 바람직하지 않다.

《문장》의 폐간, 《인문평론》의 《국민문학》으로의 변절 등 이후 문단에 불어 닥친 찬바람은, "늙은 산의 고요히 명상하는 얼굴이 멀어가지 않고/ 머언 숲에서는 밤이 끌고 오는 그 검은 치맛자락이/ 발길에 스치는 발자국 소리도 들려오지 않습니다/ 멀리 있는 기인 둑을 거쳐서 들려오던 물결소리도 차츰차츰 멀어갑니다/ 그것은 늦은 가을부터 우리 전원을 방문하는 까마귀들이/ 바람을 데리고 멀리 가버린 까닭"이라는 음산하고 쓸쓸한 분위기와 그대로 일치한다.

냉혹한 역사와 시대 앞에서 간신히 "촛불"이라도 켤 수 있는 자유와 행복이 주어지면 좋으련만, "아직 촛불을 켤 때가 아닙니다"라고 단호하게 말할 수밖에 없는 시인의 목소리는 당대 우리 시단의 정서를 담은 아이러니적 진술로 볼 수 있는 것이다. 그의 시에서 노장적 자연의 유토피아는 일제 말 정치사회적 상황과 맞물릴 때 가장 진정성 있는 모습을 상징적으로 보여 준다.

이처럼 시와 역사 그리고 시인은 그렇게 떼려야 뗄 수 없는 운명적 공동체일 수밖에 없다. 이러한 그의 시대적 고민과 아픔은 두 번째 시집 『슬픈 목가』에 그대로 담겨 있어 해방 전후의 시세계를 잇는 가교 역할을 했다고 평가할 수 있다.

해방 전후 그리고 '목가 시인'의 길

신석정에게 해방은 두 번째 시집 『슬픈 목가』로부터 시작되는데, 친일문학지 《국민문학》의 청탁을 거절하고 해방이 될 때까지 절필을 했던 시인에게 남겨진 해방 전후의 사정은 오로지 『슬픈 목가』를 통해서 유추해 볼 따름이다. 해방 직후 신석정은 고향 부안으로 내려와 중학교 교사 생활을 시작했고, 한국전쟁 이후에는 전주로 가서 교사 생활을 이어 가면서 전북대학교에 강의를 나가는 등 서울과 일정한 거리를 두고 평생을 살았다.

해방 전후 그의 시와 사상은 큰 변화의 길 위에 있었고, 비교적 가까운 거리에서 교류를 나누었던 '조선문학가동맹'의 김기림, 정지용 등 북으로 간 시인들과도 전혀 다른 길을 선택했다. 이 무렵 그의

자연과 인간과 역사의 유토피아를 노래한 목가 시인

삶과 문학에 아주 큰 영향을 미친 사람은 『슬픈 목가』에 서문을 쓴 김아金鴉였던 것으로 짐작된다. 김아의 서문에 답하는 형식으로 발문을 쓴 사람은 바로 시인 자신이었는데, 김아와 신석정이 주고받은 서문과 발문의 대화를 통해 해방 전후 신석정의 내면이 어떠했고 무슨 결심으로 시인으로의 새로운 길을 모색했는지 조심스럽게 추측해 볼 수 있다.

석정은 『촛불』 이전에 시에서 살았고 시에서 살았기에 그의 시는 한결 명랑하고 아름다운 것이라고 나는 본다. 푸른 꿈을 지니는 것이 시가 아니라고 못할진대 그는 그런 시에서 살았고 흰 구름과 푸른 산이, 그리고 숲길과 바다가 언제나 그의 옆에 있었다면 또한 그는 그런 시에서 살았던 것이다. 그러기에 이 시절을 석정은 시에서 살면서 시에서 살기를 그리워하던 시절이라고 나는 본다. (중략)

그러기에 『슬픈 목가』의 이 시절을 석정은 시에서 살지 못하였기에 시를 그리워한 시절이라고 나는 본다.

그러나 80 노령의 피카소가 공산당에 입당하였다는 이즈막에 있어, 이제 석정의 가슴에는 다시 푸른 꿈이 깃들기 시작하였고, 그에게는 푸른 산 흰 구름만이 그의 시가 아니요 조선의, 세계의 인민도 또한 그의 시가 될 수 있으리라는 것을 믿는 나의 심사는 과연 한낱 부질없는 꿈일 것인가?

– 김아, 「『슬픈 목가』에 바치는 글」

서른이 가까울 때까지 이 사나이는 '생활'을 모르는 가장 어리석은 행복자(?)이었습니다.

숨막히는 현실을 호흡하게 될 때, 호흡함으로써 비롯하는 비극을 멀리 피하기 위하여 애써 현실의 세계에서는 아주 아스므라한 딴 나라로 내 자신을 이끌고 가기에 바빴던 것입니다.

그리하여 비로소 거기서 나의 작은 안식소를 찾아간 것이 나의 '어머니' 자연의 품속이었습니다.(중략)

벗이여, 어머니의 품으로 돌아가는 길이 다시 열리던 1945년 8월 15일, 나는 목놓아 울었습니다. 거기서 오래오래 지니고 살아오던 나의 슬픔과 더불어 청춘은 고스란히 문이 닫혔기 때문이었습니다.

이젠 어디로 가겠느냐구요? 성한 피가 내 혈관을 도는 한 '새벽'과 '아침'과 '대담한 대낮'을 찾아 끝끝내 한 송이 해바라기로 다시 피어 보리다. 그것은 어느 가난한 마을 울 밑이라도 좋고 나지막한 산기슭이라도 좋겠습니다.

　　－「나의 몇몇 시우詩友에게－『슬픈 목가』의 뒤에」

시인 스스로 "『슬픈 목가』를 부르기 시작할 때부터 형과 나의 사이가 가장 가까워졌던 연대"라고 말했던 김아가 누구인지는 정확히 모르겠으나, 친일문학이 전면화되었던 일제 말기 절필의 시기를 신석정과 함께했던 아주 소중한 친구였던 것으로 짐작된다.

더구나 김아는 사회주의자였던 것으로 생각되는데, "푸른 꿈을 지니는 것이 시가 아니라고 못할"지라도, 이제는 그러한 시대가 아

　　　　자연과 인간과 역사의 유토피아를 노래한 목가 시인

니니 "흰 구름과 푸른 산이, 그리고 숲길과 바다가 언제나 그의 옆에 있었"기에 "그런 시에서 살았던 것"을 넘어서 "조선의, 세계의 인민도 또한 그의 시가 될 수 있으리라는 것을 믿는 나의 심사"를 신석정에게 솔직히 전하고 있는 데서 그의 이념과 사상이 어디를 향해 있었는지 알 수 있다. 그리고 신석정의 시적 지향이 자신의 사상과 함께 해 주기를 바라는 마음을 충분히 전하고자 했던 것을 확인할 수 있다.

하지만 "이젠 어디로 가겠느냐구요?"라고 묻는 김아의 질문에 신석정은 이제는 다시 "나의 작은 안식소"인 "나의 '어머니' 자연의 품 속"으로 돌아갈 것이라고 말한다. "어느 가난한 마을 울 밑이라도 좋고 나지막한 산기슭이라도" "한 송이 해바라기로 다시 피어"날 것임을 분명하게 답하고 있는 것이다. 이것은 결국 해방 직후 좌우의 대립과 남북 분단으로 치닫는 상황 속에서 그 어느 쪽의 이념을 선택하기보다는 자연과 인간 그리고 역사의 조화와 통합에 바탕을 둔 유토피아적 세계를 지향하고자 했던 신석정의 궁극적 길을 명확하게 보여 주는 것이 아닐 수 없다.

이러한 신석정의 새로운 길을 사상적 변화라고 해야 할지, 아니면 본래의 시 정신으로의 귀환이라고 해야 할지 정확히 판단하기는 어려움이 있다. 다만 해방 이후 고향으로 돌아와 교사 생활과 신문사 근무 등 새로운 일상에 전념했고, 생업과도 무관하지 않았을 것으로 보이는 『중국시집』, 『매창시집』 등의 번역에 매달려 살았다는 데서, 그의 변화가 해방 이전의 사상 혹은 이념과 일정하게 거리를 두는 아주 복잡한 심경이 아니었을까 유추해 볼 따름이다.

　이때의 일을 기록한 글을 통해 볼 때도, "일제의 억압과 착취가 범람하는 그 당시, 나는 일제와 정면하여 싸울 수 있는 용감한 청년이 못 되었다"고 스스로 책망한 점이나, "예술의 목적을 싸우는 데만 둘 수는 없었다. 생활을 승화시킨 꿈의 세계에서 미의 절정을 찾아내려 하였을 때, 사람들은 흔히 나를 가리켜 목가 시인으로 불러주었다." 고 말했던 데서 알 수 있듯이, 시대와 생활의 질곡 속에서 자신의 시적 본령인 목가적 서정을 지키려는 내적 고투가 결코 쉽지는 않았을 것임을 짐작하게 한다.

4·19와 5·16, 역사적 소용돌이 속에서

신석정의 시는 식민과 제국, 전쟁과 분단의 역사적 혼란을 지나오면서 사상과 정치로부터 일정하게 자율적이고 독립적인 위치에서 예술 본연의 미학적 절정을 담은 시세계를 추구했다. 하지만 이러한 선택이 오로지 정치와 무관한 소위 순수의 영역만을 고집하는 것은 결코 아니었다. 그가 꿈꾸는 유토피아는 자연과 인간이 가장 아름다운 시절을 보낼 수 있는 역사의 안정과 질서 그리고 평화에 바탕을 둔 것이므로, 역사의 모순과 정치의 폭압에 대해서만큼은 단호한 태도를 유지해야 하는 것이 시 혹은 시인의 사명이라는 점을 절대 간과하지 않았다.

　그러므로 시인은 역사와 현실의 정의가 점점 무너져 가는 혼란스

　자연과 인간과 역사의 유토피아를 노래한 목가 시인

러운 나라를 바로 세우기 위한 4월혁명에 대해, "모든 시인이 목청을 다듬어 노래하기에 인색하지 않았"던 새로운 희망을 보여 주었다고 높이 평가했다. 하지만 "또 하나의 낡은 말이 내닫는 것"과 같은 형국이었다는 냉혹한 진단 또한 서슴지 않았다는 점에서, 4월혁명이 5·16으로 인해 미완의 혁명이 될 수밖에 없었던 당시의 역사적 한계를 누구보다도 냉정하게 예감하고 있었다.

이러한 시대적 혼란 속에서 신석정은 "차라리 붓을 꺾고 말지언정 멍든 역사와 얼룩진 현실을 찬미하고 구가할 수는 없다."라고, 시인으로서 정치와 현실 앞에서 어떤 자세와 태도를 지켜야 하는지 스스로에게 분명한 다짐을 했다. 이 무렵 그가 발표한 「단식의 노래」는 바로 이러한 문제의식을 시를 통해 발언한 것이라는 점에서 특별히 주목된다.

배고픈 사람들끼리/ 주저앉고 쓰러진 채/ 서로 서로 얼굴을 본다./ 눈이 눈을 본다./ 마음이 마음을 본다.// 눈시울이 갑자기 뜨거워진다.// 어젯밤에 서울로 떠난/ 동지들은/ 시방쯤 의사당 앞에서/ 농성을 하고 있겠지……// 우리들의 것을 찾기 위하여/ 이웃들의 것을 찾기 위하여/ 다시는 불의와 부정에/ 휩쓸리지 않기 위하여/ 죄 없이 자라나는 까만 눈망울들을/ 다시는 속이지 않기 위하여 (중략)// 노도같이 싸우며 전진한다./ 하늘이 우리들의 머리 위에 있는 한/ 우리들의 발밑에 대지가 있는 한/ 승리는 모두 우리들의 것/ 동지여! 뜨거운 손을 잡고/ 볼에 볼을 문지르며/ 울어도 좋다!/ 웃어도 좋다!/ 우리들의 내

일을 위해서/ 내일의 민주학원을 위해서……

─「단식의 노래」 부분

4월혁명 직후에 쓴 시로 "다시는 불의와 부정에/ 휩쓸리지 않기 위하여"라는 시인의 확고한 의지와 목소리를 전면화한 시이다. 이전까지 시인이 써 왔던 시의 본령과는 사뭇 다른 의식적이고 선동적인 시인데, 60년대의 시대적 상황과 분위기 속에서 자연과 인간의 조화를 노래한 그의 시가 일정 부분 결여하고 있었던 역사의 한 방향을 새롭게 정립하고자 했던 것이 아닐까 싶다. 당시 신석정은 이 시를 발표한 이후 공안 당국에 끌려가 심한 고초를 겪었는데, 결국 다니던 전주고등학교를 그만두고 김제고등학교로 직장을 옮겨야만 했다.

이처럼 신석정의 현실 참여는 60년대 내내 그의 삶과 시에 감시와 검열의 칼날이 드리워진 극도의 불안을 안겨 주었고, 급기야 1969년에 또다시 당국에 붙잡혀 힘든 시간을 견디는 고통을 당하기도 했다. 이러한 사실들로 미루어 볼 때 신석정의 시를 그저 목가적 자연을 노래한 전원시인으로만 평가하는 것은 지나치게 협소한 시각이 되지 않을 수 없다. 그는 진정한 의미에서 유토피아는 온전한 역사의 토양 위에서 이루어질 수 있다는 사실을 단 한 번도 놓치고 살지 않았다는 점에서, 그의 시는 '전원'의 노래라기보다는 '생활'의 노래이고 '역사'의 노래에 훨씬 가깝고 해야 할 것이다. 평생 동안 현실적이고 세속적인 탐욕에는 절대 타협하지 않고, 가난한 살림살이에

자연과 인간과 역사의 유토피아를 노래한 목가 시인

작은 정원을 가꾸면서 살아간 그의 삶을 정직하게 들여다볼 필요가 있는 이유도 바로 여기에 있다.

1960년대 이후 신석정의 현실참여를 주목하는 가운데 〈석정문학관〉에서 발견한 아주 특별한 자료가 있는데, 그것은 바로 일본 동경에서 발간된 종합지《한양》의 청탁서였다. 당시 신석정에게 이루어진 청탁의 경위를 자세히 알 수 있다면, 당시《한양》과 국내 문인들과의 관계를 밝혀 내는 데 또 다른 단서가 되지 않을까 하는 생각이 들었다.

《한양》은 1962년 3월 일본 동경에서 창간된 월간 교양지로, 편집인 겸 발행인은 김인재였다. 시, 소설, 수필, 평론 등 문학작품을 비롯하여 당대의 정치사회적 쟁점에 대한 논문 및 시론時論 등을 게재한 종합지적 성격을 지니고 있었다. 특히 당시 반공과 냉전에 기반한 한국 사회에서는 쉽게 발언할 수 없는 정치적 문제의식을 담은 작품들을 가감 없이 게재함으로써 1974년 〈문인간첩단〉이라는 공안 사건에 연루되어 이호철, 임헌영 등이 엄청난 고초를 겪게 되었던 잡지였다.

이러한《한양》에 22편의 시를 게재했다(문학관 전시물에는 19편의 시를 게재했다고 되어 있으나, 필자가 『한양』을 직접 확인한 결과 총 22편의 시가 게재되었다.)는 점만으로도 당시 신석정의 시가 역사와 현실에 대해 어떤 목소리를 내고 있었는지를 충분히 짐작하게 한다.

"역시 어둠이 걷히지 않은 자리에/ 나는 서 있었다.// 서서 갈 길을 찾아본다. 없다.// (중략)// 아아 그 무서운 '지옥'을 보고/ 나는 그만 몸서리쳤다."(「지옥」)라고 《한양》에 발표한 그의 시에서 냉혹한 시대를 살아야만 했던 한 시인의 초상이 그대로 새겨져 있음을 분명하게 확인할 수 있다.

〈석정문학관〉에서 〈비사벌초사〉로

〈석정문학관〉과 신석정고택인 〈청구원〉이 있는 부안을 떠나 신석정이 그랬던 것처럼 전주로 향했다. 아마도 전주는 신석정에게 제2의 고향 같은 곳이 아니었을까 싶다. 해방 이후 서울 생활을 청산하고 내려와 고향 부안에서 교직 생활을 시작했고, 한국전쟁 이후 1954년부터는 전주고등학교 교사가 되어 전주와 인연을 맺어 5·16으로 전북 김제에서 3년간 교사 생활을 한 시기를 제외하고는 생을 마감하기까지 전주에서 살았다. 전주 덕진공원에 신석정 시비가 세워진 뜻도 바로 이 때문이거니와, 그의 마지막 순간을 함께했던 〈비사벌초사比斯伐草舍〉가 있어 더더욱 그를 전주의 시인으로 기억하게 한다. 전주의 옛 이름인 '비사벌'에서 따와 이름 지은 이 집은 신석정의 마지막 20여 년을 함께 한 곳이다. 특히 그의 시세계 후반기에 해당하는 『산의 서곡』과 『대바람 소리』는 바로 이곳에서 쓴 시들을 모은 시집이다. 20년간 살았던 부안의 '청구원'을 떠나 전주로 옮기면서 마당의 나무들을 모두 이곳으로 옮겨 다시 심었다고 하니, 신석정의 자연에 대한 사랑은 자식을 키우는 것만큼이나 근원적이고 운명적인 것이었음을 알게 한다.

자연과 인간과 역사의 유토피아를 노래한 목가 시인

비사벌초사 앞마당 정원

　지금도 대문을 열고 들어서면 바로 펼쳐지는 마당의 풍경은 마치 작은 식물원에 온 듯한 착각을 일으킬 만큼 갖가지 나무와 화초들로 가득하다. 현재는 이 집을 다른 분이 인수하여 전통차 체험장으로 운영하고 있는데, 신석정 시인의 집에 대한 사랑을 그대로 이어가기 위해 원래의 모습을 거의 그대로 보존하고 있다고 하니 그 마음이 너무나 각별하고 소중하게 다가온다.

　새벽종소리 여울지는 속에/ 비사벌比斯伐 고도古都의 밤은 트인다.// 밋밋하게 솟아오른 고덕산/ 어린 산맥을 데불고/ 어린 하늘에 나래를 벌

비사벌초사 외부 전경

리면/ 기린봉은 기인 긴 목을 쳐들고// 새날을 약속하는 태양을 뱉으면서/ 아득한 황해의 파도를 듣는다.// 간밤의 때 묻은 생활일랑/ 전주천에 고즈넉이 부치고/ 아스라한 옛이야기사/ 남고산성 푸른 이끼에/ 그대로 묻어두자.// 다가산 이팝나무/ 눈보다 흰 꽃 속에/ 흐드러진 덕진의/ 연꽃도 찾아가서/ 우리 꿈일랑 청춘일랑 맡겨두고// 소란한 전쟁도/ 꽃잎처럼 져 간 속에/ 솟아오른 빌딩의 밀림을 오가며/ 벅차는 생활의 교향악으로/ 비사벌 천년의/ 영화를 누리자.

–「비사벌송가比斯伐頌歌」전문

꿈꾸는 것과 결코 다르지 않았을 것이다. 대청마루에 걸터앉아 비사벌초사 마당에 잘 가꾸어진 나무들을 바라보는 것만으로도 시인이 평생 꿈꾸었던 유토피아를 살아가고 있는 것 같은 느낌에 젖어

자연과 인간과 역사의 유토피아를 노래한 목가 시인

들 수도 있겠다는 생각이 문득 들었다.

"소란한 전쟁도/ 꽃잎처럼 져 간 속에/ 솟아오른 빌딩의 밀림" 속을 살아가면서도 아직도 이런 소담한 정원을 가꾸고 지키는 마음이 살아 있다는 것이 그 자체로 유토피아는 아닐까. 비사벌초사 대문을 열고 들어서면 오른편에 전시된 시화 속 "난蘭이와 나는/ 산에서 바다를 바라보는 것이 좋았다./ 밤나무/ 소나무/ 참나무/ 느티나무/ 다문다문 선 사이로 바다는 하늘보다 푸르렀다"의 세계가 눈앞에 그대로 펼쳐지는 듯했다.

평생 자연을 사랑한 시인과 그의 어린 딸이 작은 마당에서 나무들을 바라보며 한껏 웃고 있는 모습이 상상이 아닌 현실처럼 느껴졌다. 시인은 그렇게 한평생 자연과 더불어 "순하디 순한 작은 짐승"(「작은 짐승」)처럼 살다가 조용히 떠났을 것이다. 비사벌초사 안방에서 마신 따뜻한 차 한 잔이 그의 시만큼이나 정겹고 아늑했다. 벽에 걸린 사진 속 그의 모습은 이미 유토피아를 살아가고 있는 시인 그 자체였다. 방 안에서 문을 열고 바라본 비사벌초사 마당 정원에서 온전히 그의 시를 느낄 수 있었다.

조태일시문학기념관 외부 전경

역사와 생명의 길을 따라
걸어간 '국토'의 시인

조태일과 곡성_〈조태일시문학기념관〉

곡성 태안사에서 광주로

섬진강을 따라 태안사로 가는 길은 너무나 아름다웠다. 굽이굽이 세상의 때가 묻지 않은 자연의 풍광 때문인지 시인을 찾아가는 마음은 더더욱 각별하게 다가왔다. 강 건너편 숲 속에는 세속적인 어른들의 세계마저 동심의 세계로 이끄는 도깨비마을이 보이고, 밤이 되면 쏟아지는 수많은 별들을 관찰할 수 있는 천문대도 강변에 자리 잡고 있다. 더 이상 기차가 다니지 않는 폐선로를 활용해 조성한 기차마을과 기차 펜션 그리고 레일바이크가 강물을 따라 달리면서 아주 특별한 추억을 만끽하게 하는 곳이었다.

삭막한 도시에서의 깊은 상처를 씻어 내리는 듯한 섬진강 물소리에 흠뻑 젖어 깊숙이 산길로 들어서 조태일시문학기념관 입구를 지나 자동차가 갈 수 있는 끝자락에 이르면 지리산에 둘러싸인 태안사의 모습을 만날 수 있다. 이곳이 바로 '국토'의 시인 조태일이 태어나고 자란 유년의 뜰이다. 1941년 그는 이곳 태안사에서 대처승의 아들로 태어나 초등학교 2학년 때까지 살았다.

시인의 이름 가운데 태泰는 태안사泰安寺의 첫 자를 따서 지은 것으로 다른 형제들의 이름이 항렬자를 따라 지은 것과 달랐다. 태안사 주지까지 지냈던 그의 아버지는 조태일이 태어나자 스님이 되기를 염원하는 마음을 담아 시인의 이름을 그렇게 지은 것이라고 한다.

모든 소리들 죽은 듯 잠든/ 전남 곡성군 죽곡면 원달1리// 구산九山의

역사와 생명의 길을 따라 걸어간 '국토'의 시인

하나인 동리산桐裡山 속/ 태안사泰安寺의 중으로/ 서른다섯 나이에 열일곱 나이 처녀를 얻어// 깊은 산골의 바람이나 구름/ 멧돼지나 노루 사슴 따위/ 혹은 호랑이 이리 날짐승들과 함께/ 오손도손 놀며 살아라고/ 칠남매를 낳으시고// 난세를 느꼈는지/ 산 넘고 물 건너 마을 돌며/ 젊은이들 모아 야학하시느라/ 처자식을 돌보지 않고// 여순사건 때는/ 죽을 고비 수십 번 넘기시더니/ 땅뙈기 세간살이 고스란히 놓아둔 채/ 처자식 주렁주렁 달고/ 새벽에 고향을 버리시던 아버지.

－「원달리元達里의 아버지」 전문

어린 시절 아버지에 대한 모습을 고향 태안사의 자연과 더불어 담아낸 시로, 속세를 떠난 승려였음에도 난세를 걱정하여 야학을 하는 등 사회 활동에 여념이 없었던 아버지를 기억하는 작품이다.

조태일이 태어난 1941년은 일제 말 제국주의 통치가 극에 달했던 시기였으므로, 순천사범학교에서 교사 생활을 하기도 했던 그의 아버지는 모든 학교 교육이 식민화된 상황에서 당시 청년들의 민족의식을 지켜 내는 데 무엇보다도 헌신했다. 그로 인해 수차례 죽을 고비를 넘겨야 했고 가족들의 생계마저 뒷전이 되고 말았는데, 급기야는 여순항쟁의 격전지였던 태안사에서 간신히 가족들을 피신시켜 낯선 광주로 이주하는 힘겨운 삶을 이어 가지 않을 수 없었다.

이때의 급박했던 상황을 조태일은 "1948년 여순사건이 일어나면서 낙원 같던 나의 고향은 살육의 현장이 되었다. 자고 나면 누구누구는 잡혀 가고 누구누구는 대창에 꽂혀 죽었다느니 하는 간밤의 무서운 사연들이 꼬리에 꼬리를 물고 그 조용한 낙원을 몸서리치게 만들었다."라고 말했다. 그리고 태안사에서 광주로 몰래 떠나오던 날, "마을 옆에 흐르는 압록강을 나룻배로 건너서 갔던 아슬아슬한 기억을 여러 편의 시와 산문을 통해 남겼는데, "어둠 속에서 두근거리는 가슴 조이며/ 한밤내 대창 부딪는 소리 들으며/ 친구들 생각에 밤잠을 설치고,// 서로 무사했는지 새벽에 일어나/ 고함지르며 골목골목을 뛰며/ 아침 안부를 나누던 친구들"에서 그 무렵의 일들을 조금이나마 짐작하게 한다. 이로 인해 조태일은 "앞산 뒷산 옆산을 온종일 쏘다니며 토끼 사냥, 꿩 사냥, 멧돼지 사냥에 해가 지는 줄도 몰랐던" 태안사에서의 유년 시절을 뒤로 한 채 낯설기만 했던 광주에서 새로운 삶을 살아가야만 했다.

이런 점에서 조태일의 시에서 원체험을 형성하는 태안사에서의 유년 시절은 자연 본연의 생명성과 아름다움이라는 조화와 동일성의 세계에만 머무르지 않고, 역사와 사회의 모순에 맞서는 비판과 부정이라는 대결의식으로 나아가는 양가적인 의미를 내포하고 있다. 그의 시가 국토를 노래하면서도 역사의 상처와 고통에 무엇보다도 주목함으로써, "아침 바다는 예지에 번뜩이는 눈을 뜨고/ 끈기의 저쪽을 달리면서"(「아침 선박」)에서와 같은 관념을 뛰어 넘어 "흐르는 피 앞에서는 묵묵하고/숨겨진 영양 앞에서는 날쌔지요/ (중략)/ 그의 적은/ 육법전서에 대부분 누워 있고……"(「식칼론 1」)와 같은 직설적 세계로 변화된 이유도 바로 여기에 있다.

그에게 있어서 자연은 자연 그대로의 모습을 넘어서 정치적 현실

역사와 생명의 길을 따라 걸어간 '국토'의 시인

전라남도 곡성군 태안사 전경

과의 만남 속에서 더욱 구체화되는데, 이러한 현실 세계의 근원에는 생명과 죽음이라는 앙가적 세계가 동시에 손재했던 유년 시절 태안사에서의 기억이 깊숙이 자리 잡고 있는 것이다.

어린 조카의 죽음과 시인으로의 길 그리고 대학 시절

태안사에서 광주로 이주한 이후에도 조태일의 삶은 그다지 순탄하지만은 않았던 듯하다. 곧이어 한국전쟁이 발발하여 3년 동안 학업을 이어갈 수 없었고, 가난한 생계를 이어 가다 보니 두레질, 논밭매기, 모심기, 땔감장사 등 부모의 일손을 돕는 일을 늘 감당해야만 했다. 그러는 가운데 그는 광주서중을 졸업하고 광주고등학교에 진학했는데, 그 당시 가난한 집안의 수재들이 응당 그러했듯 사관학교에 진학하여 군인이 되려는 결심이었다.

하지만 어린 조카의 갑작스런 죽음을 겪고 난 후 그의 삶은 시인의 길이라는 뜻밖의 희망으로 변화되었다. 작은 생명의 죽음 앞에서 충격을 받은 고교생 조태일은 삶과 죽음 그리고 생명과 영혼이라는 인간 본연의 실존에 처음으로 의문을 가졌고, 꿈속에서 "삼촌은 시인이 되라."고 하는 어린 조카의 목소리를 듣고서 세상의 권력을 쥔 군인이 되기보다는 시인이 되어야겠다고 결심했던 것이다.

그때부터 그는 매일매일 한 권의 책을 읽으면서 본격적으로 문학 수업을 해나갔다. 「백록담」이란 시조를 써서 학교 교지에 발표하기도 했고, "고향을 찾아서/ 홀로 일어서는 질서./ 풍경들은 계절에 기대어/ 부산히 도시를 내왕하면서/ 벙어리가 되는 삐에로가 되는,/ 여기는 어디일까./ 너와 나의 영양營養 탈영脫營한 연대 위에서/ 그들은 다만, 하나를 붙잡는다"로 시작하는 「다시 포도鋪道에서」를 전남일보 신춘문예에 투고해 당선 없는 가작으로 뽑히기도 했다. 이때 그는 겨우 고등학교 3학년에 불과했으니 일찍부터 그의 시재는 빛을 발하고 있었던 것이다.

하지만 그가 선택한 문학의 길은 대학 진학이라는 첫 번째 관문에서 난관에 부딪히고 말았다. 광주 지역의 수재들이 다 모인 광주고등학교에서 그의 성적은 꼴찌에서 두 번째였으니, 대학 합격률에 연연했던 학교 입장에서 了에게 대학 원서를 써줄 수 없다고 했던 것이다. 당시 그는 이런 학교의 처사에 "교과서는 안 읽어서 학교 성

역사와 생명의 길을 따라 걸어간 '국토'의 시인

적은 형편없습니다만 온갖 문학서적을 3년 동안 천 권 넘게 읽었습니다."라는 말로 설득했고, 결국 주요섭, 황순원, 김광섭, 양주동, 조병화 등 쟁쟁한 문인들이 교수로 있었던 경희대 국어국문학과에 진학할 수 있었다. 특히 그는 스승 조병화에 대한 각별한 마음을 여러 편의 글에 남겨 놓고 있는데, 스승의 이름으로 주어지는 편운문학상 제1회 수상자가 되기도 하는 등 두 사람 사이에 맺어진 사제의 인연은 아주 남달랐던 것으로 보인다.

한국문단에서 김동리와 이문구의 관계가 그러했던 것처럼, 소위 현실참여의 정신을 자신의 작품세계의 근간으로 삼았던 문인이 역사와 현실로부터 한 발짝 물러선 자리에 있거나 심지어 이를 외면한 문인과 특별한 관계를 이어갔던 것은 단순히 사제지간이라는 이유만으로 설명할 수 없는 문제적 지점이 아닐까 싶다. 진보와 보수라는 진영논리에 갇혀 극단적인 대립과 갈등으로 치닫고 있는 요즘 같은 세상의 모습에 비추어 볼 때, 사람과 사람의 마음을 이어주는 진정한 소통과 화합의 장을 꿈꾸는 문학본연의 사명은 이러한 극단적인 대립을 어떻게 받아들여야 할까를 진지하게 고민하게 하는 것이다.

"선생님! 대결이 아닌 너그러운 화해, 외침이 아닌 오손도손한 대화, 미움이 아닌 애틋하고 따뜻한 사랑의 세계가 눈에 보일 듯, 손에 잡힐 듯하지만 아직 저의 몫이 아닌 것 같아 안타깝습니다. 어떤 이념의 노예, 딱딱한 철학, 잡다한 유파도 떠난 자기위안, 자기구원, 자기해결을 위해 선생님은 오늘도 외로운 나그네길을 가고 계십니다."라는 제자 조태일의 말은, 단순히 스승을 향한 형식적인 헌사라고만

조태일시문학기념관 입구와 내부

생각할 수 없는 의미심장한 내적 독백으로 들리는 이유도 바로 여기에 있다. 조태일의 대학시절은 여느 문학청년과 마찬가지로 혼란스러운 시대의 한가운데에서 시보다는 술과 더불어 더 많은 시간을 보내는 날들의 연속이었다. 그의 고향친구이자 평생지기인 박석부에 따르면, "이층집의 방 한가운데에 연탄난로를 피우고 난방과 취사용

역사와 생명의 길을 따라 걸어간 '국토'의 시인

부엌을 겸하면서 방 둘레에는 뱅 둘러 소주병이 쭉 이어져 있었다. 그는 그때 매일 장취, 밤낮으로 술이나 마시고 있어서 걱정스럽게 여겨졌었다."라고 조태일을 회고하고 있다.

대학 동기로는 조세희, 조해일이 있었고 선배로는 이성부, 전상국, 김용성 등이 있어 그들과 어울리며 밤새도록 술을 마시며 문학을 논하던 시절이었다. 그리고 가끔은 명동으로까지 진출해 탤런트 최불암의 어머니가 운영하던 '은성'이란 작은 술집에서 술을 얻어 마시기도 했다는데, 그 때 그곳의 단골 문인이 이봉구, 김수영, 박봉우 등이었다고 하니 문학청년 조태일로서는 술을 마시는 일이 곧 시를 쓰는 것과 다르지 않은 행복한 시간이었다고 하면 지나친 합리화가 되는 것일까. 한편으로 그 시절은 문학만을 논하기에는 너무도 어지러웠던 정치적 폭압의 시대였으므로, 무거운 책가방처럼 문학만을 들고 다닐 수도 없는, 그래서 항상 문학과 정치 사이에서 깊은 상실감과 허무의식에 빠져드는 혼돈의 시절이기도 했다.

이처럼 복잡한 시대 분위기 속에서 조태일은 시인으로의 등단에 대한 강박이 전혀 없었던 것은 아니었지만, 추천제를 통해 문단에 나가기는 싫었으므로 신춘문예에 응모하기로 결심했다. 그리고 단숨에 써 내려간 시 세 편을 마감 시간을 조금 넘겨 경향신문 수위 아저씨께 접수했는데, 그 세 편 가운데 「아침 선박」이 바로 그의 등단작이 되었다. 이때 그는 대학 2학년으로 당시 같은 신문의 평론 당선자는 염무웅이었다. 세상에 잠깐 왔다가 홀연히 하늘나라로 떠난 어린 조카의 바람이 비로소 시인으로 결실을 맺는 순간이었다.

《시인》 창간과 〈자유실천문인협회〉 결성

대학을 졸업하고 조태일은 군인이 되었다. 사관학교에 진학하여 장교가 되려던 고교 시절의 꿈이 어린 조카의 죽음으로 시인이 되는 것으로 변경되었는데, ROTC 4기생으로 임관하여 서부전선 최전방의 기관총부대 소대장으로 부임했던 것이다. 한 사람의 인생에서 좀처럼 어울리지 않는 일이 몇 가지는 있기 마련인데, 조태일의 시적 행보와 실천적 면모를 염두에 둘 때 학군장교로서의 이력도 썩 자연스럽게 다가오지는 않는다. 70년대 중반 여러 사건에 연루되어 군사재판을 받기도 하고 도피 생활을 하기도 했던 그에게, 국가와 민족을 위해 오로지 헌신해야 했던 초급 장교로서 보낸 군대 시절이 가진 의미는 무엇이었을지 몹시 궁금할 따름이다. 육군 중위로 예편한 직후 「식칼론」 연작을 발표하여 역사와 시대에 맞서는 투쟁의 길에 전면적으로 나섰다는 사실을 생각할 때, 이러한 의문에 대한 해명은 당시 그의 시세계가 지녔던 내면의 고뇌와 현실과의 괴리를 읽어 내는 문제적 지점이 될 수도 있지 않을까 싶기도 하다.

이 무렵 그는 1970년대 한국 시문학사의 중요한 거점이 되었던 『시인』지를 창간했는데, 이 잡지를 통해 김지하, 김준태, 양성우 등 이후 우리 시단의 뚜렷한 상징이 되었던 시인들이 차례로 등단을 했으니 그 시사적 의의는 아무리 강조해도 지나치지 않다.

　　　　　역사와 생명의 길을 따라 걸어간 '국토'의 시인

월간시지 『시인』은 시와 시인의 양심이며 얼굴이다. 더 뚜렷한 말로 하자면 모든 인간의 양심이며 얼굴이다. 신문학이라는 것이 있어 온지 반세기가 되는 동안, 시지 비슷한 것들이 더러 있어 왔다. 그것들은 그러나 약속이나 한 듯이 희미하게 쓰러져 갔다. 그 원인이 경제적인 여건에 더 많이 있는 것처럼 오해 되고 있지만, 양식이 있는 판단으로는, 그들 시지의 무성격과 그것을 주간해 온 몇 사람의 몇 푼 안 되는 사적인 권위주의나 공리주의가 빚은 원인 말고도, 더 깊이 파고들어 가서, 시인들 자신의 썩음에 있지 않았나 생각된다. 이런 요소들은 인간이 있는 곳엔 의례 뒤따르기 마련인 것으로, 그에 대한 무자각을 자각하고 그것을 이기는 곳에 시지의 진정한 번성이 있는 것이 아닐까? 참 어려운 일이겠지만 그 어려움을 극복하고 더 나아가서는 그 어려움을 불러들이면서까지 싸우겠다는 용기와 실천만이 모든 안일주의를 추방하는 것이 아닐까? 하여, 지난날의 편파적이고, 근시안적인 얄은 태도를 무너뜨리고 정직한 시와 시인상을 한꺼번에 세울 수 있는 광장을 여기에 마련해 본 것이다.

《시인》의 창간사로도 읽을 수 있는 편저자 조태일의 잡지 창간의 의미에 대한 선언적인 글이다. "사적인 권위주의나 공리주의" 그리고 "시인들 자신의 썩음"을 직접적으로 비판하는 토대 위에서, "시와 시인의 양심"에 바탕을 둔 "용기와 실천"을 보여 주는 잡지가 될 것임을 소신 있게 밝혔다. 《시인》은 1969년 8월 창간하여 1970년 11월호까지 발간한 월간 시전문지로, 1970년 6월호와 7월호가 발간을 해놓고도 검열로 인해 세상에 공개되지 못한 것을 제외하면 모두 총 14권을 발간했다. 조태일에게 《시인》은 "몸 주고 마음 바쳐 하나에서 열까지 혼자 좌우했던 시 전문 월간지"로 이문구의 말에 의하면 "이십 청춘의 열정을 순정의 들불처럼 불태운 선업이었다."고 할 수 있다. 자신의 등단을 둘러싼 이야기에서 김지하가 "조태일 시인은 내게 있어 한 사람의 대장이다."라고 한 사실에서도 이 잡지가 당시 우리 시단에 끼친 영향을 미루어 짐작하고도 남음이 있다.

김지하의 전언에 의하면, 조동일을 통해 《창작과비평》에 보냈던 자신의 시가 백낙청, 김수영에게는 불가판정을 받는데 동향의 평론가 김현이 높이 평가해 주어 조태일이 발간하던 《시인》지에 비공식 추천을 하여 정식 등단을 하게 되었다고 한다. 당시 '지하'라는 이름으로 《시인》에 발표된 시가 「황톳길」, 「비」, 「녹두꽃」 등이었으니, 김현과 더불어 김지하의 시를 일찌감치 알아본 조태일의 시를 보는 안목이 돋보이는 사건이 아닐 수 없다.

역사와 현실에 맞서 양심을 지키는 시인으로서 조태일의 실천적 활동은 70년대로 넘어가 〈자유실천문인협회〉의 결성으로 이어졌다. 1974년 11월 18일 김정한, 김병걸, 김규동, 이호철, 신경림, 백낙청, 현기영, 황석영 등 101명의 문인이 참여한 진보적 문인 조직이 탄생하게 된 것이다. 유신체제가 더욱 강화되어 가던 독재에 맞서 저항의 목소리를 외치는 실천적 문인들 속에서 조태일 역시 주도적인 여할을 담당하면서 적극적으로 참여했다. 1974년은 문인간첩단 사건, 민

역사와 생명의 길을 따라 걸어간 '국토'의 시인

청학련 사건, 인민혁명당 사건 등 유신체제의 칼날이 수많은 공안사건을 조작하여 공공연하게 국가 폭력을 행사하던 엄혹한 시절이었다.

이때 문인들이 내세운 두 가지 시대적 가치가 바로 '자유'와 '실천'이었다는 사실은 상당히 중요한 의미가 있다. '자유'는 시대의 민주화를 염원하는 문학적 활동과 표현의 자유를 담은 것이고, '실천'은 순수참여논쟁을 넘어서 진정한 의미에서 문학적 실천으로 나아가야 한다는 역사적 당위성을 표방한 것이라고 할 수 있다.

당시 조태일은 언제나 이러한 문학적 실천의 중심에 있었으므로 탄압을 피하기 어려웠다. 그 결과 이듬해 1975년 발간한 세 번째 시집 『국토』가 긴급조치 9호 위반으로 판매금지를 당했을 뿐만 아니라, 1977년에는 양성우 시집 『겨울공화국』을 발간했다는 이유로 구속되기도 했다. 또한 유신체제의 마지막을 예견하기라도 한 듯 1979년 어느 날 한밤중에 자신의 집 옥상에 올라가 "박아무개! 정치를 잘하라. 지금 당장 물러나지 않으면 어느 놈의 손에 맞아죽을지 모른다. 일국의 시인이 충고한다! 지금도 늦지 않았다. 이 조태일도 어느 놈의 손에 맞아 죽을지 모르지만 나라와 겨레를 위해서 외치노니 당장 유신을 철폐하라."고 외쳤다가 이웃집의 밀고로 경찰서 대공과로 끌려가 29일 구류를 살기도 했다. 그리고 1980년 광주의 봄 이후에는 〈자유실천문인협회〉와 관련하여 신경림, 구중서 등과 함께 구속되어 군법회의에서 징역 2년 집행유예 3년을 선고받는 역사적 고통을 짊어져야 했다.

이처럼 〈자유실천문인협회〉 결성 이후 조태일의 시와 삶은 유신

조태일시문학기념관에 재현해 놓은 그의 책상.
벽면에 동학혁명군을 이끈 녹두장군 전봉준의 사진이 인상적이다.

체제에 맞서는 투사로서의 시정신을 실천적으로 보여 주는 데 매진
했다. 『식칼론』에서 『국토』 그리고 『가거도』로 이어지는 그의 시세계
는 바로 이러한 모순된 역사에 대한 준엄한 비판의 목소리를 담아
낸 것임에 틀림없다.

발바닥이 다 닳아 새 살이 돋도록 우리는/ 우리의 땅을 밟을 수밖에
없는 일이다.// 숨결이 다 타올라 새 숨결이 열리도록 우리는/ 우리의
하늘 밑을 서성일 수밖에 없는 일이다.// 야윈 팔다리일망정 한껏 휘
지이/ 슬픔도 기쁨도 한껏 가슴으로 맞대며 우리는/ 우리이 가랑 속
을 거닐 수밖에 없는 일이다.// 버려진 땅에 돋아난 풀잎 하나에서부

　　　　　　역사와 생명의 길을 따라 걸어간 '국토'의 시인

터/ 조용히 발버둥치는 돌멩이 하나에까지/ 이름도 없이 빈 벌판 빈 하늘에 뿌려진/저 혼에까지 저 숨결에까지 닿도록// 우리는 우리의 삶을 불지필 일이다./ 우리는 우리의 숨결을 보탤 일이다.// 일렁이는 피와 다 닳아진 살결과/허연 뼈까지를 통째로 보탤 일이다.

　　　　　－「국토서시國土序詩」 전문

　　조태일은 「국토」 연작에 대해 "목숨 부지하며 살아가기가 참말로 부끄러워 괴로움에 온 마음과 온몸을 조인 채 허우적거리며 살아온 5년 남짓한 소용돌이 속에서 썼던 연작시"라고 했다. 식민과 제국의 시대를 지나 여전히 분단시대를 살아가야만 했던 시인에게 '국토'는, 분단의 비극을 몸소 경험하고 있는 민중의 생활 현장인 동시에 생존의 버팀목이라는 점에서 가장 중요한 민중적 가치와 지향을 지닌 시적 대상이었다.

　　특히 급격한 산업화 과정에서 희생된 수많은 국토의 상처와 고통을 정직하게 바라보지 않고서는 진정한 민주 사회로 진입할 수 없다는 확고한 태도를 지니고 있었다. 즉 식민과 제국의 기억이 국토의 불평등 문제로 이어졌던 해방 이후 우리 사회의 모순은 식민지를 올바르게 청산하지 못한 데서 비롯된 결과였음을 직시하는 데서 민중들이 나아가야 할 진정한 방향성을 찾아야 한다고 보았던 것이다.

　　"버려진 땅에 돋아난 풀잎 하나에서부터/ 조용히 발버둥치는 돌멩이 하나에까지/ 이름도 없이 빈 벌판 빈 하늘에 뿌려진/ 저 혼에까지 저 숨결에까지 닿도록// 우리는 우리의 삶을 불지필 일이다."라고 했던 화자의 결의에는, 민중의 생활과 생존의 현장인 국토야말로 자신의 시가 궁극적으로 지향해야 할 참된 방향이라는 결연한 의지가 분명하게 담겨 있는 것이다.

30년 만의 귀향, 원초적 그리움의 세계

여순항쟁의 격전지였던 태안사, 언제 죽을지 모를 살육의 현장을 피해 가족들과 광주로 이주했던 조태일의 아버지는 한국전쟁 직후 세상을 떠나셨는데, 어린 조태일의 손을 잡고 마지막으로 남긴 유언이 "고향 땅은 그곳을 떠난 지 30년이 지나서 밟아라."는 것이었다.

아버지가 말한 30년의 세월이 지난 의미가 무엇인지는 정확히 알 수 없으나, 아마도 좌우이데올로기의 대립이 어느 정도 해소되어 더 이상 살육과 죽음의 위험을 느끼지 않아도 되는 때를 의미하는 것이 아닐까 시인은 짐작했다. 그리고 굳이 다시 고향으로 돌아가라는 말을 남기고 떠난 아버지의 진심은, 이데올로기로 인한 폭력과 죽음의 위협으로부터 자신과 가족을 지키기 위한 불가피한 선택으로 고향을 떠날 수밖에 없었지만, 자식의 대에 이르러서는 다시 고향으로 돌아가 평화롭게 살아갈 수 있기를 바라는 간곡한 마음을 전하고자 했던 것이 아니었을까 생각된다.

이러한 아버지의 바람이 있어서인지, 아니면 고향에 대한 원초적 그리움 때문인지 조태일은 꼭 30년 만에 자신의 고향 태안사를 찾았다. 그리고 지금은 자신이 태어난 고향 태안사 아래에서 그의 생애를

역사와 생명의 길을 따라 걸어간 '국토'의 시인

담은 문학관의 이름으로 시인으로서의 영원한 삶을 살아가고 있다.

삼십년을 떠돌다가/ 광주에 들러/ 친구 석무를 차고/ 고향 찾아가는 길.// 가다 가다 더위에 지치고/ 몰아치는 어린 시절이 숨가빠서/ 옷 벗어 바위에 던지고/ 동리천에 뛰어들어/ 금세 얼어붙는 성년을 덜덜 떨며/ 머리 위로 구름 스치는 소리/ 물고기 맨살 간질이는 소리 듣는 다.// 침묵으로 고향길 밟는 발바닥,/ 어렸을 적 내 발가락 부딪쳐 피 내던/ 돌부리 하나하나 떠올리며/ 대창 부딪치는 소리 꽂히는 소리/ 쓰러지는 비명소리 들으며// 착한 짐승 거느리듯/ 친구 석무를 뒤에 거느리고/ 어른을 버리고,/ 아장걸음으로 고향길 걷는다.

- 「동행同行」 전문

1977년 여름 어느 날 밤 아버지의 손에 이끌려 쫓겨나듯 고향을 떠난 후 30년 만에 고향을 찾았던 시인의 마음은 "어른을 버리고/ 아장걸음으로 고향길 걷는" 순수한 세계의 모습 그대로이다. "어렸을 적 내 발가락 부딪쳐 피내던/ 돌부리 하나하나 떠올리며/ 대창 부딪 치는 소리 꽂히는 소리/ 쓰러지는 비명소리"는 이제 더 이상 들리지 않고, "몰아치는 어린 시절이 숨가빠서/ 옷 벗어 바위에 던지고/ 동 리천에 뛰어들어/ 금세 얼어붙는 성년을 덜덜 떨"고 있는 유년 시절 에 대한 근원적 그리움만이 가슴 한가운데 가득 차오를 뿐이다.

그의 유년 시절과 가장 가까운 시기를 광주에서 함께 보냈던 동 행한 친구 박서무의 눈에 비친 그 때의 조태일은 "허허로운 빈 산천으로 변한 태안사 앞 뜨락이 저의 귀빠진 곳이었다고 천방지축으로 날뛰던 모습"이었는데, "그렇게 오래도록 지켜본 나로서도 처음 보는 일이었다."라고 말할 정도로 낯설게 느껴졌지만 너무나도 행복한 모습으로 기억되고 있다.

30년 만의 귀향 이후 조태일의 시는 조금씩 변화의 조짐을 드러내기 시작했는데, 70년대 말의 혹독한 현실을 결코 외면하지 않으면서도 한편으로는 뒤를 돌아 고향으로 향하는 시선을 놓치지 않으려 했다. 당시 광주의 한 신문과 가진 인터뷰에서 그는 "도회지 생활에 시달리다 보니 역시 그리운 게 고향이에요, 현재 고향은 비록 없어졌지만 유년기의 경험을 되살려 볼 수 있어 퍽 의의 깊은 이번 고향이었습니다."라고 고향에서 느낀 소회를 고백했는데, 이 말 속에는 고향과 더불어 그의 시가 달라질지도 모른다는 앞으로의 예감이 은연중에 내재되어 있는 것으로 비쳐지기도 한다.

실제로 이후 그의 시는 원초적 생명력의 공간이었던 유년시절 태안사의 자연과 더불어 생명지향의 서정시를 많이 발표했다. 특히 90년대 들어 묶어낸 그의 후기 시집 『산속에서 꽃속에서』, 『풀꽃은 꺾이지 않는다』, 『혼자 타오르고 있었네』에는 바로 이러한 원초적 그리움의 세계인 고향의 상상력으로부터 대지와 자연의 생명성으로 나아가는 한층 성숙한 시세계를 보여주었다. 물론 이때 자연과 생명의 세계는 역사와 현실을 배제하거나 외면함으로써 구현되는 초월적 세계로의 회귀를 외미하는 것은 결코 아니다. 그에게 있어 자연은 물질적인 세계를 넘어 역사적인 세계인식과 늘 함께했다는 점에서, 당

역사와 생명의 길을 따라 걸어간 '국토'의 시인

면한 역사와 현실의 모순을 근본적으로 치유하는 궁극적인 방향으로 생명의 세계가 내포된 본질적인 서정의 시세계로 나아갔다고 할 수 있는 것이다.

다시 광주, 역사에서 생명으로

1980년대 말 조태일은 다시 그의 문학이 탄생한 두 번째 고향이라고 할 수 있는 광주로 돌아왔다. 전라남도 곡성 태안사에서 광주로, 그리고 광주를 떠나 서울로 떠났던 길을 되돌려 광주로 내려왔던 것이다. 이러한 삶의 공간 변화는 그의 시가 유년의 기억이 간직된 근원적 세계 태안사로 더욱 깊숙이 향하고 있었음을 의미한다. 그리고 이러한 생명의 고향에 대한 본질적인 세계인식은 지난 80년 봄 광주가 겪어야만 했던 지독한 역사의 상처에 새 생명을 불어넣는 시인으로서의 사명을 다하려는 마지막 선택이었다고 할 수 있다.

나름대로의 길/ 가을엔 나름대로 돌아가게 하라./ 곱게 물든 단풍잎 사이로/ 가을바람 물들며 지나가듯/ 지상의 모든 것들 돌아가게 하라.// 지난 여름엔 유난히도 슬펐어라./ 폭우와 태풍이 우리들에게 시련을 안겼어도/ 저 높푸른 하늘을 우러러보라./ 누가 저처럼 영롱한 구슬을 뿌렸는가./ 누가 마음들을 모조리 쏟아 펼쳤는가.// 가을엔 헤어지지 말고 포옹하라./ 열매들이 낙엽들이 나뭇가지를 떠남은/ 이별이 아니라 대지와의 만남이어라./ 겨울과의 만남이어라./ 봄을 잉태

지리산 깊은 산자락 아래 둘러싸인 趙泰一시문학기념관과 창작실

역사와 생명의 길을 따라 걸어간 '국토'의 시인

하기 위한 만남이어라.// 나름대로의 길/ 가을엔 나름대로 떠나게 하라./ 단풍물 온몸에 들이며/ 목소리까지도 마음까지도 물들이며/ 떠나게 하라./ 다시 돌아오게, 돌아와 만나는 기쁨을 위해/ 우리 모두 돌아가고 떠나가고/ 다시 돌아오고 만나는 날까지/ 책장을 넘기거나,/ 그리운 이들에게/ 편지를 띄우거나/ 아예 눈을 감고 침묵을 하라./ 자연이여, 인간이여, 우리 모두여.

–「가을엔」 전문

시인은 고향을 떠나고 싶어서 떠났던 것이 결코 아니었다. 역사와 현실이 그를 고향에 더 이상 머물지 못하도록 내쫓았으므로, 이제는 "지상의 모든 것들 돌아가게 하라."고 간곡하게 말하고 있다. 설령 지난 시절은 "유난히도 슬펐"고 "우리들에게 시련을 안겼어도" "나름대로의 길"을 따라 돌아가기를 소망했던 것이다. 또다시 그 시간이 "겨울과의 만남"처럼 혹독한 것이 될지라도, 그것은 "봄을 잉태하기 위한 만남"이기에 더 이상 외면하거나 부정하지 않기를 간절히 염원하는 것이다.

'자연'과 '인간'을 "우리 모두"라는 공동체의 자리로 불러내어 조화롭고 평화로운 소통과 합일의 세계를 꿈꾸는 것, 아마도 이러한 세계의 모습이 조태일 시인이 마지막으로 이루어 내고자 했던 진정한 시의 세계가 아니었을까. 조태일시문학기념관을 둘러보고 동리천을 따라 내려오는 마음 한가운데 벌써 잔잔한 물결 소리가 촉촉이 젖어 드는 행복을 느낄 수 있었다.

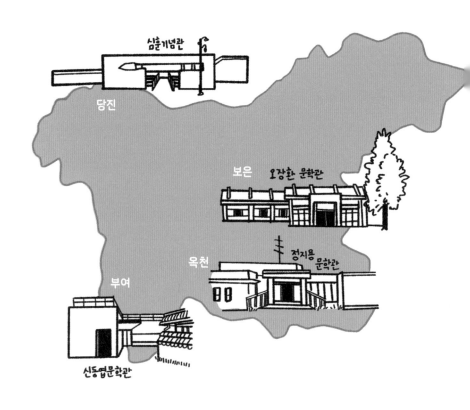

심훈기념관

당진

보은   오장환 문학관

옥천   정지용 문학관

부여

신동엽문학관

충청권

정지용문학관
오장환문학관
심훈기념관
신동엽문학관

정지용문학관 전경

순수한 자연과 미적 언어의
세계를 탐구한 '향수'의 시인

정지용과 옥천 _ 〈정지용문학관〉

고향 옥천과 유년 시절

정지용은 1902년 충북 옥천의 구읍 청석교 바로 옆 촌가에서 태어났다. 정지용의 대표작 「향수」에서 "넓은 벌 동쪽 끝으로/ 옛이야기 지줄대는 실개천이 휘돌아 나가고,/ 얼룩빼기 황소가/ 해설피 금빛 게으른 울음을 우는 곳"이 바로 이곳이다. 정지용 생가와 정지용문학관이 있는 이곳 바로 앞에는 지금도 작은 개울이 흐르고 다리가 놓여 있는데, 옛 풍경은 온데간데 없고 인위적인 느낌을 지울 수 없는 것이 아마도 문학관과 생가를 지으면서 옛 모습을 복원한 것이 아닌가 싶다.

정지용이 태어난 고향을 향수 마을로 부르고 아파트 이름으로도 사용하며 골목골목 담벼락마다 정지용의 시가 흐르는 벽화를 그려놓는 등 마을 곳곳에는 정지용의 흔적으로 가득하다. 비록 옛 시절 그대로를 떠올리긴 힘들다손 치더라도 문학관과 생가를 방문하는 사람들에게 정지용의 시와 어우러진 옛 마을의 정취를 조금이라도 느끼도록 한 배려 그 자체가 따뜻하고 고마울 따름이다. 먼 곳에서부터 시와 시인을 찾아가는 사람들의 마음이 점점 더 각별해지는 때라, "그곳이 차마 꿈엔들 잊힐리야"라고 고향에 대한 그리움을 노래한 시인의 정서가 더욱 큰 울림으로 남는다.

문학관에서 마을 길을 따라 조금 내려오면 정지용이 다녔던 옥천공립보통학교(현재 죽향초등학교)가 있는데, 정문 왼쪽으로 옛 건물을

순수한 자연과 미적 언어의 세계를 탐구한 '향수'의 시인

충북 옥천의 정지용 생가

복원한 듯한 목조 교사가 있어 시인이 다녔던 그 시절의 모습을 잠시 떠올리게 한다. 이곳에서 정지용은 자연과 더불어 시인으로서의 꿈을 펼치기 시작했는데, 이러한 그의 유년 시절과 고향에 관한 기억이 마냥 즐겁고 행복한 시간으로 남아 있지 않고 차마 말하기 힘든 애증의 기록으로 남겨져 있어서 상당히 의외가 아닐 수 없다.

정지용이 자신의 유년 시절을 회고한 글에서 "어린이에 대한 글을 쓰라고 하시니 갑자기 나는 소년 적 고독하고 슬프고 원통한 기억이 진저리가 니도록 싫어진다. 다시 예전 소년 시설로 놀아가는 수가 있다면 나는 지금 이대로 늙어 가는 것이 차라리 좋지 예전 나의 소년은 싫다. 조선에서 누가 소년 시절을 행복스럽게 지냈는지 몰라도,

나는 소년 적 지난 일을 생각하기도 싫다."라고 단호하게 말했던 것이다.

어쩌면 그에게 시를 쓴다는 것은 유년 시절에 대한 애증을 넘어서기 위해 더더욱 고향을 그리워한 역설적 희망 같은 것이 아니었을까. 아버지가 한약방을 운영했지만 큰 홍수가 나서 집안이 기울어진 탓에 옥천공립보통학교를 졸업하고 상급 학교에도 진학할 수 없어 4년간 스스로 한문을 공부했다고 하니(정지용의 후기시가 동양적 세계의 탐구로 흘렀던 것은 이때의 한학 공부에도 적잖은 영향이 있었지 않았을까 짐작된다.), 이토록 지독한 가난을 짊어진 소년의 기억 속에 유년 시절이 그저 행복하고 아름다운 시간으로만 남아 있기는 어려운 일이었을 것이다.

이때의 기억을 정지용은 "집 떠나가 배운 노래를/ 집 찾아오는 밤/ 논둑길에서 불렀노라.// 나가서도 고달프고/ 돌아와서도 고달팠노라./ 열네 살부터 나가서 고달팠노라."고 노래하기도 했다.

휘문고보 시절과 정지용의 시적 토대

정지용이 휘문고보와 인연을 맺은 것은 14살 무렵 고향 옥천을 떠나 서울로 거처를 옮기고 나서도 3년여의 세월이 지난 1918년, 그의 나이 17살에 이르러서였다. 가난한 살림살이에도 공부에 대한 꿈을 포기할 수 없어 상경했지만, 처가의 친척집(정지용은 1913년 충북 영동의 동갑내기 송재숙과 결혼함)에 머물면서 사환으로 일하는 등 힘겨운 생

순수한 자연과 미적 언어의 세계를 탐구한 '향수'의 시인

활을 이어갔던 탓에 입학이 늦을 수밖에 없었다. 휘문고보는 정지용의 문학이 비로소 본격적인 시작을 알리는, 그의 시와 떼려야 뗄 수 없는 가장 중요한 의미를 지닌 곳이다.

정지용이 살았던 50년의 생애 동안 휘문고보에서만 보낸 시간이 5년의 재학 기간과 영어 교사로 재직하다 이화여전 교수로 옮기기 전까지 15년 남짓의 기간을 합하면 모두 20여 년에 이른다. 휘문고보에서 만난 문학적 인연으로는 홍사용, 박종화, 김영랑, 이태준 등이 있었으니, 그의 문학은 자연스럽게 이들과의 교류를 통해 점점 더 깊어지고 넓어졌을 것이다. 이 무렵 휘문고보 출신들의 문학 모임인 〈문우회文友會〉 활동과 그가 학예부장을 맡아 발간한 교지 《휘문徽文》은, 습작기 정지용의 시와 초기 시의 모습을 이해하는 데 중요한 의미가 있다.

휘문고보의 교지 《휘문》은 창간호를 정지용이, 2호는 이태준이 책임지고 만들었는데, 비록 학생 교지였지만 1930년대 우리 문학사에 끼친 영향과 의미는 크다. 또한 당시 휘문고보 재학생들과 중앙고보 재학생들 그리고 김화산, 박팔양 등이 함께 결성한 《요람搖籃》 동인 활동까지 더하면, 휘문고보 시절은 정지용의 문학 인생에 있어서 가장 활발했던 습작기임과 동시에 그의 시가 뿌리를 내리는 토대와 같은 의미를 지녔다고 할 수 있다.

하지만 너무나 아쉽게도 10여 호가 나왔다고 알려진 《요람》은 현재 한 권도 발견되지 않아 그 실체를 정확히 알 길이 없다. 다만, 박팔양이 자신의 《요람》 시절에 대한 기억을 적어놓은 글에서 "「향수」라 제題 한 작作을 비롯해서 얼마전에 출판된 정지용시집 중에도 「압천鴨川」, 「카페·프란스」, 「슬픈 인상화」, 「슬픈 기차」, 「풍랑몽風浪夢」 등은 전부 《요람》에 등재하였던 작作이오."라고 한 것에 따르면, 「풍랑몽」, 「향수」 등의 작품은 《요람》에 처음 발표되었을 가능성이 큰 것으로 보인다.

또한 정지용의 시 가운데 동시나 민요적 성격을 지닌 초기시도 상당수 이 무렵 창작되지 않았을까 싶은데, 이러한 유추는 그의 시에서 고향의 정경과 이야기를 제재로 한 작품이 토속적인 민요풍의 시와 동요 시편들에 집중되었다는 점에서 확인할 수 있다.

당신께서 오신다니/당신은 어찌나 오시렵니까.// 끝없는 울음 바다를 안으올 때/ 포도빛 밤이 밀려오듯이,/ 그 모양으로 오시랴십니까.// 당신께서 오신다니/ 당신은 어찌나 오시렵니까.// 물 건너 외딴 섬, 은회색 거인이/ 바람 사나운 날, 덮쳐 오듯이, 그 모양으로 오시랴십니까.// 당신께서 오신다니/ 당신은 어찌나 오시렵니까.// 창밖에는 참새 떼 눈초리 무거웁고/ 창안에는 시름겨워 턱을 고일 때,/ 은고리 같은 새벽달/ 붓그림성스런 낯가림을 벗듯이,/ 그 모양으로 오시랴십니까.// 외로운 졸음, 풍랑에 어리울 때/ 앞 포구에는 궂은비 자욱히 둘리고/ 행선 배 북이 웁니다. 북이 웁니다.

–「풍랑몽 」 전문

순수한 자연과 미적 언어의 세계를 탐구한 '향수'의 시인

정지용은 《휘문》 창간호에 「기탄잘리」를 번역 소개할 정도로 휘문고보 시절 타고르의 시에 탐닉해 있었다. 휘문고보 선배 홍사용이 정지용에게 타고르의 시집을 사주며 직접적인 영향을 미치기도 했지만, 1913년 동양인 최초로 노벨문학상을 받은 타고르가 1917년 일본 방문 때 식민지 조선의 청년들을 위해 쓴 시 「쫓긴 이의 노래The Song of the Defeated」가 최남선이 주재한 《청춘》에 게재되었을 정도로, 당시 식민지 청년 문인들에게 타고르는 우상과 같은 존재였다.

「풍랑몽 1」은 이러한 타고르의 영향이 다소 관념적으로 투영된 작품으로, 창작연도로 보면 정지용의 시 세계에 있어서 습작기를 벗어난 첫 작품이 아닌가 생각된다. "당신은 어쩌나 오시렵니까"의 반복을 통해 님을 향한 화자의 간절한 기다림을 모티프로 삼고 있어, "님이여, 당신은 이 몸으로 영원하게 하셨스니 이리하심이 당신의 깃븜이로소이다."로 시작되는 타고르의 「기탄잘리」를 연상시킬 뿐만 아니라, 우리 시에서 타고르의 영향을 가장 많이 받았다고 알려진 만해 한용운의 시를 자연스럽게 떠올리게 하는 작품이기도 하다.

또한 "포도빛 밤이 밀려오듯이", "물 건너 외딴 섬, 은회색 거인이/ 바람 사나운 날, 덮쳐 오듯이"에서 바다의 물결을 감각적으로 표현한 언어의 미감도 남다르게 형상화되어 있다. "당신"의 형상은 뚜렷이 확인할 수 없는 추상적 관념으로 명명되어 있지만, "당신"을 향한 그리움을 반복적으로 호소하는 데서 절박한 상황에 놓인 화자의 심정이 의지적으로 투영되어 있음을 느낄 수도 있다. 불투명 미래에 대한 불안 속에서 소심한 방황을 거듭하고 있는 듯한 화자, 아마도 이 화자는 정지용 자신으로 표상되는 식민지 청년의 내적 정서를 형상화한 것이 아닐까 생각된다.

이러한 정지용의 내적 방황이 일단락된 것은 휘문고보를 뒤늦게 졸업하고(학제 개편으로 4년 만에 졸업하지 못하고 5학년으로 진급하여 졸업함.) 일본 교토의 도시샤대학에 입학하게 되면서부터였을 것이다. 다만 이때도 고향을 떠나 이국의 하늘 아래 살아야 한다는 데 대한 걱정과 두려움으로 가득 차 있었던 듯하다. 정지용의 시 가운데 가장 많이 알려진 「향수」는 이때의 복잡한 심경을 우회적으로 담아낸 것으로, 새로운 세계를 향한 걱정과 기대를 고향을 향한 그리움이라는 전혀 상반된 정서를 통해 극복하려 했던 아이러니적 시선이 숨겨져 있다.

도시샤대학 유학과 카톨릭 신앙의 내면화

정지용은 1923년 5월 도시샤대학 예과에 입학했지만 휘문고보 5년제 졸업으로는 예과 3년을 반드시 이수해야 했으므로, 1926년 4월에서야 영문학과에 정식 입학하여 1929년 6월 졸업했다. 그는 도시샤대학에서 서구문학을 본격적으로 접하면서 새로운 문명에 대한 경이로움과 동경의 시선을 가지면서도, 이국의 하늘에서 느끼는 고독과 향수에 시달려 힘든 시간을 보냈던 것으로 짐작된다. 일본으로 건너간 칫해 「압천鴨川」외에 별다른 작품을 남기지 못한 것도 낯선 유학 시절의 환경에 쉽게 적응하기 어려웠기 때문이 아니었을까 싶다.

순수한 자연과 미적 언어의 세계를 탐구한 '향수'의 시인

정지용 재학시의 도시샤대학 모습과 현재 교정에 있는 정지용 시비

압천 십리 벌에/ 해는 저물어…… 저물어……// 날이 날마다 님 보내기/ 목이 자졌다…… 여울 물소리……// 찬 모래알 쥐어짜는 찬 사람의 마음,/ 쥐어짜라. 바시여라. 시원치도 않어라.// 여뀌풀 우거진 보금자리/ 뜸부기 홀어멈 울음 울고,// 제비 한 쌍 떴다,/ 비맞이 춤을 추어.// 수박 냄새 품어오는 저녁 물바람./ 오랑쥬 껍질 씹는 젊은 나그네의 시름.// 압천 십 리 벌에/ 해가 저물어…… 저물어……

–「압천」전문

압천은 일본 교토의 한복판을 흐르는 강으로 "여름이면 물가에 아침저녁으로 월견초月見草가 노오랗게 흩어져 피"는, 그래서 정지용이 "역구풀이 붉게 우거지고 밤으로 뜸부기도 울고 하는" "냇가에서 거닐고 앉고 부질없이 돌파매질하고 달도 보고 생각도 하고 학기 시험에 몰리어 노트를 들고 나와 누워서 보기도 하였"(「압천상류(상)」)

던 곳이다. 휘문고보의 장학금 지원으로 일본 유학을 왔지만, 가족과 헤어져 낯선 이국의 땅에서 홀로 지내는 생활은 22살의 청년이 감당하기에는 힘든 고독한 시간이었음이 당연하다.

아마도 이러한 외로움과 그리움에 젖어들 때면 실개천이 흐르던 고향 마을의 정경을 떠올리며 압천 강가를 배회하지 않았을까. "오랑쥬 껍질 씹는 젊은 나그네의 시름"(이 구절은 1926년 발표한 「슬픈 인상화」에서도 반복되고 있음.)에서 당시 정지용이 느꼈을 내적 정서가 감각적으로 다가오는 듯하다.

도시샤대학에서 영문학을 전공한 정지용은 윌리엄 블레이크와 기타하라 하쿠슈北原白秋의 시에 빠져 있었다. 유학 생활에 어느 정도 적응한 이후 일본 학생들의 동인지 『가街』에 참여하여 일어 시 「신라의 석류新羅の石榴」, 「풀 위草の上」 등을 발표하고, 「새빨간 기관차」, 「바다」, 「황마차幌馬車」 등의 시를 쓰기도 했다. 이를 통해 그는 블레이크를 비롯한 영국 낭만주의 시인들과 전위적 실험성을 선도한 다다이스트들과 초현실주의 계열 시인들에도 관심을 기울였다.

이 무렵 그는 영문학을 통해 서구의 시적 경향에 눈을 뜨면서도 그동안 자신이 추구한 전통적 시 의식과 서구적 감각의 결합에도 상당한 공을 들였던 것으로 보인다. 1926년 교토 유학생들에 의해 창간된 『학조學潮』에 「카페 프란스」를 비롯한 현대적 감각의 시 3편과 시조 9수, 동요 형식의 시 6편을 대거 발표한 데서 이러한 그의 시적 지향을 확인할 수 있다. 특히 「카페 프란스」는 그가 존경했

순수한 자연과 미적 언어의 세계를 탐구한 '향수'의 시인

던 기타하라 하쿠슈가 주재하던 《근대풍경》에 투고하여 게재된 것으로, 당시 일본의 기성 시인들과도 어깨를 나란히 할 정도의 빼어난 시적 능력을 보여 준 결과라고 평가할 수 있다.

도시샤대학 유학 시절 정지용이 카톨릭 신앙에 입문했다는 사실도 그의 시 세계를 이해하는 데 있어서 중요하게 살펴볼 부분이다. 그의 카톨릭 신앙은 1927년 어린 자식을 병으로 먼저 보낸 아버지로서의 상처와 고통으로부터 비롯된 것으로 여겨진다. 그가 남긴 「발열」, 「유리창」 등 두 편의 시는 이러한 자신의 실제 경험을 모티프로 삼아 쓴 것이다. 특히 발표 당시 '1927. 6월. 옥천'이라고 말미에 적어 놓은 「발열」은 그의 시가 종교적 신성성과 영원성의 세계로 나아가는 결정적인 계기가 되었던 작품이 아닌가 싶다.

처마 끝에 서린 연기 따라/ 포도 순이 기어 나가는 밤, 소리 없이,/ 가물음 땅에 스며든 더운 김이/ 등에 서리나니, 훈훈히,/ 아아, 이 애 몸이 또 달아오르노나./ 가쁜 숨결을 드내쉬노니, 박나비처럼,/ 가녀린 머리, 주사 찍은 자리에, 입술을 붙이고/ 나는 중얼거린다, 나는 중얼거린다./ 부끄러운 줄도 모르는 다신교도와 같이/ 아아, 이 애가 애자지게 보채노나!/ 불도 약도 달도 없는 밤,/ 아득한 하늘에는/ 별들이 참벌 날듯 하여라.

–「발열」 전문

자식을 잃은 슬픔을 노래한 정지용의 대표적인 시 「유리창」과 마찬가지로, 이 시 역시 자식의 죽음 앞에서 인간 존재에 대한 근본적인 질문을 던지는 작품이다. 정지용의 시 「비극」에 "일찍이 나의 딸 하나와 아들 하나를 드린 일이 있기에"라고 되어 있는 것으로 보아, 「발열」과 「유리창」은 자식을 잃은 두 번의 실제 경험을 제재로 쓴 것으로 판단된다. "가쁜 숨결을 드내쉬"는 "박나비"와 같은 아이의 모습을 지켜보는 화자의 심정은 "나는 중얼거리다, 나는 중얼거리다"의 반복 속에서 내적 혼란과 모순에 빠져 있음을 알 수 있다.

이런 절박한 상황 속에서 어떤 종교에 기댄들 그것이 무슨 부끄러움이 되겠는가. 그래서 화자는 "부끄러운 줄도 모르는 다신교도와 같이" "애자지게 보채"는 아이의 생명을 지켜 줄 것을 간절히 기도했다. 이처럼 이 시는 죽음을 관념이 아닌 실감으로 받아들이면서 영원성의 세계로 귀의하는 종교적 탐구가 시와의 만남으로 이어지는 계기를 엿볼 수 있게 한다. 이후 그는 실제로 교토 프란시스코 성당에서 프랑스인 신부로부터 영세를 받았고(1928년 음력 7월 22일), 교토의 조선인 유학생들의 카톨릭 모임인 〈재일본조선공교신우회〉 지부의 서기를 맡는 등 해방 이후까지 독실한 카톨릭 신자로 살았다.

1929년 6월 정지용은 도시샤대학 영문과를 졸업하고 모교인 휘문고보의 영어교사로 발령을 받았다. 그의 일본 유학에 교비 장학금을 지급하는 전제조건이 졸업 이후 모교로 돌아와 교사가 되는 것이었으므로 당연한 선택이었다. 그의 졸업논문은 「윌리엄 블레이크의 시에 나타난 *상상력*」으로, 시인의 영감이 상상력으로 이어지는 과정에 대한 탐구를 통해 서구 시의 형이상학이 보여준 감각적 이미지의 구체성을 논한 것이다. 우리 시문학사에서 진정한 근대시의 면모를 갖춘 시인이 정지용이라고 평가한다면, 아마도 그의 시에서 윌리엄 블레이크의 영향이 바로 이러한 근대적 감각을 형상화하는 이미지의 탁월함으로 구현되었던 것은 아니었을까 생각된다. 결국 정지용의 졸업과 귀국은 1930년대 전후 〈카프〉가 주도했던 이념 지향의 시와는 다른 순수한 서정의 미적 세계를 열어가는 새로운 출발점이 되었다는 점에서, 한국현대시문학사는 1930년대 정지용으로부터 다시 시작되었다고 해도 크게 무리는 아닐 것이다.

〈시문학〉과 〈구인회〉 활동을 통한 순수시 지향

휘문고보 교사로 재직할 당시 정지용은 옥천의 가족들을 서울로 불러들일 정도로 비교적 안정적인 생활을 해나갔다. 일본에서 정식으로 영문학을 공부한 교사이자 모교의 선배였으므로 학생들에게도 신망이 두터웠을 뿐만 아니라, 동료 교사인 이헌구, 이병기 등과도 지적인 교류를 이어갈 수 있어서 그의 시 세계가 한층 더 발전하는 기회가 되기도 했다. 특히 이병기로부터 한국 고전에 대해 많은 가르침을 받을 수 있었는데, 이때의 경험이 그의 후기시가 고전에 대한 깊이 있는 소양을 갖추게 된 중요한 발판이 되었다고 할 수 있다.

　게다가 이 무렵 김영랑, 박용철이 준비하던 《시문학》과의 만남은 정지용의 시가 절정기로 나아가는 결정적인 계기가 되었다. 물론 처음부터 정지용이 《시문학》 창간에 호의적이었던 것은 아니었던 듯하다.《시문학》창간호에 그는 4편의 시를 발표했는데, 새롭게 쓴 것은 한 편도 없고《신민》,《학조》등에 이미 발표했던 것을 재수록함으로써 정식으로《시문학》의 일원이 되지는 않았던 것이다.

당시 광주의 박용철과 강진의 김영랑이 의기투합하여 발간했던 《시문학》이 정지용의 시를 게재하게 된 것은, 정지용의 휘문고보 선배였던 김영랑을 통해 박용철이 그의 참여를 간곡하게 부탁했기 때문이었다. 하지만 일본 문단에까지 시를 발표할 정도로 인정받았던 정지용의 입장에서, 아직 정식 등단조차 하지 않은 두 사람이 발간하는, 그것도 지역에서 발간하는《시문학》과 함께하는 것에 다소 주저하지 않았을까 싶다.

삼고초려라는 말이 여기에도 어울릴지 모르지만, "여하간如何間 지용芝溶, 수주중樹州中 득기일得其一이면 시작始作하지. 유현덕劉玄德이가 복룡伏龍 풍학風鶴에 득기일得其一이면 천하가정天下可定이라더니 나는 지용이가 더 좋으이.『문예공론』과 특별한 관계나 맺지 않았는지 모르지. 서울 거름을 해보아야 알지."라고 말한 박용철의 간곡한 마음이 있어, 결국 정지용은《시문학》2호부터 핵심 멤버가 됨으로써 1930년대 이후 우리 시문학사는〈시문학파〉라는 중요한 마디를 형성할 수 있었다.

이때부터 정지용과 박용철의 관계는 김영랑과 더불어 떼려야 뗄 수 없는 문학적 우정을 이어감으로써,〈카프〉이후 우리 시문학사의 새로운 방향을 선도하는 중요한 역할을 담당해 나갔다.

순수한 자연과 미적 언어의 세계를 탐구한 '향수'의 시인

정지용과 박용철의 특별한 인연은 《시문학》 이후에도 계속 이어져 정지용은 《문예월간》, 《문학》 등 박용철이 주재했던 후속 잡지에 여러 편의 시를 발표했다. 그만큼 박용철은 〈시문학파〉가 추구하는 순수 서정시의 세계와 지향을 이해하고 설명하는 데 있어서 정지용의 시에 필적할 만한 것이 없다고 생각했다. 이러한 박용철의 전폭적인 관심과 기대는 시문학사에서 발간할 첫 시집으로 『정지용시집』을 기획하는 데도 주저함이 없었다.

정지용의 첫 시집 발간은 사실상 박용철에 의해 이루어졌다고 해도 과언이 아닌데, 당시 병석에 있었던 임화의 병문안을 다녀온 이후 인생의 무상함을 절감하게 되면서 각자의 시집을 서둘러 발간하자는 데 뜻을 모으고 김영랑의 시집보다 앞선 첫 번째로 정지용의 시집을 결정한 것도 바로 박용철이었다. 휘문고보에서의 습작부터 도시샤대학 시절에 이르기까지 상당한 편수의 시를 발표하고서도 정지용이 그때까지 한 권의 시집도 발간하지 않았다던 사실이 그 자체로 의외가 아닐 수 없다. 당시 한 권의 시집 분량으로는 아주 많은 89편의 시를 다섯 부분으로 나누어 구성하고 직접 발문을 쓴 박용철은, "그는 한군데 자안自安하는 시인이기보다 새로운 시경詩境의 개척자이려 한다."라고 평가했다.

이러한 박용철의 시각은 첫 시집임에도 불구하고 다양한 시의 변화를 한 권에 담아 낼 정도로 풍부한 시적 성취를 보여 주었던 정지용 시의 탁월함에 특별히 주목한 것으로 이해할 수 있다. 『정지용시집』으로부터 시인 정지용은 비로소 우리 시문학사의 뚜렷한 한 정점으로 자리매김할 수 있었다는 점에서, 박용철을 비롯한 〈시문학파〉와 정지용의 관계는 한국현대시문학사에서 가장 의미 있는 만남 가운데 하나로 기억되지 않을 수 없다.

정지용의 시세계에 있어서 〈시문학파〉 활동만큼이나 중요한 것이 바로 〈구인회〉의 결성이다. 〈구인회〉는 1933년 8월 당시 문단을 주도했던 〈카프〉에 대항한다는 취지로 모인 순수문학을 옹호한 문인들의 일종의 친목 단체였다. 이종명과 김유영의 발기로, 이태준, 이무영, 유치진, 김기림, 정지용, 조용만 등이 처음 모임을 가졌으나, 이태준, 정지용, 이무영 등 휘문고보 출신들이 주도한다는 인상을 준 탓에 발기인이었던 이종명과 김유영은 바로 탈퇴하고 박태원, 박팔양이 가입했다. 그리고 1935년에는 조용만, 유치진이 탈퇴하고 김유정과 김환태가 가입했는데, 〈카프〉처럼 조직적 강령이나 입장도 없는 말 그대로 친목 단체에 불과하여 결속력이 그다지 크지는 않았다.

여러 문인들의 이합집산이 거듭되었던 것도 이런 이유 때문이거니와, 마지막까지 회원으로 남아 있었던 문인이 이태준, 이무영, 김기림, 정지용 네 사람에 불과했다는 사실도 당시 〈구인회〉의 성격이 어떠했었는지를 그대로 말해 준다. 하지만 〈카프〉에 대항하여 순수문학의 정신을 구현하는 데 있어서 정지용의 역할과 의지는 확고했으므로, 1935년 2월 18일부터 5일간으로 '문예강좌'를 열고 이듬해 3월에는 동인지 《시와 소설》을 발간하기도 하는 등 주도적인 역할을 마다하지 않았다. 정지용은 여기에 "언어미술이 존속하는 이상 그 민

순수한 자연과 미적 언어의 세계를 탐구한 '향수'의 시인

<시문학파> 회원들과 정지용의 가족

족은 열렬하리라."라는 에피그램을 실었는데, 이는 《시문학》 창간호
의 편집후기에서 박용철이 밝힌 '민족언어의 완성'이라는 시정신에
맞닿아 있다고 볼 수 있다.

　이렇게 정지용이 이태준과 함께 〈구인회〉를 주도하면서 순수문
학 지향을 강하게 주장했던 데는, 당시 자신의 시집에 대한 여러 논
자들의 찬사에 상당히 비판적이었던 〈카프〉에 대한 반감이 크게 작
용했던 듯하다. 즉 카톨릭시즘에 경도된 자신의 시 세계에 대한 〈카
프〉의 직접적인 비판이 결정적인 원인이 되었던 것이다. 〈구인회〉 결
성 무렵 《조선일보》에는 임화의 「카톨릭 문학 비판」이 게재되었는
데, 이 기획의 의도를 설명한 기자의 편집자주를 보면 당시의 상황
을 어느 정도 짐작할 수 있다.

정지용, 허보 등 젊은 '카톨릭' 청년들이 중심이 되어 『카톨릭靑年』이라는 잡지를 내고 있다. 그들은 또한 조선 시단에 있어서 우수한 선수들이다. 따라서 『카톨릭청년』에 의거하는 이들 문학인들의 금후의 문학상의 활동은 주목할 가치가 있다고 믿는다. 또한 『카톨릭청년』의 출현은 비록 그들이 표면 화려한 출발을 꾸미지 아니하였으나 타기만만惰氣滿滿한 우리 문단에 있어서는 한 개의 사건임을 잃지 않는다. 이 기회에 우리는 『카톨릭청년』을 초점으로 하고 '카톨릭시즘' 전반에 대한 각 방면의 비판을 구하였다.

임화의 가톨릭시즘에 대한 비판은 당시 가톨릭이 "국제 파시즘의 최량의 하복下僕이 되어 사상적으로만 아니라 제도적으로 조직적으로 파시즘과 야합하고 있다"는 데 근거를 두고, 이러한 가톨릭시즘에의 경도는 "봉건적 중세의 자연경제 시대의 종교와 신학과 절대주의적 영주와 귀족의 노복奴僕이었던 문학예술을 '본래의 의미의 예술'로 해방시킨 것"에 역행한다는 데 있었다. 따라서 "근대 조선의 부르주아문학의 발전의 길 위에서 이른바 '예술을 위한 예술'의 이론이 허물어진 것은 벌써 지나간 오래 전날의 일"임에도, 이러한 것을 답습하는 반동적 모습을 카톨릭문학이 보여 주고 있다고 비판했던 것이다.

이러한 〈카프〉 진영의 비판에 대한 정지용의 반론은 찾아볼 수 없다. 시인 이상의 편집으로 제작되었다고 알려진 동인지 《시와 소설》에 시 「유선애상流線哀傷」을 발표했을 따름이다. "생김생김이 피아

노보담 낫다./ 얼마나 뛰어난 연미복 맵시냐.// 산뜻한 이 신사를 아스팔트 우로 곤돌라인 듯/ 몰고들 다니길래 하도 딱하길래 하루 청해 왔다."로 시작되는 이 시에 대한 해석은 여전히 분분하나. 대체로 '자동차'를 형상화한 것으로 해석하는 경우가 많으나 '악기', '담배 파이프', '곤충', '자전거' 등으로 다양한 해석이 쏟아졌다.

시를 시답게 만드는 언어적 조건으로 '모호성ambiguity'을 든다면, 이 시는 시적 모더니티를 추구하는 정지용의 미적 언어 의식을 상징적으로 보여 준 결과라고 말할 수 있을 듯하다. 〈카프〉의 외적 이데올로기 지향에 맞서서 언어의 본질을 탐구하는 시의 내재적 지향을 한 편의 시로 보여 줌으로써 〈카프〉의 맹렬한 비판에 맞서는 시인다운 면모를 우회적으로 드러낸 것으로 이해할 수도 있지 않을까.

《문장》과 〈청록파〉

정지용의 문학 인생에 있어서 《문장》의 창간은 아주 특별한 의미를 지닌다. 〈카프〉에 맞서 〈구인회〉를 조직해 순수문학 지향이라는 자신의 문학 세계를 펼쳐보려 했지만 느슨한 조직적 성격 탓에 제대로 된 모습을 보여 주지는 못했는데,《문장》을 통해 그가 직접 배출한 여러 시인들이 자신의 에피고넨이 되어 한국현대시문학사의 한 계보를 뚜렷이 형성했기 때문이다.

1939년 이태준을 주간으로 하여 창간된 《문장》은 시 부문에 정지용, 시조 부문은 이병기, 소설 부문은 이태준이 추천위원으로 참여했다. 당시 정지용은 신인 배출에 있어서 상당한 책임감을 갖고 우리 시단의 우수한 인재를 발굴하는 데 열정을 쏟았다. 박목월, 조지훈, 박두진, 이한직, 박남수, 김종한 등 한국현대시문학사의 중심을 형성해 나간 주요 시인들의 탄생은 바로 정지용의 탁월한 시적 감각에 의해 이루어졌던 것이다. 또한 정지용 자신도 《문장》을 통해 여러 편의 시를 발표했는데, 이때의 시들을 모아 펴낸 것이 바로 두 번째 시집 『백록담』이다.

여기에서 그는 '바다'의 상징성에 집중했던 초기시와는 달리 「장수산1」, 「장수산2」, 「백록담」, 「비로봉」, 「구성동」, 「옥류동」 등 '산'을 제재로 한 시 세계를 두드러지게 창작했다. 이는 박용철과 동행한 금강산 기행을 비롯한 정지용 자신의 체험에 바탕을 둔 것으로, 자연과 인간의 교감을 바탕으로 동양적 정신주의를 추구한 정지용 시의 궁극적 세계가 비로소 완성되는 경지를 보여 준다고 할 만하다.

골짝에는 흔히/ 유성이 묻힌다.// 황혼에/ 누뤼가 소란히 쌓이기도 하고,// 꽃도/ 귀양 사는 곳,// 절텃드랬는데/ 바람도 모이지 않고// 산 그림자 설핏하면/ 사슴이 일어나 등을 넘어간다.

–「구성동」 전문

금강산의 한 계곡인 '구성동'을 노래한 작품으로, 인간과 자연의 깊은 교감의 세계인 '정경교융情景交融'의 미학을 감각적으로 형상화하고 있다. 시인 스스로 이러한 시 세계에 대해 "설령 흰돌 위 흐르

순수한 자연과 미적 언어의 세계를 탐구한 '향수'의 시인

는 물가에서 꽃같이 스러진다 하기로소니 슬프기는 새레 자칫 아프지도 않을 만하게 나는 산과 화합하였던 것"이라고 했으니, 세속에 찌든 인간의 삶을 뒤로 하고 "꽃"처럼 "귀양"을 꿈꾸는 시인의 마음이 오롯이 새겨져 있는 것이다. 자연과 인간이 분리되지 않고 온전히 하나가 되는 세계는 시의 본질인동시에 정지용 시인이 꿈꾸는 이상적 세계였음에 틀림없다.

그의 시는 이데올로기의 광풍이 몰아치는 세상으로부터 한 발짝 물러나 그 자체로 시다울 수 있는 언어의 풍경과 미학적 깊이를 담은 정신적 세계의 고고함을 추구했던 것이다. 이러한 그의 시 정신은 곧 《문장》의 정신이기도 해서, 신인 추천의 선자로서 그의 눈에 〈청록파〉 세 시인의 면모가 강렬하게 각인되었던 것은 너무도 당연한 결과가 아닐 수 없다.

박두진 군 박 군의 시적 체취는 무슨 삼림에서 풍기는 식물성의 것입니다. 실상 바로 다옥한 삼림이기도 하니 거기에는 김생이나 뱀이나 개미나 죽음이나 슬픔까지 무슨 수취獸臭를 발산할 수 없이 백일에 서느럽고 푸근히 젖어 있습디다. (중략) 항시 멀리 해조海潮가 울 듯이 �솨-하는 극히 섬세함 송뢰松籟를 가졌기에, 시단에 하나 '신자연'을 소개하며 선자는 만열滿悅 이상이외다.

조 군의 회고적 에스프리는 애초에 명승고적에서 날조捏造한 것이 아닙니다. 차라리 고유한 푸른 하늘 바랑이나 고매한 자기磁器 살결에 무시로 거래去來하는 일말운하一抹雲霞와 같이 자연과 인공의 극치일까 합니다. (중략) 가다가 명경지수明鏡止水에 세우細雨와 같이 뿌리며 내려 앉는 비애에 아티스트artist 조지훈은 한 마리 백로처럼 도사립니다. 시에서 겉과 쭉지를 고를 줄 아는 것도 천성天成의 기품이 아닐 수 없으니 시단에 하나 '신고전'을 소개하며……

박목월 군 북에 김소월이 있었거니 남에 박목월이가 날 만하다. 소월의 툭툭 불거지는 삭주朔州 구성조龜城調는 지금 읽어도 좋다니 목월이 못지않아 아기자기 섬세한 맛이 좋다. (중략) 요적 수사謠的 修辭만 다분히 정리하고 나면 목월의 시가 바로 조선시다.
　－「시선후詩選後」

정지용에게 〈청록파〉 세 시인은 "식물성"의 "신자연", "천성의 기품"을 보여 주었다는 점에서 자신이 추구한 동양적 성신의 세계와 그대로 일치한다. 따라서 정지용의 시는 "신자연", "신고전", "조선시"로 명명된 〈청록파〉의 시와 함께 읽을 때 시문학사적 가치가 더욱 빛나지 않을까 싶다.

〈카프〉가 주도해 온 근대문학의 틀 위에서 정지용의 시적 지향은 철저하게 고독의 길을 걷지 않을 수 없었다. 이런 점에서 『문장』은 그의 시가 마지막으로 불꽃을 피우는 정신적 성채와 같은 것이었다. 따라서 총독부의 일본어 정책에 의해 강제로 결행된 『문장』의 폐간은 곧 정지용 시의 마지막을 의미하는 충격적인 일이 되지 않을 수 없었다.

이후 한국 시단은 친일을 하지 않고서는 시를 쓸 수 없는 수난의 세월을 오랫동안 견뎌야만 했고, 정지용 역시 『국민문학』에 「이토異土」를 발표하는 등 역사와 시대에 순응하는 변절과 훼절의 유혹으로부터 아슬아슬하게 자신을 지켜 나가는 고통스러운 시간을 살아가야만 했다.

납북과 해금 그리고 한국현대시문학사

해방 이후 결성된 〈중앙문화협회〉가 발행한 『해방기념시집』에 정지용은 「그대들 돌아오시니」를 발표했다. 16년간 근무하던 모교 휘문고보를 떠나 이화여전 교수로 부임하는 등 생활의 변화도 있었다.

해방은 곧 좌우의 극심한 대립으로 이어지면서 문단 역시 〈조선문학가동맹〉과 〈전조선문필가협회〉로 양분되었고, 그 결과 정지용 역시 임화가 주도한 〈조선문학가동맹〉 아동문학 분과위원장으로 이름을 올리기는 했지만 실제로는 전혀 참여하지 않았던 것으로 보인다. 그에게 문학은 좌우의 대립이라는 극단적 현실과는 무관한 순수성의 세계를 지향하는 데 있다는 일관된 시정신을 결코 잃지 않고자 했기 때문이 아니었을까.

하지만 가톨릭 계열 신문인 《경향신문》의 주간으로 취임하면서 역사와 사회에 비판적인 글을 게재하는 등 현실의 모순에 맞서는 문사로서의 기백도 잃지 않았다. 신문의 '여적餘滴'이라는 고정란과 사설을 통해 많은 글을 발표했는데, 이때의 글 대부분은 『산문散文』에 수록되어 있다.

《경향신문》과의 인연은 윤동주의 유고시집 『하늘과 바람과 별과 시』의 서문과도 이어지는데, 당시 신문사 기자로 재직하고 있던 윤동주의 친구 강처중의 부탁으로 이루어진 것이 아니었을까 짐작된다. "재조才調도 탕진하고 용기도 상실하고 8·15 이후에 나는 부당하게도 늙어 간다."라고 탄식했던 시인의 내면을 통해, 해방 이후 좌우의 대립 속에서 정지용이 겪었을 인간적 상처와 시적 고뇌가 얼마나 컸었는지를 조금이나마 짐작할 수 있을 듯하다.

1948년 남한만의 단독 정부 수립 이후 정지용을 비롯한 문인들의 입지는 더욱 좁아졌다. 좌익세력에 대한 본격적인 조사가 진행될 거라는 소식에 정지용 역시 마음 고생이 많았던 듯하다. 자신의 뜻과는 무관하게 〈조선문학가동맹〉에 이름을 올렸을 뿐만 아니라 《경향신문》 주간 시절 극우파에 대한 비판적 논설을 썼던 것, 그리고 그와 가까이 지냈던 이태준, 오장환 등이 월북한 데 따른 불안이 점점 더 자신을 옥죄었을 것이다. 결국 그는 좌익 경력자들의 사상적 선도를 명분으로 내세웠던 '국민보도연맹'에 가입했고, 「소설가 이태준 군 조국의 '서울'로 돌아오라」라는 글을 쓰기도 했다.

이러한 사실들로 미루어 볼 때 정지용의 북한 행을 월북으로 보는 시각은 다소 설득력이 떨어진다. 가족들의 증언에 따르면 한국전쟁 발발 이후 7월경 평소 알고 지내던 청년 몇 명이 찾아와 함께 나

순수한 자연과 미적 언어의 세계를 탐구한 '향수'의 시인

갔는데 그 후로 돌아오지 않았다고 하는데, 아마도 국민보도연맹에 가입한 사람들에게 자수의 형식을 밟아 사실상 북으로 데려간 것이 아니었을까 추정된다.

정지용의 북한행은 1930년대 이후 한국현대시문학사가 그 뿌리와 토대를 잃어버린 것이나 마찬가지의 심각한 단절과 소외를 감당해야만 하는 치명적인 결과가 되고 말았다. 1988년 서울올림픽을 앞둔 3월 30일 정지용, 김기림 등의 작품이 공식적으로 해금되기까지, 한국현대시문학사는 남북 분단만큼이나 심각한 문학사의 결락과 훼손을 어쩔 수 없는 문학사의 한계로 짊어지지 않을 수 없었던 것이다.

이런 점에서 정지용의 시는 한국현대시문학의 개척자로서, 그리고 해방 이후 좌우 대립의 양극단으로부터 문학의 순수성을 지켜 낸 시인으로서, 분단 시대를 넘어 통일 시대를 향하는 한국현대시문학사의 뚜렷한 이정표로서의 상징적 의미를 지녔다고 평가하지 않을 수 없다.

해바라기

오장환

해바라기 가라사대
'해를 향해 피어나
나를 따르는
네가 자란다'

오장환문학관 전경

식민지 근대를 넘어 사회주의 건설을
노래한 아방가르드

오장환과 보은 _ 〈오장환문학관〉

전통적인 것에서 근대적인 것으로

오장환의 고향은 충청북도 속리산 자락 깊숙이 숨어 있는, 그래서 지금도 대중교통을 이용해서 찾아가는 일이 쉽지 않은 보은군 회인면 중앙리(현재 회북면 중앙리)이다. 시인은 1918년 이곳에서 태어나 회인 공립보통학교에 입학해 4학년 때 안성공립보통학교로 전학하기까지 유년 시절을 보냈다. 안성공립보통학교는 당시 시인 박두진이 다니고 있던 학교였는데, 두 시인이 한 교실에서 나란히 공부했다고 하니 그 인연이 정말 남다르게 여겨진다. 오장환의 부모가 보은에 삶터를 꾸린 이유는 정확히 알 수 없으나 안성은 해주오씨의 집성촌이었고 인근에 선영이 있었으므로, 보은에서 안성으로 가족들 모두가 이주했던 것은 자연스러운 과정이었을 것으로 생각된다.

이런 점으로 미루어 보면 오장환과 보은의 인연은 출생지였다는 사실과 유년의 한 시기를 보냈다는 점 외에는 특별히 기억할 만한 게 없는 듯하다. 게다가 월북 시인이라는 이념의 멍에를 오래도록 짊어진 탓에 1988년 해금되기 전까지 일가친척들에게는 절대 거명해서는 안 되는 사람이었으니, 고향 보은에서 오장환의 삶을 기억하고 정리하는 일은 상당히 어려운 숙제가 되지 않을 수 없다.

실제로 오장환의 행적을 실증적으로 조사하여 『오장환평전』을 쓴 김학동 교수의 증언에 따르면, "그 가까운 친척들은 모두 흩어져 실종되었고, 그가 살았던 마을에서 그를 기억하는 사람도 거의 없었"다고 한다. 그래서 "읍면사무소에 보관된 호적관계 서류와 보통학교

식민지 근대를 넘어 사회주의 건설을 노래한 아방가르드

충북 보은의 오장환문학관 앞마당에 복원된 생가

안성공립보통학교 재학 시절의 오장환과 박두진

및 고등보통학교의 생활기록부를 찾아내어 오창환의 생애를 구축한 것"이 사실상 전부였다는 것이다. 이처럼 분단 현실과 그에 따른 반공주의의 그늘은 시와 동시, 장시 등 다양한 장르적 실험을 통해 역사성과 정치성을 모더니티의 차원으로 끌어올린 아방가르드 시인 오장환은 우리 문학사에서 오래도록 소외된 상태로 숨겨져 있었다. 서정주, 이용악과 더불어 1930년대 우리 시단의 '삼재三才'로 불렸으면서도, 그의 시와 삶에 대한 평가는 깊은 산골 마을 첩첩이 은폐되어 있을 수밖에 없었던 것이다.

당시 김기림은 오장환을 일컬어 "일찍이 길거리에 버려진 조개껍질을 귀에 대고도 바다와 파도 소리를 듣는 아름다운 환상과 직관의 시인"이라고 말하면서, "지용에게서 아름다운 어휘를 보았고, 이상에게서 '이미지'와 '메타포'의 탄력성을, 백석에게서 어두운 동양적 신화를 찾았다."라고 했다. 오장환의 첫 시집 『성벽』은 이러한 우리 근대시의 "여러 여음을 듣는 것"과 같은, 그래서 "우리 시가 한 전통 속에서 꾸준히 자라가고 있다는 반가운 증거"라는 극찬을 아끼지 않았던 것이다. 그럼에도 불구하고 필자가 한국현대시문학사의 현장과 시인들의 전기적 사실을 추적하는 글을 연재하는 동안 가장 가기 힘들고 주저되었던 시인이 오장환이었던 것처럼, 그의 시와 삶은 지금까지도 많은 부분이 결락되고 잊힌 채로 보은의 산골마을 깊숙이 갇혀 있다고 하지 않을 수 없다.

오장환의 태생은 적출이 아니라 서출이었다. 그의 친구 서정주가 자신의 가계를 일컬어 "애비는 종이었다."(「자화상」)라고 말했던 것을

식민지 근대를 넘어 사회주의 건설을 노래한 아방가르드

떠올리게 하듯, 오장환은 스무 살이 넘게 차이가 나는 아버지의 첩실로 들어간 어머니에게서 태어남으로써 출생에서부터 불평등한 세상의 모순을 짊어진 슬픈 운명을 타고 났던 것이다. 게다가 나이 많은 아버지가 일찍 돌아가신 탓에 평생을 가족의 생계를 책임지며 고단한 삶을 사셨던 홀어머니 아래에서 일찍부터 가난을 몸소 경험하며 성장해야만 했다.

이 때문에 그의 시에서 고향은 장소의 문제라기보다는 어머니의 삶이 경험적으로 인식시켜 준 불평등한 삶의 기억과 깊이 연관되어 있다. "우리 할아버지는 진실 이가였는지 상놈이었는지 알 수도 없다. 똑똑한 사람들은 항상 가계보를 창작하였고 매매하였다. 나는 역사를, 내 성을 믿지 않아도 좋다. (중략) 나는 성씨보가 필요치 않다. 성씨보와 같은 관습이 필요치 않다."(「성씨보」)에서처럼, 오장환의 초기 시가 낡은 전통과 관습을 벗어나 모더니즘적 근대 의식을 지향했던 것은 봉건적 폐습으로 점철된 유년 시절의 경험에 대한 비판적 결과가 아니었을까 싶다. 첫 시집을 『종가宗家』라는 제목으로 출간한다고 《시인부락》 창간호에 광고까지 했으면서도 결국은 『성벽』이란 제목으로 변경하여 출간한 점이나, 첫 시집 속에 「종가」, 「성벽」 등의 시를 수록하지 않은 이유도 이러한 의식과 무관하지 않을 듯하다. '종가'의 위세로 상징되는 유교적 전통사회에 대한 거부와 이러한 전통적 폐습을 고수하는 보루와 같은 '성벽'의 상징성에 대한 시인의 비판적 성찰이 담긴 결과라고 할 수 있는 것이다. 《시인부락》 1936년 11월호에 발표한 「정문旌門」에서 "열락열녀불경이부 충신불사이군廉洛烈女不敬二夫 忠臣不事二君"라는 부제를 명시적으로 드러낸 데서도, 종가의 유교적 이념에 희생된 열녀문의 허위성에 대한 직접적인 비판을 담고 있음을 분명하게 확인할 수 있다.

휘문고보 시절과 일본 유학

1930년 안성공립보통학교를 졸업한 오장환은 중등학교 입학시험에 낙방하여 잠시 고향에 머무르다 상경하여 중동학교 속성과를 수료한 후 1931년 휘문고등보통학교에 입학했다. 당시 휘문고보에는 일본 유학을 마치고 돌아와 교사가 된 정지용이 있었으니, 오장환의 시는 이 무렵 정지용과의 인연으로 본격적인 출발을 하게 된 것이 아닐까 짐작된다. 실제로 정지용도 오장환의 시적 능력이 남다르다는 것을 알고 무척이나 그를 아꼈다고 하는데, 정지용이 휘문고보 출신들의 재학과 졸업 연도를 파악할 때 오장환을 중심으로 그 전후를 가렸을 정도라고 하니 두 사람 사이에 오고 간 사제 간의 시적 교류가 아주 특별하지 않았을까 싶다.

오장환은 휘문고보에 재학 중이던 16세의 나이에『조선문단』에 「목욕간」이라는 산문시를 발표했을 정도로 일찌감치 문재를 드러냈다. 또한 이듬해에는 김기림에 의해 「카메라, 룸」이《조선일보》에 발표되는 등 조숙한 천재의 모습을 보여 주었다.

『성벽』이 나오기 벌써 전에 그는 '꼭또' 부럽지 않은 3행시를 많이 썼

식민지 근대를 넘어 사회주의 건설을 노래한 아방가르드

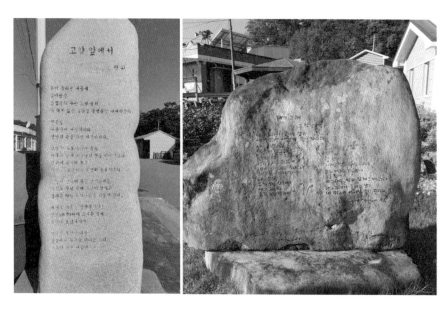

오장환의 고향 마을 입구와 문학관 앞마당에 세워져 있는 시비

으며 편석촌을 통하여《조선일보》지상에 발표된 3행시 「카메라·룸」

은 현대시에 있어 새로운 감각의 신경지를 보여 주었으며, 이 무렵 휘

문학교 흰 테두리 모자를 쓰고 다니던 16세의 그는《조선문학》(1933

년 9월 창간~3호까지 계속)에 「목욕간」이라는 산문시를 처음 발표하였는

데, 그 나이와는 엄청나게 인생의 '페이소스'한 것을 느끼게 하는 놀라

운 경지의 것이었으니, 장환의 초기작품 중에서 가장 빛나는 것이 아

닌가 생각한다. 학교고 무엇이고 문학으로 인하여 모두 팽개치고 동경

으로 드나들며 색깔진 양복과 넥타이며 그 좋아하는 시집 중에 진본,

호화판, 초판 등을 사들이고 운니동 집에서 눈만 뜨면 아침 먹기가

무섭게 우리들이 모이던 '미모사'로 뛰어나왔고 이곳에서 해가 저물어

거리에 밤이 오면 제각기 주머니에서 돈을 털어 춘발원春發圓 배갈 집으로 향하여 밤 이슥해서 집으로 찾아들어 아무 방이고 닥치는 대로 들어가 코를 곯았다. 문학을 위하여 사는 보람에서 도취되어 장환은 살아 나왔다.

—이봉구, 「『성벽』 시절의 장환」

인용문에서 알 수 있듯이 휘문고보 시절 오장환은 시를 쓰고 귀한 시집을 모으는 데 열광했을 뿐 학업에는 크게 관심을 두지 않은 듯하다. 당시 학적부를 보면 미술 과목을 제외하고는 대부분 중간 이하의 성적을 면치 못했을 정도로 학업에 상당히 소홀했음을 알 수 있다. 그 결과 그는 실제로 휘문고보를 졸업하지 않고 자퇴하여 일본 유학 길에 올랐다. 일본에서 그는 동경 소재 지산중학교에 전입하여 수료한 후 메이지明治대학에 입학했는데, 이곳에서의 생활도 그다지 순탄하지 않았던 것인지 대학을 채 1년도 다니지 못하고 그만두고 말았다. 오장환의 시 가운데 그의 일생을 압축하여 담은 「나의 길」이라 시가 있는데, 여기에서 이 무렵의 일들을 다음과 같이 회상하고 있다.

그 뒤에 나는/ 동경에서 신문배달을 하였다./ 그리하여 붉은 동무와/ 나날이 싸우면서도/ 그 친구 말리는 붉은 시를 썼다./ 그러나/ 이때도 늦은 때였다./ 벌써 옳은 생각도 한철의 유행되는 옷감과 같이/ 철이 시났다./ 그래서 내가 우니까/ 그때엔 모두다 귀를 기울였다./ 여기서 시작한 것이 나의 울음이다.

식민지 근대를 넘어 사회주의 건설을 노래한 아방가르드

인용한 시의 전문을 보면 "여기서 시작한 것이 나의 울음이다."라는 구절이 두 번 반복되는데, 첫 번째는 자신이 태어난 이듬해 기미독립만세운동이 일어났던 해에 "어린애 본능으로 울기만 하였다."라고 말한 데서의 "울음"이고, 두 번째는 위의 인용 부분에서처럼 동경유학 시절 "옳은 생각"을 할 시기를 놓쳐 버렸다는 데 대한 자괴감에서 비롯된 "울음"이었다. 신문 배달을 하는 등 힘겨운 생활을 이어가면서도 그가 일본에 머물렀던 것은 "붉은 동무와 나날이 싸우면서도/ 그 친구 말리는 붉은 시를 썼다"는 데 있었을 것이다. 아마도 이때 그는 사회주의 사상에 비로소 눈뜨기 시작했던 것이 아니었을까 짐작되는데, 그가 말한 "옳은 생각"은 곧 사회주의 사상을 의미하는 것으로 여겨진다. 일본 유학 시절에 대해 그는 "불운의 극에서 헤매일 때"라고 하면서 젊은 날의 방황과 혼돈의 한가운데 있었음을 직접적으로 밝힌 바 있다.

그럼에도 불구하고 그는 동경에서 하루 1원 8, 90전의 사자업寫字業을 하며 살아가면서도, 오로지 올바른 문학을 하는 청년으로서의 삶을 놓치지 않기 위해 동분서주했다. 그리고 이러한 방황과 혼돈의 시절은 그에게 새로운 삶의 시작을 알리는 첫울음과 같은 의미를 다시 가슴에 새기게 했던 것이다. 휘문고보에 입학하면서부터 정지용을 비롯한 당대 최고의 문인들에게서 조숙한 천재로 주목받으면서도, 결코 그 자리에서 안주하거나 모순된 현실과 타협하지 않고 스스로 힘든 문학의 길을 선택하는 데 주저하지 않았던 그였다. 그가 여러 차례 일본을 오가는 동안 잠시 귀국할 때면 서정주, 김동리 등과 〈시인부락〉 동인 활동을 누구보다도 활발하게 했던 것도 바로 이러한 혼돈의 시절을 넘어서려는 의지적인 행동이 아니었을까.

하지만 오장환은 이 시기를 자신의 문학적 세계관과 사상을 경험적으로 형성해나갔던 습작의 시간으로 여긴 듯하다. 생전에 그가 직접 꾸린 여러 권의 시집 어디에도 수록하지 않은 시의 대부분이 바로 이 무렵 쓴 것들이다. 오장환의 시가 이러한 습작단계를 벗어나 본격적으로 자신의 목소리를 드러내기 시작한 것은, 일본유학에서 돌아와 본격적으로 〈시인부락〉 동인활동을 하면서부터가 아니었을까.

「귀촉도」라는 같은 제목의 시로 서로를 향한 각별한 마음을 나누었던 서정주와의 인연도 이때부터 시작되는데, 서정주의 첫 시집 『화사집』을 자신이 운영했던 출판사 '남만서방'에서 직접 제작할 정도로 서로를 향한 마음이 아주 두터웠던 것으로 보인다. 하지만 그 이후 한 사람은 북쪽으로 가서 사회주의자가 되고 또 한 사람은 남쪽에 남아 친일 문인이라는 오명을 뒤집어쓰게 되었으니, 이데올로기가 갈라놓은 우리 역사의 상처와 문학사의 단절이 새삼 안타깝게 다가오지 않을 수 없다.

〈시인부락〉과 〈낭만〉 그리고 〈자오선〉

한국근대문학사에서 1920년대를 일컬어 '동인지 문단 시대'라고 한다. 이는 민족과 국가의 올바른 방향성을 역설하는 데 집중한 계몽주의 시대를 넘어서 개인의 삶과 새로운 시대정신을 담아 내는 근대

식민지 근대를 넘어 사회주의 건설을 노래한 아방가르드

문학의 본격적인 시작을 알리는 중요한 문학사적 사건이었다. 그리고 이러한 동인지의 확대는 1930년대 중반 〈카프〉 해산 이후 '시문학파', '청록파' 등 다양한 문학적 유파들이 활발한 문학적 활동을 할 수 있는 결정적 토대가 되기도 했다. 여기에 서정주, 오장환 등이 중심이 되어 결성한 '생명파'의 활동도 특별히 주목할 필요가 있는데, 이들이 만든 동인지가 바로 《시인부락》이다.

〈시인부락〉 동인은 처음에는 서정주, 오장환, 김달진, 여상현, 함형수, 김동리 등 12명이 모여 "될 수 있는 대로 우리는 햇볕이 바로 쪼이는 위치에 생생하고 젊은 한 개의 시인부락을 건설하기로 한다."라는 선언과 함께 출발했다. 창간사에서 이들이 밝힌 "햇볕이 바로 쪼이는 위치"와 "생생하고 젊은 한 개의 시인부락"이란 말에서, 당시 기성 시단의 어두운 현실과 구세대의 낡은 사상을 넘어서는 새로운 생명력을 불어 넣는 것이 〈시인부락〉의 목표였음을 확인할 수 있다.

특히 오장환은 〈시인부락〉 활동에 가장 열정적이었는데, 동인지에 가장 많은 작품을 발표한 사람도 오장환이거니와 원고 수집 및 동인 활동의 거점이 그의 집이었다는 데서 그가 〈시인부락〉 동인의 중심 역할을 담당했음을 알 수 있다. 다만 서정주, 김동리를 비롯한 다른 동인들과 비교할 때, 역사와 현실을 바라보는 태도에 있어서 오장환은 일정한 차이를 지니고 있었음을 간과해서는 안 될 듯하다.

즉 서정주, 김동리 등이 〈카프〉 해산 이후 계급주의 이데올로기와는 무관한 자리에서 순수문학과 민족문학에 치우쳐 있었던 데 반해, 오장환은 〈카프〉 출신 문인들과 직간접적인 교류를 이어가면서 문학과 이데올로기의 교섭에 바탕을 둔 계급주의 문학의 방향에 대해 지속적으로 고민하지 않았을까 생각된다. 박세영, 임화, 이찬 등 〈카프〉 계열 문인들이 대거 참여한 〈낭만파〉 동인으로 《낭만》 창간호(1936.11)에 발표한 「수부首府」를 보면 당시 그가 지녔던 식민지 근대와 계급적 불평등에 대한 비판의식이 선명하게 부각되고 있어서 상당히 주목된다.

> 수부의 화장터는 번성하였다./ 산마루턱에 드높은 굴뚝을 세우고/ 자그르르 기름이 튀는 소리/ 시체가 타오르는 타오르는 끄-름은 맑은 하늘을 어질러놓는다./ 시민들은 기계와 무감각을 가장 즐기어한다./ 금빛 금빛 금빛 금빛 교착되는 영구차/ 호화로운 울음소리에 영구차는 몰리어오고 쫓겨간다./ 번잡을 존숭하는 수부의 생명/ 화장장이 앉은 황천고개와 같은 언덕 밑으로 시가도市街圖는 나래를 펼쳤다.
>
> ─「수부─수부는 비만하였다. 신사紳士와 같이」 제1장 부분

인용 시에서처럼 식민지 시기 근대도시의 풍경을 제재로 한 시들 대부분은 자본주의 근대의 이중성을 동경과 냉소의 시선으로 바라보는 극단적 양가성을 드러냈다. 이 시에서 오장환은 식민지 근대의 주변부를 살아가는 사람들의 미래를 화장장의 모습과 겹쳐 보이게 함으로써, "화장장이 앉은 황천고개와 같은 언덕 밑으로 시가도는 나래를 펼쳤다."는 데서 근대의 음사함과 불길함을 상징적으로 보여주고자 했다. 시가를 내려다보는 위치에 있는 화장장의 모습은 근대

식민지 근대를 넘어 사회주의 건설을 노래한 아방가르드

자본주의의 물신화와 이로 인한 인간 소외를 형상화하는 의미심장한 장소성을 내재하고 있다. "시체가 타오르는 타오르는 끄-름은 맑은 하늘을 어질러놓는" 근대 도시 주변부에서 살아가면서 "기계와 무감각을 가장 즐기어"하는, 그래서 식민지 근대 자본주의의 허위성에 점점 더 맹목적으로 길들여져 가는 주변부 사람들의 어두운 현실을 비판적으로 인식했던 것이다.

이 시의 2~4장에서 기차, 공장, 근대적 건물들을 제재로 삼아 식민지 근대 자본주의의 경제적 측면을, 그리고 5장 이후에서는 정치 문화적 측면에서 이러한 주변부 도시에 내재된 식민지 근대의 허위성을 냉소적으로 바라보는 대비적 구성을 드러낸 점도 바로 이러한 문제의식을 직접적으로 비판하려는 데 있었다. "수부는 지도 속에 한낱 화농化膿된 오점이었다/ 숙란하여가는 수부 -/ 수부의 대확장 - 인근 읍의 편입"이라고 마지막 장인 11장에서 명시적으로 드러낸 데서 이러한 비판의식은 더욱 직접적으로 표출된다.

이처럼 열여덟 살의 나이에 썼다고는 믿어지지 않을 만큼 원숙한 세계 인식과 탁월한 언어 감각을 지녔던 오장환은, '장시'의 형식으로 당대 역사와 현실에 대응하는 놀라운 시적 통찰을 보여 주었다는 점에서 당시 시단의 천재로 불리는 것이 전혀 이상하지 않았을 것이다. 『수부』외에도 첫 시집 『성벽』에 실린 「해수海獸」와 장시집으로 기획되었다가 검열에 걸려 출간하지 못한 채 초고본으로만 남아 있는 「전쟁」, 그리고 이육사, 김광균, 신석초, 서정주 등이 함께 참여한 동인지 《자오선》에 수록된 「황무지」 등 여러 편의 장시가 있다.

「황무지」 역시 말미에 '차호완결次號完結'이라고 되어 있는 것으로 보아 장시집 발간을 염두에 두고 쓴 것으로 보이지만, 어떤 이유에서인지 그 후속편이 발표되지 않아 미완성인 채로 남아 있다가 1995년 초고가 발견되어 그 전모를 확인할 수 있었다.

한국현대시문학사에서 최초의 장시로 알려진 것이 1925년 3월 발표된 김동환의 「국경의 밤」이고, 김기림의 장시 「기상도」가 《중앙》에 연재되기 시작한 것이 1935년 5월부터였음을 감안하면, 휘문고보 3학년 때인 1935년 1월 16일 출판 허가를 받은 것으로 알려진 「전쟁」은 그보다 훨씬 이전에 쓴 것이라는 점에서 김기림의 「기상도」보다도 앞선 작품임을 알 수 있다.

오장환에게 장시는 식민지 근대의 틀을 넘어서려는 다양한 양식적 선택 가운데 한 가지였다는 점에서 역사적 모더니티와 아방가르드적 정치성을 추구한 오장환 시의 본령을 보여준다고 평가할 만하다. 열여섯 살이던 1934년 무렵 쓴 작품으로 추정되는 『전쟁』은 일본의 시동인지 《일본시단》에 일본어로 발표되기도 했는데, 당시 〈카프〉 2차검거 등의 문단 내외적 탄압과 검열의 상황을 미루어볼 때 일본어라는 우회적 무기로 자신의 세계인식을 훼손 없이 표현하고자 한 불가피한 선택이 아니었을까 생각된다. 이런 점에서 오장환의 시는 한국 근대 장시 연구에 있어서 상당히 중요한 문학사적 위치를 차지하고 있고, 이러한 장시를 창작하고 발표하는 데 있어서 《시인부락》으로부터 《낭만》, 《자오선》으로 이어지는 동인 활동은 상당히 중요한 토대가 되었다는 사실을 특별히 주목할 필요가 있다.

식민지 근대를 넘어 사회주의 건설을 노래한 아방가르드

'남만서방'과 '예세닌'의 영향 그리고 〈조선문학가동맹〉

일본에서 돌아온 오장환은 1938년 '남만서방南蠻書房'이라는 출판사를 열어 1939년 자신의 두 번째 시집 『헌사』를 발간하고, 김광균의 시집 『와사등』과 서정주의 시집 『화사집』을 간행하는 등 그 어느 때보다 남다른 문학적 열정을 이어 갔다.

그가 출판사를 하게 된 데는 일본 유학 시절 사자업寫字業을 했던 경험과 유년 시절부터 문학만큼이나 관심을 가졌던 미술에 대한 애착에서 비롯된 것이 아니었을까 짐작된다. 실제로 그는 자신의 시집을 만들 때 직접 그림을 그려 장정을 할 정도로 공을 들였고, 『화사집』을 낼 때도 보급판 외에 호화판을 별도로 만들 만큼 시집을 일종의 예술품으로 여겼던 것으로 보인다. 그의 네 번째 시집 『나 사는 곳』의 속표지 그림을 이중섭에게 부탁한 점에서도 시집에 대한 오장환의 각별한 생각을 충분히 엿볼 수 있다.

이 무렵부터 해방 전후에 이르기까지 오장환이 러시아(구 소련)의 시인 예세닌에 심취해 있었다는 사실도 주목해야 할 부분이다. 오장환이 직접 번역한 예세닌의 자전 연보에서 "나는 농사꾼의 자식이다. (중략) 집이 가난한 위에 식구들이 많아서 나는 세 살 적부터 외가 편으로 돈 있는 집에 얹혀 가 길리우게 되었다. (중략) 나는 여남은 살 적부터 시를 썼는데, 참말로 옳은 시를 쓴 것은 열여섯이나 열입곱 때부터이다. 이때의 어드런 작품은 나의 첫 번 시집에도 넣었다. 열여섯 살 때 나는 여러 잡지에 시를 보내었는데 …… "라고 한 데서 짐작할 수 있듯이, 예세닌의 삶과 시가 오장환 자신에게 그대로 투사되어 깊은 공감의 세계를 열어 준 것이 아니었을까 싶다. 그래서 그는 예세닌의 시에 대해 "나는 이 노래를 얼마나 사랑하여 불렀는가."라며 각별한 마음을 숨기지 않았다.

오장환은 예세닌의 시집을 번역하면서 "8·15 이전부터 나의 바란 것은 우리 조선의 완전한 계급혁명이었다."라고 말했다. 당시 그는 해방을 맞아 〈조선문학가동맹〉 활동을 했으므로, "새로운 이념인 프롤레타리아 이데올로기를 체득하려고 참다운 노력을 하는 성실한 시인" 예세닌의 영향은 너무도 자연스러운 것이었다. 예세닌에게서 오장환은 사회주의 계급혁명의 시적 가능성을 보았던 것이고, 10월 혁명의 긍정적인 미래와 소비에트사회건설에 보조를 맞추려고 애쓴 시인의 삶과 문학처럼 자신도 해방 이후 진정한 계급혁명에 기초한 사회주의 건설에 적극 동참하려는 의지적인 선택을 했던 것이다.

"팔월 십오일 밤에 나는 병원에서 울었다."로 시작되는 시에서 알 수 있듯이 오장환은 병상에서 해방을 맞이하였다. 그리고 그는 "병든 서울"을 "새 나라"로 바꾸기 위한 혼란스러운 해방 공간을 바라보면서 "인민의 힘"을 무엇보다도 강조한다.

병든 서울, 아름다운, 그리고 미칠 것 같은 나의 서울아
네 품에 이 무리 춤추는 바보와 술 취한 망종이 다시 끓어도
나는 또 보았다

식민지 근대를 넘어 사회주의 건설을 노래한 아방가르드

우리들 인민의 이름으로 씩씩한 새 나라를 세우려 힘쓰는 이들을
......

그리고 나는 외친다.
우리 모든 인민의 이름으로
우리네 인민의 공통된 행복을 위하여
우리들은 얼마나 이것을 바라는 것이냐.
아, 인민의 힘으로 되는 새 나라
─「병든 서울」 부분

"팔월 십오일 밤에 나는 병원에서 울었다."에서 알 수 있듯이, 광복
의 날 오장환은 해방의 감에 휩싸인 거리를 직접 경험하지 못했다.
따라서 그는 해방의 중심에 있지 못했다는 자괴감 속에서 "인민의
힘으로 되는 새 나라" 건설에 적극적으로 동참해야 한다는 결의를
다졌다. 이는 계급혁명에 기초한 사회주의 건설이라는 예세닌의 시
적 영향에 그대로 이어지는 것으로, 그의 이러한 결심은 해방 직후
〈조선문학가동맹〉 가입으로 자연스럽게 연결되었던 것이다.

이 무렵 오장환의 시에서 어머니와 고향을 제재로 삼은 시가 두드
러지고 있는 점이나, 소월 시에 대한 관심으로 여러 편의 글로 발표
한 점도 이러한 현실적 상황과 무관하지 않은 듯하다. 즉 외국을 떠
도는 방랑 생활을 접고 모스크바로 돌아와 신병 치료를 위해 병원
을 전전했던, 그러다 전원시인으로 불렸던 자신의 시적 여정을 버리
고 소비에트 사회주의 건설을 위한 방향 전환을 감행했던 예세닌의

행보와 마찬가지로, 오장환은 고향과 어머니의 세계에 바탕을 둔 전통적 서정성의 세계를 비판적으로 성찰하는 토대 위에서 진정한 사회주의 건설을 위한 혁명의 방향성을 계급주의적 시각을 통해 올바르게 정립하고자 했던 것이다. 당시 그가 발표한 「연안延安서 오는 동무 심沈에게」, 「공청共靑으로 가는 길」, 「승리의 날」 등에는 이러한 시 의식의 변화와 의지가 직접적으로 표현되어 있다.

월북 이후 북조선 시인으로서의 삶과 구 소련 기행

1947년 오장환은 강화 출신 장정인과 결혼을 하고 함께 월북한 것으로 추정된다. 해방 직후 〈공청〉에 가입하고 임화 등 〈카프〉 계열 작가들이 중심이 된 〈조선문학가동맹〉에 적극적으로 참여하면서 자연스럽게 월북을 선택했을 것이다. 특히 1948년 이승만에 의한 남한만의 단독 정부가 수립되기 직전 좌익문학 단체가 주관하는 여러 행사를 앞장서서 주도하다가 구금을 겪는 등 이데올로기적 편향성을 지닌 탓에, 더이상 우파가 주도하는 남한 정부 아래에서는 살아갈 수 없다는 불안감으로 서둘러 월북을 결심하지 않을 수 없었을 것이다.

그가 북으로 가서 처음으로 발표한 시 「북조선이여」는 당시 그의 사상이 사회주의에 얼마나 깊이 경도되어 있었는지를 분명하게 보여준다. "북조선이여!/ 너의 벅찬 숨결은/ 얼음장이 터지는 큰 강물/ 새봄을 맞는/ 미더운 생명력!// (중략)// 북조선이여!/ 우리 인민의 영원한 보람을/ 키워주고 있는/ 나의 굳세인 품이여!// 날아가리라!/ 천

식민지 근대를 넘어 사회주의 건설을 노래한 아방가르드

마天馬와 같이,/ 우리의 자랑은,/ 찬란하다 북조선이여!/ 너는 삼천만 우리의 발판/ 우리의 깃을 솟구는 어머니 당이여!"라는 북조선에 대한 직접적인 찬양의 형식은, 그의 시가 사회주의 사상에 토대를 두고 북조선 시인으로서의 삶을 살아갈 것임을 명시적으로 밝히는 일종의 전향 선언과 같은 의미를 지닌다.

하지만 이러한 그의 강력한 의지와 바람에도 불구하고 해방 이전부터 지병으로 갖고 있었던 신장병이 점점 더 악화되어 결국 오장환은 북한의 남포병원에 입원하는 신세가 되고 말았다. "조용한 희열이/ 분수와 같이 흐트러지다가도/ 숫제 뛰어보고 싶은 마음/ 창 앞의 참새떼를 쫓으려 하여도/ 그조차 날지 않는 평화로운 나의 병실입니다." 라는 시를 남기기도 했던 남포병원은, 시의 부제에 명시되어 있듯이 "소련 적십자병원"으로 그가 소련으로 가는 계기가 되기도 했다.

그는 신병 치료를 목적으로 1948년 12월부터 이듬해 8월까지 모스크바에 있었는데, 그때의 경험은 기행 시집 『붉은 기-쏘련기행시집』에 고스란히 남겨져 있다. 이때 그는 레닌의 묘소, 고리끼 문화공원 등 여러 곳을 돌아보고 난 소감을 시의 형식을 빌어 창작함으로써 자신의 사회주의 사상을 더욱 공고히 하는 중요한 기회로 삼았다.

이후 한국전쟁이 발발하고 오장환이 다시 서울에 왔을 때, 친구 김광균에게 북에서 출간한 이 시집을 보여 주었다고 알려져 있어 시집의 존재는 알았지만 그 실체를 확인할 수는 없었다. 그런데 한국 전쟁 중 미군이 평양을 점령했을 당시 가져간 물건들을 보관하고 있는 미국 국립 문서보관소에 있던 것을 김재용 교수가 발견하여 학계에 알리고 〈오장환문학관〉 전시실에도 복사본으로 전시되도록 함으로써 그 전모가 공개되었다. 『붉은 기』는 월북 이후 오장환의 행적과 시 세계를 이해하는 중요한 자료라는 점에서 상당히 중요한 의미가 있다.

스탈린이시여!/ 당신께 드리는 나의 노래는/ 울창한 수림 속/ 작은 새의 노래와 같습니다.// 그러나/ 목청을 돋우어 부르는/ 나의 노래는/ 전에 없이 자유롭고/ 전에 없이 즐거우며 씩씩합니다.// 모든 것은 당신이 주셨습니다/ 울창한 수림 속 온갖 새들이/ 넘치는 새 생명과/ 아름다운 제 깃을 춤추고 노래하듯이// 당신은 주셨습니다/ 우리들에게 찬란한 새날의 노래/ 인류의 양심이 춤출 수 있는/ 위대한 스탈린 시대를 ……// (중략)// 새날의 합창은 우렁찹니다/ 온 세상 인민들이 당신을 우러러 받드는 노래!/ 목청을 돋우는 나의 노래도/ 거창한 이 숲에서는 작고 또 작은 새입니다// 늠름한 새 조선의 발걸음이여!/ 우리도 오늘은 조국의 초소에 서서/ 자주와 통일을 위하여/ 견결히 싸우는 공화국의 한 사람// (중략)// 나는 노래 부릅니다/ 즐거운 내 노래- 그것은 우리 인민이 즐거울 때에/ 노호하는 내 노래 -그것은 우리들이/ 원수를 향하여 용감히 싸워나갈 때-// 스탈린이시여!/ 당신은 우리들의 노래에 샘을 주시고/ 당신을 노래하는 우리들의 노래는/ 더욱더 목청이 높아집니다
-「스탈린께 드리는 노래」 부분

「붉은 기」를 서시 격으로 삼아 '씨비리 시편', '모스그바 시편', '살

식민지 근대를 넘어 사회주의 건설을 노래한 아방가르드

류트 시편'의 세 부분으로 구성되어 있는 이 시집은, 스탈린의 사상과 이데올로기를 내면화하여 진정한 사회주의를 건설하는 혁명 투쟁에 적극적으로 동참하고자 하는 시적 의지를 강력하게 부각하고 있다. 물론 오장환의 이러한 사상적 헌신은 자신의 신병을 정성껏 보살피고 치료해준 사회주의 국가 소련에 대한 감동에서 비롯된 격정적인 마음도 충분한 이유가 되었을 것이다. 그렇다 하더라도 인민이 주인이 되는 계급혁명을 기반으로 한 사회주의 공화국 건설에 대한 굳은 신념만큼은 월북 이후 오장환의 삶과 문학을 결정하는 절대적인 사상이었음은 의심의 여지가 없는 사실이다.

이러한 그의 사상의 형성이 유년 시절 어머니의 삶과 봉건적 폐습에서 경험한 계급적 불평등에 대한 저항 때문이었는지, 아니면 일본 유학 시절 경험적으로 학습된 사회주의 사상의 심화가 해방 직후 〈조선문학가동맹〉 활동으로 이어진 결과 때문인지 정확히 설명할 수는 없다. 하지만 어쨌든 그에게 있어서 남조선을 대변하는 '서울'은 '병든 서울'이었으므로, 이러한 모순된 현실을 극복하는 올바른 방향으로 '인민'이 주체가 되는 세상을 실현하는 데 있다는 사실만큼은 분명하게 견지하고 있었던 것이다.

이 무렵 그의 시에서 '어머니'가 시적 주인공으로 등장하는 경우가 많은 것도, 인민의 뚜렷한 실체이자 시적 상징인 어머니의 삶과 희망으로부터 사회주의적 이상향의 현실적 가능성을 확인하고 싶었던 것도 바로 이러한 이유에서 비롯된 결과가 아니었을까.

보은에서 옥천으로

한국전쟁의 소용돌이 속에서 잠시 서울을 다녀간 이후 북쪽에서의 오장환의 삶은 더이상 구체적으로 알 길이 없다. 진정으로 그가 꿈꾸고 노래했던 사회주의 건설은 쉽게 완성되기 어려웠고, 건강은 점점 더 악화되어 한국전쟁 이듬해인 1951년 오장환은 신장병으로 사망한 것으로 알려져 있다. 그리고 월북 문인으로서의 그의 삶과 시는 반공 정부를 내세운 남한에서는 절대 말할 수 없는 금기의 영역이 되었고, 가족들은 모두 흩어져 그에 대한 기억마저 거의 대부분 상실되어 버리고 말았다.

그 결과 십대 중후반의 어린 나이에도 불구하고 원숙한 시의 세계와 정신을 보여 주었던, 그가 남긴 많은 시들은 한국현대시문학사 어디에도 편안하게 자리잡을 수 없었고, 1988년 해금 이후에도 월북 이후의 행적이나 북조선 시인으로서의 활동은 여전히 알려지지 않은 채 은폐되어 있었다. 이제야 그의 전집이 완성본에 가깝게 발간되고 고향 보은에 문학관이 지어져 그를 기리고 있어 다행이다.

하지만 여느 문학관에 비해 오가는 발길이 뜸한 듯한 〈오장환문학관〉을 둘러보면서 위치와 교통편만을 탓할 수 없는 것이, 아직도 분단 시대를 살아가는 우리의 현실에 가장 큰 원인이 있음을 결코 부정할 수 없기 때문이다. 문득 그의 고향 마을에서 그리 멀지 않은 옥천의 시인 정지용이 떠올랐다. 휘문고보 교사로서 오장환을 유독 아꼈던 스승 정지용과의 만남, 오로지 시만 생각했던 그 순수했던

식민지 근대를 넘어 사회주의 건설을 노래한 아방가르드

시절에 오장환의 시가 진정 노래하고 싶었던 것은 무엇이었을까? 좌우의 이데올로기를 넘어서, 봉건적 폐습을 답습하는 계급적 불평등을 넘어서 그가 진실로 외치고 싶은 시적 목소리는 어디를 향하고 있었던 것이었을까?

오장환은 일제 말 정지용의 시집 『백록담』 발간의 의미를 "1941년 9월 그때는 문화 부면에 종사하는 무리들까지 억압하는 세력에 아첨하여 한참 더러운 꼴을 백주에 내놓고 부끄럼을 모를 때이다. '지용'은 용이하게 "깊은 산 고요가 차라리 뼈를 저리우는"(「장수산」) 곳에서 그때를 초연할 수 있었다."라고 평가했다. 일제 말 대부분의 문인들이 친일 협력의 길로 들어서는 상황에서, 현실과 거리를 두고 자연 속으로 침잠해 들어간 정지용의 시적 태도에서 우회적 저항의 모습을 발견하고자 했던 것은 아니었을까.

대청호의 잔잔한 푸른 물결을 바라보며 그 시절의 오장환은 정지용의 시를 찾아 옥천으로 갔을지도 모르는 일이다. 그가 휘문고보 시절 썼던 시가 수록된 첫 시집 『성벽』을 읽으면서, 정지용의 시를 읽는 듯한 느낌을 지울 수 없는 것은 아마도 나만의 착각은 아니지 않을까 하는 생각이 들었다.

심훈기념관 관람안내
▶ 개관시간 : 09:00~18:00
▶ 동절기 : 09:00~17:00
▶ 점심시간 : 12:00~13:00
▶ 입 장 료 : 무료
▶ 휴 관 일 : 매주월요일(월요일공휴일제외)
▶ 문 의 처 : 041-360-6883

심훈기념관 전경

식민지 모순에 맞서는
사회주의 독립운동과 문학적 실천

심훈과 중국 _ 당진〈심훈기념관〉

심훈과 3·1운동

심훈은 1901년 9월 12일 경기도 시흥군 신북면 흑석리(현재 서울 동작구 노량진과 흑석동 부근)에서 태어났다. 본명은 대섭大燮이고 중국 체류 시절에는 백랑白浪이라고 하기도 했으며, 필명 훈熏은 1926년 《동아일보》에 영화소설 「탈춤」을 연재하면서부터 쓰기 시작했다. 그는 1919년 경성제일고등보통학교(현 경기고등학교) 4학년 재학 중 3·1운동에 가담하여 투옥되었고 같은 해 7월 집행유예로 출옥되었는데, 이 일로 인해 학교에서 퇴학 처분을 당하고 이듬해 1920년 겨울 중국으로 떠났다.

심훈은 이때의 일을 1년이 지난 시점에서 일기를 통해 정리해 놓았는데, "오늘이 3월 5일 나에게 대하여 느낌 많은 날이다. 작년에 오늘 오전 9시 남대문 역전에서 수만의 학생과 같이 조선 독립 만세를 불러 일대 시위운동을 하여 피가 끓은 날이요, 그날 밤 별궁 앞 해명여관 문전에서 헌병에게 피체되어 경무총감부 안인 경성 헌병분대에 유치되어 밤을 새던 날이다. 그리고 심문을 받을 때 만세를 불렀다고 바로 말함으로 인연하여 2개월 동안이나 고생을 할 줄은 모르고 내어주기만 바라던 그 날!"이라고 했다.

당시 경성지방법원의 예심 조서를 보면, "독립운동이란 무엇인가"라는 판사의 신문에 "지금 조선은 일본에 합병당하고 있으나, 일본으로부터 권리를 물려받아 조선인만으로 정치를 하도록 하기 위해

식민지 모순에 맞서는 사회주의 독립운동과 문학적 실천

심훈의 고향인 현재의 서울 흑석동에 세워진 시비

흑석동성당 자리에 있는 심훈 생가터 표지석

일하는 것을 말한다. 그래서 나도 독립을 희망하는 것이다."라고 당당하게 말할 정도로 강단 있고 소신 있는 청년이었다. 서대문형무소에 수감 되어 있는 동안 천도교 서울대교구장 장기렴 등과 함께 지냈는데, 이때 장기렴이 옥사한 것을 제재로 「찬미가에 쌓인 원혼」이라는 소설을 발표하기도 했다.

이러한 심훈의 면모는 현재까지 그가 남긴 글로는 가장 첫머리를 차지하는 「감옥에서 어머님께 올린 글월」(1919.8.29)에서도 잘 드러난다. 아직 성년에도 이르지 못한 어린 학생의 글로 보기에는 너무도 조숙하고 조국을 사랑하는 군센 결의가 역력히 묻어나는 글로, 한때 우리나라 중학교 국어 교과서에 실리기도 했던 산문이다.

어머님!

우리가 천번 만번 기도를 올리기로서 군게 단힌 옥문이 저절로 열려질 리는 없겠지요. 우리가 아무리 목을 놓고 울며 부르짖어도 크나큰 소원이 하루아침에 이루어질 리도 없겠지요. 그러나 마음을 합하는 것처럼 큰 힘은 없습니다. 한데 뭉쳐 행동을 같이 하는 것처럼 무서운 것은 없습니다.

우리들은 언제나 그 큰 힘을 믿고 있습니다. 생사를 같이 할 것을 누구나 맹세하고 있으니까요… 그러기에 나 어린 저까지도 이러한 고초를 그다지 괴로워하여 하소연해 본 적이 없습니다.

어머님!

식민지 모순에 맞서는 사회주의 독립운동과 문학적 실천

어머님께서는 조금도 저를 위하여 근심치 마십시오. 지금 조선에는 우리 어머님 같으신 어머니가 몇 천 분이요 또 몇 만 분이나 계시지 않습니까. 그리고 어머님께서도 이 땅에 이슬을 받고 자라나신 공로 많고 소중한 따님의 한 분이시고 저는 어머님보다 더 크신 어머님을 위하여 한 몸을 바치려는 영광스러운 이 땅의 사나이외다.

–「감옥에서 어머님께 올린 글월」 부분

이 글은 열아홉 살의 나이로 3·1운동에 가담하고 옥살이를 하는 동안 어머니에게 보낸 편지이다. 식민지 청년으로서의 고뇌와 의지가 강하게 드러나는 이 글에서 알 수 있듯이, 3·1운동의 경험과 그로 인한 감옥 생활은 심훈의 문학과 사상을 형성하는 가장 기본적인 바탕이 되었다.

출옥 이후 그가 중국으로 가서 독립운동에 투신한 것도, 귀국 직전 〈염군사〉에 가담하여 좌익 진영과 연계된 문학 활동을 전개한 점도, 그리고 귀국 이후 《동아일보》, 《조선일보》 등 여러 신문사에서 기자 생활을 하면서 역사와 현실에 맞서는 실천적 문학 작품을 발표한 것도 바로 이러한 경험으로부터 형성되었다고 할 수 있다. 이런 점에서 3·1운동 가담과 그 이후 중국에서의 행적은 심훈의 문학과 사상의 형성 과정을 이해하는 근본적인 바탕이 된다고 할 수 있는 것이다.

이번 문학관 기행이 충남 당진에 있는 필경사와 〈심훈기념관〉으로 가는 여정에 앞서 북경과 상해, 항주 등 중국에서의 행적을 먼저 살펴봐야 하는 이유도 바로 여기에 있다. 따라서 필자는 2014년 1년 동안 상해에서 보냈던 연구년과 여러 차례 심훈이 다녔던 항주 지강대학之江大學을 다녀온 경험을 다시 출발점으로 삼아 〈심훈기념관〉으로 가는 문학관 기행을 떠나기로 했다.

중국에서의 행적과 독립운동

심훈의 중국행은 북경으로 들어가 상해, 남경을 거쳐 항주에 정착하는 복잡한 과정을 거쳤다. 1920년 말부터 1923년 중순까지 만 2년 남짓의 기간 동안 결코 순탄치 않은 여정이었던 것으로 보인다. 그가 표면적으로 밝힌 대로 유학을 목적으로 중국으로 간 것이었다면 처음의 결심대로 북경대학 문과에서 극문학을 전공하는 조금은 안정된 생활을 하면 되었을 것이다.

하지만 그가 남긴 일기에서 "나의 일본 유학은 벌써부터의 숙망宿望이요, 갈망이다."라고 분명하게 밝힌 것처럼, 심훈은 애초에 중국이 아닌 일본 유학을 간절히 원했다는 점에서 여러 가지 의문이 남는다. 진정 유학이 목적이었다면 굳이 중국으로 가지는 않았을 것이고, 어떤 우여곡절 끝에 중국으로 갈 수밖에 없었다고 한다면 대학을 졸업도 하지 않은 채 서둘러 귀국하는 석연찮은 일도 없었을 것이다.

따라서 그의 중국행은 당시의 독립운동과 관련된 정치적인 이유가 은폐되어 있었지 않았을까 짐작되는데, 이 때문에 심훈은 특정 대학에 다니거나 특정 지역에 머무르는 것에 사실상 큰 의미를 두

식민지 모순에 맞서는 사회주의 독립운동과 문학적 실천

지 않았던 것으로 여겨진다. 하지만 심훈이 처음 북경으로 갔을 때 이회영, 신채호 등 항일 망명 인사들을 만나고 그들의 집에 머무르면서 감화를 받았다는 데서, 민족운동에서 출발해서 무정부주의로 나아갔던 단재와 우당의 사상적 실천이 이후 심훈의 문학과 사상을 형성하는 중요한 토대가 되었을 것으로 짐작된다.

이처럼 심훈의 중국행은 식민지 청년으로서 조국의 현실을 올바르게 직시함으로써 새로운 시대를 열어나가기 위한 실천적 방법을 찾고자 한 정치적 결단이었을 것으로 짐작된다.

나에게 무엇을 비는가?/ 푸른 옷 입은 인방隣邦의 걸인이여,/ 숨도 크게 못 쉬고 쫓겨오는 내 행색을 보라,/ 선불 맞은 어린 짐승이 광야를 헤매는 꼴 같지 않으냐.// 정양문正陽門 문루門樓 위에 아침햇발을 받아/ 펄펄 날리는 오색기伍色旗를 쳐다보라/ 네 몸은 비록 헐벗고 굶주렸어도/ 저 깃발 그늘에서 자라나지 않았는가?// 거리거리 병영兵營의 유랑嚠喨한 나팔소리!/ 내 평생엔 한 번도 못 들어보던 소리로구나/ 호동胡同 속에서 채상菜商의 외치는 굵다란 목청,/ 너희는 마음껏 소리 질러보고 살아왔구나// 저 깃발은 바랬어도 대중화大中華의 자랑이 남고/너의 동족은 늙었어도 '잠든 사자'의 위엄이 떨치거니,/ 저다지도 허리를 굽혀 구구히 무엇을 비는고/ 천년이나 만년이나 따로 살아온 백성이거늘……// 때묻은 너의 남루襤褸와 바꾸어 준다면/ 눈물에 젖은 단거리 주의周衣라도 벗어주지 않으랴/ 마디마디 사무친 원한을 나눠준다면/ 살이라도 저며서 길바닥에 뿌려주지 않으랴/ 오오 푸른 옷 입은 북국의 걸인이여!

심훈이 북경으로 가서 처음으로 쓴 시로, "숨도 크게 못 쉬고 쫓겨 오는 내 행색을 보라,/ 선불 맞은 어린 짐승이 광야를 헤매는 꼴 같지 않느냐"에서 그가 중국으로 떠날 때의 사정이 아주 긴박했음을 말해 준다. 그의 경성고보 동창이자 고종사촌인 윤극영도 "불 일던 세월은 지나가고 三보는 병으로 출옥하였다. 그의 얼굴은 백지장만큼이나 창백했고 누룩 같이 떠오른 피부 속에는 한 많은 상처들이 울고 있었다. 요시찰의 낙인이 붙어 형사들의 미행이 연달아 심사를 돋구는 것이었다. 견디다 못해 三보는 중국 '상해'로 뛰었다."라고 회고했는데, 이 또한 심훈이 중국으로 떠나기 직전의 상황이 상당히 좋지 않았음을 말해 주는 결정적인 증언이다.

화자와 걸인의 대비를 통해 식민지 청년으로서의 민족적 열패감을 강렬하게 표출하고 있는 인용시에서, "헐벗고 굶주렸"을 "걸인"일망정 "저 깃발 그늘에서 자라"나고 "마음껏 소리 질러보고 살아"왔음에 대한 부러운 시선이 담겨 있다. 아무리 가난하다 해도 국가의 주권을 잃어버리지 않은 나라, 비록 가진 것은 없을지라도 어떤 말이든 마음껏 소릴 지를 수 있는 나라의 백성으로 살아가고 싶은 화자의 절절한 소망을 "걸인"이라는 극단적인 인물과의 대비를 통해 부삭시켰던 것이다.

갓 스물을 넘긴 문학청년으로서의 감상적 태도가 소금은 엿보이

식민지 모순에 맞서는 사회주의 독립운동과 문학적 실천

긴 하지만, 이 시는 그의 중국행이 독립운동과 연관된 어떤 뚜렷한 목적을 지닌 것이 아니었을까 하는 심증을 굳히게 한다. 단 한 번도 중국 유학에 대해서 말하지 않았던 그가 갑자기 중국으로 떠났고, 중국에 도착하자마자 독립운동의 거두들과의 만남 속에서 이러한 민족적 비애를 토로했다는 사실이 결코 예사롭지 않기 때문이다.

심훈은 자신의 유학 목적지로 밝혔던 북경대학에 입학도 하지 않은 채 서둘러 상해로 떠났던 이동 과정도 심상치 않다. 그가 상해, 항주 등에서 이동녕, 이시영 등 초기 임시정부 인사들과 계속해서 만남을 이어 갔다는 사실 역시 이러한 의문을 뒷받침한다. 특히 그의 경성고보 동창생인 박헌영의 중국에서의 이동 경로와 심훈의 행로가 겹치는 부분이 많다는 점도 주목하지 않을 수 없다.

또한 상해 시절 여운형과의 만남도 각별했다는 사실을 염두에 둔다면, 심훈의 중국행과 북경에서 상해로의 이동은 1920년대 초반 상해지역을 중심으로 전개된 한인 사회주의 독립운동과 밀접한 관련이 있었던 것으로 여겨진다. 이는 심훈이 중국으로 떠나기 직전 사회주의 성향의 잡지《공제共濟》2호의 '현상노동가' 모집에 「노동의 노래」를 투고할 정도로 사회주의에 관심이 많았다는 사실에서도 확인할 수 있다. "풀방석과 자판위에 티끌맛이나/ 노동자의 철퇴같은 이손의 힘이/ 우리사회 굳고굳은 주추되나니/ 아아! 거룩하다 노동함이여"에서 사회주의 노동의 숭고함과 올곧은 가치를 분명하게 제시하고자 했던 것이다.

하지만 1920년대 초반 상해의 모습은 사회주의를 지향했던 심훈에게 있어서 그다지 이상적인 장소로만 각인될 수 없었던 것 또한 사실이다. 상해임시정부를 중심으로 한 독립운동 내부의 첨예한 갈등이나 사회주의 운동의 분파주의에 실망한 탓도 물론 있었겠지만, 무엇보다도 자본주의 근대의 모순으로 가득 찬 상해의 이중적 모습에 크게 절망했던 것으로 보인다. 조선의 독립을 위한 이정표라는 기대감으로 찾아온 상해가 식민지 근대의 모순으로 고통받는 조선의 현실과 크게 다를 바 없다는 현실 인식은, 자신이 조국을 떠나 중국으로 온 어떤 명분도 채울 수 없는 자괴감을 안겨 주기에 충분했을 것이다.

그의 시 「상해의 밤」은 이러한 식민지 조선 청년의 절망을 당시 상해의 중심지 거리를 통해 형상화한 작품이다. "두 어깨 웅숭그린 연놈의 떠드는 세상./ 집집마다 마작판 두드리는 소리에/ 아편에 취한 듯 상해의 밤은 깊어가네"라는 데서 알 수 있듯이, 당시 상해는 조국 독립의 혁명을 가져오는 성지가 아니라 자본주의 모순으로 가득한 타락한 도시였음을 증언했다. 결국 심훈은 "'까오리' 망명객"으로서의 절망적 통한에 괴로워할 수밖에 없었고, 그 결과 북경을 떠나 상해로 갔지만 사실상 상해에서도 오래 머물지 않고 항주로 가서 지강대학을 다니면서 2년 동안 체류했다.

지강대학 시절과 〈항주유기〉

심훈이 다녔던 항주 지강대학은 현재 절강浙江대학교 지상캠퍼스로

식민지 모순에 맞서는 사회주의 독립운동과 문학적 실천

미국 침례교에 의해 세워진 대학이다. 당시 중국의 13개 교회 대학 가운데 가장 먼저 세워진 학교로 화동 지역의 5개 교회 대학(금릉金陵, 동오東鳴, 성요한聖約翰, 호강滬江, 지강之江) 가운데 거점 대학이었다. 1912년 12월 10일 신해혁명의 주역 쑨원孫文이 대학을 시찰하고 강연을 했을 정도로 당시 지강대학은 서양을 향한 중국 내의 중요한 통로 역할을 했으며, 학생들은 "타도 제국주의! 타도 매국적賣國賊"을 외치며 5·4운동에도 적극 가담하는 등 서구적인 문화와 진보적인 의식을 동시에 배양할 수 있는 곳이었다.

하지만 상해에서 항주로 온 심훈은 망명객으로서의 절실함을 잃어버린 채 자기 회의에 깊이 빠져 있었던 것으로 보인다. 이러한 그의 상처와 절망은 남경과 항주에서 쓴 시들에서도 고스란히 드러나는데, 역사적 주체로서의 자각보다는 조국을 떠나 살아가는 망향객으로서의 비애와 향수 등 개인적인 정서가 두드러지게 표면화되었다. 당시 심훈에게 찾아온 절망은 낯선 땅에서 혼자 살아가는 데서 비롯된 개인적 상실감도 분명 있었지만, 중국으로의 망명이 조국 독립을 목표로 한 어떤 새로운 가능성도 남기지 못한 데서 오는 깊은 회의와 좌절이 더욱 컸던 것으로 생각된다.

1) 중천中天의 달빛은 호심湖心으로 쏟아지고/ 향수는 이슬 내리듯 마음속을 적시네/ 선잠 깬 어린 물새는 뉘 설움에 우느뇨// 2) 손바닥 부르트도록 뱃전을 두드리며/ '동해물과 백두산' 떼를 지어 부르다가/ 동무를 얼싸안고서 느껴느껴 울었네.// 3) 나 어려 귀 너머로 들었던

적벽부赤壁賦를/ 운파만리雲波萬里 예 와서 당음唐音 읽듯 외단 말가/ 우화이귀향羽化而歸鄕 하여서 내 어버이 뵈옵고저.

–「평호추월平湖秋月」 전문

심훈이 항주 시절 쓴 〈항주유기杭州遊記〉 연작에는 조국을 떠나 망향객으로 살아가는 식민지 청년의 절망과 좌절이 서정적으로 내면화되어 있다. 〈항주유기〉는 인용시를 포함하여 모두 14편으로 이루어져 있는데, 제목으로 볼 때 항주의 '서호10경西湖十景'과 정자, 누각, 사찰 그리고 전통 악기 등을 소재로 자연을 대하는 화자의 심경을 담은 작품이 대부분이다. "향수", "설움" 등의 표현에서 고향에 대한 그리움과 중국에서의 생활이 가져온 비애가 전면에 그대로 부각되는 것이다.

하지만 이러한 절망적 탄식 속에서도 동지적 연대감을 잃지 않으려는 태도를 보였는데, "손바닥 부르트도록 뱃전을 두드리며/ '동해물과 백두산' 떼를 지어 부르"는 행위는 절망적 현실과 타협하지 않으려는 최소한의 의지적 행위로 이해할 수 있다. 그래서 "나 어려 귀 너머로 들었던 적벽부를/ 운파만리 예 와서 당음 읽듯 외단말가"라는 자기성찰의 세계로 심화되는데, 서호를 바라보면서 중국의 풍류나 경치를 외고 있는 자신의 모습에서 중국으로의 망명이 조국의 현실을 타개할 뚜렷한 방향성을 가져다 줄 것이라는 기대가 철저하게 무너졌음을 직시했던 것이다. 결국 그에게 남은 것은 "귀향하여서 내 어버이 뵈옵고저"와 같이 중국에서의 생활을 정리하고 서둘리

식민지 모순에 맞서는 사회주의 독립운동과 문학적 실천

귀국하는 것 외에는 다른 대안이 없었다. 이런 점에서 심훈의 중국 체험은 혁명을 꿈꾸는 한 문학청년이 숱한 갈등과 회의를 거쳐 비로소 올바른 사상과 문학의 길을 찾아가는 중요한 여정이었다고 할 수 있다. 식민지 청년으로서 조국의 독립을 향한 올바른 역사 인식과 현실적인 문학의 방향을 더욱 선명하게 각인하는 중요한 계기가 되었던 것이다.

귀국 이후 활동과 조국 독립에 대한 열망

심훈은 1923년 4월 30일 대략 만 2년 남짓 되는 중국에서의 여정을 끝내고 지강대학을 졸업도 하지 않은 채 서둘러 귀국했다. 그의 갑작스런 귀국은 앞서 언급한 대로 중국 내 사회주의 독립운동의 분파주의와 내부 갈등에 대한 절망과 회의로 더 이상 중국에 머물러 있어야 할 이유가 없다는 자기성찰의 결과였다.

귀국 이후 심훈은 영화와 문학 등 다양한 분야에서 활동했는데, 귀국 직전 해인 1922년 이적효, 송영, 최승일, 김영팔 등과 〈염군사焰群社〉를 조직했던 연속선상에서 신극 연구단체인 〈극문회劇文會〉 활동을 했다. 그리고 1924년 《동아일보》 학예부 기자로 입사하여 당시 신문에 연재 중이던 번안 소설 「미인의 한」 후반부 번안을 직접 맡기도 했다. 또한 고종사촌 윤극영이 운영했던 소녀합창단 〈따리아회〉 후원회원으로 활동하면서 신문 홍보를 맡기도 했는데, 이 과정에서 구여성이었던 첫 번째 부인 이해영과 이혼하고 당시 〈따리아회〉회원이었던 신여성 무용가 안정옥과 재혼했다.

《동아일보》학예부에서 사회부로 옮긴 이후인 1925년에는 '철필구락부 사건'으로 신문사에서 해임당하고 조선프롤레타리아문학동맹(KAPF)에 가담했으며, 조일제가 번안한 영화 〈장한몽〉의 후반부에서 이수일 대역을 맡는 등 영화인으로도 활동하기 시작했다. 실제로 심훈은 1926년 《동아일보》에 연재한 영화소설 「탈춤」을 윤석중 각색으로 영화화를 시도한 적이 있었고, 1927년 일본으로 건너가 '일활 촬영소'에서 영화 공부를 하고 직접 배우를 출연하기도 했으며, 귀국해서는 「먼동이 틀 때」를 직접 제작하여 '단성사'에서 개봉하는 등 영화인으로서의 활동이 상당히 두드러졌다.

이처럼 귀국 이후 여러 분야에서 활발하게 전개된 심훈의 활동은 중국에서의 절망과 회의를 극복해야 한다는 일종의 강박으로 볼 수도 있을 듯하다. 또한 1920년대 중반 더욱 가혹해진 식민의 현실에 대한 내면의 저항과 의지를 절박하게 표출하고자 했던 방편으로도 이해할 수 있을 것이다. 그 결과 이 무렵 그가 쓴 시 대부분이 "아아 기나긴 겨울밤에/ 가늘게 떨며 흐느끼는/ 고달픈 영혼의 울음소리/ 별 없는 하늘 밑에 들어줄 사람 없구나"(「밤」), "짝잃은 기러기 새벽 하늘에/ 외마디소리 이끌며 별밭을 가[耕]네/ 단 한잠도 못 맺은 기 나긴 겨울밤을/ 기러기 홀로 나 홀로 잠든 천지에 울며 헤매네"(「짝 잃은 기러기」)와 같은 절망적 탄식이 주된 정조를 이루고 있다.

하지만 심훈의 시는 1920년대 후반에 접어들면서부터 자신이 처한 식민지 현실에 대한 뚜렷한 인식의 전환을 보였다. "이게 자네의 얼굴인가?/ 여보게 박 군 이게 정말 자네의 얼굴인가?"라는 목소리에서 강렬하게 드러나듯이, 조국 독립을 위해 싸우다 죽은 친구의 죽음 앞에서 오열하기도 하고, "조선은 마음 약한 젊은 사람에게 술을 먹인나/ 입을 벌리고 독한 술잔을 들어붓는다"(「조선은 술을 먹인다」)라고 말함으로써, 조선 청년들을 식민지 현실에 안주하게 만드는 모순적 상황에 대한 직접적인 비판을 서슴지 않았다.

1930년대로 접어들면서 심훈의 시는 역사적 주체로서 식민지 모순에 맞서는 저항적 실천의 자세를 더욱 확고하게 보여 주었는데, 그의 대표시 「그날이 오면」은 이러한 의식과 태도가 명확하게 제시된 작품임에 틀림없다.

그날이 오면 그날이 오면은/ 삼각산이 일어나 더덩실 춤이라도 추고/ 한강물이 뒤집혀 용솟음칠 그날이,/ 이 목숨이 끊기기 전에 와 주기만 하량이면/ 나는 밤하늘에 나는 까마귀와 같이/ 종로의 인경人磬을 머리로 들이받아 울리오리다/ 두개골은 깨어져 산산조각이 나도/ 기뻐서 죽사오매 오히려 무슨 한이 남으오리까// 그날이 와서 오오 그날이 와서/ 육조 앞 넓은 길을 울며 뛰며 뒹굴어도/ 그래도 넘치는 기쁨에 가슴이 미여질 듯하거든/ 드는 칼로 이 몸의 가죽이라도 벗겨서/ 커다란 북을 만들어 들쳐 매고는/ 여러분의 행렬에 앞장을 서오리다/ 우렁찬 그 소리를 한번이라도 듣기만 하면/ 그 자리에 거꾸러져도 눈을 감겠소이다

−「그날이 오면」 전문

조국 독립을 간절히 기원하는 화자의 심경을 고백체 형식으로 담은 식민지 시대 대표적인 저항시이다. "그날이 오면"이란 가정법의 반복으로 죽음조차 두려워하지 않을 "그날"의 감격이 하루빨리 찾아와 주기를 간절히 소망한다.

"이 목숨이 끊기기 전에 와 주기만"한다면, "밤하늘에 날으는 까마귀와 같이/ 종로의 인경을 머리로 들이받아" "두개골은 깨어져 산산조각이 나도/ 기뻐서 죽사오매 오히려 무슨 한이 남으오리까."라고 말하는 데서 그의 독립에 대한 열망을 온전히 느낄 수 있다. 또한 가정을 현실로 앞당기는 당위적인 어법으로 "이 몸의 가죽이라도 벗겨서/ 커다란 북을 만들"겠다는 식의 극단적인 비유를 들어 조국 독립의 감격을 앞당기고 싶은 절박한 심정을 토로했다. 즉 자신이 독립운동의 선봉을 울리는 "북"이 되어 그 누구보다도 앞장서 나아가겠다는 결연한 의지를 보여 주었던 것이다.

이처럼 심훈은 「그날이 오면」에서 조국의 독립을 이루기 위한 일이라면 자신의 죽음조차 전혀 두려워할 것이 없다는 강인한 의지를 표방했다. "우렁찬 그 소리를 한 번이라도 듣기만 하면/ 그 자리에 거꾸러져도 눈을 감겠소이다."에서 강렬하게 드러나듯이, 새로운 시대에 대한 열망과 식민지 모순에 맞서는 저항적 실천이 절정에 이른 심훈 시의 궁극적 세계를 가장 선명하게 보여 주었던 것이다.

식민지 모순에 맞서는 사회주의 독립운동과 문학적 실천

충남 당진으로의 낙향과 소설과 시조 창작

심훈은 일본에서 영화 공부를 하고 돌아온 1920년대 후반에 이르러, 지난 시절 자신의 사회주의 사상 형성과 독립운동에 많은 영향을 미쳤던 중국에서의 생활을 객관적으로 인식하고 성찰하는 시간을 가졌던 것으로 보인다. 특히 상해 체류 당시 해외 독립운동을 바라보며 느꼈던 비판적 인식을 토대로 장편소설 「동방의 애인」을 써서 《조선일보》에 연재하기도 했다.

하지만 이 작품은 일제의 검열로 인해 연재가 중단되어 완성을 이루지 못했고, 이후 《조선일보》에 연재한 「불사조」마저 검열을 통과하지 못해 게재 정지 처분을 받았다. 미완의 장편소설 「동방의 애인」과 「불사조」는 1920년대 후반에서 1930년대로 넘어가면서 심훈이 어떤 사상적 변화를 겪었는지 그 궤적을 유추하는 데도 커다란 의미가 있을 뿐만 아니라, 당시 상해를 중심으로 전개되었던 사회주의 독립운동의 실상을 이해하는 데도 중요한 자료적 가치를 지녔다고 할 수 있는데 그 전모를 볼 수 없어서 안타까울 따름이다.

이처럼 연이어 두 번에 걸쳐 《조선일보》 소설 연재를 중지당한 것이 결정적인 계기가 되었던 것인지, 심훈은 이듬해 《조선일보》를 그만두고 경성방송국 문예 담당으로 취직했지만 이곳 또한 사상 관계로 그만두어야만 했다. 결국 그는 서울에서의 모든 생활을 정리하고 1932년 그의 부모님이 계신 충남 당진군 송악면 부곡리로 내려갔다.

이 무렵 그는 그동안 썼던 시를 모아서 시집 『심훈시가집』을 출판하려고 준비했으나 일제의 검열을 통과하지 못해 시집 출간을 이루지 못했다. 이처럼 1930년대 들어서면서부터 그의 삶과 문학에 밀어닥친 사상 검열은 그의 삶이 표면적으로는 역사와 현실로부터 한발짝 물러서도록 만드는 결정적 계기가 되었던 것으로 보인다. 그래서 그는 자신의 사상적 지향성을 일정하게 유지하면서도 검열을 통과할 수 있는 우회적 방법을 모색하지 않을 수 없었다. '국가'를 '고향'으로 변형시켜 계몽적 주체의식을 표면화시키는 현실 대응 전략을 전면화하는 방식으로 변화를 시도했던 이유도 바로 여기에 있다.

이런 점에서 「상록수」로 대표되는 그의 후기 소설을 단순히 계몽 서사로만 읽어낼 것이 아니라 식민지 내부에서 허용 가능한 사회주의 서사의 변형 혹은 파열로 이해할 필요가 있다.

이러한 심훈의 문학적 변화는 시 분야에서는 시조 창작으로 집중되었다. 자연과 고향을 주요 제재로 삼는 시조 장르의 본질적 특성으로부터 식민지 모순을 우회적으로 담아 내고 식민지 검열 체계로부터 비교적 자유로운 방향성을 찾고자 했던 것이다.

머슴애 거동 보소 하라는 나문 않고
잔디밭에 다리 뻗고 청승맞게 피리만 부네
무엇이 시름겨워서 마디마디 꺾느냐.
–「버들피리」 전문

누더기 단벌옷에 비를 흠뻑 맞으면서

식민지 모순에 맞서는 사회주의 독립운동과 문학적 실천

심훈이 기거했던 집의 현재 모습

늙은이 전대 차고 집집마다 동냥하네

기나 긴 원수의 봄을 무얼 먹고 산단 말요.

당신이 거지라면 내 마음 덜 상할걸

엊그제 떠나갔던 박첨지가 저 꼴이라

밥 한 술 얻어먹는 죄에 얼굴 화끈 다는구료.

－「원수의 봄」 전문

인용시는 "1933년 4월 8일 당진에서"라고 창작 시기가 명시되어 있는 〈농촌의 봄〉 연작으로, 농촌의 일상과 풍경을 선경후정先景後情의 전통적 시조 원리에 응축해 놓은 작품이다. 하지만 인용 부분에서 충분히 짐작할 수 있듯이, 화자는 전원으로서의 자연에 대한 경이로움보다는 그 속에서 살아가는 사람들의 고단함과 상처를 응시하는 데 더욱 집중한다. 즉 당시 농촌 사회의 극심한 가난을 식민지의 구조적 모순으로 읽어 내려는 저항적 시선을 내재하고 있었다. "누더기 단벌 옷에 비를 흠뻑 맞으면서／ 늙은이 전대 차고 집집마다 동냥하"는 모습 속에서 "무얼 먹고 산단 말요"라는 탄식이 절로 나오지 않을 수 없었던 "기나 긴 원수의 봄"과 같은 당시 식민지 농촌 사회의 현실을 분명하게 보여 주고자 했던 것이다.

그러므로 "당신이 거지라면 내 마음 덜 상할걸"이라고 조금은 냉소적으로 말하는 데서, 거지보다도 못한 삶을 살아가는 참혹한 현실을 직시하지 못하고 오로지 자연의 아름다움을 갈구하거나 그 속에서 평화로움만을 읽어 내려 했던 식민지 내부의 시선에 대한 철저한 비판을 했던 것이다.

이런 점에서 심훈의 시조 창작에 내재된 자연 친화의 정신과 생명 의식은 식민지의 극한으로 치달았던 1930년대의 모순된 현실에 대한 비판적 성찰의 결과로, 개인적으로든 민족적으로든 생명 본연의 가치를 복원하고 지켜내려는 정신을 표방한 것으로 이해할 필요가 있다. 비록 시조 장르의 특성상 주제적으로든 형식적으로든 소극적이고 우회적인 한계가 있지만, 그 안에 식민지 모순을 근원적으로 넘어서려는 저항정신이 내재되어 있었다는 점을 간과해서는 안 되는 것이다.

즉 식민지 근대의 모순을 극복하는 대안 정신으로 생명 본연의 가치를 추구하는 시조 미학의 반근대적 저항성을 적극적으로 활용하려 했다고 할 수 있다. 이런 점에서 심훈의 생애 후반부인 1930년대에 그가 시조 창작으로의 외적 변화를 시도한 것은, 표면적으로는 검열을 의식하여 정치적 태도를 드러내지 않으면서도 심층적으로는 허용 가능한 방식으로 식민지 근대의 모순을 넘어서려는 정치적인 의도를 숨긴 결과였다고 평가할 수 있는 것이다.

〈심훈기념관〉을 나오며

심훈은 36년 간의 짧은 생애에도 불구하고 전집 3권 분량의 많은 글을 남겼는데, 시, 소설, 수필, 일기, 비평, 시나리오 등 다양한 분야에

심훈의 문학 산실이었던 당진 <필경사> 전경

걸쳐 그의 문학적 역량은 두드러진 성과를 거두었다. 하지만 그동안 한국문학 연구는 심훈 연구에 상당히 인색했다고 하지 않을 수 없다. 그의 대표작 「상록수」에 압도된 나머지 다른 작품들에 대한 논의는 거의 중심에 있지 못했는데, 특히 시, 시조, 산문, 비평 등에 대한 논의는 몇몇 논문에서 소략하게 언급되었을 뿐이었다.

　무엇보다도 심훈 연구의 기초적 토대인 정본으로 삼을 만한 전집 발간이 제대로 이루어지지 않았다는 점도 커다란 문제가 아닐 수 없었다. 1966년 발간된 『심훈문학전집』 세 권은 원본과의 엄밀한 대조 작업을 거치지 않아 오류가 아주 많았고, <심훈기념사업회>에서 발간한 『심훈문학전집① 그날이 오면』 역시 기존 발간된 전집을 토대로 삼은 탓인지 여전히 오류가 고쳐지지 않은 채로 출간되어 결정본으로 삼기 어려운 한계가 분명했다.

　　　　　　　식민지 모순에 맞서는 사회주의 독립운동과 문학적 실천

그 결과 심훈 연구는 원전 확정에서부터 상당히 많은 문제점을 노출했을 뿐만 아니라, 짧은 생애에도 불구하고 중국에서의 행적을 비롯한 그의 생애 전반에 대한 전기적 사실도 미확인 상태로 남겨진 것이 많았다. 다행히도 2016년 김종욱, 박정희 교수가 『심훈 전집』을 8권 분량으로 새로 출간했으나, 여러 매체를 실증적으로 확인하여 잘못된 부분을 바로잡은 공력은 인정하더라도 원본을 정확히 확인하지 못한 것이 여전히 많아 아쉬움이 남는 것이 사실이다.

현재 심훈과 관련된 자료 대부분은 미국에 있는 둘째 아들이 개인적으로 소장하고 있고, 그 자료를 마이크로필름으로 촬영하여 당진시청에서 가지고 있다고 알려져 있으나 아직 외부 공개가 허락되지 않은 상태이다. 이런 사정으로 사실 〈심훈기념관〉에는 심훈을 기억할 만한 원본이 거의 전시되지 못한 한계가 역력하다. 자료를 수집하고 정리하고 보존하는 것도 중요하지만, 그것을 일반에 공개하고 알리는 공공의 목적과 방법에 대해서도 깊이 고민해야 하지 않을까 생각된다.

심훈을 기념하는 유일한 문학관에서조차 심훈의 전모를 눈으로 직접 확인할 수 없다는 사실은 현재 우리의 문화행정이 미치지 못하는 결정적 한계를 여실히 보여 주는 것이 아닐 수 없다. 국가적으로든 지역적으로든 문학관 설립의 중요성이 더욱 절실하게 요구되고 강조되는 최근의 여러 목소리에 특별히 공감하지 않을 수 없는 이유도 바로 여기에 있다.

'대지'의 상상력과
'금강'의 정신을 노래한
아나키스트

신동엽과 부여 _ 〈신동엽문학관〉

신동엽문학관 외부 전경

부여 시절과 백제 정신

신동엽은 1930년 8월 18일 충청남도 부여의 한 가난한 초가에서 태어났다. 그의 부친 신연순은 원래 경상북도 금릉 사람이었는데, 유년 시절 신동엽의 할아버지가 되는 부친을 따라 경기도 광주와 충청남도 서천을 거쳐 부여에 정착했다. 신동엽은 만주사변 1년 전 식민지 수탈 강화로 농촌 현실이 최악의 상황으로 치달았을 무렵 부여읍 동남리에서 태어났는데, 부친이 장사 밑천으로 가산을 탕진하여 가족 모두가 극심한 가난을 겪었던 때였다.

하지만 신동엽의 밑으로 딸 여덟 중에 넷이 죽었을 정도로 아주 곤궁한 살림을 살았음에도 2대 독자였던 신동엽만은 부모의 각별한 사랑을 받고 자랐던 듯하다. "내 고향 사람들은 봄이 오면 새파란 풀을 씹는다. 큰 가마솥에 자운영, 독사풀, 말풀을 썰어 넣어 삶아가지고 거기다 소금, 기름을 쳐서 세 살짜리도, 칠순 할아버지도 콧물 흘리며 우그려 넣는다. 마침내 눈이 먼다."라고 한 신동엽의 회고에서, 유년 시절의 지독한 가난이 안겨 준 슬픈 기억들이 그의 시의 근원적 바탕을 이루었음을 짐작하게 한다.

그런데 이러한 가난의 경험은 신동엽에게 자연과 더불어 살아가는 소중한 계기가 되었던 것으로 보인다. "송홧가루 날리는데, 들과 산/ 허연 견레쪽처럼 널리어/ 나무뿌리 풀뿌리 뜯으며/ 젊은 날을 보내던/ 엄마여,/ 누나여.", "진달래는 피는데/ 벌거벗은 산과 들/ 가

신동엽문학관 입구에 자리한 신동엽 생가

마니 속에/ 솔방울 고지배기 따 이고/ 한 손으론 흐르는 젖 싸안으며/ 맨발 길 삼십리/ 울렁이며 뛰던/ 아낙네의 종아리"(「여자의 삶」)에서처럼, 누이의 손에 이끌려 먹을거리를 찾아 들판과 산을 떠돌아다니며 가난한 땅에서 질긴 생명력으로 피어나는 풀들로부터 '대지'의 상상력을 키우는 시적 순간을 일찌감치 경험할 수 있었던 것이다.

또한 그의 시에서 '대지'로 상징되는 여성의 세계는 전쟁과 자본으로 표상되는 남성중심적 세계의 폭력과 위험을 근본적으로 치유하는 본질적인 생명성을 지닌다는 점에서, 신동엽의 시적 출발점이자 궁극적인 지향점인 대지의 상상력이 뿌리내린 것도 바로 이때의 경험에서 비롯되었다고 할 수 있다.

그리고 이러한 시적 상상력의 토대는 그가 태어나고 자란 부여를 중심으로 한 백제 문화의 정신과 부여, 공주 일대에서 피어올랐던 반외세 민중운동으로서의 동학농민혁명의 횃불과도 자연스럽게 연결되었다. 그의 대표시 「금강」은 이와 같은 부여의 장소성과 역사성에 바탕을 둔 것으로, 민중민족주의를 실천하는 사상적 거점으로서의 상징적 의미를 지닌다.

하지만 신동엽에게 부여에서의 유년 시절은 식민지 교육이 강화되었던 일제 말의 상황과 맞물려 있어서, 백제 문화와 백제 정신에 내재된 반식민성을 일깨우기에는 너무도 어렸던 듯하다. 그는 1938년 여덟 살 때 부여공립심상소학교에 입학했는데, 당시는 식민지 교육의 정점에 이른 시기였으므로 '황국신민의 서사誓詞'를 강제로 외우게 하는 등 군국주의 교육에 혈안이 되어 있었던 때였다. 지금의 초등학교 명칭을 '국민학교'로 바꾸어 어린 학생들에게 일본 '국민'으로서의 정신을 획일화하도록 강요했을 뿐만 아니라, 창씨개명을 통해 우리의 민족적 뿌리를 말살하려 했던 것도 바로 이 무렵의 일이었다.

그 결과 어린 신동엽 역시 일제의 조직적인 방침에 따라 '히라야마 야키치'로 창씨개명할 수밖에 없었고, 6학년 때는 '내지성지참배단'의 일원으로 일본의 도읍이었던 나라, 교토, 도쿄 등을 돌아보고 메이지 신궁과 야스쿠니 신사를 다녀오기도 했다. 아무리 민족에 대한 뚜렷한 의식을 갖추기 어려웠던 어린 시절의 일이었다고는 해

'금강'의 정신을 노래한 아나키스트

도, 반외세·반봉건의 정신을 자신의 시적 지향으로 세우고자 했던 신동엽에게 이때의 경험과 기억은 씻을 수 없는 상처와 굴욕으로 남을 수밖에 없었을 것이다.

아직 역사와 현실에 대한 올바른 판단을 하기에 역부족인 어린 학생들에게 '국민'이라는 통일된 의식으로 내선일체의 사상을 주입시키고자 했던 식민지 정책에 철저하게 이용당했다는 생각에 크게 분노하고 좌절하지 않았을까. 그리고 이러한 통한의 경험은 그 자체로 반면교사가 되어 반외세·반봉건 사상으로 자신의 세계관을 형성하는 결정적 이유로 삼지 않았을까 생각된다.

해방 전후와 아나키즘적 지향

1943년 2월 부여국민학교를 졸업한 신동엽은 가난한 집안 사정으로 공주중학교에 진학하지 못하고 학비가 들지 않는 전주사범학교에 입학했다. 지역의 가난한 수재들이 다녔던 전주사범학교를 다니면서 그는, 세계문학전집을 읽고 노자와 장자를 공부했으며 김소월, 엘리엇의 시집과 러시아 무정부주의자 크로포트킨의 책을 접하면서 문학과 아나키즘에 대한 관심을 갖기 시작했다. 이때 같은 학교를 다녔던 친구로 소설가 하근찬이 있었는데, 신춘문예로 등단할 때 예심을 맡은 인연으로 그의 문학에 늘 동행자가 되었던 시인 박봉우와 함께 평생의 지기가 되었다.

신동엽이 전주사범에 입학할 무렵은 태평양전쟁 말기였으므로 학교로서의 역할보다는 30년대 말 조직된 '학교근로보국대'의 영향 아래 사실상 병영兵營과 같은 곳이었다. 이런 상황 속에서 무정부주의에 탐닉했던 그가 현실과 맞서 싸울 수 있는 것은 오로지 독서를 통해 모순된 현실에 대한 고민과 성찰을 하는 것 외에는 다른 방법이 없었다. 따라서 그는 신석정, 오장환, 정지용, 김기림, 김광균 등의 시를 읽으면서 역사의 중심에서 올바른 삶과 문학의 방향을 찾아가고자 하는 시인으로서의 길을 조금씩 열어 가고 있었다.

언젠가 부우연 호밀이 팰 무렵 나는 사범학교 교복 교모로 금강 줄기 거슬러 올라가는 조그만 발동선 갑판 위에 서 있은 적이 있었다. 그때 배 옆을 지나가는 넓은 벌판과 먼 산들을 바라보며 '시'와 '사랑'과 '혁명'을 생각했다.
내 일생을 시로 장식해봤으면.
내 일생을 사랑으로 장식해봤으면.
내 일생을 혁명으로 불질러봤으면.
세월은 흐른다. 그렇다고 서둘고 싶진 않다.
    ―「서둘고 싶지 않다」 부분

신동엽은 전주사범 시절 해방을 맞이했다. 하지만 우리 민족 스스로 주체가 되어 이루어낸 해방이 아니었기에 일본이 물러간 자리에 또 다른 외세인 미국이 들어서는, 그래서 해방 이후에도 여전히 식민의 그늘에 있었다고 해도 과언이 아닌 혼란을 경험해야만 했다.

'금강'의 정신을 노래한 아나키스트

좌우의 극심한 대립 속에서 한반도는 미국과 소련에 의해 분할되었고, 어린 학생들마저 이러한 이데올로기의 혼란 속에서 좌우 대립을 답습하는 상황으로까지 치달았다.

신동엽이 다녔던 전주사범의 경우도 예외는 아니어서, 무정부주의를 동경했던 신동엽에게 이러한 대립과 갈등 상황은 너무도 곤혹스러운 일이 되지 않을 수 없었다. 좌우 어느 쪽에도 편들지 않았던 그였기에, 양쪽 진영의 친구들 모두로부터 환영받지 못하는 외로운 시절이었다. 아마도 이때의 일들은 신동엽에게 처음으로 '분단'이라는 문제를 실질적으로 경험하는 사건이었고, 이러한 분단의 모순으로 얼룩진 현실을 극복하는 데 있어서 아나키즘적 지향은 더욱 중요한 가치로 받아들여지지 않았을까 짐작된다. 그의 삶과 문학에서 의미 있는 개념으로 자리 잡은 '중립'의 사상 역시 바로 이러한 문제의식으로부터 형성된 것으로 이해할 수 있을 듯하다.

해방 이후 식민지 잔재 청산에 있어서 가장 중요한 문제로 부각되었던 토지 문제를 비판적으로 고민했던 '민주학생연맹' 활동도 이때의 일이다. 농촌 출신의 가난한 수재들이 모여 있었던 전주사범에서 봉건적 토지 소유를 개혁하는 일은 무엇보다도 중요한 경험적 과제로 다가오지 않을 수 없었고, 특히 해방이 되었음에도 불구하고 여전히 친일파의 토지가 그대로 유지되는 것은 결코 용납할 수 없는 일이었을 것이다. 이 일로 동맹휴학까지 가담한 신동엽은 전주사범에서 퇴학 처분을 당해 고향 부여로 돌아왔는데, 비록 졸업은 하지 못했지만 당시 교원 자격은 인정되어 잠시 초등학교 교사를 하기도

신동엽문학관 전시실 내부 전경

했다. 이후 1949년 7월 공주사범대학에 합격했지만 서울에 있는 대학에 진학하려는 이유로 입학을 포기하고 9월 단국대 사학과에 입학했다. 지방의 가난한 집안 출신으로 서울에서 대학 생활을 해간다는 것은 출발부터 힘겨운 일의 연속이 아닐 수 없었을 것이다. 출판사, 철공소 등 생계를 위해 온갖 궂은일을 마다하지 않았고, 친구가 버린 운동화를 빨아 신어야 했을 정도로 지독한 가난이 그의 삶에 어두운 그늘을 드리우던 때였다. 게다가 대학 생활을 채 1년도 하지 않아 한국전쟁이 발발하여 피신과 피난을 거듭해야 했으니, 공부에 대한 그의 열정도 치미 감당하기 어려운 혹독한 시절이 아니었을까 싶다.

'금강'의 정신을 노래한 아나키스트

결국 그는 부산으로 피난을 갔다가 다시 고향 부여로 돌아갈 수밖에 없었는데, 이 무렵 부여를 중심으로 주변을 돌아본 시간들은 그의 시가 백제 정신을 온전히 구현하는 중요한 계기가 되었다는 점에서 아주 각별하다. 유년 시절 '내지성지참배단'으로 그에게 커다란 굴욕과 상처의 경험을 안겨주었던 부여에서의 원죄를 씻어 내는 문학적 지향을 실천적으로 구축하는 새로운 출발점이 되었던 것이다.

한국전쟁과 전시연합대학 시절

한국전쟁이 발발하고 신동엽이 고향으로 돌아갔을 때 부여는 이미 인민군의 지배 아래 있었다. 당시 신동엽은 좌우의 혼란으로부터 일정한 거리를 두고자 했으나 전주사범 시절 토지개혁을 기치로 동맹휴학까지 했던 이력을 가진 탓에 인민군은 그를 그냥 두고 보지는 않았다. 당시 부여에 민주청년동맹, 여성동맹, 직업동맹, 농민동맹 등 남로당의 여러 조직들이 결성되어 있었는데, 이 가운데 신동엽은 민주청년동맹의 선전부장으로 두 달 정도 활동했던 것으로 알려져 있다.

물론 이러한 그의 선택이 자발적인 것이었던가에 대해서는 회의적인 시각이 많은데, 스스로 아나키스트이길 원했던 그가 좌익 진영의 일에 적극적으로 나섰다고 보는 것은 다소 무리가 있기 때문이다. 뒷날 인천상륙작전으로 전세가 역전되어 다시 부여가 국군의 영향력에 들어갔을 때, 이러한 좌익 조직에 가담한 전력은 더 큰 위험으로 다가왔는데, 결국 당시 그는 부산으로 피신해 전시연합대학에 적을 두기도 했다. 자신의 의지와는 무관하게 어느 한쪽으로의 이념을 강요당했던 분단 시대의 상처와 고통을 몸소 경험하는 일이 아닐 수 없었다.

급기야 신동엽은 '국민방위군'에 소집되어 대구에서 생활하다가 1951년 국민 여론 악화로 국민방위군이 해체되기 직전 부산을 거쳐 다시 고향 부여로 돌아올 수 있었다. 이 과정에서 추위와 배고픔에 걸인이나 마찬가지의 참혹한 생활을 하다가 낙동강 변에서 게를 잡아 날것으로 먹어 허기를 달랜 적이 있는데, 이때의 일이 그를 죽음으로 내몰았던 간디스토마의 원인이 될 줄은 누구도 예상하지 못했음이 안타까울 따름이다.

고향으로 돌아온 신동엽은 몸을 추스른 후 대전으로 가서 그곳에 있던 전시연합대학에 다녔다. 그곳에서 자신의 문학적 모태가 되는 백제 문화와 동학혁명을 찾아 나선 길에 기꺼이 동행해 준 친구 구상회를 만나게 된다. 부여 출신인 신동엽과 공주 출신인 구상회는 서로의 고향 유적지를 함께 돌아보면서 시와 수필을 공유하며 문학적 우정을 이어 갔다.

이때 신동엽은 구상회의 안내로 공주 우금치, 곰나루 등 동학농민혁명의 전적지를 돌아보게 되었는데, 이러한 장소적 체험으로부터 그의 시는 비로소 자신의 삶터가 지닌 역사에 뿌리내린 반봉건·반외세 민족주의의 구체적 방향성을 실천적으로 고민할 수 있었던 것으로 생각된다. 그의 대표작 「금강」은 바로 이 무렵 구상회와의 현장

'금강'의 정신을 노래한 아나키스트

답사가 있어서 비로소 완성될 수 있었다는 사실을 기억할 필요가 있는 것이다.

신동엽과 구상회는 뜻이 맞았다. 둘 다 문학지망생이었고 역사에 대한 관심이 깊었다. 두 사람은 함께 자취를 하기도 하는데, 1951년 가을부터 1년 남짓한 기간에 충청남도 일대의 사적史蹟을 열심히 찾아나섰다. 부여 출신인 신동엽은 부여를 중심으로 한 백제의 사적들을 안내하고, 공주 출신인 구상회는 공주의 봉황산, 동혈산, 우금치, 곰나루 등 갑오농민전쟁의 전적지들을 안내했다. 이들의 관심은 갑오농민전쟁으로 집중되어 문헌 자료를 섭렵하는 한편, 사적 답사의 범위를 넓혀 논산으로, 더 나아가 옛 고부古阜 땅인 정읍, 백산, 황토현 등을 비롯한 전북 일대로, 멀리는 전남 해남 지방까지 발길을 옮겼다. 이 기간은 신동엽의 정신사에 있어서 아무리 강조해도 지나치지 않을 중요한 시기였다. 신동엽 시세계의 진정한 면모의 기틀이 다져진 것이 바로 이 시기였던 것이다.

구상회와의 답사를 통해 신동엽은 갑오농민전쟁과 동학의 관계를 중심으로 한 민중운동의 역사와 전개 과정에 대해 구체적으로 관심을 가졌던 것으로 보인다. 그의 대표작 「금강」이 전봉준과 최제우, 최시형과 같은 동학의 지도자를 실제 인물로 등장시켜 갑오농민전쟁을 역사적으로 서사화한 것은 바로 이러한 경험적 장소성에 바탕을 둔 것이다.

신동엽의 역사의식은 부여에서 가난한 민중으로 살아온 자신의 성장 과정으로부터 형성된 기층 민중 의식에 뿌리를 두고 있었다. 따라서 「금강」을 통해 민중운동으로서의 역사적 연속성에 주목하여 갑오농민전쟁과 기미독립만세운동 그리고 4월혁명을 통일적으로 구조화하는 서사의 방향성을 뚜렷하게 보여 주고자 했던 것이다. 즉 그에게 있어서 동학사상은 종교적 차원의 문제라기보다는 민중 의식의 참다운 구현이라는 점에서 실제적인 의미가 있었으므로, 지배 계급의 타락과 폭력에 맞서 민중의 결집된 힘을 보여줌과 동시에 서구 열강에 맞서 민족의 주체적 투쟁을 실천했던 반외세·반봉건 민족민중해방운동으로서의 정신사적 의미에 특별히 주목했다.

그리고 이러한 그의 사상은 현실의 부조리와 억압으로부터 인간 해방, 민중해방 나아가 민족해방을 실천하는 비판적 역사의식으로 체계화되었는데, 이와 같은 정신사적 토대가 아나키스트로서 신동엽의 시가 더욱 심화·확장되어 나아가는 가장 중요한 바탕이 되었다고 할 수 있다.

장시 「이야기하는 쟁기꾼의 대지」와 「금강」

1953년 부산에서 거행된 전시연합대학 졸업식을 마친 후 신동엽은 졸업장과 졸업사진을 고향의 아버지에게 보내고 서울로 올라갔다. 해방 직후 좌익 활동 경험으로부터 완전히 자유로울 수 없는 상황에서 부여로 돌아가는 일은 결코 쉬운 선택이 아니었기 때문이다. 돈암동

신동엽문학관 입구에 전시된 신동엽 흉상

에 있는 헌책방에서 선배를 도와 점원 일을 하면서 폐허로 변한 서울 생활을 시작했는데, 이곳에서 1959년 《사상계》에 소설 「분노」를 발표하며 등단한, 당시 고려대 철학과에 재학 중이었던 현재훈을 만나 문학청년으로서의 깊은 교류를 이어갔다.

그리고 신동엽의 운명을 함께 한 또 한 사람을 이곳에서 만났는데, 당시는 고등학교 3학년이었지만 졸업 후 서울대 철학과에 입학한 그의 아내 인병선이었다. 그녀는 월북한 농촌경제학자 인정식의 무남독녀로, 어린 나이에 아버지로 인해 숱한 우여곡절을 겪어서인지 조숙한 인재人才였다. 하지만 그녀는 "진학에 대한 기쁨도 새로운 학문에 대한 정열도 나에겐 전혀 일어나지 않았다. 나는 온통 그에게만 심취해 있었다."라고 할 정도로, 당시 신동엽을 향한 지극한 사랑에 더 열정적이고 헌신적이었다.

신동엽 역시 이런 아내에 대한 마음이 아주 각별했음을 〈신동엽문학관〉 전시실에 남아 있는 '추경秋憬에게'로 시작되는 여러 통의 편지를 통해 확인할 수 있다. 게다가 그의 대표시 「금강」에서 시인 자신을 모델로 한 신하늬의 부인 인진아가 바로 아내 인병선이었으니, 신동엽의 삶과 시에서 아내의 영향을 빼놓고 얘기할 수는 없을 듯하다.

"말씀해주세요 선생님./ 선생님 말씀해주세요./ 제가/ 어디서 와서/ 어디로 가는가……// 제 성이 도장 인印 자예요./ 이름은 진아."// "이상하군요. 어젯밤 나는/ 삼청동 객사집에 묵으면서/ 꿈을 꿨소.// 나라 위자욱이/ 안개가 덮여 있더군./ 고구려성의 왕관을 주웠어요./ 휘황찬

　　　　　　　　　'금강'의 정신을 노래한 아나키스트

란한.// 금강산에서 내려왔다는/ 흰말이 내 앞에 무릎 꿇더군./ 그래 신발 대신 왕관을 신었는데/ 한쪽 발에 신을 신이 없어/ 걱정하다 잠을 깼소."// "저도 꿈을 꿨어요./ 백제 땅 금강이래요.// 목욕하고 나오다/ 모래밭에서/사슴의 뿔을 얻었어요.// 그 사슴의 뿔이 갑자기/ 용이 되어 하늘로 꿈틀거리며/ 오르더군요.// 선생님, 저는 지금/ 도망가는 몸이에요./ 고향도 안되고/ 어디 가면?"// "우스운 인연이군요./ 고구려의 밭,/ 백제의 씨,// 우리들의/편안할 곳은 지금/ 아무 데도 없으오./ 하늘과 땅,// 눈먼 구더기떼처럼/ 땅에 엎디어 매질 받으며/ 이리 채이고 저리 채일 뿐/ 벙어리가 된/ 노예들의 땅,// 그러나,/ 가십시다. 진아라고 했죠?/ 금강 언덕 초가삼간.// 아직/ 차령산맥 남쪽에/ 서기 瑞氣가……"

－「금강」 부분

인병선에게 보내는 편지에서 신동엽은 자신을 '석림石林'으로 칭했는데, 이 이름으로 그는 《조선일보》 신춘문예에 「이야기하는 쟁기꾼의 대지」라는 장시를 투고하여 당선되었다. 그런데 1959년 1월 3일 신문 지면에 처음으로 발표된 이 시는 신동엽이 창작한 그대로의 모습이 아니었다.

예심을 했던 박봉우의 "기쁨을 참을 수 없었다. 그것은 무릎을 치고 싶도록 좋을 시를 발견하였기 때문이다."라는 극찬에도 불구하고, 본심에서는 당선이 아닌 입선으로 결정이 난 데다 당시의 시대적 분위기를 지나치게 의식한 탓에 '총살집행장'이란 표현을 '사형집

행장'으로 바꾸는 등 한국전쟁의 학살 장면이 담긴 부분은 삭제된 채로 신문에 실렸다. '서화序話'와 '후화後話'를 앞뒤로 하고 1화에서 6화로 구성된 이 시는, 한국전쟁이라는 참혹한 현장에 대한 묘사를 통해 문명 비판의 태도를 두드러지게 보여 주었다.

1950년대 전후 시단이 모더니즘과 복고 지향의 리리시즘에 경도되었음을 고려할 때, 신동엽의 시는 형식적으로든 내용적으로든 상당히 이질적인 면모를 드러냈다는 사실만으로도 특별히 주목 받을 만했다. 그래서 본심을 했던 양주동은, "대단한 요설, 줄기찬 행진, 너무 얌전한 소리와 잔재주의 단장短章에 물린 시단은 이런 거칠은 호흡과 구비치는 장강長江을 기다리기도 하였겠다."라고 논평했다. 하지만 양주동은 후화에서 아직 사상적 숙련이 덜 되었다는 지적과 함께 후일을 다시 기약하는 뜻으로 당선이 아닌 입선을 주었음을 밝히기도 했다.

이러한 본심의 판단에 절대 동의할 수 없다는 듯 시상식 날 신동엽을 자신의 하숙방으로 데려가 밤새도록 문학과 역사에 대해 논하면서 평생의 벗이자 형이 되어 준 사람이 있으니 그가 바로 박봉우이다. 시상식에서의 만남을 아쉬워하며 박봉우가 신동엽에게 보낸 엽서에서 "1959년의 우리 시단에 하나의 힘을 부어준 지나치게 고마운 시형."이라고 깊은 우의를 드러냈듯이, 실제로도 신동엽은 1950년 내 분단 현실의 모순을 비판적으로 형상화한 박봉우의 「휴전선」과 「나비와 철조망」을 잇는 시적 지향과 연속성을 보여 주었나는 점에

'금강'의 정신을 노래한 아나키스트

서 이 두 사람의 문학적 인연은 아주 특별했다고 하지 않을 수 없다.

등단 직후인 1959년 3월 24일《조선일보》에 발표된 "기다리다 지친 사람들은/ 산으로 갔어요/ 뼈섬은 썩어 꽃죽 널리도록."(「진달래 산천」)이 빨치산을 연상시키는 불온성을 지녔다는 이유로 용공 시비에 휘말린 것만 보더라도, 그의 시는 김수영이 고군분투하던 1950년대 말 우리 시단에 김수영과 박봉우를 잇는 리얼리즘시의 시적 계보를 이어 주는 중요한 문학사적 의미를 지녔다고 해도 과언이 아니다.

4월혁명과 65년체제

1960년대 한국문학이 4월혁명으로부터 시작되었다는 진단은 이미 정설로 굳어졌다. 한국전쟁 이후 모든 것이 폐허로 뒤바뀐 근대성의 파산 위에 새로운 형이상학적 성채를 세우려 했던 전후 모더니즘이, 4월혁명의 광풍 속에서 모순된 역사와 현실에 맞서는 리얼리즘의 시대로 급격한 변화를 보였다는 점에서 1960년대 한국문학의 새로움은 분명 4월혁명의 영향에서 비롯된 것이었음에 틀림없다. 김수영으로부터 1950년대 모더니즘의 해독을 받지 않은 사람이라고 평가받았던 신동엽 역시 이러한 혁명에 기반한 시적 지향에 절대적으로 공감했다.

무엇보다도 그는 일본에 의한 식민지 제국의 논리가 미국에 의해 다시 주도되는 '65년체제'에 더욱 분노했는데, 이러한 문제 인식과 태도는 그의 시가 아나키즘 원리에 바탕을 둔 유토피아적 낭만성을 견지했다는 사실과도 같은 맥락에서 살펴볼 필요가 있다. 즉 미국

주도로 재편되는 신식민지 현실에 저항하여 민족의 자주성과 주체성을 올바르게 지켜 내는 반외세 민족주의의 시적 가능성을 구체적으로 실천하고자 했던 것이다. 따라서 그는 1965년 한일협정과 베트남 파병에서 보았듯이 여전히 강대국의 힘에 의해 짓눌리고 억압당하는, 그래서 "벌거벗은 내 고향 마을엔/ 봄, 가을, 여름, 가난과 학대만이 나부끼고 있"고 "굶어 죽은 누더기/ 오백년 매달린/ 내 사랑하는 조국은 벌거벗은 황토"(「주린 땅의 지도 원리」)라는 비판적 시선을 통해 참혹한 현실을 살아가는 우리 민족의 역사적 상황을 극복하는 뚜렷한 방향성을 제시하는 데 주력했다.

그리고 이러한 모순된 현실에 대한 대안으로 그가 제시한 것이 바로 '완충지대'로서의 '중립성'이었다. 이 모든 것의 원인이 식민지 현실을 온전히 극복하지 못한 데 있음을 분명하게 자각함으로써, 이러한 분단 현실을 극복하기 위해서는 좌도 우도 아닌, 그리고 남도 북도 아닌 '중립지대'를 마련할 필요가 있다고 보았던 것이다. 그의 시 가운데 가장 많이 알려진 「껍데기는 가라」에서 "두 가슴과 그곳까지 내논/ 아사달 아사녀가/ 중립中立의 초례청 앞에 서서/ 부끄럼 빛내며/ 맞절할지니"에서의 "중립의 초례청"도 바로 이와 같은 문제의식을 담은 것이다.

비로소, 허면 두 코리아의 주인은 우리가 될 거야요. 미워할 사람은 아무 네도 없었어요. ㄱ들끼리 실컷 미워하면 되는 거야요. 아사녀와 아사달은 사랑하고 있어요. 무슨 터도 무슨 보루堡壘도 소제掃除해버리

세요. 창칼은 구워서 호미나 만들고요. 담은 헐어서 토비土匪로나 뿌리
세요.

비로소, 우리들은 만방에 선언하려는 거야요. 아사달 아사녀의 나란
완충緩衝, 완충이노라고.

—「주린 땅의 지도指導 원리」 부분

4월혁명이 발발했을 때 신동엽은 교육평론사에서 잠시 일하고 있
었는데, 이때 그의 기획으로 출간된 시집이 『학생혁명시집』(교육평론
사, 1960)이다. 여기에 그는 자신의 시 「아사녀」를 비롯하여 시인과 학
생 그리고 시민들이 혁명을 노래한 시편들을 모아 한곳에 담았다.
"알제리아 흑인촌에서/ 카스피 해 바닷가의 촌 아가씨 마을에서/ 아
침 맑은 나라 거리와 거리/ 광화문 앞마당, 효자동 종점에서/ 노도
怒濤처럼 일어난 이 새 피 뿜는 불기둥의/ 항거……/ 충천하는 자유
에의 의지……"와 같이 4월혁명의 정신을 노래한, 중고등학생부터 대
학생, 그리고 박두진을 비롯한 현역 시인 28명의 시까지 모두 수록함
으로써 진정한 혁명으로서의 시민성과 공동체성을 담아 내고자 했
던 것이다.

이후 그는 서울의 명성여고에서 교사 생활을 하면서 첫시집 『아사
녀』를 출간했는데, 출판기념회에서 극작가 신봉승이 낭송한 「산에
언덕에」 역시 바로 4월혁명으로 죽어 간 영령들에 대한 추모의 노래
였다. "그리운 그의 모습 다시 찾을 수 없어도/ 울고 간 그의 영혼/
들에 언덕에 피어날지어이."(「산에 언덕에」)에서 혁명의 영혼들이 부활

해 영원한 생명을 누리기를 소망하는 시인의 간곡한 마음이 마치 구슬픈 노래처럼 들리는데, 실제로 이 시는 작곡가 백병동에 의해 노래로 불리어져 특별한 감동을 전해 주기도 했다.

이처럼 1960년대 신동엽의 시는 동학과 아나키즘에 바탕을 둔 반외세 민족주의에 입각해 미국이 주도하는 강대국의 분단 논리에 절대 희생되지 않는 중립의 사상을 지켜 내고자 했다. 그리고 4월혁명으로부터 시작된 이러한 그의 문제의식이 가장 첨예하게 촉발된 것은 한일협정과 베트남 파병으로 대두된, 민중의 주체적 의지와 현실적 결의가 철저하게 배제된 박정희 군사정권의 국가주의가 획책한 65년 체제에 맞서는 강력한 저항에 있었다. 그가 1967년부터 장편 서사시 「금강」을 쓰기 시작하여 1968년에 모두 26장 4,800행으로 구성된 대작을 완성하게 된 것도 바로 이러한 문제의식의 결실이었다고 할 수 있다.

「금강」은 부여에서 백제 정신을 가슴에 붙들고 평생을 살아온 그의 시가 아나키즘과 동학이라는 관념적 세계인식으로부터 한 발짝 더 나아가 구체적인 역사성을 완성해 나간 결정체였다고 할 수 있다. 이에 대해 최원식은 "이로써 근대문학의 전개 과정에서 침묵 당한 유령들이 지각을 뚫고 융기하였다. 이 서사시의 출현을 계기로 비로소 근대주의의 환상을 거절한 민족문학, 민중문학의 흐름이 1970년대 이후 도도한 대세를 이루었으니, 우리 문학은 비로소 오랜 금기를 넘어 농민군의 깊은 침묵의 소리에 육박해 갔다."라고 그 의미를 평가했다.

김수영과 신동엽, 귀수성歸數性 세계와 전경인全耕人적 삶의 실천

1968년 김수영이 교통사고로 타계했다는 소식을 듣자 신동엽은 《한국일보》에 조사를 게재했다. 평소 김수영이야말로 시인 중의 시인이라고 말했던 신동엽에게 김수영의 갑작스런 죽음은 엄청난 충격이 아닐 수 없었을 것이다. 그래서 그는 조사를 통해 "한반도 위에 그 긴 두 다리를 버티고 우뚝 서서 외로이 주문을 외고 있던 천재 시인 김수영"의 삶과 시를 추도하면서, "그의 육성이 묻어 떨어지는 곳에 사상의 꽃이 피었다. 예지의 칼날이 번득였다. 그리고 태백太白의 지맥 속에서 솟는 싱싱한 분수가 무지개를 그었다."(「지맥地脈 속의 분수」)라고 살아남은 자로서의 슬픔과 안타까움을 토로했던 것이다.

그런데 신동엽의 이 조사에 대해 당시 《조선일보》 편집국장이었던 소설가 선우휘가 「현실과 지식인-증언적 지식인 비판」이라는 장문의 에세이를 통해 비판적인 견해를 내놓았다. 그리고 이에 대한 재반론으로 신동엽은 「선우휘씨의 홍두깨」를 발표했는데, 이 글이 신동엽이 생전에 남긴 마지막 글이라는 사실이 새삼 의미심장하게 다가온다.

신동엽은 이렇게 김수영을 지켜 내는 일로 자신의 마지막 임무를 다했고, 문병 온 소설가 남정현의 품에 안긴 채 쓸쓸히 그의 뒤를 따라 생을 마감했다. 한국전쟁 때 국민방위군에 소집되어 감염되었던 간디스토마로 계속해서 치료를 받고는 있었으나, 간경화에 간암으로까지 진행된 병을 끝끝내 이겨 내지 못하고 어느 날 갑자기 "여행을 떠나듯/ 우리들은 인생을 떠난다"(「금강」)는 그의 시처럼 우리 곁을 떠나고 말았던 것이다.

잔잔한 해변을 원수성原數性 세계라 부르자 하면, 파도가 일어 공중에 솟구치는 물방울의 세계는 차수성次數性 세계가 된다 하고, 다시 물결이 숨자 제자리로 쏟아져 돌아오는 물방울의 운명은 귀수성歸數性 세계이고.

땅에 누워 있는 씨앗의 마음은 원수성 세계이다. 무성한 가지 끝마다 열린 잎의 세계는 차수성 세계이고 열매 여물어 땅에 쏟아져 돌아오는 씨앗의 마음은 귀수성 세계이다.

(중략)

사실 전경인적으로 생활을 하고 전경인적으로 체계를 인식하려는 전경인이란 우리 세기에서 찾아볼 수가 없다. 우리들은 백만인을 주워 모아야 한 사람의 전경인적으로 세계를 표현하며 전경인적 실천생활을 대지와 태양 아래에서 버젓이 영위하는 전경인, 밭 갈고 길쌈하고 아들딸 낳고, 육체의 중량에 합당한 양의 발언, 세계의 철인적·시인적·종합적 인식, 온건한 대지에의 향수적 귀의, 이러한 실천생활의 통일을 조화적으로 이루었던 완전한 의미에서의 전경인이 있었다면 그는 바로 귀수성 세계 속의 인간, 아울러 원수성 세계 속의 체험과 겹쳐지는 인간이었으리라.

—「시인성신론」

'금강'의 정신을 노래한 아나키스트

1961년 《자유문학》 2월호에 발표된 이 글은 신동엽의 시 정신을 대변하는 가장 문제적인 평문이다. 그는 노자와 주역에서 우주의 생성을 이해하고 해석하는 데 사용한 '수數'의 개념을 이용하여 원수성-차수성-귀수성의 세계로 문명의 흐름을 설명했다. 그리고 자본과 문명의 권력적 폭력에 의해 갈등과 분열이 가득한 모순된 세계로서의 차수성을 넘어 원래의 원수성 상태로 돌아가는 귀수성 세계로의 지향성을 분명하게 제시했다.

'전경인'은 이러한 세계를 실현하는 데 있어서 가장 이상적인 인간의 모습으로, 분업화, 전문화로 치닫는 현대문명의 모순이 남긴 총체성의 상실을 회복하기 위한 전인적 인간으로서의 전경인의 삶을 지향하고자 했다. 이러한 의식과 태도는 "밭 갈고 길쌈하고 아들딸 낳"는 지극히 평범한 일상에 바탕을 둔 것으로 신동엽 시의 근본적 토대이자 궁극적 지향점인 "온건한 대지에의 향수적 귀의"에 대한 실천적 의미를 담고 있다.

아마도 신동엽은 김수영에게서 시인으로서의 전경인적 삶의 가능성을 보았던 것은 아니었는지, 그래서 그의 시 역시 이러한 삶의 토대를 결코 잃어버리지 않는 "철인적·시인적·종합적 인식"의 완성체를 지향했던 것은 아니었을까. "땅에 누워 있는 씨앗의 마음은 원수성 세계"라는 점에서, 신동엽의 죽음은 "온건한 대지에의 향수적 귀의, 이러한 실천 생활의 통일을 조화적으로 이루었던 완전한 의미에서의 전경인"의 실현이었으며, "귀수성 세계 속의 인간, 아울러 원수성 세계 속의 체험과 겹쳐지는 인간"으로의 길을 찾아간 것으로 볼 수 있지 않을까.

'자유'와 '민족'이라는 두 축을 중심으로 김수영과 신동엽을 이해한다면 전자는 김수영이고 후자는 신동엽이라고 말해 왔다. 하지만 자유와 민족이라는 문제는 결코 분리해서 생각할 수 없다는 점에서, 김수영과 신동엽은 사실상 같은 방향으로 1960년대 문학의 시대정신을 이끌었음을 결코 간과해서는 안 될 것이다.

신동엽길과 신동엽 시비詩碑

〈신동엽문학관〉 특별전시실에서 '신동엽길'을 만난 것은 뜻밖의 행운이었다. 그가 남겨놓은 시와 사진들을 보면 산과 강을 모티프로 삼은 대지의 상상력이 근본 바탕을 이루고 있음을 알 수 있는데, 그래서였는지 신동엽은 실제로 산에 오르는 일을 즐겼다고 한다. 그는 1961년 〈피톤클럽〉이라는 산악회에 가입하면서 암벽등반이라는 새로운 세계와 만났고, 절친 박봉우, 하근찬과 함께 자주 산행을 했던 것이다. 이러한 사실에 주목한 산악인 김기섭은 산을 배경으로 찍은 신동엽의 사진 20여 점에 대한 정확한 고증과 해석을 바탕으로 북한산 암벽등반로에 '신동엽길'을 개척했다.

장편 서사시 「금강」을 쓰기 위해 속리산, 설악산 등 전국 곳곳의 산을 찾았던 신동엽에게 산은 곧 전경인적 삶의 중요한 토대였다고 해도 괴언이 아니다. 〈신동엽문학관〉 전시실에서 본 산악인 신동엽의 모습은 간디스토마로 오랫동안 병석에 있었던 시인의 모습이 아닌, 단단하고 강인한 생명력이 압도하는 전사로서의 모습을 떠올리게 하기에 충분했다.

그래서인지 장엄한 도봉산의 바윗자락을 올려다보는 시인의 모습은 그 자체로 「금강」의 주인공 신하늬의 모습과 겹쳐 보였다. "아버님은 친구 분들이 붙여준 장군이라는 별명에 어울리지 않게 키가 작았다."라고 회고했던 아들 신좌섭의 말에서 '장군'의 의미가 이제야 실감으로 다가오는 듯했다. "항상 큰 걸음으로 걷던 아버님을 무의식적으로 흉내"냈다는 말에서도, 민중 혁명의 주체로서 산과 강을 자유롭게 넘나들던 "신하늬와 의형제를 맺"은 '전봉준'의 형상이 자연스럽게 떠오르기도 했다.

죽음 이후 신동엽은 살아남은 사람들에 의해 생전에 그가 즐겨 다녔던 두 곳의 '신동엽길'을 남겼다. 한 곳은 그의 고향 생가와 문학관으로 가는 길이고, 또 한 곳은 북한산 최고봉인 백운대 남서쪽 암벽에 있는 길이다. 특히 북한산 신동엽길은 우리나라에서 가장 긴 암벽로 위에 새겨져 있는데, 이 길을 만든 김기섭이 "〈장편 서사시 금강〉을 쓴 위대한 시인에게 바치는 바위에 새긴 헌사"라고 했듯이, 대지의 상상력 위에 새겨진 「금강」의 장엄한 서사에 온전히 대응되는 감동적인 길이 아닐 수 없다.

신동엽을 찾아 떠나는 문학 여정의 마지막으로 〈신동엽문학관〉 관장 김형수 시인의 안내로 백마강 변에 세워진 '신동엽 시비'를 찾았다. 신동엽 시인이 세상을 떠난 후 처음으로 세워진 시비였다. 그

신동엽 시비 전경과 뒷면에 새겨진 시비문

'금강'의 정신을 노래한 아나키스트

의 시 「산에 언덕에」가 새겨진 시비 제막식에는 당시 김동리, 최일남, 구상 등 3백여 명의 문인들이 참여했고, 박두진, 장호, 임중빈이 강연을 하는 등 문단 안팎의 큰 관심 속에 진행되었다.

이후 신동엽의 모교 단국대학교와 부여초등학교 그리고 전주사범의 현재인 전주교대 교정에 차례로 그의 시비가 세워졌고, 그가 국어교사로 재직했던 명성여고의 현재인 동국대학교 사범대학 부속고등학교 교정에도 시비가 세워졌다. 이들 시비에 새겨진 「껍데기는 가라」, 「금강」 등 그의 시는 시대를 넘어 면면히 우리의 역사와 현실을 일깨워 주는 뜨거운 작품으로 남겨져 있다. 그가 남긴 문학적 유산들은 아내 인병선에 의해 잘 보존된 여러 자료들과 함께 문학관에 가지런히 잘 정리되어 있다. 신동엽이 김수영의 죽음에 바치는 조사에서 "한반도는 오직 한 사람밖에 없는, 어두운 시대의 위대한 증인을 잃었다."라고 했던 말은, 이제는 신동엽 시인 자신에게로 되돌려져야 할 것 같다. 지금 시인들을 향해 '어두운 시대를 밝히는 증인'과 같은 역할을 해야 한다고 말한다면 너무도 무거운 책임을 지우는 일이 될까. "내 일생을 시로 장식해봤으면. 내 일생을 사랑으로 장식해봤으면. 내 일생을 혁명으로 불질러봤으면."이라고 말했던 신동엽의 목소리가 진정으로 그리운 때가 아닐 수 없다.

시와 사랑과 혁명이 온전히 어우러진 중립의 초례청에서 신하늬와 인진아가 진정으로 행복하게 살아가는 세상이 하루빨리 오기를 바라고 또 바랄 뿐이다.

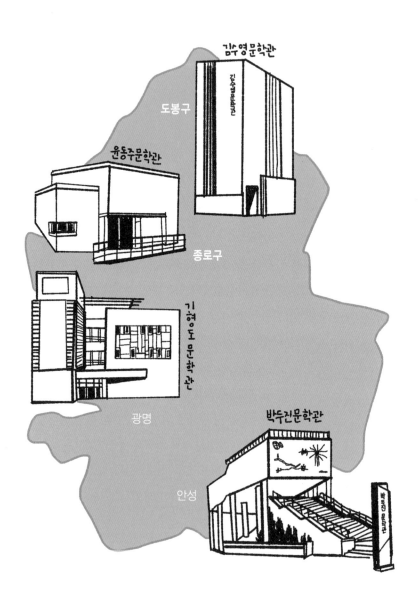

김수영문학관

도봉구

윤동주문학관

종로구

기형도문학관

광명

박두진문학관

안성

서울·경기권

윤동주문학관
김수영문학관
박두진문학관
기형도문학관

연희전문 시절 윤동주의 산책로였던 안왕산 중턱에 세워진 윤동주문학관

식민지시대 동아시아의 역사와
내면의 상처

윤동주와 디아스포라 _ 〈윤동주문학관〉

시인윤동주지묘詩人尹東柱之墓

윤동주는 1917년 12월 30일 중국 동북부 간도성 화룡현 명동촌(현재 중국 길림성 화룡현 명동촌)에서 태어났다. 그가 태어난 명동촌은 기독교 신앙을 바탕으로 자치적인 생활을 했던 공동체 마을로, 윤동주의 외삼촌 김약연이 교장으로 있었던 '명동소학교'는 일찍부터 민족정신을 강조하는 학교 교육을 실천하였다. 이상설을 중심으로 간도 이주 기독교계 민족주의자들이 세운 '서전서숙'의 전통을 이어받은 명동소학교의 교원들은 조선에서 망명한 애국지사들이 많았으므로 철저하게 민족교육을 실시하였던 것이다.

윤동주는 이러한 분위기 속에서 유년 시절을 보내면서 자연스럽게 민족의식과 기독교 정신을 자신의 삶과 문학을 이루는 근원적인 토대로 삼을 수 있었다. 그의 시가 역사와 민족 앞에서 부끄럽지 않은 삶을 살아가기 위한 끊임없는 자기성찰의 과정을 보여 주었던 것은, 북간도 민족교육의 요람이자 독립운동의 본거지였던 명동촌에서의 삶이 미친 절대적 영향 때문이었다고 할 수 있다.

1931년 만주사변과 1932년 만주국 수립 등의 혼란을 거치면서 윤동주 집안은 명동촌을 떠나 용정으로 이주하였다. 그곳에서 윤동주는 송몽규, 문익환 등과 함께 캐나다 장로교 선교사들이 세운 은진중학에 입학했고, 1935년에는 상급 학교 진학을 이유로 용정을 떠나 평양에 있는 숭실중학으로 편입했다. 하지만 1935년 전후 일본의 군국주의가 강화됨에 따라 조선인들의 신사참배가 강요되었고, 이를

식민지시대 동아시아의 역사와 내면의 상처

거부한 윤동주는 숭실중학을 자퇴하고 다시 용정으로 돌아와 광명 중학에 편입했다. 그리고 1938년 2월 광명중학을 졸업하고 4월에 서울의 연희전문 문과에 입학하여 일본이 태평양전쟁을 일으킨 1941년 12월에 졸업하였다.

이후 일본 유학을 결심하여 이듬해 도쿄에 있는 릿쿄立敎대학 문학부를 거쳐 교토의 도시샤同志社대학에 편입하였는데, 1943년 7월 14일 일본 특고 형사에게 체포되어 재판을 받고 후쿠오카 형무소에서 옥사하였다. 그의 유해는 다시 북간도 용정으로 돌아갔고, 가족들에 의해 장례식을 치른 후 그곳에 안장되었으며, 그의 무덤 앞에는 '시인윤동주지묘'라는 묘비명이 세워졌다. 살아서는 온전히 시인으로서의 삶을 누리지 못했던 윤동주, 언제나 시인으로서의 삶을 동경하며 스스로의 삶을 성찰했던 만 27년 1개월 남짓의 식민지 청년은, 죽어서야 비로소 가족들에 의해 '시인'으로 새겨져 우리들 곁에 영원히 살아남게 되었다.

북간도에서 평양 그리고 다시 북간도로, 이후 서울을 거쳐 일본 도쿄, 교토, 후쿠오카를 지나 고향 북간도로 돌아간 시인 윤동주, 그의 삶은 이십 대 후반의 청년이 짊어진 운명이라고는 믿기 어려울 정도로 너무도 험난한 여정을 온몸으로 부딪치며 살아갔다. 나라를 잃은 식민지 청년의 고뇌와 시대를 뛰어 넘은 시에 대한 그의 열정은, 디아스포라의 운명을 거스르지 않고 역사와 시대의 모순을 극복하는 강인한 삶의 모습을 보여 주었던 것이다.

윤동주는 중국, 일본 그리고 한국 세 나라에 모두 시비가 있고, 그를 기리는 모임이 있으며, 그를 추억하는 장소가 있는 시인이다. 이처럼 그의 시는 식민지 시대를 가로지르는 동아시아의 역사와 내면의 상처를 온전히 담아 내고 있다는 점에서 상당히 문제적이다. 식민지 시대의 불우했던 역사와 현실 앞에서 결코 부끄럽지 않은 삶을 살아가기를 소망했던, 그래서 언제나 정정당당하게 역사와 현실을 마주했던 시인의 삶과 문학을 따라가는 길은, 북간도에서 후쿠오카에 이르는 멀고 먼 거리만큼이나 고통스럽고 가슴 벅찬 여정이 아닐 수 없다.

필자는 이 글을 윤동주의 고향 북간도 용정에 있는 시인의 무덤 가에 외롭게 서 있는 묘비명으로부터 시작하고자 한다. '시인윤동주지묘', 평생을 오로지 시인으로 살고 싶었지만 죽어서야 비로소 시인이 된 윤동주, 이제는 그 죽음의 자리에서 다시 살아나 지금 이 시대를 살아가는 올바른 역사의식과 진정한 문학의 방향을 일깨워 주길 바라는 마음 간절하기 때문이다.

은진중학에서 숭실중학으로 그리고 다시 광명중학으로

1930년대 초 일제는 만주사변을 일으켜 중국 동북삼성과 열하 및 내몽고를 아우르는 만주국을 세우고 청나라 마지막 황제 부의溥儀를 허수아비 왕으로 앉혀 직접적인 통치 체제를 강화했다. 그 결과 남다른 민족의식을 지켜나갔던 명동촌은 중국의 영토가 아닌 만주국 영

식민지시대 동아시아의 역사와 내면의 상처

토가 되어 더욱 혹독한 시절을 견뎌야만 했는데, 이 무렵 윤동주의 집안은 명동촌으로부터 북쪽으로 30리 정도 떨어진 용정으로 이주하여 그곳의 미션 스쿨인 은진중학에 윤동주를 입학시켰다.

당시 은진중학이 있었던 곳은 '영국덕'으로 불렸는데, 만주국이 세워지기 전까지만 해도 일본 순경이나 중국 관헌이 함부로 들어올 수 없었던 치외법권 지역이었다. 은진중학 시절 윤동주를 비롯한 조선인 학생들에게 가장 큰 영향을 끼친 사람은 역사를 가르쳤던 명희조 선생으로, 그의 강의를 통해 동아시아에 대한 시야를 넓히고 조국 광복에 대한 희망을 가슴에 새길 수 있었다고 한다. 중학 재학 중에 이미《동아일보》신춘문예에 꽁트「술가락」이 당선되어 문명을 날렸던 윤동주의 평생지기이자 고종사촌 송몽규를 독립운동을 위해 중국 낙양군관학교로 보낸 이도 바로 명희조 선생이었다고 하니, 당시 은진중학의 분위기가 어떠했을지를 짐작하고도 남음이 있다.

또한 은진중학 시절 윤동주는 송몽규의 정식 등단에 자극받아 그때까지만 해도 동시 창작에만 전념했던 것과는 달리 시 창작에도 매진하였으니, 그의 삶과 문학에 있어서 송몽규는 언제나 한 몸처럼 운명을 같이 한 동지였음에 틀림없다. 실제로 송몽규의 중국에서의 독립운동과 교토제국대학 시절 유학생 조직 활동이 윤동주가 일본 경찰에 체포되고 옥중에서 사망하게 된 결정적인 이유가 되었다는 점에서, 윤동주와 송몽규는 북간도에서 같은 해에 태어나면서부터 같은 해 같은 장소에서 죽어 갈 운명을 타고난 것은 아니었을까.

1935년 윤동주는 상급 학교 진학이라는 현실적인 목적을 위해 평양 숭실중학으로 편입하였다. 은진중학은 4년제였으므로 전문학교나 대학 예과에 진학하기 위해서는 5년제 중학을 졸업해야만 했기 때문이다. 게다가 당시 은진중학을 함께 다녔던 송몽규도 중국으로 가서 소식을 알 길이 없었고, 또 한 명의 절친 문익환도 이미 숭실중학으로 전학을 가 버린 터였으므로, 그가 용정에 남아 학업을 계속한다는 것은 별다른 의미를 갖지 못했다.

북간도를 떠나 평양의 숭실중학에서 보낸 7개월 남짓 동안 윤동주는 그 어느 때보다 많은 시를 썼다. 그 가운데 숭실중학 학우회에서 발간한 『숭실활천』에 게재된 「공상」은 그의 시가 사실상 처음으로 활자화되어 책에 실린 것이라는 점에서 의미가 있다. 비록 관념적 수사가 넘치는 미숙한 습작기의 작품이지만, 동시 창작을 넘어서 자유로운 상상력을 발휘하려 했던 그의 시적 모색을 엿볼 수 있다는 점에서, 순수한 청년 시절 윤동주의 시세계가 지닌 바탕이 무엇이었고 또 어디를 향해 나아가고자 했었는지를 떠올릴 만한 특별한 의미를 지니는 것이다.

이러한 문학청년의 순수함을 한순간에 무너뜨린 것은 일본의 군국주의 강화로 인한 신사참배 강요였다. 당시 숭실중학을 비롯한 기독교계 학교는 이를 거부함으로써 종교적 신념을 지키고 조선인 학생들의 자존감을 보호해 주고자 했다. 하지만 일제의 강압은 더욱 기속화되어 1938년 9월 숭실중학은 결국 폐교되고 말았다.

윤동주는 이와 같은 탄압이 극에 달하기 이전인 4월에 이미 지퇴를 하고 용정으로 돌아가 광명중학에 편입한 뒤였다. 당시 용정에는 은진중학(기독교계), 대성중학(민족주의계), 동흥중학(사회주의계)이 있었음에도 불구하고, 그가 친일 세력들의 자손들이 다니는 광명중학을 다니게 된 경위에 대해서는 쉽게 납득이 되지는 않는다. 신사참배를 거부할 정도로 강인한 민족정신을 지켜 냈던 그가 황민화교육에 앞장섰던 광명학교로 편입했다는 사실은 그 자체로 의외의 결과가 아닐 수 없는 것이다.

문익환의 말처럼 "솥에서 뛰어 숯불에 내려앉은 격"으로, 이런 선택을 할 수밖에 없는 불가피한 사정이 있었을 것으로는 짐작되지만, 끝끝내 납득하기 어려운 결과라는 점만은 부인할 수 없을 듯하다. 이때 창작한 시 「이런 날」에는 당시 윤동주의 고뇌가 고스란히 담겨 있어 더욱 안타깝게 다가올 뿐이다.

사이좋은 정문의 두 돌기둥 끝에서
오색기와 태양기가 춤을 추는 날
금을 그은 지역의 아이들이 즐거워하다.

아이들에게 하루의 건조한 학과로
햇맑안 권태가 깃들고
〈모순〉 두 자를 이해치 못하도록
머리가 단순하였구나.

이런 날에는

잃어버린 완고하던 형을

부르고 싶다.

―「이런 날」 전문

"오색기와 태양기가 춤을 추는" 광명중학 교문의 모습에서 친일 학교임을 대내외에 알리는 노골적인 태도를 엿볼 수 있다. 일본인 선생들은 학생들을 일본 외무성 순사나 만주 육군사관학교에 보내려고 혈안이 되어 있었고, 그곳에 다니는 동년배들은 시대의 〈모순〉 두 자를 이해치 못'할 정도로 식민지 시대를 살아가는 망국민으로서의 역사의식을 전혀 찾아볼 수 없었다. 명동촌에서부터 민족의식을 가슴에 새기며 살아온 윤동주에게, 게다가 신사참배를 거부하고 숭실중학을 자퇴하면서까지 용정으로 돌아온 그에게, 나라를 잃은 민족의 현실에 대한 어떠한 자각도 없이 만주국 일원으로 친일 교육에 순응하는 광명중학 학생들의 모습이 어떻게 다가왔을지는 굳이 말하지 않아도 충분히 알 수 있다.

그러므로 그가 "이런 날에는/ 잃어버린 완고하던 형"이 떠오른다고 말했던 것은 너무도 간절한 내적 토로가 아닐 수 없다. 어려서부터 조국 독립에 대한 신념이 남달라 중학생 신분으로 중국으로 건너가 소식조차 알 수 없었던 송몽규에 대한 그리움은, 상급학교 진학을 위해 어쩔 수 없이 광명중학을 다니고 있었던 윤동주 자신이 고뇌를 벗어나기 위한 안간힘에 다름 아니었다.

이 무렵 그가 동시 창작을 넘어서 역사와 현실 앞에 부끄럽지 않은 시인으로서의 삶에 매진할 것을 결심하게 된 이유도 바로 여기에 있다. 그가 평화로운 시대를 만났었더라면 마음결이 고운 동시인童詩人으로 생을 보낼 수 있었겠지만, 민족의 위기와 조우했기 때문에 동요, 동시의 세계에 머물러 있을 수가 없었던 것이다.

연희전문 시절과 참회록懺悔錄
그리고 〈윤동주기념관〉과 〈윤동주문학관〉

윤동주의 연희전문 시절은 중일전쟁(1937) 이후 일제의 탄압이 더욱 강화되었던 때였다. 그가 입학했던 1938년에는 중학교 과정에서 조선어교육이 폐지되었고, 1940년에는 《조선일보》, 《동아일보》 등의 신문과 《문장》, 《인문평론》 등의 문예지가 강제 폐간당했다.

이처럼 조선의 민족정신을 말살하려는 일제의 탄압이 극에 달했을 시기에 윤동주는 연희전문을 다니면서 문학을 통한 민족의식의 형성과 실천을 자기성찰의 세계로 심화해 갔다. 당시 연희전문에는 이양하, 최현배, 손진태, 정인섭 등 당대의 저명한 학자들이 교수로 있었는데, 최현배 선생의 『우리말본』 강의와 이양하 선생의 문학 강의 등으로부터 윤동주는 많은 영향을 받았다. 특히 수필과 시를 썼던 이양하 선생으로부터 직접 시와 수필 창작에 대한 조언을 받으면서 그의 문학은 습작기를 벗어나 점점 더 무르익어 갈 수 있었다.

연희전문 시절 윤동주는 그동안 썼던 작품을 발표하는 데 상당히 공을 들였다. 2학년이었던 1939년에 《조선일보》 학생란에 산문 「달을 쏘다」와 시 「유언」, 「아우의 인상화」를 발표했고, 윤석중이 만들었던 《소년》에 동시 「산울림」을 게재했다. 또한 졸업반이던 1941년에는 연희전문 문우회文友會에서 발간한 《문우文友》에 「새로운 길」, 「우물 속의 자화상」(이후 「자화상」으로 개작)을 싣기도 했다. 당시 『문우』의 편집 겸 발행인은 강처중이었고, 문예부장은 송몽규였다.

이 무렵은 우리말 사용이 사실상 금지되었던 때로, 강처중, 송몽규, 윤동주의 합심으로 발간된 《문우》는 1941년도 판을 끝으로 종간되었다. 1941년 《문우》를 발간하고 나 여름방학을 맞이하여 고향으로 돌아갈 때 윤동주는 이 잡지를 갖고 갔는데, 그가 죽고 나서 용정에서 있었던 장례식에서 여기에 실린 두 편의 시 「새로운 길」과 「우물 속의 자화상」이 낭독되었다.

윤동주의 가족들에게 이 두 편의 시는 그가 '시인'으로 살았음을 증명하는 의미 있는 작품으로 남겨진 것이다. "나의 길은 언제나 새로운 길"(「새로운 길」)이라고 했던 그의 시처럼, 하늘나라에서는 시인으로서의 새로운 길을 걸어가기를 간절히 소망하는 바람으로 그의 묘비명에 '시인'이라는 천명天命을 새겨 넣은 가족들의 마음을 어찌다 헤아릴 수 있을까.

윤동주를 만나러 문학관을 찾아가는 길에 필자가 가장 먼저 찾아간 곳은 연희전문, 지금의 연세대학교이다. 정문으로부터 교정을 가로질러 끝까지 들어가면 설립자 언더우드의 동상과 함께 건물 외

연희전문 시절 윤동주가 살았던 기숙사 건물 <핀슨홀>

벽을 온통 푸른 잎으로 뒤덮은 고풍스럽고 아름다운 옛 본관을 만날 수 있다. 연희전문 시절 윤동주의 시를 누구보다도 아껴 주었던 이양하 선생과 학우들이 함께 찍은 사진 속 모습 그대로 80년의 세월을 변함없이 지키고 있는 언더우드관을 바라보면서 왼편으로 걸어가면 윤동주 시비를 만날 수 있다. 그의 대표 시 「서시」를 새겨 넣은 시비 앞에서 잠시 숙연해지는 것은 아마도 이곳을 지나가는 모든 이의 발걸음이 그러하지 않을까.

그의 시비 뒤로 윤동주가 연희전문을 다닐 때 살았던 기숙사 건물 또한 여전히 당시의 모습 그대로 남아 있다. '핀슨홀'로 불리는 이곳은 지금 연세대학교 법인 건물로 사용하고 있는데, 낡고 오래된

2층 계단을 조심스럽게 올라가 이사장실 문을 열고 들어서면 오른편으로 자그마한 윤동주기념관이 있다. 이사장실 바로 옆에 일반인들과 학생들이 언제든지 관람할 수 있는 기념관을 조성한 연세대의 뜻이 참으로 소중하고 크게 느껴진다. 웅장하고 화려한 대학 캠퍼스 한쪽에 울창한 나무숲 사이로 옛 건물을 만나는 것만으로도 연희전문 시절 윤동주의 산책길을 함께 걸어가는 듯하다.

이곳에서 윤동주는 그의 유고시집 『하늘과 바람과 별과 시』를 세상에 남기는 데 크게 공헌한 소중한 인연 정병욱을 만났다. 연세대 학생들이 사색을 즐기며 산책을 하는 청송대 숲길을 따라 까만 교복을 입은 두 청년이 걸어오는 듯 울창한 소나무 숲 사이로 잔잔한 바람이 불어오고 있었다.

윤동주와 정병욱의 만남은 광명중학 2년 후배 장덕순과의 인연으로 가능했다. 1940년 윤동주가 3학년 때 장덕순이 연희전문에 입학하면서 그와 동급생이던 정병욱을 만나게 된 것이다. 두 살 터울의 선후배 사이였지만 기숙사에서부터 함께 지내면서 두 사람은 형제와 같은 우정을 나누었다. 윤동주가 4학년이 되었을 때 기숙사를 나와 하숙을 할 때에도 두 사람은 언제나 함께 있었다. 지하철 3호선 경복궁역에서 내려 통인시장을 통과해 맞은편 골목으로 들어서면 막다른 길 끝 즈음에 그들이 살았던 하숙집터가 있다. 당시 김송이라는 소설가의 집이었던 누상동 9번지가 바로 그곳이다.

그 무렵의 우리의 일과는 대충 다음과 같았다. 아침 식사 전에는 누

식민지시대 동아시아의 역사와 내면의 상처

연희전문 기숙사를 나와 정병욱과 함께 살았던 누상동 9번지 하숙집터

상동 뒷산인 인왕산 중턱까지 산책을 할 수 있었다. 세수는 산골짜기 아무데서나 할 수 있었다. 방으로 돌아와 청소를 끝내고 조반을 마친 다음 학교로 나갔다. (중략) 누상동 9번지로 돌아가면 조 여사가 손수 마련한 저녁 밥상이 기다리고 있었고, 저녁 식사가 끝나면 김 선생의 청으로 대청마루에 올라가 한 시간 남짓 환담 시간을 갖고 방으로 돌아와 자정 가까이까지 책을 보다가 자리에 드는 것이었다. 어떻게 보면 매우 단조로운 것 같지마는 지금 생각하면 참으로 알찬 나날이었다고 생각된다.

–정병욱,「잊지 못할 윤동주의 일들」

윤동주가 다녔던 연희전문(연세대학교) 핀슨홀에 있는 윤동주기념관 내부(위)
윤동주가 소장하고 있던 책의 표지가 전시되어 있는 청운동 윤동주문학관 내부(아래)

식민지시대 동아시아의 역사와 내면의 상처

그들이 살았던 하숙집에서 조금만 올라가면 수성동 계곡이 나오는데, 이곳은 겸재 정선이 그린 '장동팔경첩壯洞八景帖'의 실제 장소이다. 장동은 인왕산 남쪽 기슭에서 북악산 계곡에 이르는 지역으로 지금의 효자동, 청운동에 속하는 곳인데, 당시 권문세가들이 거주하던 한양 최고의 주거지였다고 한다. 아마도 윤동주와 정병욱은 이 계곡을 따라 인왕산 중턱을 오르며 문학과 시대를 함께 고민하는 깊은 우정을 나누지 않았을까 싶다. 실제로 이 계곡을 따라 올라가면 윤동주가 걸었던 산책길을 기념하여 세워진 〈윤동주문학관〉이 있다.

인왕산 자락에 있었던 수도가압장과 물탱크를 개조하여 문학관을 만들었다고 하니, 그 발상만으로도 남다른 의미를 갖고 있는 곳이다. 느린 물살에 압력을 가해 다시 물줄기가 힘차게 흐르도록 하는 가압장이야말로 현실과 타협하며 살아가지 않기 위해 끊임없이 자기성찰의 태도를 지켜 나갔던 식민지 청년 윤동주의 정신과 절묘하게 어울리지 않는가. 물탱크 안을 영상 자료실로 만들어 그의 삶과 문학이 걸어온 길을 영상으로 만나게 한 아이디어도 참으로 기발하다.

북간도에서 태어나 후쿠오카에서 죽기까지 어느 한 곳에도 오래 정착하지 못한 채 디아스포라적 삶을 살았던 윤동주가 비로소 자신의 집 한 채를 마련한 곳이 인왕산 중턱이라니, 생전에 그가 수성동 계곡을 따라 인왕산을 오르면서 훗날 이곳에 자신의 영혼이 깃든

'시인의 언덕'에 있는 윤동주 시비

장소가 세워질 것을 어찌 알았겠는가.

　문학관을 나와 오른쪽으로 난 계단을 따라 오르면 '시인의 언덕'
이라 불리는 곳에 이른다. 그의 시 「서시」가 새겨진 바위를 바라보며
서울 종로 일대를 내려다보는 감동은 말로 표현할 수 없는 감동 그
자체이다. 아마도 밤에 이곳에 올라 서울의 밤을 수놓은 불빛들을
내려다보면 더더욱 감격스럽지 않을까 싶다.

　한양도성 성벽과 어울려 한 눈에 서울을 내려다볼 수 있는 그 언
덕을 날마다 오르면서 윤동주는 무슨 생각을 했을까. "죽는 날까지
하늘을 우러러/ 한 점 부끄럼이 없기를"로 시작되는 「서시」를 읊조리

　　　　식민지시대 동아시아의 역사와 내면의 상처

는 윤동주의 육성이 이토록 실감으로 다가오는 곳이 또 있을까.

1941년 태평양전쟁 발발로 학제가 단축되어 윤동주는 연희전문을 3개월 정도 빠른 12월에 졸업했다. 그는 더 큰 학문을 배우고 심화하기 위해 일본 유학을 결심했지만 준비단계에서부터 감당하기 어려운 큰 난관에 부딪히고 말았다. 식민지 종주국 일본으로 가기 위해서는 '도항증명서渡航證明書'가 필요했는데, 이를 발급받으려면 반드시 창씨개명을 해야 했기 때문이다. 숭실중학 시절 신사참배를 거부하고 자퇴를 할 정도로 민족의식을 올곧게 지켜 온 윤동주로서는, 창씨개명을 하면서까지 일본 유학을 해야 하는 현실 앞에서 망연자실하지 않을 수 없었을 것이다. 일본 유학을 결정함으로써 현실과 타협해 버린다면, 그것은 민족과 역사를 외면하는 나약한 지식인이 되는 것과 다를 바 없다고 생각했기 때문이다.

하지만 결국 그는 '히라누마 도오쥬우平沼東柱'로 창씨개명을 하고 일본 유학길에 오르기로 결심한다. 그리고 1942년 1월 29일, 총독부에 창씨개명을 신청하기 5일 전 자신의 부끄러움과 치욕스러움을 철저하게 반성하는 한 편의 시를 남긴다. "파란 녹이 낀 구리거울 속에/ 내 얼굴이 남아 있는 것은/ 어느 왕조의 유물이기에/ 이다지도 욕될까"로 시작되는 「참회록」이 바로 그때의 고통스런 심정을 담은 작품이다. 당시 「참회록」을 써 내려간 원고지 여백에는 "도항증명渡航證明, 상급上級, 힘, 생, 문학, 시란?, 부지도不之道, 비애" 등의 단어와 어구들이 어지럽게 적혀 있다.

식민지 시대를 살았던 한 청년의 깊은 고뇌가 새겨진 흔적들을 보는 것만으로도 그의 시 「참회록」은 시대의 아픔을 뼈저리게 각인시키는 안타까움을 전해 준다.

릿쿄대학과 도시샤대학에서 보낸 일본 유학 시절

일본 도쿄 이케부쿠로역 서쪽 출구를 나와 10여 분을 걸으면 건물 외벽의 붉은 벽돌과 담쟁이덩굴이 한 폭의 그림처럼 인상적인 색감을 뽐내는 릿쿄대학을 만날 수 있다. 그가 교토의 도시샤대학으로 가기 전 7개월 남짓을 다닌 학교로, 이곳에서 연희전문 시절 친구 강처중에게 보낸 편지 속에는 그가 일본에서 쓴 5편의 시가 있었다.

그 가운데 "인생은 살기 어렵다는데/ 시가 이렇게 쉽게 씌어지는 것은/ 부끄러운 일이다.// 육첩방은 남의나라/ 창밖에 밤비가 속살거리는데/ 등불을 밝혀 어둠을 조금 내밀고/ 시대처럼 올 아침을 기다리는 최후의 나."라고 쓴, 창씨개명을 하고 현해탄을 건너와 일본에 머무르고 있는 자신의 심경을 성찰적으로 고백한 「쉽게 씌어진 시」는 강처중과 윤동주의 깊은 우정이 지켜낸 또 한 편의 명시가 아닐 수 없다. 습작기를 거쳐 이제는 성숙한 시의 경지를 보여 주는 이 시는, 현재 남아 있는 윤동주 시 가운데 가장 최후의 작품이다.

일본에 머무르는 동안 윤동주는 많은 시를 썼을 것으로 추정되지만, 일본 경찰에 체포되어 조사를 받는 과정에서 전량 폐기되어 편지 속에 동봉된 이 5편 외에 남겨진 것은 전혀 없다. 윤동주 문학의 본령이라고 해도 과언이 아닌 부끄러움을 초극하는 자기성찰의 세계가 「쉽게 씌어진 시」에 이르러 멈추어 버린 것은 너무도 안타까운 일이 아닐 수 없다. 그나마 윤동주가 보낸 5편의 시를 소중히 간직했다가 해방 이후 「쉽게 씌어진 시」를 《경향신문》 1947년 2월 13일 자에 소개하여 세상에 알렸던 강처중이 아니었더라면, 윤동주의 시는 일본으로 건너가기 전에 이미 멈추어 버린 상태가 되고 말았을 것이다.

윤동주 서거 3주기를 앞두고 친구 강처중과 정병욱, 동생 윤일주 그리고 생전에 그가 그토록 존경했던 정지용이 모여 31편의 시를 묶어 유고 시집 『하늘과 바람과 별과 시』를 발간한 것은, 일찌감치 윤동주의 시를 알아본 지인들의 각별한 마음이 없었다면 절대 불가능한 일이었다. 정병욱이 보관하고 있었던, 윤동주가 생전에 직접 손수 묶은 자선 시집에서 18편, 릿쿄대학 시절 강처중에게 보낸 편지에 동봉된 5편, 그리고 동생 윤일주가 소장하고 있었던 원고지 상태의 시 7편에 「서시」를 더해 모두 31편의 시가 한 권의 시집으로 묶여, 드디어 시인 윤동주는 세상에 빛을 보게 된 것이다.

윤동주는 일본 유학을 결심하면서 처음부터 도쿄가 아닌 교토로 가고자 했다. 하지만 송몽규와 함께 치른 교토제국대학 시험에서 불합격하여, 임시방편으로 그의 당숙인 윤영춘이 있었던 도쿄의 릿쿄대학에 적을 두었던 것으로 보인다. 윤동주가 교토에 가고자 했던 이유는 크게 두 가지였을 것으로 추정되는데, 첫째는 그가 진정으로 따랐던 "완고하던 형" 송몽규와 함께할 수 있었기 때문이고, 둘째는 윤동주의 시에 가장 많은 영향을 끼친 정지용의 길을 따라가고 싶었기 때문이 아니었을까 짐작된다. 아마도 윤동주는 교토에서 송몽규의 하숙집에서 5분 거리에 살면서, "수박 냄새 품어 오는 저녁 물바람./ 오랑쥬 껍질 씹는 젊은 나그네의 시름."(「압천」)을 되뇌었던 압천을 거닐면서 절정으로 달아오른 시심을 맘껏 펼쳤을 것이다.

지금 교토에는 윤동주가 다녔던 도시샤대학 교정은 물론이거니와 우지宇治강변과 윤동주의 하숙집티에 그를 기리는 시비가 세워져 있다. 오로지 시를 사랑하며 문학의 길을 걸어가려 했던 순수한 청년 윤동주, 하지만 식민지 조선인 유학생으로 조국을 사랑하는 마음이 각별했다는 이유만으로 이러한 그의 꿈은 산산이 부서지고 말았다. 윤동주보다 4일 앞선 1943년 7월 10일에 송몽규는 이미 검거되었는데, 〈재교토 조선인 학생 민족주이 그룹 사건 책동 개요〉와 〈윤동주에 내려진 판결문〉에 상세하게 기록되어 있는 이들의 죄목은 치안유지법 제5조 위반(독립운동)이었다.

피고인은 …… 어릴 때부터 민족적 학교교육을 받아 사상적 문학 서적 등을 탐독함과 교우의 감화 등에 의하여 일찍이 치열한 민족의식을 품고 있었는데, 성장하여 내선內鮮 간의 소위 차별문제에 대하여 깊이 원차怨嗟의 마음을 품는 한편 아我 조선 통치의 방침을 보고 조선 고유의 민족 문화를 절멸하고 조선 민족의 멸망을 도모하는 것이라고 여긴 결과, 이에 조선 민족을 해방하고 그 번영을 초래하기 위해서는 조선으로 하여금 제국 통치권의 지배로부터 이탈시켜 독립 국가를 선설할 수밖에 없으며, 이를 위해서는 조선 민족의 현시現時에 있어서의 실력 또는 과거에 있어서의 독립운동 실패의 자취를 반성하고, 당면 조선인의 실력, 민족성을 향상하여 독립운동의 소지素地를 배양하도록 일반 대중의 문화 앙양 및 민족의식의 유발에 힘쓰지 않으면 안 된다고 결의하기에 이르렀으며, 특히 대동아전쟁의 발발에 직면하자 과학력에 열세한 일본의 패전을 몽상하고 그 기회를 타고 조선 독립의 야망을 실현할 수 있으리라고 망신妄信하여 더욱더 그 결의를 굳히고 그 목적 달성을 위하여 도시샤대학에 전교轉校 후, 이미 같은 의도를 품고 있던 교토제국대학 문학부 학생 송몽규와 자주 회합하여 상호 독립 의식의 앙양을 꾀한 외에 조선인 학생 마쓰바라 데루타다[松原輝忠], 장성언 등에 대하여 그 민족의식의 유발에 전념하여 왔는데 ……

–「윤동주에 내려진 판결문 전문–일본 교토 재판소」

교토에서 대학을 다닌 조선인 유학생들이 송몽규의 주도로 민족의식을 앙양하는 구체적인 운동 방침을 수시로 협의해 왔다는 것이 사건의 전말이다. 당시 조선인 유학생들이 민족문화를 지키고 보전함으로써 궁극적으로 조선독립의 길을 찾고자 모임을 가졌다는 것이다. 조선어수업 폐지, 조선어 신문 잡지 폐간을 비롯하여 내선일체를 내세워 조선인을 회유하고 기만했던 상황에서, 일제에 맞서 민족문화와 민족의식을 지켜내고자 한 것은 조선인 유학생으로서는 결코 외면할 수 없는 민족적 과제였을 것이다.

하지만 이들의 회합이 어떤 정치적 의도를 드러내기 이전에 일본에서 유학하는 청년들의 순수한 학문적 동기에서 비롯되었을 가능성도 전혀 배제해서는 안 된다. 그럼에도 불구하고 일본은 이들 모임을 조선독립을 위해 조직적으로 활동한 '책동'으로 몰아갔다. 조선인 유학생들에 대한 사찰을 강화하기 위해 일본 내무성 경보국에서 "내선內鮮 관계 요시찰인에 대한 시찰내정을 강화하는 것은 물론, 특히 학생 지식 계급의 동향에 유의하고, 시찰의 용의 인물의 발견에 노력할 것. 특히 이들 분자의 모략활동에 주의할 것."이라는 내용이 담긴 공문서까지 작성했었다고 한다.

결국 윤동주의 죽음은 일본의 군국주의가 자행한 결코 용서할수 없는 만행이었음을 이제는 큰소리로 밝혀, 일본 정부의 진정성 있는 사과를 받아 내는 것이 앞으로 우리가 윤동주를 진정으로 기억하고 추모하는 가장 큰 뜻이 되지 않을까.

역사와 현실 앞에 선 '새로운 길'

윤동주는 1943년 7월 14일 교토에서 검거되어 1944년 2월 22일 송몽규와 함께 기소되었고, 3월 31일 교토지방재판소에서 징역 2년 형을 받고 후쿠오카로 이감되어 1945년 2월 16일 그곳에서 죽음을 맞이하였다. 1년 7개월 남짓 감옥에서 보낸 시절을 제외한다면, 그가 살았던 세월은 겨우 25년 6개월 정도에 불과했으니 너무도 아까운 청춘의 시절을 한탄하지 않을 수 없다.

당시 일본이 밝힌 윤동주의 사인은 뇌일혈, 하지만 태평양전쟁 준

비로 혈액 대체용 생리식염수를 개발하기 위해 조선인 수용자들을 대상으로 정체불명의 주사를 놓았다는 사실로 짐작해 볼 때, 그의 죽음은 일본의 생체실험으로 인한 명백한 타살이었다. 무슨 뜻인지는 알 수 없으나 마지막 죽음의 순간에 큰소리를 외치고 목숨을 다했다고 하니, 그가 외쳤던 말이 무엇이었는지 이제서라도 그 육성을 듣고 싶은 마음 간절하다. 윤동주의 유해는 후쿠오카에서 다시 북간도 용정으로 한줌 재가 되어 돌아갔다. 북간도-평양-용정-서울-도쿄-교토-후쿠오카를 거쳐 다시 북간도 용정으로 돌아간 만 스물일곱의 청년 윤동주는 비로소 디아스포라의 운명을 멈추고 고향 뒷산에 묻히게 된 것이다. 동생 윤일주의 증언에 따르면, 그의 장례를 치르던 1945년 3월 초순은 눈보라가 몹시 치는 날이었다고 한다.

집 앞 뜰에서 거행된 장례식에서 연희전문 시절 『문우』에 실렸던 「우물 속의 자화상」, 「새로운 길」 두 편의 시가 낭송되었고, 그의 묘소 앞에 '시인윤동주지묘'라는 비석이 세워졌다. 평생을 시인으로 살아가고 싶어 했던 식민지 청년 윤동주의 간절한 소망이 비로소 가족들에 의해 시인으로 불리는 순간이었다. "무시무시한 고독에서 죽었구나! 29세가 되도록 시도 발표하여 본 적도 없이!"라고 윤동주의 유고 시집 서문을 쓴 정지용의 말이 더욱 아프게 들려온다.

고향 북간도로 돌아간 이후 그는 혹독한 겨울로부터 벗어나 따뜻한 봄을 맞이할 수 있었을까. 그가 죽은 지 6개월여 만에 조국은 광복의 봄을 맞이했으니, 그가 기다리던 봄이 늦게나마 찾아온 것이 아니었을까 위안을 삼아 본다.

중국 길림성 화룡현 명동촌에 있는 윤동주 생가

중국 길림성 명동촌에 있는 윤동주 생가 입구에는 '중국조선족애
국시인'이라는 표지석이 세워져 있다. 백두산 관광을 목적으로 연길
로 여행을 하는 관광객들이 반드시 들르는 이곳에서, 중국조선족 시
인으로 명명된 윤동주를 만나는 것은 참으로 씁쓸한 일이 아닐 수
없다. 비록 그가 태어나고 자란 곳은 중국조선족들이 살았던 북간도
였지만, 그는 단 한 번도 조선 사람으로 살지 않은 적이 없었다.

명동소학교를 졸업하고 인근에 있는 한족 소학교에 편입했을 때
"패佩, 경鏡, 옥玉 이런 이국 소녀들의 이름"(「별 헤는 밤」)을 불렀던 것
처럼, 그는 중국인 친구들을 "이국 소녀"라고 명명하는 식민지 조선
의 아들이었다. 또한 일본 유학 시절 도쿄에서 쓴 「쉽게 씌어진 시」

식민지시대 동아시아의 역사와 내면의 상처

에서도 "육첩방은 남의 나라"라고 분명하게 말함으로써 자신이 조선 사람임을 언제 어디서든 자각하며 살았다.

비록 그의 삶과 운명은 디아스포라적이었지만, 그래서 어느 한 곳에 정착하지 못한 채 중국, 일본 그리고 조선을 넘나드는 유랑의 삶을 살아갈 수밖에 없었지만, 그 어느 곳에서도 자신이 조선인임을 외면하거나 부정하며 살았던 적은 결코 없었던 것이다. 그럼에도 불구하고 그를 중국조선족 시인이라고 부르는 현실 앞에서 속수무책인 우리의 안이한 문화적 인식과 태도를 비판하지 않을 수 없다.

윤동주를 특별하게 기리는 한국 사람들의 마음을 관광 산업으로 연결시키려는 목적으로 그의 생가나 무덤을 복원하고 관리하는 중국인들의 상업적인 태도에서, 윤동주를 조선의 시인이 아닌 중국 소수민족의 시인으로 규정하려는 왜곡된 시선이 숨겨져 있음을 눈치채는 일이 그렇게 어려운 일일까. 이 또한 동북삼성 일대의 우리 역사를 소수민족의 역사로 탈바꿈시키려는 중국의 동북공정과 무관한 일이 아닌 듯싶어, 윤동주조차 왜곡된 역사의 중심에서 벗어나지 못하고 있는 현실이 너무도 무겁고 답답하게 다가올 따름이다.

이런 점에서 윤동주의 삶과 문학은 우리가 당면한 역사와 현실 앞에서 무엇을 고민하고 어떻게 살아야 할지를 진지하게 성찰하는 '새로운 길'임을 명심해야 할 것이다.

김수영문학관 전경

온몸으로 시를 써 내려간
자유의 초상

김수영과 서울 _ 〈김수영문학관〉

'김수영'이라는 곤혹스러움

시를 읽고 공부하는 필자에게 '김수영'이라는 존재는 언제나 곤혹
스러움을 안겨 주는 대상이었다. 그의 시가 지닌 난해한 요설을 이
해하기엔 역부족인 탓도 있었지만, 그 속에서 당당하게 뿜어져 나오
는 '자유'와 '정치성'을 마주할 때면 온갖 가면과 허위에 길들여져 살
아가는 초라하고 부끄러운 나 자신과 정직하게 만나지 않을 수 없기
때문이다. 그래서인지 필자는 김수영을 넘어서지 않고서는 현대시를
이해한다고 말할 수 없음을 누구보다도 잘 알면서, 지금까지도 김수
영과의 만남과 대화를 애써 외면하고 살아온 것이 사실이다.

끊임없이 스스로를 부끄럽게 만드는 시인 김수영, 그가 불의의 교
통사고로 우리 곁을 떠난 지 50년이 지난, 그래서 많은 사람들이 김
수영이라는 신화를 다시 호출하기에 분주했던 지난해. 하지만 필자
는 여전히 그의 곁으로 한 발짝 다가서는 것을 두려워한 때문인지
침묵으로 일관할 수밖에 없었다. 간신히 용기를 내어 그의 생전의
기록들이 전시되어 있는 〈김수영문학관〉을 찾은 것은 2018년이 거
의 저물어 가는 12월의 어느 날, 도봉산 아래 조용한 마을 입구에
쌓인 눈처럼 살아 있는 48세의 시인 김수영보다 필자가 한 살 더 많
은 시간을 살아가고 있음을 새삼스럽게 깨달았을 때였다.

〈김수영문학관〉이 도봉산 자락 아래에 세워진 이유는 그의 본가
와 묘소 그리고 시비가 있는 곳이기 때문이다. 그에게 서울은 안정
적인 장소로서의 의미를 지녔다기보다는 부유하는 삶의 일시적 거

온몸으로 시를 써 내려간 자유의 초상

김수영길 표지판

처와 같지 않았을까 싶다. 식민지와 전쟁 그리고 4월혁명의 혼란을 거치면서 그는 서울의 여러 곳을 전전했고, 태평양전쟁 발발 후 조선학병 징집을 피해 일본으로 건너갔지만 해방 이후 서울로 돌아왔고, 한국전쟁이 발발하자 문화공작대라는 이름으로 의용군에 강제 동원되어 평양에서 탈출을 하여 서울까지 왔으나 경찰에 체포되어 거제도 포로수용소에 수용되었다. 이러한 김수영의 모든 시간이 멈춰 있는 듯한 문학관을 바라보는 순간, '김수영'이라는 곤혹스러움은 불안과 두려움을 넘어 위협적인 실체로 다가왔다. 생전에 한 권의 시집만을 남기고 떠난 시인, 하지만 그의 사후 50년에 이르는 지금 한국현대시사의 뚜렷한 정점으로 기억되고 호명되어 이미 신화가 되어 버린 큰 산을 마주한 데서 엄습해 오는 필자 자신의 초라함을 어떻게 극복해 낼 수 있을까 하는 생각이 들었다. 그저 대상을 바라만

보고 거리를 두는 데서 두려움은 오히려 더욱 증폭되고 배가되는 것이라면, 그것을 극복하는 방법은 그 속으로 들어가 정면으로 그를 마주하는 것이 되어야 하지 않을까.

〈김수영문학관〉으로 들어서는 필자의 마음은 '김수영'이라는 곤혹스러움을 넘어서기 위한 첫 발걸음이었다. 어쩌면 그를 신화화하는 데 골몰해온 우리 시단과의 소심한 대결을 시작하고 싶었던 것은 아니었을지. 아마도 김수영이 지금 살아 있다면 자신을 신화화하는 모든 것들에 대해 거침없는 욕설을 퍼붓지 않았을까. 어찌 됐든 필자에게 〈김수영문학관〉은 그에 대한 곤혹스러움을 넘어서는 사실상의 첫 번째 '대결'이었음을 조심스레 고백하지 않을 수 없다.

유년 시절과 일본 유학 그리고 연극이라는 환영

김수영은 1921년 서울 종로2가 관철동 158번지에 있었던 그의 할아버지 집에서 태어났다. 당시 관철동은 서울의 경제권을 쥔 중인들의 주거지였는데, 김수영의 할아버지는 구한말을 거치면서 상당한 재산을 모은 재력가여서 어린 김수영은 온 가족의 관심을 받으면서 풍족하게 성장했다.

하지만 그의 할아버지가 돌아가신 1930년대부터 가세가 기울어 서울의 여러 곳을 전전했고, 1935년 경기도립상업학교와 선린상업학교 시험에 연이어 낙방을 하면서 소심한 아이로 성장했던 듯하다. 어쩌면 이러한 실패의 경험과 고독한 성장의 시간들이 그를 문학의 길

온몸으로 시를 써 내려간 자유의 초상

로 이끄는 자양분이 되지 않았을까. 그 시절 친구들의 증언에 의하면, "그는 말이 없는 외톨이였습니다. 나는 그가 부모 형제가 없는 고아인 줄 알았댔어요."라거나, "실제로 그는, 그때 상업보다 영어나 미술에 심혈을 기울였고 문학에도 관심을 가졌다. 그는 문학서적을 끼고 다니면서 교실에서도 교정에서도 읽었다. 시를 쓰기도 했다."라고 한 데서 그의 문학적 출발 무렵의 분위기를 짐작하기에 충분하다.

그는 선린상업학교를 졸업하고 은행에 취직하기를 기대했던 부모님의 마음을 저버리고 일본 유학길에 올랐다. 문학과 예술을 사랑했던 청년 김수영에게 은행원으로서의 삶을 선택한다는 것은 쉽게 받아들일 수 없는 일이었겠지만, 그가 일본 유학길에 오른 데는 친구 고광호의 동생 고인숙을 사랑했던 것이 더욱 결정적인 이유가 되었을 것으로 추측된다. 이는 그의 어머니의 증언에서도 확인할 수 있는데, 고인숙과의 연애로 인해 아버지와 큰 싸움을 벌인 일도 있거니와 아들의 심성으로 볼 때 "경성제대나 연희전문, 보성전문이 마음에 들지 않아서라고 하기보다는 그의 가슴을 뜨겁게 태웠던 그의 사랑이 그를 충동하고 유인했을 것이라는 것"이라고 보는 것이다.

하지만 당시 동경여자전문대학에 다니고 있었던 고인숙과의 연애는 순탄치 않았고, 김수영은 이 일로 인해 크게 상처를 입었던 것으로 보인다. 김수영은 그때의 일을 「낙타과음駱駝過飮」이라는 산문으로 남길 정도로 고인숙과의 사랑을 가슴 깊숙이 간직하며 살았던 듯하다. 그가 남긴 글에서처럼 "내가 동경으로 가서 얼마 아니되어 그 여자는 서울로 다시 돌아"간 탓에, 김수영의 동경 유학 시절은 "오랜 방랑"의 시간이 되지 않을 수 없었을 것이다. 그가 동경의 '성북예비대학'이란 곳에 들어갔으나 이내 그만두고 〈미즈시나 하루키 연극연구소〉에서 연극을 하게 된 이유도 이때의 방황이 한몫을 하지 않았을까 싶다.

이때부터 김수영은 한동안 연극에 전념했는데, 동경에서 서울로 돌아온 이후에도 같은 미즈시나 연구소 출신 안영일과 함께 신파극 공연을 했을 뿐만 아니라, 일제 말 가족들 모두가 만주 길림으로 이주했을 때도 그곳에서 연극 공연에 열을 올리는 등 한때 그는 연극에 심취했던 청년 연출가였다. 실연에 따른 상처와 일본 유학 시절의 방황 그리고 일제 말 가족들의 만주 이주에 따른 절망의 나날이 김수영으로 하여금 연극이라는 환영에 깊숙이 빠져들게 했던 것이다. 물론 연극을 하는 동안에도 그는 시 창작활동을 멈추지는 않았다고 한다. 하지만 해방 이후 서울로 모여든 여러 시인들과의 만남이 없었더라면, 우리가 기억하는 김수영은 '시인'이 아닌 '연극연출가' 혹은 '연극배우'로 남아 있지 않았을까. 그에게 해방은 연극에서 시로 전환하는 그의 인생의 중요한 전환점이 되었다고 할 수 있다. 이 무렵의 일들을 그는 「연극하다가 시로 전향－나의 처녀작」에서 자세히 밝혀 두었다.

임화와 박인환

김수영이 본격적으로 시인으로서의 삶을 시작하게 된 것은 해방 이

온몸으로 시를 써 내려간 자유의 초상

후 서울로 돌아와 연극을 하면서 알게 된 안영일의 친구 박상진의 극단 〈청포도〉에서 박인환을 만나면서부터이다. 김수영이 자신의 사상과 문학의 중요한 이정표로 여겼던 임화를 만나게 된 것도 이 무렵 안영일, 박상진의 소개였을 것으로 추정되는데, 잘 알다시피 임화 역시 한때 연극을 통해 선전성을 강화하는 것을 높이 평가했다는 사실은 연극을 매개로 한 둘의 만남을 뒷받침한다.

김수영의 유일한 자전소설 「의용군」에서 자신을 형상화한 것으로 보이는 "순오"가 "존경하고 있는 시인 임동은"은 곧 임화를 모델로 한 것일 뿐만 아니라, 그가 당시 〈문학가동맹〉 사무실과 청량리에 있었던 임화의 사무실에 자주 나가 번역 일을 도왔던 것도 임화에 대한 존경심에서 비롯된 것이었다. 아마도 평생 김수영의 정신을 지배했던 '혁명'과 '자유'의 세계는 임화로 인해 뿌리 내린 사상적 거점이 아니었을까.

이러한 이유 때문인지 김수영은 박인환이 주도했던 모더니즘적 경향에 대해서는 가까운 거리를 유지하면서도 노골적인 비판을 서슴지 않는 이중성을 드러냈다. 당시 박인환은 종로에서 〈마리서사〉라는 서점을 운영하고 있었는데, 이곳에서 김수영은 여러 모더니스트들과 교류를 하면서 새로운 모더니티의 가능성을 열어나가고자 했고, 박인환, 양병식, 김병욱, 김경희 등과 〈신시론〉 동인을 결성하기도 했다.

하지만 1949년 〈문학가동맹〉 주최 '문학의 밤' 행사 참여 여부를 둘러싸고 이를 반대했던 박인환, 김경린과 대립하여 찬성파였던 김병욱, 김경희 등과 함께 결국 〈신시론〉 동인을 탈퇴했다. 즉 그는

1930년대 모더니즘의 탈정치성과 형식주의에 그대로 매몰되어 있는 당시 모더니즘의 태도에 대해 강한 불만을 가지고 있었던 것이다.

전쟁이 끝나고 부산에서 있었던 〈신시론〉의 후발격인 〈후반기〉 동인의 결성에도 결국 참여하지 않은 것은 바로 이러한 모더니즘에 대한 불신, 아니 정확히 말하면 박인환으로 대표되는 당시 모더니즘의 탈정치성과 세속성에 대한 비판에 가장 큰 이유가 있었지 않았나 생각된다.

나는 인환을 가장 경멸한 사람의 한 사람이었다. 그처럼 재주가 없고 그처럼 시인으로서의 소양이 없고 그처럼 경박하고 그처럼 값싼 유행의 숭배자가 없었기 때문이다. (중략) 인환! 너는 왜 이런, 신문기사만큼도 못한 것을 시라고 쓰고 갔다지? 이 유치한, 말발도 서지 않는 후기. 어떤 사람들은 너의 「목마와 숙녀」를 너의 가장 근사한 작품이라고 생각하는 모양인데, 내 눈에는 〈목마〉도 〈숙녀〉도 낡은 말이다. 네가 이것을 쓰기 20년 전에 벌써 무수히 써 먹은 낡은 말들이다. 〈원정 園丁〉이 다 뭐냐? 〈배코니아〉가 다 뭣이며 〈아뽀롱〉이 다 뭐냐.

　－「박인환」

박인환 사후 10여 년이 지난 시점에 쓴 인용글에서 김수영은 망자에 대한 지독한 독설을 서슴지 않는다. 1960년대 중반의 글임을 감안한다 해도, 그래서 4월혁명 이후 김수영의 리얼리즘적 변화와 시적 지향을 염두에 둔다고 해도, 망자인 친구에 대한 과도한 비난

온몸으로 시를 써 내려간 자유의 초상

의 글로 읽히지 않을 수 없다. 하지만 이것은 박인환에 대한 개인적 비난이라기보다는 한국 현대시의 모더니즘적 전통에 대한 강한 비판으로 읽을 필요가 있다.

김수영은 분명 모더니스트였다. 그는 누구보다도 모더니즘적 세계를 중요하게 여긴 시인이었고, 이러한 모더니즘이 지향해야 할 진정한 현대성의 방향에 대해 깊이 성찰한 시인이었다. 하지만 그가 생각한 모더니즘은 가장 정치적이고 전위적인 것이어야 했고, 이러한 전위성을 드러내는 장치로서 형식의 새로움을 요구하는 것이어야 했다. 그럼에도 해방 이후 박인환, 김경린 등이 주도했던 모더니즘은 현실에 대한 저항으로서의 정치성을 처음부터 거부함으로써, 세태의 흐름과 유행에 즉자적으로 반응하는 속물성을 드러내기 일쑤라고 판단했던 듯하다. 결국 김수영은 박인환이 주도하는 모더니즘을 가짜 모더니즘으로 볼 수밖에 없었고, 이러한 모더니즘은 그가 생각하는 진정한 모더니티의 방향이 아니었던 것이다.

김수영은 혁명적 모더니스트였다. 그가 해방 이후 임화의 편에 서 있었던 데서 알 수 있듯이, 임화가 추구한 혁명과 자유를 동경했다는 데 그가 지향한 모더니티의 방향성이 있었다. 이는 좌우 대립의 이념적 지형에서 좌편향을 드러낸 결과라기보다는, 혁명을 잃어버린 시는 진정한 자유를 누릴 수 없다는 데서 그의 모더니티 지향을 찾고자 했기 때문이다. 이러한 그의 시적 지향은 박인환과의 개인적인 우정조차도 과감하게 넘어서지 않고서는 결코 이룰 수 없는 길이었다. 따라서 박인환에 대한 그의 신랄한 비판은 해방 이후부터

1960년대 중반에 이르는 현대시의 모더니즘적 전통과 실험에 대한 보편적인 문제제기로 이해할 필요가 있다. 이러한 혁명과 자유의 정신은 해방을 지나 한국전쟁을 거치는 동안, 즉 그가 거제도 포로수용소에서 경험한 분단의 상처와 비극을 지나오면서 더욱 굳건한 시적 토대가 되었다. 그에게 한국전쟁은 '자유'를 갈망하는 시인으로서의 운명을 강하게 인식시켜 주었던 너무나도 끔찍한 경험이 아닐 수 없었던 것이다.

'자유'를 향한 고투와 '치욕'을 넘어서는 길

한국전쟁이 발발하기 한 달 전 김수영은 아내 김현경과 동거를 시작했다. 그들이 전쟁의 포화 속에 모두가 피난길에 오르는데도 태연히 서울에 머무른 것은 아직 신혼의 단꿈을 깨지도 못한 때였기 때문이다. 그런데 이 무슨 비극인지, 전쟁은 이념의 선택을 강요하고 이념은 결국 사랑이든 우정이든 모든 관계를 이분법적으로 구분하고 대립하게 했다. 그 결과 이제 막 가정을 꾸린 이 두 사람의 사랑도 시작부터 갈림길에 들어서는 기구한 운명을 향해 가고 있었다.

인민군이 서울에 입성하고 해방 전 문학가동맹에 드나들었던 전력으로 북쪽을 지지한 문인들과의 교류를 이어갈 즈음, 처음에는 '종군작가단'이란 명목으로 북으로의 행진에 참여했던 김수영은 결국은 의용군이 되어 평안남북도의 경계선에 있는 개천까지 가게 되었다. 그곳에서 그는 공산주의 이념교육을 철저하게 받은 소년병들

김수영문학관 1층 전시실과 2층 전시실 I 내부 전경

에게 강제 군사훈련을 받고 평양 후방의 어느 곳에 배치되었다가 탈출을 감행했는데, 이때부터 그는 북으로부터도 남으로부터도 의심받고 감시당하는 이념의 혼돈 속에서 죽음 직전의 상황까지 내몰렸다가 간신히 목숨을 건지고 거제도 포로수용소에 수용되었다.

이때의 일을 그는 「조국에 돌아오신 상병포로傷病捕虜 동지들에게」라는 시로 남겨 두었다.

내가 6.25 후에 개천 야영훈련소에서 받은 말할 수 없는 학대를 생각한다
북원 훈련소를 탈출하여 순천 읍내까지도 가지 못하고
악귀의 눈동자보다도 더 어둡고 무서운 밤에 중서면 내무성 군대에게
체포된 일을 생각한다
그리하여 달아나오던 날 새벽에 파묻었던 총과 러시아 군복을 사흘
을 걸려서 찾아내고 겨우 총살을 면하던 꿈같은 일을 생각한다
그리고 나는 평양을 넘어서 남으로 오다가 포로가 되었지만
내가 만일 포로가 아니 되고 그대로 거기서 죽어버렸어도
아마 나의 영혼은 부지런히 일어나서 고생하고 돌아오는
대한민국 상병포로와 UN 상병포로들에게 한마디 말을 하였을 것이다
「수고하였습니다」
　－「조국에 돌아오신 상병포로傷病捕虜 동지들에게」 부분

김수영이 거제도 포로수용소에 수용된 것은 1951년 1월경, 그곳은

인간에 대한 최소한의 윤리보다도 이데올로기가 우위에 있는, 그래서 처참한 살육이 아무렇지도 않게 자행되는 생지옥과 다름없는 곳이었다. 그곳에서 김수영은 이데올로기라는 명분이 인간을 짐승보다 못한 존재로 전락시키는 비극적인 현실을 경험하면서, 인간을 가장 인간답게 하는 것이 '자유'라는 사실을 더욱 절실하게 깨달았다.

천만다행이라고 해야 할지, 그는 영어에 남다른 능력을 지닌 덕에 참혹한 포로수용소 현장으로부터 벗어나 야전병원 장교 통역 일을 할 수 있었고, 부산의 거제리(지금의 부산시 연제구 거제동) 야전병원으로 옮겼다가 그곳에서 민간억류인 신분으로 풀려났다. 하지만 전쟁이 그에게 남겨 놓은 건 파괴된 거리의 모습처럼 파산되어 버린 가족의 해체였다. 당시 아내는 부산 광복동에서 친구 이종구와 동거를 하고 있었고, 뿔뿔이 흩어진 형제들의 곁에서 전쟁 포로로 풀려난 그가 할 수 있는 것이라고는 시대에 대한 절망과 한탄뿐이었다.

이 무렵 그가 쓴 시들에서 '설움'과 '도피' 그리고 '상실'의 정서가 도저하게 난무하는 이유도 바로 이 때문이리라. 스스로 "누가 무엇이라 하든 나의 붓은 이 시대를 진지하게 걸어가는 사람에게는 치욕"(「구라중화九羅重花」)이라고 말했듯이, 당시 김수영은 시대와 현실 그리고 가족과 연인으로부터 받은 치욕을 객관화하고 넘어서려는 안간힘을 여러 시를 통해 보여 주었다.

비가 그친 후 어느 날—
나의 방안에 설움이 충만되어 있는 것을 발견하였다

오고 가는 것이 직선으로 혹은 대각선으로 맞닥뜨리는 것 같은 속에서
나의 설움은 유유히 자기의 시간을 찾아갔다

설움을 역류하는 야릇한 것만을 구태여 찾아서 헤매는 것은
우둔한 일인 줄 알면서
그것이 나의 생활이며 생명이며 정신이며 시대이며 밑바닥이라는 것
을 믿었기 때문에―
아아 그러나 지금 이 방안에는
오직 시간만이 있지 않으냐

(중략)

이 밤이 기다리는 고요한 사상思想마저
나는 초연히 이것을 시간 위에 얹고
어려운 몇 고비를 넘어가는 기술을 알고 있나니
누구의 생활도 아닌 이것은 확실한 나의 생활

마지막 설움마저 보낸 뒤
빈 방안에 나는 홀로이 머물러 앉아
어떠한 내용의 책을 열어보려 하는가
―「방안에서 익어가는 설움」 부분

온몸으로 시를 써 내려간 자유의 초상

전쟁이 끝나고 김수영은 자신에게 깊은 '설움'을 안겨준 한국전쟁과 포로수용소에서의 생활 그리고 이때의 상처와 기억이 육체와 정신에 새겨 놓은 '치욕'을 넘어서는 길을 찾는 데 주력했다. 그가 "마지막 설움마저 보낸 뒤" 열어본 "책"은 진정 무슨 내용이었을지, 아마도 그것은 전쟁의 혼란과 혼돈을 넘어서 일상의 안온함을 지켜 내고자 했던 자신의 현실적 타협을 합리화하는 것은 아니었을지.

그래서 그는 "차라리 위대한 것을 바라지 말았으면/ 유순한 가족들이 모여서/ 죄 없는 말을 주고받는/ 좁아도 좋고 넓어도 좋은 방안에서/ 나의 위대한 소재所在를 생각하고 더듬어보고 짚어보지 않았으면"(「나의 가족」)이라는 자기성찰의 세계로 빠져든 것은 아니었을까. 전쟁의 소용돌이 속에서 이데올로기가 강요하는 자유의 억압, 그로 인한 가족들의 해체와 파괴는, 그로 하여금 더 이상 자신의 "위대한 소재"를 내세우는 일은 없어야 할 것이라 생각하는 소시민적 일상인의 위치로 내몰았던 것이다.

이러한 소시민적 일상은 전쟁이 끝난 50년대 이후 내내 그의 내면과 의식을 괴롭혔고, 1960년 4월혁명의 광풍이 불기 전까지 그의 시를 구속하는 현실 타협의 목소리가 되지 않았을까 싶다.

4월혁명과 자유 그리고 생활 현실과 시의 일치

김수영에게 4월은 더 이상 일상의 안온함에 갇혀 혁명과 자유를 외면한 채 살아갈 수 없다는 새로운 결의를 다지게 했다. 그에게 '혁명'

은 시의 근원적 바탕이고, 이를 올바르게 실천하기 위해 갖추어야 할 가장 기본적인 조건은 '자유'였다. 해방공간에서 그가 임화의 문학과 사상을 동경했던 것도 바로 이러한 혁명과 자유의 정신에 대한 지향 때문이었음을 생각할 때, 김수영이 4월혁명을 어떻게 이해하고 수용했는지는 굳이 묻지 않아도 충분히 알 수 있다.

그는 혁명이 일어나기 며칠 전 이미 "우리들의 싸움은 하늘과 땅 사이에 가득 차 있"음을 직시했고, 그래서 "민주주의의 싸움이니까 싸우는 방법도 민주주의식으로 싸워야 한다"(「하……그림자가 없다」)라는 점을 분명히 했다. 하지만 "우선 그놈의 사진을 떼어서 밑씻개로 하자"며 아주 단호하게 "아아 어서어서 썩어빠진 어제와 결별하자"(「우선 그놈의 사진을 떼어서 밑씻개로 하자」)라고 했던 그의 간절한 염원과는 달리, 민주주의 혁명은 오히려 시인에게 또 한번 좌절을 안겨 주는 결과로 치달았다.

4·19가 혁명이라고 생각하느냐는 박연희의 질문에 "4·19는 극우보수가 온건보수에게 밀려난 정치변동에 불과한 것이 아닐까?"라고 냉소적으로 말한 김수영의 대답에서, 당시 그가 4월혁명의 결과를 어떻게 받아들이고 있는지를 분명하게 읽어 낼 수 있다. 그래서 그는 "혁명은/ 왜 고독해야 하는 것인가를"(「푸른 하늘을」) 진지하게 묻지 않을 수 없었고, "혁명은 안 되고 나는 방만 바꾸어버렸다"(「그 방을 생각하며」)라고 자조 섞인 논평을 하지 않을 수 없었던 것이다.

결국 김수영에게 4일혁명은 "제2공화국!/ 너는 나의 적이다."(「일기초日記抄(Ⅱ)」)라는 또 다른 적과의 싸움을 시작하는 계기로 전락하

온몸으로 시를 써 내려간 자유의 초상

고 말았다. 이러한 그의 비판적 문제의식은 '자유'가 온전히 허락되지 않은 혁명은 결코 혁명일 수 없다는 완고한 의식에서 비롯된 것이고, 이러한 자유의 정당한 실현이 계속해서 부정되어 언론의 자유마저 회복되지 않는다면 그것은 진정한 혁명이 될 수 없다고 보았던 것이다.

내가 보기에는 우리 시단의 시는 시의 언어의 서술면에서나 시의 언어의 작용면에서나 다같이 미숙하다. 쉽게 말하자면 우리의 생활현실이 제대로 담겨있지 않고, 난해한 시라고 하지만 제대로 난해한 시도 없다. 이 두 가지 시가 통할 수 있는 최대공약수가 있다면 그것은 사상인데, 이 사상이 어느 쪽에도 없으니까 그럴 수밖에 없다. (중략) 오늘의 시가 가장 골몰해야 할 가장 큰 문제는 인간의 회복이다. 오늘날 우리들은 인간의 상실이라는 가장 큰 비극으로 통일되어 있고, 이 비참의 통일을 영광의 통일로 이끌고나가야 하는 것이 시인의 임무이다. 그(필자 주 : 이설주의 시 「복권」에 대한 논평)는 언어를 통해 자유를 읊고, 또 자유를 산다. 여기에 시의 새로움이 있고, 또 그 새로움이 문제되어야 한다. 시의 언어서술이나 시의 언어의 작용은 이 새로움이라는 면에서 같은 감동의 차원을 차지하게 된다. 따라서 우리의 생활현실이 담겨 있느냐 아니냐의 기준도, 진정한 난해시냐 가짜 난해시냐의 기준도 이 새로움이 있느냐 없느냐에서 결정되는 것이다. 새로움은 자유다, 자유는 새로움이다.

　－「생활현실과 시」

김수영이 진정으로 열망했던 혁명과 자유는 생활 현실과 시의 괴리와 모순을 비판적으로 넘어섬으로써 시와 현실의 정정당당한 일치를 추구하는 데 있었다. 그가 시 혹은 시의 언어가 갖추어야 한다고 강요된 시의 관습적 형식과 미학을 전복시키고 날 것으로의 언어 미학을 추구한 것은 바로 이러한 시 정신을 구체적으로 실천하는 방편이었다. 아마도 그의 시를 난해하다고 말하는 것은, 그리고 그의 시에서 불편한 시어들과의 치열한 싸움을 피할 수 없는 것은, 시의 언어와 형식에서 그 어떤 선입견과 편견도 송두리째 부정함으로써 거침없이 세상과 정직하게 마주하려는 김수영 시의 전위성 때문이 아닐까.

그의 시는 모더니즘 시의 허위적 포즈와 리얼리즘 시의 교조적 위계를 넘어서 그 어느 쪽에도 구속되지 않는 자유로움을 구가하고자 했다. 이러한 시 정신을 실천하는 가장 중요한 방법론은 시의 언어와 생활의 언어를 온전히 일치시키는 데 있었다. 이 때문에 시를 시답게 하는 언어 미학이라는 관습적 형식에 길들어지지 않았던 그의 시는 생경하고 난해하다는 세상의 편견으로부터 항상 자유롭지 못했던 것이다.

하지만 그 역시 5·16 이후 부정적 현실과 적극적으로 대결하지 못하고 일정한 타협을 했다고 할 수도 있을지 모르겠다. 그가 "풍자가 아니면 해탈이다"(「누이야 장하고나! —신귀거래 7」)라고 선언한 것은, 부정적 현실 안에서 최소한의 자유라두 지켜내려는 시인의 고육지책은 아니었을까. 즉 그에게 있어서 풍자와 해탈의 방식은 억압된 세계 안

온몸으로 시를 써 내려간 자유의 초상

에서만이라도 '자유'를 지켜내려는 우회적인 시적 전략으로 볼 수도 있는 것이다. 풍자든 해탈이든 시는 그 어떤 현실로부터도 자유를 잃어버려서는 안 된다는 것이 그의 일관된 시 정신이었기 때문이다.

그의 말대로 "새로움은 자유다, 자유는 새로움이다."라는 사실을 끝까지 지켜내는 데 김수영 시학의 시작과 끝이 있었다는 점에서, 새로움의 추구야말로 시의 미학의 끊임없는 갱신을 의미하는 것이고, 이러한 미학의 새로움은 '자유'가 내재되지 않은 말 그대로의 형식적인 미학을 넘어서야 비로소 가능하다고 보았던 것이다.

풍자와 해탈 그리고 좌절된 운명

혁명의 좌절은 김수영의 삶과 시에 커다란 충격을 안겨주었다. 그에게 남은 것은 어떻게 지독한 현실을 견디느냐에 있었고, 이러한 견딤의 방식으로 겨우 부여잡은 것이 풍자가 아니면 해탈의 방식이었다고 한다면 지나친 비관론일까. 하지만 이러한 방식은 다분히 현실타협적인 것이고, 그의 시적 전언에 따르면 "곰팡이 곰팡을 반성하지 않는 것", "졸렬과 수치가 그들 자신을 반성하지 않는 것"과 같은, 그래서 "절망은 끝까지 그 자신을 반성하지 않는"(「절망」) 자기 소외와 절망의 산물이었다.

그의 시가 소시민적 세계의 일상성을 비판하면서도 그 속에서 살아가고 있는 자신의 가식과 위선을 고발하는 위악성을 드러냈던 것은 바로 이러한 소외와 절망을 극복하고자 했던 발버둥은 아니었을

지. 혁명은 끝나고 방만 바꾸어 버린 자신에게 남은 것은, 적을 무너 뜨린 자리에 새롭게 자리를 잡은 또 다른 적과의 싸움이었다. 그래 서 그는 "오늘의 적으로 내일의 적을 쫓으면 되고/ 내일의 적으로 오 늘의 적을 쫓을 수도 있다"라고 말한 것이 아닐까.

하지만 이들과의 싸움은 전면적이기보다는 방법론적이고 우회적 이었는데, 그것이 바로 풍자와 해탈이었던 것이다. "적이여! 너는 내 최대의 교사,/ 사랑스런 것! 너의 이름은 나의 적이다."라고 했던 임 화의 시적 인식을 의식했던 것인지, 그는 '적'을 통해 자신의 안과 밖 에 내재된 허위성을 전복시키는 맹렬한 싸움을 하고자 했다.

그의 풍자가 대체로 자신의 일상성을 파고들면서 '생활'과 구체적 으로 만나는 데 집중되었던 것도 바로 이러한 이유에서이다.

남에게 희생을 당할 만한

충분한 각오를 가진 사람만이

살인을 한다

그러나 우산대로

여편네를 때려눕혔을 때

우리들의 옆에서는

어린 놈이 울었고

비 오는 거리에는

40명가량의 취객들이

온몸으로 시를 써 내려간 자유의 초상

모여들었고

집에 돌아와서

제일 마음에 꺼리는 것이

아는 사람이

이 캄캄한 범행의 현장을

보았는가 하는 일이었다

—아니 그보다도 먼저

아까운 것이

지우산을 현장에 버리고 온 일이었다

–「죄와 벌」 전문

우리의 시사에서 이토록 적나라한 자기 풍자의 세계가 또 있을까.
도스토예프스키는 그의 소설에서 라스콜리니프를 통해 희생을 각
오한 죄의 정당성을 보 여주었지만, 화자 자신은 길거리에서 아내를
우산대로 구타하고 나서도 반성은커녕 자신의 범행이 누구에게 발
각되었을까를 걱정하는 소시민으로서의 극단적 모습을 냉소적으로
까발리고 있다. 게다가 "그보다 먼저/ 아까운 것이/ 지우산을 현장
에 버리고 온 일이었다"라고 했을 정도이니, 세상에 이런 비윤리적이
고 비인간적인 남성성의 세계가 또 어디에 있을까.

그렇다면 김수영은 왜 이렇게 거침없는 자기 비하의 세계를 보여
주었던 것일까. 이것은 결국 자기 시대를 정직하게 살아가지 못하는
자신에 대한 준열한 심판이고, 가면과 위선으로 모순의 시대를 우회

하려는 비겁함에 대한 위악적 정직성을 드러내고자 함이 아니었을까. 아마도 그의 시가 온갖 야유와 욕설과 조소와 비아냥 등 위악적 언어로 넘쳐날 수밖에 없었던 것은 고통스러운 현실에 맞서 싸우지 못하는 자기 학대의 결과였지 않았을까 싶다.

하지만 이러한 자기 풍자는 계속해서 좌절된 운명을 부추기는 악순환이 될 수밖에 없었다. 그래서 그는 이러한 한계를 벗어나기 위해 또 다른 탈출구로 모색했는데, 그것이 바로 '해탈'이었다. 이때부터 그는 "욕망이여 입을 열어라 그 속에서／ 사랑을 발견하겠다"(「사랑의 변주곡」)라며 '사랑'이라는 추상성에 기대거나, "풀이 눕는다／ 비를 몰아오는 동풍에 나부껴／ 풀은 눕고／ 드디어 울었다"라는 그의 마지막 시 「풀」에서처럼 잠언적 경향을 드러냈다. 이러한 시적 변화는 구체적 현실이 아닌 추상적 상징의 세계로 탈출하려는, 그래서 풍자의 한계를 해탈을 통해 넘어서려 했던 막다른 시도로 볼 수 있는 것이다.

풍자와 해탈의 세계는 좌절된 운명으로서의 김수영에게 죽음을 예감하는 징후가 된 것은 아닐까. 자신의 시가 현실과 이런 식으로 타협하는 것을 결코 용납하지 못하면서도 어떤 다른 대안도 찾을 수 없어 고뇌하던 그의 모습은, 세상에 대한 위악과 자학의 포즈로 가득 차 있을 수밖에 없었다.

원고료를 받기 위해 신구문화사의 신동문 시인을 찾아간 날, 이병주와의 만남에서 그가 쏟아 냈던 지독한 말과 행동들은, 혁명이 지나간 자리에서 진정한 자유를 소리 높여 외치지 못하는 소시민으로

온몸으로 시를 써 내려간 자유의 초상

서의 자기 자신을 정직하게 마주했기 때문은 아니었을까. 다시 말해 그날 이병주를 향해 내뱉었던 "야, 이병주, 이 딜레당트야."라는 말은 점점 더 현실과 타협하며 살아가고 있는 자신에 대한 가학적 독백이라고 볼 수도 있지 않을까.

을지로 입구 정류장에서 그들과 헤어진 후 김수영이 혼자서 버스에 올라 마포를 거쳐 서강 종점에 내린 것이 밤 11시 30분경, 인도로 뛰어든 버스에 부딪쳐 그는 쓰러졌다. 좌절된 운명의 마지막 발악으로서의 풍자와 해탈마저 무너지는 순간이었다.

그는 마지막 시론 「시여, 침을 뱉어라」에서 "시작詩作은 〈머리〉로 하는 것이 아니고, 〈심장〉으로 하는 것도 아니고, 〈몸〉으로 하는 것이다. 〈온몸〉으로 밀고나가는 것이다. 정확하게 말하자면, 온몸으로 동시에 밀고 나가는 것이다."라고 했다. 이를 통해 그는 다시 한 번 시와 삶의 통일을 강조하고자 했던 것으로 보인다.

'머리'와 '심장'으로서의 시가 아닌 '몸'으로서의 삶이 구현되는 시의 진정한 모더니티를 실현해야 한다는 '온몸의 시학'을 말하고 있는 것이다. 그리고 이러한 온몸의 시학이 온전히 구현되기 위해서는 '자유'가 있어야 함을 진정으로 말하고 싶었던 것이다.

그에게 '자유'의 부재는 결국 좌절된 운명을 심화시켰고, 시대와의 불화를 이겨내려는 그의 위악적 발화는 자신을 향한 지독한 풍자로 귀결되고 말았다. 그의 죽음은 자유가 억압된 시대가 만든 가장 준열한 자기 풍자의 형식이었을지도 모른다.

김수영문학관을 나오며

김수영은 진정 우리 현대시사의 '거대한 뿌리'가 되기에 충분했다. 그가 시를 통해 말했던 "나도 감히 상상을 못하는 거대한 거대한 뿌리"(「거대한 뿌리」)는 바로 김수영 자신에게 돌아가야 할 헌사임에 틀림없다.

그가 있어 우리 시는 '자유'가 얼마나 중요한지를 깨달았고, 진정한 '자유'를 이루지 않고서는 그 어떤 '혁명'도 완성될 수 없다는 사실을 분명하게 말해 주었다. 48세의 나이가 뿜어내는 힘이라고는 믿기 어려울 정도로, 그는 식민지와 해방 그리고 전쟁과 혁명의 순간 순간마다 거침없는 언어를 쏟아내기를 결코 주저하지 않았다. 그것은 모든 제도와 관습을 송두리째 전복시키는 파격적인 것이었기에 언제나 김수영은 비판의 중심에 놓일 수밖에 없었다.

하지만 그는 이러한 비판 앞에서 결코 무기력하지 않았다. 그의 불온한 시는 불온한 세상을 향한 위악적 정직성이었고, 그의 난해한 시는 정치적 저항을 외면하는 미학적 모더니즘에 대한 혁명적 모더니스트로서의 비판이었던 것이다.

〈김수영문학관〉을 나오면서 필자는 여전히 그에 대한 곤혹스러움을 떨쳐낼 수 없었다. 그의 시와 시론에서 뿜어져 나오는 과도한 신념과 용기에 한 발짝도 다가서지 못한 채 살아온 나 자신에 대한 부끄러움 때문이었다. 그가 죽음을 앞둔 마지막 순간에 지독한 자기 풍자의 세계로 빠져들었음을 생각한다면, 말과 글의 위선 속에 스스

온몸으로 시를 써 내려간 자유의 초상

김수영문학관 앞에 조성된 김수영길

로를 감추고 나의 범행을 누구에게 들키지나 않을까 전전긍긍하는 필자의 삶은 여전히 자기 풍자의 정직성을 애써 외면하고 있어 더더욱 부끄러웠다.

　이제부터라도 김수영과의 제대로 된 대결을 준비하는 것만이 이 참혹한 부끄러움으로부터 조금은 벗어나는 길이 될 수 있을까. 그와의 대결을 통해 조금이라도 그를 넘어설 수 있다면, 비로소 가장 정직한 자기 풍자의 세계를 필자 스스로에게도 허락할 수 있게 될까. 김수영문학관을 나오며, 필자는 김수영과의 새로운 대결을 시작하기로 했다.

박두진 문학관 전경

자연과 인간과 신의
통합을 지향하는 시적 여정

박두진과 안성_〈박두진문학관〉

시인의 고향과 자연

박두진은 1916년 3월 10일 경기도 안성군 안성읍 봉남리 360번지(현재 안성여자중학교 자리)에서 태어났다. 그리고 그가 유년 시절의 기억을 가장 많이 간직한 곳은 아홉 살 때 이사한 보개면 동신리 평촌 마을로, 열여덟 살에 서울로 떠날 때까지 그는 이곳에서 자연과 더불어 뛰어놀면서 문학을 꿈꾸며 성장했다. 박두진이 살았던 평촌 마을은 '청룡산'을 바라보며 '사갑들'이라는 벌판으로 둘러싸인 '고장치기'라고 불렸던 곳이었는데, 그에게 있어서 이 고향의 높고 푸른 '산'과 들판의 '바람'은 습작기 시의 가장 근원적인 토대가 되었다.

누구에게나 그리운 곳이 고향이겠지만, 그래서 어느 시인인들 고향을 특별하게 생각하지 않는 사람이 없겠지만, 박두진의 시가 '자연'이라는 세계에 깊숙이 머물러 있었던 것은 고향 안성에서 보낸 20년 가까운 시절이 있었기 때문이었다고 해도 과언이 아니다. 그의 시는 '고장치기'라는 작은 마을에 대한 기억과 '청룡산'의 강렬한 '해'와 푸른 '하늘' 그리고 '사갑들'에서 불어오는 거센 '바람'이 만든 아름다운 절창이었던 것이다.

나의 고향은 경기도 안성이지만, 그러나 가장 고향다운 고향은, 안성의 한 촌락인 '고장치기'라는 곳이다. (중략)

여덟 살부터 열여덟 살까지의 가장 다감하던 소년시절을 이 고상치기에서 살았다. 가장 여리고 순수하던 인생 중에 알고갱이 시절을 여기

자연과 인간과 신의 통합을 지향하는 시적 여정

서 살았으니 고장치기야말로 나의 고향 중의 고향인 셈이다. 나의 인간됨의 바탕과, 사상과 정서 감정의 질과 기반이 마련된 전기적이며 운명적인 의미를 갖는 곳이다. (중략)

고향하면 가장 먼저 내 가슴에, 이마에, 살과 넋에 와 닿는 것은 고장치기를 구심점으로 한 대자연의 위용과 그 전개, 확산이다. 이러한 제일차적이며, 절대적이며, 체험적인, 살아서 빛나고 살아서 약동하는 자연의 정수 그 형상이야말로 우주 전체 대지적이며, 그 우주 천지 자연과 맞서서 받은 시적 영감과 시적 생명력의 원천이라고 말할 수 있다.

—「고향 안성의 햇덩어리와 별밭」

박두진의 호가 혜산兮山 즉 '있는 그대로의 산'이라는 뜻인 것에서 알 수 있듯이, 그는 '산'으로 표상되는 자연을 내적으로 수용함으로써 식민과 분단 그리고 독재로 이어져 온 역사와 현실에 맞서는 시적 전략을 일관되게 지향해 왔다. 그에게 있어서 '자연'은 풍경의 대상이 아니라 인식의 대상으로, '있는 그대로'의 자연이라기보다는 '있어야 하는' 자연으로서의 의미가 더욱 두드러진다.

시인이 유년 시절의 체험을 통해 내면화한 자연은, 그의 시가 출발하는 가장 근원적인 토대이면서 동시에 그의 시가 궁극적으로 지향하는 최종적인 목표이기도 했다. 박목월, 조지훈과 더불어 〈청록파〉로 묶이면서도 전통적이고 토속적인 자연을 노래한 박목월, 동양적이고 불교적인 자연을 탐구한 조지훈과는 달리, 박두진의 시세계가 기독교적 구원의식에 바탕을 둔 관념적이고 이상적인 자연관을

박두진 시인이 묻힌 기좌리와 비봉산을 정면으로 바라보는 박두진문학관

지닌 것도 '자연'을 외적 표상으로 바라보는 데 그치지 않고 그것을 절대적 경지로 내면화했던 그의 특별한 문제의식 때문이다.

박두진을 《문장》에 추천한 정지용이 그의 시를 두고 "박군의 시적 체취는 삼림에서 풍기는 식물성인 것"이라고 하면서 "신자연"《문장》이라고 명명한 것도 바로 이러한 자연의 특이성을 강조한 것으로 이해할 수 있다.

《문장》 그리고 〈청록파〉

박두진은 1939년 《문장》을 통해 등단했다. 하지만 그의 첫 작품은

자연과 인간과 신의 통합을 지향하는 시적 여정

1939년 『아』라는 동인지에 발표한 「북으로 가는 열차」이다. 박두진은 자신의 작품 가운데 활자화된 첫 작품으로 『아이생활』에 발표된 동요 「무지개」를, 그리고 시의 경우에는 20세를 전후하여 7~80편의 습작을 거친 후 이 작품을 발표했다고 직접 말한 바 있다. 「북으로 가는 열차」는 북만주로 이민 가는 동포들의 모습을 담은 것으로 당시 우리 시단에 유행했던 모더니즘적 경향과는 사뭇 다른 성격을 보였다.

그는 외래 취향에 압도된 모더니즘적 시풍에 대해 거부감을 갖고 특정한 시대의 유행을 뛰어넘어 인간 생명의 근원과 영원에 대한 지향성을 담은 시를 쓰고자 했다. 이러한 그의 시적 지향은 고향에서 누이로부터 영향을 받은 기독교 정신과 무관하지 않은 것으로, 자연의 영원성과 종교적 신성의 결합을 통한 생명력을 담은 시를 지향한 그의 시적 토대는 이때부터 형성된 것이라고 할 수 있다.

이 무렵 그가 만난 잡지가 바로 정지용이 주재했던 《문장》이다. 1939년 6월 「향현香峴」, 「묘지송」이 초회 추천되고, 같은 해 9월 「낙엽송」이 2회 추천 그리고 이듬해 1940년 1월 「의蟻」, 「들국화」가 정지용에 의해 최종 추천되었다.

1930년대 말의 시적 상황은 시문학파의 순수서정시와 김기림이 주도한 모더니즘의 양자 구도 속에 있었다. 이러한 두 구도를 초극하는 젊은 시인들의 새로운 움직임이 있었는데, 생명의 궁극을 노래하는 '인생파' 혹은 '생명파'로 불렸던 유치환, 서정주 등의 시인과 도시적이고 기계적인 모더니즘의 반생명성을 뛰어넘어 자연 본래의 생명성을 추구한 박목월, 조지훈, 박두진 등의 '청록파'가 그들이다.

《문장》을 통해 등단한 사람은 이들 세 사람 외에 이한직, 김종한, 박남수 등도 있었지만, 당시 이한직은 학병에서 돌아오지 않았었고 박남수는 북쪽에 있었으며 김종한은 이미 작고한 뒤였으므로 《문장》으로 시작된 이들의 인연은 세 사람의 『청록집』으로 결실을 이루었던 것이다. '청록집'이란 제목은 박목월이 정했다고 하고, 출판은 당시 박두진이 근무했던 〈을유문화사〉의 주도로 이루어졌다.

'청록파' 세 시인과 전통주의에 기반한 미학적 모더니티를 추구한 《문장》의 만남은 아주 자연스러웠다. "조선의 시가 한 개 문학사적 의미에서 자연을 발견하게 된 것은 1939년에서 1940년에 이르기까지 한 이삼 년 간의 일이다. 당시의 순문예지 《문장》을 통해 세상에 소개된 일군의 시인 중 특히 박목월, 조지훈, 박두진 이 세 사람이 그 사명을 띠었던 것이다."라고 했던 김동리의 평가는, 《문장》과 '청록파', 즉 정지용과 세 시인의 관계를 통해 1930년대 말에서 40년대 초반에 이르는 우리 시문학사를 이해하는 탁견이라 할 만하다.

북망北邙 이래도 금잔디 기름진데 동그만 무덤들 외롭지 않어이.

무덤 속 어둠에 하이얀 촉루髑髏가 빛나리. 향기로운 주검읫내도 풍기리.

살어서 섫던 주검 죽었으매 이내 안 서럽고, 언제 무덤 속 화안히 비

자연과 인간과 신의 통합을 지향하는 시적 여정

쥐줄 그런 태양만이 그리우리.

금잔디 사이 할미꽃도 피었고, 삐이 삐이 배, 뱃종! 뱃종! 멧새들도 우는데, 봄볕 포근한 무덤에 주검들이 누웠네.

－「묘지송墓地頌」 전문

「묘지송」은 「향현」과 함께《문장》초회 추천작으로 자연에 바탕을 두면서도 이를 생명의식과 연결 지음으로써, 자연을 노래하지만 결코 자연의 외적 모습에 머무르지 않는 '신자연'의 새로운 경지를 보여 주었다. 박두진 스스로는 이 작품에 대해 "인생의 혹은 민족의, 혹은 인류의 열렬한 비원, 열렬한 염원, 끊을 수 없이 강렬한 동경이면서 이루어질 수 없는 영원한 소망, 죽음에서 생명, 죽음에서 부활을 갖는 그러한 열원熱願을 오히려 정돈되고 가라앉힌 감정으로 불멸의 종교적인 믿음으로" 노래한 것이라고 자평했다.

죽음의 세계와 다를 바 없는, 그래서 "주검"들로 가득 찬 "무덤"의 세상이지만, "살아서 설던 주검 죽었으매 이내 안 서럽"다는 아이러니적 세계 인식으로 "무덤 속 화안히 비춰줄 그런 태양"을 기다리는 의지적인 목소리를 강하게 부각하고자 했던 것이다. 다시 말해 무덤으로 상징되는 죽음의 현실 공간을 생명의 재생이 일어나는 새로운 장소성으로 형상화함으로써, "금잔디 사이 할미꽃도 피었고, 삐이 삐이 배, 뱃종! 뱃종! 멧새들도 우는" "봄볕 포근한 무덤"으로 내면화하고 있다.

일제말의 어두운 현실에서 자연마저 초토화되는 비극적 표상을 전도시켜 오히려 희망과 생명의 세계로 변용해 내고자 했다는 데 박두진 초기 자연시의 현실 지향성이 돋보인다. 이처럼 박두진에게 자연은 민족의식을 구현하는 상징적 장소이며, 또한 기독교 정신에 바탕을 둔 부활의 생명성을 추구하는 궁극적인 이정표였다.

첫 시집 『해』와 '창공구락부' 시절

박두진의 대표작 「해」는 해방 직후에 발표된 작품으로 첫 시집의 표제작이 되기도 했다. 앞서 언급했듯이 박두진에게 자연은 민족의식을 구현하는 상징적 표상으로서의 의미를 지니는데, '해'는 이러한 민족의 미래에 대한 희망을 담아 내는 상징적 비유로 표현된 것이다. 즉 '해'가 지닌 밝음의 속성은 "달밤이 싫어 달밤이 싫어"라고 거듭 강조하는 데서 알 수 있듯이, 어둠으로 상징화된 민족의 상처와 고통을 물리치는 수단으로서의 대조적 성격을 표상한 것으로 볼 수 있는 것이다. 그리고 이러한 어둠을 몰아냄으로써 "나는 나는 청산이 좋아라"와 "사슴을 따라 사슴을 만나면 사슴과 놀고"와 같이 평화로운 대자연과 동화되는 생명력을 지닌 강력한 상징으로서의 의미를 지니는 것이다.

해방 직후 그의 시적 지향을 총체적으로 집약하고 있는 「해」를 전면에 내세운 첫 시집 『해』는 한국전쟁이 일어나기 1년 전쯤인 1949년 5월에 출간되었는데, 이 시집의 발문을 쓴 김동리는 "박두진 씨

자연과 인간과 신의 통합을 지향하는 시적 여정

의 시는 고금의 모든 고귀한 시인들이 그러했듯이 역시 가장 고귀하고 중요하고 근본적인 것을 노래 부른 것이다"라고 하면서, "그는 영원히 멸하지 않고 영원히 아름다운 것을 노래 불러온 것이다. 그의 생명이 삼림과 더불어 깊이 교류하여 자연의 맥박 속에 구하려함은 동양의 위대한 전통적인 시인들과 같이 선禪의 경지에 통하는 것이요."라고 극찬을 마다하지 않았다.

한국전쟁이 발발하자 고향 안성으로 피난을 했던 박두진은 1·4후퇴 때 시인 구상과 함께 공군 트럭을 타고 대구로 피신하여 '창공구락부'로 불리던 '공군종군문인단'에 참여했다. 당시 창공구락부는 마해송을 단장으로 조지훈, 박목월 등의 청록파 시인과 황순원 등 16명의 문인이 참여하여 공군 기관지 『코메트』, 문예지 《전선문학》, 시집 『창궁』 등을 발간하여 전쟁의 참상과 국군의 전공을 소개하고 알리는 데 앞장섰다.

전쟁이 특정 이데올로기의 선택과 강요로 이어지는 것이 당연한 수순이라고 본다면, 이 무렵 박두진은 해방 이전 좌익 문예단체들과의 대척점에서 〈청년문학가협회〉 활동을 했던 이력의 연장선상에서 반공우익 문예조직 활동을 이어갔다. 하지만 이러한 그의 이데올로기 선택은 좌우대립의 차원에서의 접근이라기보다는 정치적 현실에 종속된 문학에 대한 반대의 성격과 전쟁의 참상을 거부하는 휴머니티를 지향하는 시인으로서의 소명에 기인한 것으로 이해할 필요가 있다. 이후 그가 우익 문예조직의 권력화와는 거리가 먼 현실 비판적 경향을 두드러지게 드러냈다는 사실을 통해 볼 때, 그의 시와 문학을 좌우의 진영논리 안에서 도식화하는 것은 결코 바람직하지 않다.

　백 천만 만만 억 겁

　찬란한 빛살이 어깨에 내립니다.

　작고 더 나의 위에

　압도하여 주십시오.

　이리도 새도 없고,

　나무도 꽃도 없고,

　쨍 쨍, 영겁을 볕만 쬐는 나 혼자의 광야에

　온 몸을 벌거벗고

　바위처럼 꿇어,

　귀, 눈, 살, 터럭,

　온 심혼心魂, 전全 영靈이

　너무도 뜨겁게 당신에게 닿습니다.

　너무도 당신은 가차이 오십니다.

　눈물이 더욱 더 맑게 하여 주십시오.

　땀방울이 더욱 더 진하게 해 주십시오.

　핏방울이 더욱더 곱게 히어 주십시오.

　　　　　　　　　　자연과 인간과 신의 통합을 지향하는 시적 여정

타오르는 목을 축여 물을 주시고

피 흘린 상처마다 만져 주시고,

기진한 숨을 다시

불어 넣어 주시는,

당신은 나의 힘.

당신은 나의 주主.

당신은 나의 생명.

당신은 나의 모두. ……

스스로 버리려는

벌레 같은 이,

나 하나 끊은 것을 아셨습니까.

뙤약볕에 기진한

나 홀로의 핏덩이를 보셨습니까

-「오도吾禱」 전문

대구에서의 피난 시절 썼던 시를 모아 두 번째로 출간한 시집이
『오도』(1952)이다. 누구에게나 전쟁은 인간의 근원적 삶에 대한 철저
한 반성을 하는 계기가 되기 마련이듯이, 박두진 역시 전쟁을 거치
면서 미래에 대한 낙관적 전망에 기울었던 해방 직후 자신의 문학과
시에 대한 철저한 성찰을 했다.

"이리도 새도 없고,/ 나무도 꽃도 없고,/ 쨍 쨍, 영겁을 볕만 쬐는

나 혼자의 광야에/ 온 몸을 벌거벗고/ 바위처럼 꿇어"야만 했던 전쟁의 참담한 현실과 동족상잔의 비극을 눈앞에서 바라보면서 절대자를 향한 속죄와 참회의 기도는 더욱 간절하고 근원적인 것을 향해 나아갈 수밖에 없었던 것이다. 기독교 정신에 바탕을 두고 인간의 영적 구원을 갈망해 온 그에게, 전쟁의 참화는 이데올로기를 앞세운 현실적 인간의 나약함과 어리석음을 몸소 체험하기에 충분한 사건이었기 때문이다.

그래서 그는 "기진한 숨을 다시/ 불어 넣어 주시는,/ 당신은 나의 힘,/ 당신은 나의 주(主),/ 당신은 나의 생명,/ 당신은 나의 모두"라고 반복적으로 외침으로써, 절대자를 지향하는 시선을 더욱 완고하게 구축함으로써 당면한 현실을 구원하려는 참회의 기도를 올리는 구도자의 모습을 견지하고자 했던 것이다.

이처럼 한국전쟁을 거치는 동안 종군작가단 활동을 통해 자칫 이데올로기의 정점에 있었던 것처럼 오해될 소지가 있는 그의 시세계는, 인간과 종교에 대한 근원적인 구원을 갈망하는 세계로 흘러갔다는 사실을 기억할 필요가 있다. 이러한 그의 문제의식은 1960년대 4월혁명의 광풍을 겪으면서 부당한 정치권력에 야합하는 문학을 단호히 거부한 것과 맥락을 같이한다. 이는 『거미와 성좌』, 『인간 밀림』으로 이어지는 박두진의 중기 시세계의 바탕이 되기도 했다. 잘 알다시피 철저한 반공교육을 받은 세대들에게는 너무도 익숙한 "아아, 잊으랴 어찌 우리 이 날을/ 조국의 원수들이 짓밟아 오던 날을"로 시작되는 '6·25의 노래'는 박두진이 가사를 지은 것이다.

자연과 인간과 신의 통합을 지향하는 시적 여정

하지만 생전에 그가 직접 밝힌 대로, 이때의 "원수"는 동족인 '북'을 지칭한 것이 아니라 '중공군'의 전쟁 개입을 비판한 것이었다. 그는 공산주의든 무엇이든 인간의 근원적 삶을 훼손하는 이데올로기를 생래적으로 거부한 시인이었으므로, 모윤숙, 노천명 등의 시에서 보이는 전투적 반공문학의 경향을 지닌 시를 결코 쓰지 않았다. 한국전쟁기 박두진의 전쟁시는 「초토의 시」를 썼던 구상, 「다부원에서」를 쓴 조지훈과 마찬가지로 민족의 동질성을 훼손하는 전쟁 그 자체를 비판하는 더욱 근원적인 차원의 증언문학으로서의 성격을 지녔던 것이다. 따라서 한국전쟁기 종군작가단 활동을 비롯한 우익적 성향의 그의 활동을 이데올로기 대립의 극한으로 평가하는 것은 조금은 유보될 필요가 있다.

4월혁명과 현실 참여 그리고 인간에 대한 탐구

한국전쟁을 겪으면서 역사와 현실의 모순에 적극적으로 대응했던 박두진의 시세계는 1960년 4월혁명의 소용돌이 속에서 더욱 직접적이고 구체적인 현실 지향의 태도로 나타났다. 그는 4월혁명 직후 연세대학에서 해직되었고, 한일국교정상화라는 굴욕적인 폭거에 맞서 반대서명에 1호로 이름을 올리기도 했다. 이러한 그의 실천적 행동은 부당한 현실과 결코 타협해서는 안 된다는 불화의 정신을 올곧게 보여 주는 것으로, 그의 시가 종교적 구원이라는 정신주의 세계를 유지하면서도 그것의 관념성과 추상성을 뛰어넘어 현실성을 확보하는 중대한 변화의 계기를 마련한 것으로 볼 수 있다.

　우리는 아직도
　우리들의 깃발을 내린 것이 아니다.
　그 붉은 선혈로 나부끼는
　우리들의 깃발을 내릴 수가 없다.

　(중략)

　불길이여! 우리들의 대열이여!
　그 피에 젖은 주검을 밟고 넘는
　불의 노도怒濤, 불의 태풍, 혁명에의 전진이여!
　우리들은 아직도
　스스로는 못 막는
　우리들의 피 대열을 흩을 수가 없다.
　혁명에의 전진을 멈출 수가 없다.

　(중략)

　철저한 민주정체,
　철저한 사상의 자유,
　철저한 경제균등,

　　　　　자연과 인간과 신의 통합을 지향하는 시적 여정

철저한 인권평등의,

우리들의 목표는 조국의 승리,

우리들의 목표는 지상에서의 승리,

우리들의 목표는

정의, 인도, 자유, 평등, 인간애의 승리인,

인민들의 승리인,

우리들의 혁명을 전취戰取할 때까지,

우리는 아직

우리들의 피깃발을 내릴 수가 없다.

우리들의 피외침을 멈출 수가 없다.

우리들의 피불길,

우리들의 전진을 멈출 수가 없다.

혁명이여!

–「우리들의 깃발을 내린 것이 아니다」 부분

4월혁명 직후 6월《사상계》에 발표한 인용시는 당시 박두진의 시
적 지향이 무엇을 가장 말하고 싶었는지를 분명하게 보여 준다. "우
리는 아직/ 우리들의 피깃발을 내릴 수가 없다./ 우리들의 피외침을
멈출 수가 없다./ 우리들의 피불길,/ 우리들의 전진을 멈출 수가 없

박두진문학관에 재현해 놓은 집필실과 자필 원고들

다."라는 그의 단호한 선언은, 민주, 자유, 평등, 인권이라는 인간에 대한 탐구를 궁극적 목표로 삼은 그의 시세계가 비로소 현실과 정직하게 만나는 격정의 순간을 보여 준다. "우리들의 깃발을 내린 것이 아니다"라는 데서 혁명은 실패로 끝난 것이 아니라 여전히 현재진행형임을 확고하게 말함으로써, 인간의 근원적 삶을 부당하게 짓밟는 정치권력과의 투쟁을 멈추지 않을 것임을 명백하게 선언하고 있는 것이다.

이처럼 박두진의 중기 시는 식민지 현실의 모순과 부조리에 맞서 밝고 희망적인 세계에 대한 낙관적 전망을 보여 주었던 초기 시와는 달리, 전쟁이 초래한 민족 분단의 아픔과 부당한 정치권력의 전횡에

자연과 인간과 신의 통합을 지향하는 시적 여정

맞서 투쟁하는 혁명의 중심에 서 있었다. 중기 시에 이르러 관념적 차원에 머물렀던 정신주의를 넘어서 역사와 현실 속의 생생한 인간에 대한 탐구에 주력했던 것이다.

이러한 시적 방향은 십자가의 고통을 짊어지는 예수의 삶이 보여준 고행의 여정을 따라가는 것이라고도 볼 수 있어서, 그의 시는 중기에 와서 종교적 신성의 근원에 대한 탐구가 현실의 세부적인 변화와 실천으로 이어졌다고 평가할 수 있다.

이러한 박두진의 현실 지향적 문제의식은 1970년대로까지 계속해서 이어지는데, 김지하의 「오적」 필화사건에 "독재정권이 계급주의 문학 내지는 이적 표현물로 몰아붙인 이 작품은 문학 본래의 사명과 책임에 충실한 결과로 오히려 우리의 민주 비판적 영향의 잠재력을 과시한 좋은 표징이 된다."라는 감정서를 발표하기도 했다. 또한 1974년 유신정권을 비판하며 소설가 이문구가 중심이 된 '101인 선언'에 참여하기도 하는 등 모순의 역사와 현실의 중심에서 비판적 목소리를 늦추지 않는 지사적 시인으로서의 삶을 줄곧 이어 나갔다.

'신'과의 절대적 만남과 '수석水石'에 대한 열정

박두진은 어린 시절을 추억하며 썼던 수필을 모은 『시인의 고향』에서 "일찍이 나는 내 인생의 시작 단계로서 초기에는 '자연', 다음에 '인간', 다음에 '사회'와 '인류', 그 다음으로 노년기란 것이 내게 허락된다면 그때에 가서 '신'에 대한 것을 쓰리라고 작정한 바 있다."라고 했다.

앞서 살펴본 대로, 박두진은 『청록집』을 중심으로 한 초기 시에서 '자연'의 밝고 희망적인 정신세계를 보여 주었다. 그리고 한국전쟁을 겪으면서 인간에 대한 절대적 탐구에 헌신했던 그는, 4월혁명의 중심에서 모순된 사회를 비판적으로 성찰하는 격동의 시세계를 열어 나갔다. 이러한 변화의 과정을 거쳐 그가 일찍이 말했던 대로 노년의 세계로 접어든 즈음부터는, 그의 시적 출발이면서 궁극적인 종착점이기도 한 '신'과의 절대적 만남을 통해 가장 근원적인 시세계를 열어 가려는 또 한 번의 변화를 모색했다.

앞서 언급한 대로 박두진은 열아홉 살 때 누님의 권유로 기독교 신앙에 들어서서 민족의 수난과 혁명의 가장자리에서 시대와 현실의 모순을 넘어서는 종교적 신성을 통한 구원을 열망했다. 그에게 영적 구원은 개인의 것이기 이전에 민족과 시대에 대한 보편적인 성격을 지닌 것으로, 초기 시에서 보여준 '해'의 강렬한 세계는 '어둠'으로 표상되는 현실을 구원하는 표상으로 신과의 절대적 만남을 우회적으로 상징화한 것이기도 하다.

비극과 모순의 시대를 살아가면서도 기독교적 메시아 신앙에 입각하여 밝고 희망적인 세계를 갈구하는 그의 기도는 그 자체로 시가 되었고, 이러한 그의 시세계는 예수의 희생을 닮은 선지자적 목소리로 역사의 중심에 서려는 종교적 성격을 내재하고 있었던 것이다. 결국 그의 후기 시에서 보여 준 신과의 절대적 만남에 대한 강렬한 열망은 초기 시와 중기 시를 거쳐 지나온 통과 의례적 결실로, 자연과 인간에 대한 근원적 지향을 종교적으로 통합하려는 시적 지

자연과 인간과 신의 통합을 지향하는 시적 여정

향의 궁극을 보여 주는 것이라고 할 수 있다.

이러한 그의 시세계는 『고산식물』, 『사도행전』, 『수석열전』, 『야생대』, 『포옹무한』, 『수석영가』 등의 시집을 통해 더욱 깊이 있는 세계로 심화되어 나갔다. 특히 그가 말년에 이르러 '수석'을 찾아 산을 떠돌고 이를 시적으로 형상화하는 작업에 몰두했던 것은, 자연고 인간 그리고 신의 세계를 하나로 통합하는 가장 상징적인 대상으로서 '돌'의 원형성을 무엇보다도 주목했기 때문이다.

그 자신이 지니고 있는 돌의 미는 단순한 색채, 단순한 질감質感, 단순한 형태미 이상의 것이다. 한 개의 돌, 한 개의 선택된 수석水石은, 그 존재론적, 형성적, 현상적現象的 실존의 배경이 우주적인 데에 그 특성이 있다. 그 심미적, 조형적 가치의 근원, 그 배경이 가장 즉물적, 형이하적인 동시에 가장 형이상적, 영적, 신비적인 데 그 특징이 있다. (중략) 1.1.1.1.1.1. 수석에 대한 사랑은 자연의 미가 인간의 예술미를 능가하는 신비에 있으며, 자연이 자연대로의 우연의 결과라기보다 자연 자체가 가지는 어떤 미적 형성력을 지니는 그 신비와 경이에 있다. 자연과 인간과의 가장 정신적이고 심미적인 만남이 한 개 선택된 소박한 자연으로서의 그 수석과의 깊은 만남에 있다.

–「돌과의 사랑」

박두진은 "돌이 시가 되거나 시가 돌을 쓰는 것이 아니라 바로 돌이 시라는 체험이다."라고 하면서, 자연의 정수이자 핵심으로 예술화된 돌의 신성성과 영원성에 주목하였다. "한 개의 돌, 한 개의 선택된 수석水石은, 그 존재론적, 형성적, 현상적現象的 실존의 배경이 우주적인 데에 그 특성이 있다."는 점에서, "자연과 인간과의 가장 정신적이고 심미적인 만남이 한 개 선택된 소박한 자연으로서의 그 수석과의 깊은 만남에 있다."고 본 것이다.

결국 박두진에게 '돌'은 언어를 쓰지 않은 그 자체로 시의 모습을 담고 있는 세계로, 시인으로서의 자신과 영원성의 세계로서의 절대적 경지 그리고 시의 세계가 혼연일체가 된 가장 이상적인 상징물로 형상화된 것이다. 이처럼 그의 수석에 대한 열정은 종교적 신성의 영원성에 닿으려는 최종적인 매개물로, 식민과 분단 그리고 혁명의 역사를 거치면서 파편화된 자연과 인간과 신의 개체들을 온전히 통합하는 총체성의 세계를 지향한 것으로 이해할 수 있다.

시인에 대한 재평가와 '문학관'에 대한 인상

1981년 8월 연세대를 정년퇴임하면서 박두진은 "시는 자유, 구원, 사랑, 평화를 표현하는 것으로, 시가 자유의 추구를 포기하거나 유보해서는 안 된다"는 내용의 고별 강연을 했다. 평생 그는 신과 자연과 인간 앞에서 개체로서의 한계를 뛰어 넘는 조화와 통합의 세계를 추구했다. 그리고 이러한 세계를 온전히 구현하기 위해서 무엇보다도 중요한 것은 '자유'라는 힘을 인식하고, 인간의 자유가 억압되는 현실의 모순 앞에서 언제나 정직하고 당당하게 목소리를 내는 기개 있는 시

자연과 인간과 신의 통합을 지향하는 시적 여정

인으로서 살았다.

그럼에도 불구하고 우리의 시사적 전통이 한 시인을 평가하는 데 있어서 이데올로기의 선택에 유난히 집착함으로써, 그의 시를 좌와 우 혹은 사회주의/반공주의라는 대립의 틀로 획일화시키는 경향이 뚜렷했던 것이 사실이다. 그 결과 박두진에 대한 평가는 좌우 어느 쪽으로부터도 적극적인 평가를 받지 못하는 애매모호한 위치에 서 있을 수밖에 없었다. 게다가 그의 궁극적인 시적 지향인 기독교적 구원의 세계는 특정 종교에 대한 과잉으로도 해석되어, 종교시의 범주 안에서만 그의 시를 가두어 평가하는 오류를 답습하기도 했다.

하지만 앞서 논의했듯이, 그의 시세계는 이러한 여러 가지 경향을 도식적으로 구분하여 평가할 수 있는 것이 아니다. 그는 자연과 인간과 신이 하나가 되는 진정한 통합의 세계를 구현하는 영원한 숙제를 시적 사명으로 안고 평생을 살았다.

그의 고향 안성에 세워진 〈박두진문학관〉은 이러한 그의 시세계를 통시적으로 일목요연하게 전시하고 있어서 '문학관'으로서 상당히 모범적인 콘텐츠를 구축하고 있다. 특히 전시실을 둘로 나누어 한쪽 편을 고향 '안성'에 관한 전시물로 모아둔 것은 아주 인상적인 기획으로 돋보였다. 한 시인에게 있어서 고향은 문학의 모태이자 궁극적 지향점을 드러내는 상징적 장소라는 점에서, 그리고 '문학관'이 자리한 이유를 명확하게 보여 주는 장소성을 지녔다는 점에서 상당히 중요한 의미가 있다.

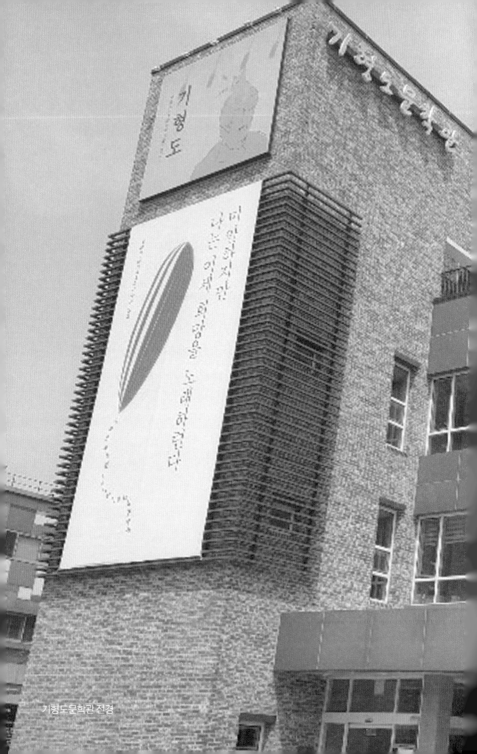

기형도문학관 전경

죽음과 더불어 살아온 시간
그리고 시

기형도와 광명 _ 〈기형도문학관〉

죽음을 기억하는 방식

기형도가 죽음을 통해 그의 시를 뚜렷하게 각인시켜 주었던 1989년 으로부터 어느덧 30년이라는 긴 시간이 흘렀다. 삶의 모습보다는 죽음의 신화로 기억되는 기형도의 30년이라는 시간은 1990년을 전후하여 문학에 심취했던 청년들에게는 아주 특별한 시간으로 남겨져 있음을 어느 누구도 부정할 수 없을 것이다.

서울 종로의 한 심야극장에서 심장마비로 요절한 시인의 유고 시집 『입속의 검은 잎』은, 역사와 현실 그리고 개인의 삶마저 지독한 허무와 냉소에 빠져들었던 80년대 말 그리고 90년대 초반을 지나온 문학청년들에게는, 매일같이 죽음의 시간을 마주해야 했던 청춘의 세월이 저만치 사라져 버렸다는 아주 특별한 시간의식으로 다가오지 않을 수 없기 때문이다.

살아 있는 동안에는 그의 이름을 기억하지 못했던 많은 문학청년들이 죽음을 통해서나마 그의 시를 특별히 기억하고 싶었던 것은, 그 시절의 모두가 기형도처럼, 아니 기형도의 시처럼 살아왔던 개인적 상처와 고통의 기억들을 가슴 깊이 지니고 살았기 때문이 아니었을까. 그래서 그의 시는 지독한 80년대를 거쳐 온 문학청년들 각자의 가슴 안에 숨겨진 근원적 상처와 아픔을 공유해 주는 따뜻한 위안의 형식이 되었다. 죽음의 자리를 두고 참으로 따뜻했다고 말할 수밖에 없는 이 지독한 아이러니가 당시의 문학청년들을 기형도의 시세계로 말없이 모여들게 했던 것이다.

죽음과 더불어 살아온 시간 그리고 시

기형도문학관 표지판

죽음과 더불어 살아온 시간 그리고 시, 〈기형도문학관〉은 지난 30년의 시간이 만들어 낸 또 다른 죽음의 흔적이 아닐 수 없다. 그 래서인지 문학관으로 들어서면서 그의 죽음이 살았던 시간과 감각 을 다시 내면으로 각인하는 지독한 허무의 심연에 빠져들지 않을 수 없었다.

안개로 자욱했던 위험한 가계

기형도는 1960년 경기도 옹진군 연평리 392번지에서 3남 4녀 중 막 내로 태어나, 1964년 그의 나이 5살 때 〈기형도문학관〉이 자리를 잡 은 경기도 시흥군 소하리(현재 광명시 소하동)로 이사를 했다. 그의 아

1968년 아버지가 직접 지은,
20년 동안 기형도가 살았던 집

버지는 당시 민주당원으로 영종도 간척 사업과 관련된 일을 했는데,
이 사업의 실패로 연평도에서 시흥으로 가족들 모두가 이주하게 되었
던 것이다. 그때 이미 장성했던 3남매는 출가한 뒤였고, 어린 4남매가
가난한 집안에 옹기종기 모여 살았다.

　기형도는 이 집에서 안양천 뚝방을 걸어 시흥대교를 지나 시흥초
등학교를 다녔는데, 기아자동차와 대한전선이 있었던 공장 지대의
음습함은 1985년《동아일보》신춘문예 등단작 「안개」의 모티프가
되기도 했다.

　이 읍에 처음 와본 사람은 누구나
　거대한 안개의 강을 거쳐야 만나.
　앞서간 일행들이 천천히 지워질 때까지

　　　　　　　　　죽음과 더불어 살아온 시간 그리고 시

쓸쓸한 가축들처럼 그들은

그 긴 방죽 위에 서 있어야 한다.

문득 저 홀로 안개의 빈 구멍 속에

갇혀 있음을 느끼고 경악할 때까지.

(중략)

아침저녁으로 샛강에 자욱이 안개가 낀다.

안개는 그 읍의 명물이다.

누구나 조금씩은 안개의 주식을 갖고 있다.

여공들의 얼굴은 희고 아름다우며

아이들은 무럭무럭 자라 모두들 공장으로 간다.

－「안개」 부분

김승옥의 「무진기행」을 연상하게 하는 "거대한 안개의 강"을 수없이 오가면서 그의 유년과 청년 시절은 "쓸쓸한 가축들처럼" "그 긴 방죽 위에 서 있어야" 했던 날이 많지 않았을까. 지독한 안개를 경험해 보지 않고서는 안개가 주는 두려움과 공포를 알지 못한다는 점에서, 유년 시절 내내 이 지독한 안개와의 싸움은 그에게 일종의 통과의례와 같은 것이 되지 않았을까 생각된다.

"문득 저 홀로 안개의 빈 구멍 속에/ 갇혀 있음을 느끼고 경악할 때"로부터 "안개는 그 읍의 명물이나./ 누구나 조금씩은 안개의 주식을 갖고 있다."라고 생각하기까지, "긴 어둠에서 풀려나는 검고 무뚝뚝한 나무들 사이로/ 아이들은 느릿느릿 새어 나오는 것"처럼 그 역시 얼마나 많은 시간들을 안개와 마주하는 두려움을 참고 이겨내야만 했을까.

안개의 바깥에서 그저 안개를 바라보고만 있으면 안개에 대한 공포는 점점 더 커질 수밖에 없다는 사실을 알기에는 너무 어린 시절이었다. 안개가 주는 두려움을 이겨내는 유일한 방법은 공포의 대상인 안개 속으로 깊숙이 들어가는 것, 그래야만 비로소 시야가 열리면서 더 이상 안개의 공포가 느껴지지 않는다는 생각을 하기에는 역부족인 시간이었던 것이다.

이처럼 기형도의 유년 시절은 "아침저녁으로 샛강에 자욱이 안개가 낀다."는 데서 짐작할 수 있듯이 지독한 안개의 공포로 가득 차 있었을 뿐이었다. 그래서 "가끔씩 안개가 끼지 않는 날이면/ 방죽 위로 걸어가는 얼굴들은 모두 낯설"게 느껴질 정도로, 안개는 그의 유년 시절을 송두리째 지배한 무서운 상징이 되지 않을 수 없었다. 1969년 아버지가 중풍으로 쓰러진 일이나, 1975년 그가 중학교 3학년 때 바로 위의 누이 기순도가 불의의 사고로 운명을 달리 했던 일을 이 안개의 탓으로 돌리는 것은 너무나 지나친 상상일까.

하지만 "노랗고 딱딱한 태양이 걸릴 때까지/ 안개의 군단軍團은 샛강에서 한 발자국도 이동하지 않"았던 것처럼, 자욱한 안개로 인해 그의 가족사가 '위험한 가계'의 운명을 결코 피해가지 못했던 것은 문학적 상징을 넘어 엄연한 현실이었음에 틀림없다.

죽음과 더불어 살아온 시간 그리고 시

그해 늦봄 아버지는 유리병 속에서 알약이 쏟아지듯 힘없이 쓰러지셨다. 여름 내내 그는 죽만 먹었다. 올해엔 김장을 조금 덜해도 되겠구나. 어머니는 남폿불 아래에서 수건을 쓰시면서 말했다. 이젠 그 얘긴 그만 하세요 어머니. 쌓아둔 이불에 등을 기댄 채 큰누이가 소리질렀다. 그런데 올해는 무들마다 웬 바람이 이렇게 많이 들었을까. 나는 공책을 덮고 어머니를 바라보았다. 어머니, 잠바 하나 사주세요. 스펀지마다 숭숭 구멍이 났어요. 그래도 올 겨울은 넘길 수 있을 게다. 봄이 오면 아버지도 나으실 거구. 풍병風病에 좋다는 약은 다 써보았잖아요. 마늘을 까던 작은누이가 눈을 비비며 중얼거렸지만 어머니는 잠자코 이마 위로 흘러내리는 수건을 가만히 고쳐 매셨다.

－「위험한 가계家系·1969」부분

기형도는 '1969'라고 그 연도를 정확하게 명시하여 자신의 불행한 가족사가 아버지가 쓰러진 날로부터 시작되었음을 말하고 있다. "유리병 속에서 알약이 쏟아지듯 힘없이 쓰러지"신 아버지는, 그 이후로 집안의 생계를 책임진 어머니와 신문 배달 등으로 가족의 삶을 도와야만 했던 누이들의 고단함을 초래한 결정적인 원인이 되었다고 생각했던 것이다. 그의 아버지는 기형도보다 두 해를 더 살다 1991년에 돌아가셨으니, '위험한 가계'는 20여 년 가까이 기형도의 가족사에 명명된 시적 이름이 되지 않을 수 없었다.

그의 시 가운데 「늙은 사람」, 「노인들」, 「병」등은 이러한 아버지의 모습을 형상화한 것이었고, 특히 "난단힌 몸 통 위에, / 사람아, 사람아 단풍든다./ 아아, 노랗게 단풍든다."(「병」)라는 이미지는 아버지의 병과 가족의 상처를 겹쳐놓은, 그래서 "여전히 말씀도 못 하시고 굳은 혀"처럼 생명력을 잃어버린 가족사의 상처를 상징적으로 표현한 것이다.

기형도와 더불어 대학 시절을 보낸 문학청년들 상당수는 이러한 그의 가족사로부터 오히려 자신의 가족을 떠올리는 동병상련의 아픔을 공유하지 않았을까 싶다. 70~80년대의 유년시절과 학창시절을 거쳐 90년대를 전후로 대학에 들어온 세대들에게 기형도의 아픔은 한 개인의 사적인 기억을 넘어서 그 시대를 살았던 많은 사람들의 보편적인 상처로 각인되기에 충분했던 것이다.

그래서 기형도의 시는 자신들의 상처와 고통을 위무해주는 내면의 독백으로 다가오지 않을 수 없었다. "선생님, 가정 방문은 하지 마세요. 저희 집은 너무 멀어요. 그래도 너는 반장인데, 집에는 아무도 없고요. 아버지 혼자, 낮에는요, 방과 후 긴 방죽을 따라 걸어오면서 나는 몇 번이나 책가방 속의 월말고사 상장을 생각했다."는 데서, "그리고 나는 그날, 상장을 접어 개천에 종이배로 띄운 일을 누구에게도 말하지 않았다."(「위험한 가계·1969」)는 장면에서, 수많은 문학청년들이 숨죽여 눈물을 훔쳐야만 했던 사실을 결코 모르지는 않을 것이다.

　죽음과 더불어 살아온 시간 그리고 시

대학 시절, 문학과 음악 사이에서

불우했던 유년 시절을 지나 기형도는 중앙고등학교를 거쳐 연세대학교에 입학했다. 중고등학교 시절 그는 학교에서 최우등 성적을 놓치지 않았고, 백일장 등에 참가하여 두각을 나타내기도 했다. 음악을 좋아해서 교내 중창단 활동을 했고, 송창식과 조용필의 노래를 곧잘 불렀으며, 기타로 작곡에도 열정을 쏟았다. 이러한 그의 모습은 대학 시절까지 이어져 그를 기억하는 지인들 모두는 문학과 노래에 심취했던 기형도의 대학 시절을 한목소리로 추억했다.

지하철 2호선이 생기기 전 기형도는 안양에서 중앙청을 오가는 103번 버스를 타고 다녔다. 그 버스는 나도 가끔 탔는데 어디선가 낯이 익은 녀석이 가방을 다리 사이에 끼고 손잡이가 집게라도 되는 양 빨래처럼 늘어져 있는 것이 보였다. 알고 보니 문무대에서 노래부르던 녀석이었다. 그래서 같이 버스에서 내린 뒤 말을 붙였다. 기형도는 자신이 문학회에 있다면서 함께 가보자고 했다. 그래서 거기 입회했는데 기형도는 그 사실에 대해 "누구를 문학회, 또는 문학에 끌어들인 착한 목자는 나다"라면서 두고두고 울궈먹었다. 또 기형도는 내게 몇 가지 쉬운 노래를 무슨 비교秘教의 힘hymn이라도 되는 양 가르쳐주고 자신이 바리톤 파트를, 내게는 멜로디나 테너 파트를 맡겼다. 그것이 「2인의 척탄병」이며 「에덴의 동산」이나 트윈 폴리오의 곡들이다. 우리는 버스에서 내린 다음 시장을 거쳐 학교 정문을 통과하고 백양로를 걸어 언덕에 있는 종합관에 이르기까지 그 노래들을 불러댔다.

–성석제, 「기형도, 삶의 공간과 추억에 대한 경멸」

기형도가 떠난 이후 그가 남긴 글들을 정리하고 책으로 묶는 데 항상 앞장섰던 소설가 성석제는, 기형도와의 만남과 문학회에 관한 일들 그리고 그와 함께 노래 부르며 대학 교정을 걸었던 시간들을 추억하고 있다. 생전에 기형도는 "추억은 이상하게 중단된다"(「추억에 대한 경멸」)면서 추억에 대한 경멸을 노래했지만, 문학을 사랑하고 노래 부르기를 즐겨 했던 기형도를 기억하는 성석제는 한시도 그를 추억하지 않은 때가 없지 않았을까.

"주머니에 두 손을 넣고 허리를 약간 굽힌 채, 눈을 감은 그는 시키면 주저없이 노래하고 노래하고 노래했다."라고, 기형도를 추억하는 성석제의 떨리는 목소리에는 대학 시절 기형도를 떠올리는 동료들 대부분의 한결같은 마음이 담겨 있음에 틀림없다. 아마도 그들 모두는 문학과 노래에 대한 기형도의 열정에 탄복하며 너무도 쉽게 그의 세계에 빠져들었으리라.

이런 기형도였기에 대학 1학년임에도 불구하고 연세대 신문사 『연세춘추』가 시행하는 〈박영준문학상〉 소설 부문에 「영하의 바람」이 가작을, 교지 『연세』가 시행하는 〈백양문학상〉 시 부문에 「가을에」가 가작으로 입선하는 성과를 거두기도 했다. 그리고 군복무를 마치고 복학한 1983년에는 『연세춘추』가 시행하는 〈윤동주문학상〉에 「식목제」가 당선되기도 했다. '안개'로 자욱했던 유년 시절과 학창 시절을 지나 '대학 시절'에 이르러 그의 문학은 비로소 빛을 발하기 시작했던 것이다.

나무의자 밑에는 버려진 책들이 가득하였다
은백양의 숲은 깊고 아름다웠지만
그곳에서는 나뭇잎조차 무기로 사용되었다
그 아름다운 숲에 이르면 청년들은 각오한 듯
눈을 감고 지나갔다, 돌층계 위에서
나는 플라톤을 읽었다, 그때마다 총성이 울렸다
목련철이 오면 친구들은 감옥과 군대로 흩어졌고
시를 쓰던 후배는 자신이 기관원이라고 털어놓았다
존경하는 교수가 있었으나 그분은 원체 말이 없었다
몇 번의 겨울이 지나자 나는 외톨이가 되었다
그리고 졸업이었다, 대학을 떠나기가 두려웠다
  -「대학 시절」 전문

그가 대학에 입학했던 1979년은 박정희가 김재규가 쏜 총에 맞아 죽은 10·26 사태가 일어난 해였다. 계엄군이 학교로 진주해 있었으므로 캠퍼스 곳곳에 "은백양의 숲은 깊고 아름다웠지만" "나뭇잎조차 무기로 사용되었"던 엄혹한 시절이었다. 그리고 이듬해 80년 봄을 맞이한 후 대학에 휴교령이 내려지면서 점점 더 대학은 진정한 학문의 세계와 청년들의 낭만적 열정을 자유롭게 펼치는 것이 사실상 불가능한 곳이 되어 갔다. "나는 플라톤을 읽었다, 그때마다 총성이 울렸다"는 그의 시는, 그 시절 대학의 현실을 압축적으로 보여 주는 아주 위험한 상징이 아닐 수 없다. 80년 9월 2학기에 접어들면서 대학은 다시 문을 열었지만, 그는 한 학기만 마치고 병역을 이유로 휴학을 했고, 경기도 안양 인근의 군부대에서 방위병으로 근무했다. 이때 그는 그곳의 문학 소모임 '수리'에 참여했고, 「사강리」 등의 시를 발표하면서 시 창작에 몰두했다.

80년대 초반 정치적 혼란의 중심으로부터 잠시 비켜서 대학을 떠나 군복무를 했던 그 시절에, 그의 시가 습작기의 정점에 올랐다는 사실은 그 자체로 아이러니한 일이 아닐 수 없다. 아마도 그의 시세계가 80년대라는 정치적 소용돌이 속에서도 직접적인 현실의 언어가 아닌 독특한 이미지의 세계를 통해 엄혹한 시대를 살아가는 개인의 내면을 노래했던 것은 이때로부터 형성된 그의 시 의식에서 비롯된 것은 아니었을까.

이러한 기형도의 시적 열정은 군복무를 마치고 복학을 한 후에도 변함없이 지속되었고, 졸업을 앞둔 겨울의 초입《중앙일보》에 신문기자로 입사를 했으며, 몇 달 후인 이듬해 1985년 1월에《동아일보》신춘문예 당선으로 드디어 시인으로서의 꿈을 이루었다.

아마도 이 무렵 기형도의 당선은 대학 시절 문학을 함께 했던 동료들에게 적지 않은 충격을 주었고, 그로 인해 그는 많은 동료들에게 내심 문학적 질투의 대상이 되지 않았을까 싶다. "나 신춘문예 됐어."라는 기형도의 말에, "잘했다."라고 말하지 못하고 "잘됐다."라고

죽음과 더불어 살아온 시간 그리고 시

말한 것을 후회하는 성석제의 고백에는, 당시 그의 신춘문예 당선이 문학청년들 사이에서 묘한 긴장이 흐르는 문제적 사건이었음을 말해 준다. 그때 그들 사이에 미묘하게 오고 갔던 문학적 긴장이 없었다면, 아마도 그들의 문학은 그 자리에서 쉽게 좌초하는 허망한 결과를 초래하고 말았을지도 모른다.

지금은 한국 문단의 대표적인 소설가가 된 성석제를 문학의 길로 인도한 사람이 기형도였고, 또 신춘문예 당선으로 문학에 대한 긴장을 다시 일깨운 사람도 기형도였다면, 그들 사이의 문학적 우정이 그의 죽음으로 멈추어 버린 것에 대한 안타까움은 감히 상상할 수도 없는 슬픔으로 남겨져 있지 않을까. 지금쯤 어딘가에서 기형도는 성석제에게 이렇게 말을 하고 있을 것 같다, "잘됐다."라고……

기형도와 김현, 새로운 문학적 신화의 탄생

기형도는 시인이 되기 전에 신문기자가 되었고, 정치외교학과를 졸업한 탓(?)에 정치부로 발령을 받았다. "좋은 신문기자보다는 좋은 시인이 되고 싶다는 말을 여러 번 했"었다는 후배 기자 박해현의 기억에 굳이 기대지 않더라도, 대학 시절 문학과 노래에 심취했던 기형도에게 정치부 기자로서의 삶이 그다지 행복한 시간이 아니었음은 충분히 짐작하고도 남음이 있다. 졸업 전에 이미 등단을 한 터라 시 창작에 몰두해야 할 시기에 중앙청을 출입하는 초년생 기자로서의 생활은 좀처럼 시를 쓸 수 없는 고단한 일상의 연속일 수밖에 없었을 것이다.

결국 그는 정치부에서 문화부로 옮겼고, 비로소 다시 시인으로서의 삶을 살아갈 수 있었다. 이 무렵이 시인으로서 기형도의 삶에 있어서 가장 행복했던 시절이었다. 박해현의 말대로 그는 비로소 "시의 폭죽이 터지던 시대"를 살아갈 수 있었던 것이다.

기형도는 내게 시인으로서보다는 먼저 기자로 다가왔다. 그는 당시 중앙일보의 문화부 기자였고 문학을 담당하였다. (중략) 내가 그런 그를 의아하게 여겼던 것은 신문사의 정치부에서 자원하여 문화부로 옮겼다는 점이었다. 기자물을 얼마 동안 먹었던 나로서는 그런 역행을 도저히 이해할 수 없었다. 정치부는 편집국의 꽃이었고 문화부란 그저 무난한 곳이었다. 그런 관행을 잘 알고 있기에, 젊고 세상에 대해 야심 있어 뵈는, 그것도 정외과 출신의 기자가, 모두가 못 가서 안달하는 정치부에서 외려 편집국 변두리의 문화부로 스스로 좌천을 지원한다는 것은 상식으로 받아들일 수 없는 일이었다. 그래서 나는 한번은 그 의아심을 못 참고 왜 그랬느냐고 물어보았다. 그는 시답잖은 표정으로 정치부란 데가 재미없어서요…… 라며 말을 돌렸다. (중략) 80년대 후반의 그 뜨거운 정치의 계절에도 불구하고 그의 기사들은 정치와 이념의 색깔에 젖지 않고 순수한 문학적·작품적 사태로 서술·평가되고 있었고, 나는 그의 관심이 세속 정치가 아니라 언어와 상상의 세계로 뛰어넘어 있다는 것을 확인했던 것이다.

　　　　　－김병익, 「검은 잎, 기형도, 그리고 김현」

시를 쓰는 문화부 기자로서 기형도는 문학 관련 기사를 쓰는 일에서도 적지 않은 즐거움을 느꼈을 것이다. 1988년 문화부에서 편집부로 옮기기까지 그가 남긴 상당수의 시들은 바로 이때 발표했던 것들이고, 「짧은 여행의 기록」이란 산문에서 알 수 있듯이 여러 문인들과의 교류도 활발히 이어갔던 시절이었다.

당시 시인 하재봉의 주도로 열렸던 '시운동 청문회'에 빠짐없이 참여했고, 문학과지성사로부터 시집 출간 제의를 받았던 때도 바로 이쯤이었다. 그의 유고 시집 『입 속의 검은 잎』의 출간은 이렇게 준비되고 있었는데, 「안개」를 첫머리에 두고 두 번째 시집의 제목으로 「내 인생의 중세」를 정해 놓을 정도로 자신의 삶과 시에 깊은 애정을 갖고 있었던 때였다. 그런데 그가 1989년 3월 7일 서울 종로의 파고다 극장에서 갑자기 우리 곁을 떠났다. 그를 기억하는 모두가 잠들어 있었던 시간, 심야극장 딱딱한 의자에 앉아 영원히 잠들어 버린 그의 죽음은, 그가 남긴 시만큼이나 생에 대한 지독한 환멸의 순간을 보여 주는 충격적인 사건이 아닐 수 없었다.

"어차피 우리 모두 허물어지면 그뿐, 건너가야 할 세상 모두 가라앉으면 비로소 온갖 근심들 사라질 것을. 그러나 내 어찌 모를 것인가. 내 생 뒤에도 남아 있을 망가진 꿈들, 환멸의 구름들, 그 불안한 발자국 소리에 괴로워할 나의 죽음들."(「이 겨울의 어두운 창문」)은, 아마도 기형도가 그의 생을 향해 마지막으로 남기고 싶었던 유언이 아니었을까.

기형도의 죽음은 하나의 문학적 사건이 되기에 충분했다. 죽음은 그 자체로 수많은 의혹과 신화를 남기기 마련인데, 생에 대한 지독한 환멸과 죽음의 시간을 시로 형상화하는 데 골몰했던, 하지만 누구보다도 생에 대한 희망을 놓치지 않으려 했던 그의 갑작스러운 죽음은, 심야극장에서의 죽음이라는 사실만으로도 1990년대를 여는 새로운 시적 상징이 되기에 충분했다. 그리고 이러한 새로운 문학적 신화의 탄생에는 김현이라는 또 다른 신화가 깊숙이 개입했었다는 사실을 모르는 사람은 거의 없을 것이다.

어느 날 저녁, 지친 눈으로 들여다본 석간신문의 한 귀퉁이에서, 거짓말처럼, 아니 환각처럼 익은 짧은 일단 기사는, 「제망매가」의 슬픈 어조와는 다른 냉랭한 어조로, 한 시인의 죽음을 알게 해주었다. 이럴 수가 있나, 아니, 이건 거짓이거나 환각이라는 게 내 첫 반응이었다. 나는 그 시인과 개인적인 관계를 맺은 적이 없다. 우리의 관계는 언제나 공적이었지만, 나는 공적으로 만나는 사람 좋은 그의 내부에 공격적인 허무감, 허무적 공격성이 숨겨져 있음을 그의 시를 통해 예감하고 있었다. 그런데 그가 갑자기 죽었다. (중략)
그러나 시인으로서의 기형도의 힘은 그가 가난과 이별의 체험을 했다는 데 있는 것이 아니라(그런 체험을 한 것은 그만이 아니다. 다른 많은 시인들도 그와 같은 체험을 했고, 하고 있다), 그 체험에서 의미 있는 하나의 미학을 이끌어냈다는 데 있다. 그 의미 있는 미학에 나는 그로테스크 리얼리즘이라는 이름을 붙여 주고 싶다.
─김현, 「영원히 닫힌 빈방의 체험─ 한 젊은 시인을 위한 진혼가」

기형도문학관 입구. 그를 소개하는 안내판과 내부 전시관 입구의 모습

기형도문학관

기형도의 시와 죽음에 '그로테스크 리얼리즘'이라고 이름 붙인 김현의 시집 해설은, 지금까지도 그의 시를 이해하고 해석하는 담론의 중심에 놓여 있는 것이 사실이다. 몇몇 논자들에 의해 이제는 김현에 의해 압도된 이러한 도그마를 벗겨 내야 한다는 비판이 있긴 하지만, 기형도가 죽은 지 1년 남짓 지났을 무렵 그의 유고 시집 해설을 썼던 김현마저 생을 달리함으로써 '그로테스크 리얼리즘'이라는 명명은 더더욱 깨질 수 없는 신화가 되었다는 점에서, 기형도에게 붙여진 이러한 세계는 좀처럼 지워지지 않을 시적 운명으로 남아 있지 않을까 싶다.

암과의 투병 속에서도 먼저 세상을 떠난 젊은 시인을 위한 진혼가를 써내려 갔던 김현, 기형도의 시에서 "죽음만이 망가져 있지 않은 시인의 유일한 꿈"임을 읽어 냈던 것은, 결국 기형도의 시를 빌어 죽음을 앞둔 자신의 목소리를 직접적으로 드러냈던 것은 아니었을까. "진흙탕에서 황금을 빚어내는 연금술사가 아니라, 진흙탕을 진흙탕이라고 고통스럽게 말하는 현실주의자."는 기형도이기 이전에 김현 자신일지도 모른다.

이처럼 한 젊은 시인과 중년의 평론가가 서로의 죽음을 마주하며 유고 시집 안에서 만나게 된 것은, 김현 사후 기형도를 읽는 또 다른 신화적 목소리로 기억되는 문학적 사건이 되지 않을 수 없었던 것이다.

「정거장에서의 충고」와 「길 위에서 중얼거리다」

살아생전에 한 권의 시집도 남기지 못했던 기형도는 죽음 이후 단한 권의 유고 시집으로 1990년대 이후 우리 시의 뜨거운 상징으로 자리매김했다. 그가 죽기 일주일 전 친구 이영준에게 "나는 뇌졸중으로 죽을지도 몰라."라고 말했다는 사실을 그대로 받아들인다면, 기형도 스스로는 자신의 죽음을 이미 예감하고 있었는지도 모른다.

하지만 1990년대 이후를 살았던 젊은 시인들과 수많은 시인 지망생들에게 기형도의 죽음은 전혀 예측할 수 없는 문학적 사건이 아닐 수 없었다. 언제 어디에서 찾아올지 모르는 죽음에 대한 두려움과 생래적 불안을 더욱 증폭시키는 그의 '위험한 가계'는, 그를 좋아했던 모든 시인들에게 자신들의 상처와 고통의 시간을 죽음이라는 희생제의로 보여 준 것으로 받아들이게 했다.

누이 기애도의 말에 의하면, 죽기 전 기형도는 미국에 사는 큰누이 기향도에게 한 통의 편지를 보냈다. 그 편지에는 첫 번째 시집이 곧 출간된다는 소식과 시집 제목으로 '정거장에서의 충고'와 '길 위에서 중얼거리다' 중에서 택일을 할까 하는데, 자신은 '정거장에서의 충고'를 제목으로 삼고 싶다고 적혀 있었다고 한다.

그럼에도 불구하고 그의 유고 시집 제목이 『입 속의 검은 잎』이 되어야만 했던 것은 아마도 김현의 해설에 가장 큰 이유가 있었겠지만, 갑작스런 동생의 죽음 앞에서 망연자실했던 누이들이 시집 출간에 신경을 쓸 겨를이 없었던 것도 이유가 되지 않았을까.

그래서인지 기형도 20주기를 맞이하여 출간한 책의 제목이『정거장에서의 충고』였고, 최근 그의 30주기를 맞이하여 출간한 시집의 제목이『길 위에서 중얼거리다』가 됨으로써, 이제서야 그가 생전에 고민했던 시집의 제목이 한 권이 아닌 두 권으로 세상에 빛을 보게 되었다는 사실이 너무도 특별한 감동으로 다가온다. 기형도는 지금 하늘나라에서 비로소 그가 미리 정해 놓았던 두 번째 시집 제목처럼 '내 인생의 중세'를 준비하며 살아갈 수 있게 되었을지도 모르겠다.

기형도문학관에서 아주 우연히 기형도의 누이 기향도를 만날 수 있었던 것은 특별한 행운이었다. 문학관이 세워지면서 명예관장의 직함으로 동생의 지난 시절을 보살피면서 광명을 중심으로 지역문화를 활성화시키는 일에 앞장서는 일을 하려 한다고 했다. 만 29년밖에 살지 못했던 청년 기형도, 게다가 등단 이후의 문학적 이력이라고 해봐야 1985년부터 1989년까지 만 4년 남짓에 불과하니, 사실 그가 남긴 문학적 유산으로 문학관을 세운다는 것은 말처럼 쉬운 결정은 아니었을 것이다.

하지만 기형도의 누이를 만나 많은 얘기를 나누고 난 이후 내 생각은 이내 바뀌지 않을 수 없었다. 기형도의 문학적 유산은 고작 29살의 시간에 멈춰 버렸지만, 이미 그는 그가 살았던 시간보다 더 많은 30년의 세월을 죽음과 더불어 살아왔다는 사실을 잠시 놓치고 있었음을 깨달았기 때문이다. 지역의 문화를 보살피고 문학관을 방

죽음과 더불어 살아온 시간 그리고 시

문하는 많은 사람들에게 따뜻한 위로와 새로운 희망을 안겨 주는 일, 그것이 동생의 이름으로 문학관이 세워진 뜻이고 앞으로 문학관이 나아가야 할 방향이라고 힘주어 발하는 누이의 말에서, 여전히 그를 사랑하고 추억하는 여러 사람들의 이름으로 기형도는 우리 곁에서 한 편의 시로 살아가고 있음을 느낄 수 있었다.

문학관을 나온 지 얼마 지나지 않아 기향도 누이에게서 한 통의 문자가 왔다. "오랜만에 죽은 동생을 만나 함께 얘기를 나눈 듯해서 참 좋았습니다. 고맙습니다." 불현듯 문학적 소통은 바로 이러한 순간을 결코 놓쳐서는 안 되지 않을까 하는 생각이 스쳐 지나갔다.

"그는 어디로 갔을까"(「길 위에서 중얼거리다」), "미안하지만 나는 이제 희망을 노래하련다"(「정거장에서의 충고」)라고 했던 그는, 이제는 생에 대한 환멸과 절망이 아닌 삶의 희열과 희망을 노래하고 있을까? "꽃씨를 뿌리면서 시집갔다"(「달밤」)던 기향도 누이는 동생의 시 가운데 「가을 무덤―제망매가」을 가장 좋아한다고 했다(이 시는 중학교 때 예기치 않은 사고로 죽은 기형도의 바로 위 누이 기순도를 추모하는 시로 썼을 것으로 생각된다). 그리고 누이는 동생이 살아 있을 때처럼 날마다 대화를 하면서 살아간다고 했다.

아마도 먼 곳에서 기형도는 이렇게 매일매일 한 편의 시를 통해 누이들과의 대화를 이어 가고 있는 것은 아닐까. 지금 기형도는 이렇게 우리 곁에서 죽음과 더불어 영원히 살아가고 있는 것이다.

누이야/ 네 파리한 얼굴에/ 절절 술을 부이주라// 시리도록 허연/ 이영하의 가을에/ 망초꽃 이불 곱게 덮고/ 웬 잠이 그리도 길더냐.// 풀씨마저 피해 나는/ 푸석이는 이 자리에/ 빛 바랜 단발머리로 누워 있느냐.// 헝클어진 가슴 몇 조각을 꺼내어/껄끄러운 네 뼈다귀와 악수를 하면/ 딱딱 부딪는 이빨 새로/ 어머님이 물려주신 푸른 피가 배어 나온다.// 물구덩이 요란한 빗줄기 속/ 구정물 개울을 뛰어 건널 때/ 왜라서 그리도 숟가락 움켜쥐고/ 눈물보다 찝찔한 설움을 빨았더냐.// 아침은 항상 우리 뒤켠에서 솟아났고/ 맨발로도 아프지 않던 산길에는/ 버려진 개암, 도토리, 반쯤 씹힌 칡./ 질척이는 뜨물 속의 밥덩이처럼/ 부딪치며 하구로 떠내려갔음에랴.// 우리는/ 신경을 앓는 중풍병자로 태어나/ 전신에 땀방울을 비늘로 달고/ 쉰 목소리로 어둠과 싸웠음에랴.// 편안히 누운/ 내 누이야./ 네 파리한 얼굴에 술을 부으면/ 눈물처럼 튀어오르는 술방울이/ 이 못난 영혼을 휘감고/ 온몸을 뒤흔드는 것이 어인 까닭이냐.

-「가을 무덤-제망매가」 전문